U0139701

光明社科文库

中国历代豪放诗词赏析

王振祥◎编著

光明日报出版社

图书在版编目（CIP）数据

中国历代豪放诗词赏析 / 王振祥编著 . -- 北京：
光明日报出版社，2022.10

ISBN 978-7-5194-6829-3

Ⅰ . ①中… Ⅱ . ①王… Ⅲ . ①豪放派—古典诗歌—诗
歌欣赏—中国 Ⅳ . ①I207.22

中国版本图书馆 CIP 数据核字（2022）第 183001 号

中国历代豪放诗词赏析
ZHONGGUO LIDAI HAOFANG SHICI SHANGXI

编　　著：王振祥

责任编辑：宋　悦　　　　　　　　责任校对：李　兵
封面设计：中联华文　　　　　　　责任印制：曹　净

出版发行：光明日报出版社
地　　址：北京市西城区永安路 106 号，100050
电　　话：010-63169890（咨询），010-63131930（邮购）
传　　真：010-63131930
网　　址：http://book.gmw.cn
E - mail：gmrbcbs@gmw.cn
法律顾问：北京市兰台律师事务所龚柳方律师

印　　刷：三河市华东印刷有限公司
装　　订：三河市华东印刷有限公司
本书如有破损、缺页、装订错误，请与本社联系调换，电话：010-63131930

开　　本：170mm×240mm
字　　数：390 千字　　　　　　　　印　　张：22.5
版　　次：2023 年 1 月第 1 版　　　印　　次：2023 年 1 月第 1 次印刷
书　　号：ISBN 978-7-5194-6829-3
定　　价：99.00 元

前　言

一个人有什么思想就会有什么样的行动，而读什么样的书就会有什么样的思想，希望您常读豪放诗词。

豪放派、婉约派为宋词两大词派，北宋诗文革新派作家如欧阳修、王安石、苏轼、苏辙都曾用"豪放"一词衡文评诗，辛弃疾称豪放词为"壮词"，"苏辛"被称为豪放词派的代表词人。豪放派不拘于传统的离愁别绪，内容上多抒发强烈的政治热情，反映广阔的社会生活。风格豪迈奔放，意境雄奇阔大，语言畅达流利，直抒胸臆，痛快淋漓。

诗歌史就是民族史，豪放诗词的历史就是铮铮铁骨的爱国史。常诵豪放词，可以砥砺思想，心胸开阔，意气风发，心志高远。

本书所选不限于宋词，精选先秦至当代风格相近之诗词歌赋近300首，以作者年代和创作时间先后为序编排。诗歌尽量通过注释释清诗意，同一词语一般只在首次出现时注释，难字已有注音，诗词流传的不同版本也在注释中做出说明。词曲牌、曲调等涉及专业知识甚多，本书不再注释。赏析从简，力争用最少的文字让您读懂诗歌，又能够领略到诗歌之美。作者简介综合多家考证，对籍贯今址做了最新修正。

张强、胡慧、沈芬、郭凤、叶桐、王月、樊周梅、张晓燕、吴佳佳参与选诗，于荣学批阅订正，一并致谢。

本书编选参考书籍、文章众多，择要列举。同时，因编者学识浅陋，讹误、遗漏难免，望方家批评指正。

编者

2022 年 10 月 8 日

目　录
CONTENTS

《诗经》（1 首）

　　《诗经》是我国第一部诗歌总集，约成书于春秋时期，它收集了自西周初年至春秋中叶五百多年的诗歌305篇。《诗经》的作者佚名，绝大部分已经无法考证，传为尹吉甫采集、孔子编订。《诗经》在先秦时期称为《诗》，或取其整数称《诗三百》。西汉时被尊为儒家经典，始称《诗经》，并沿用至今。诗经在内容上分为《风》《雅》《颂》三个部分。《风》是周代各地的歌谣，共十五国风；《雅》是周人的正声雅乐，分《小雅》《大雅》；《颂》是周王庭和贵族宗庙祭祀的乐歌，分为《周颂》《鲁颂》和《商颂》。《诗经》中思想和艺术价值最高的是民歌，《春秋公羊解诂（jiě gǔ）》里说它"饥者歌其食，劳者歌其事"。《诗经》对后代诗歌发展有深远的影响，是我国古典文学现实主义的源头。

无衣

岂曰无衣？与子同袍①。王于兴师②，修我戈矛，与子同仇③！
岂曰无衣？与子同泽④。王于兴师，修我矛戟，与子偕作⑤！
岂曰无衣？与子同裳⑥。王于兴师，修我甲兵，与子偕行⑦！

注释

① 〔袍〕长袍，即今之斗篷。
② 〔王于兴师〕王出兵打仗。王，此指秦君，一说指周天子。
③ 〔同仇〕共同对敌。
④ 〔泽〕贴身内衣，如今之汗衫。
⑤ 〔偕作〕共同行动。
⑥ 〔裳（cháng）〕古代下衣，此指战裙。
⑦ 〔偕行〕相伴而行。

简析

　　这首诗选自《国风·秦风》，是秦地的军中战歌。后人对于它的时代背景、写作旨意产生种种推测，主要有三种意见：第一，认为讽刺秦君穷兵黩（dú）

武、崇尚军力；第二，秦哀公应楚臣申包胥之请，出兵救楚抗吴，秦民从军时士卒相约之歌；第三，犬戎入侵，士兵准备抵御时相互间传唱的歌曲。西周末期，由于周幽王废嫡立庶，申侯联合缯国、西夷犬戎攻打周幽王。秦国靠近王畿，与周王室休戚相关，遂奋起反抗。

这是一首激昂慷慨、同仇敌忾的战歌，表现了秦国军民团结互助、共御外侮的高昂士气和乐观精神。全诗共三章，采用了重章叠唱的形式，叙述了在大敌当前、兵临城下之际，将士们以大局为重，与周王室保持一致，一听"王于兴师"，立即磨刀擦枪，舞戈挥戟，奔赴前线，共同杀敌。

最豪放名句

王于兴师，修我戈矛，与子同仇！

屈原（1首）

屈原（前340—前278），芈（mǐ）姓，屈氏，名平，字原，又自云名正则，字灵均，丹阳秭（zǐ）归（今湖北宜昌）人，战国时期楚国诗人。早年受楚怀王信任，任左徒、三闾大夫。后遭排挤诽谤，被先后流放至汉北和沅湘流域。楚国郢（yǐng）都被秦军攻破后，屈原自沉于汨（mì）罗江。屈原是中国历史上第一位伟大的爱国诗人，中国浪漫主义文学的奠基人，"楚辞"的创立者和代表作家，被誉为"辞赋之祖""中华诗祖"。屈原作品的出现，标志着中国诗歌进入了一个由集体歌唱到个人独创的新时代。其主要作品有《离骚》《九歌》《九章》《天问》等。其《楚辞》与《诗经》并称"风骚"，对后世诗歌产生了深远影响。

离骚①（节选）

…… ……

长太息②以掩涕兮，哀民生之多艰。
余虽好修姱以靰羁兮，謇朝谇而夕替③。
既替余以蕙纕兮，又申之以揽茝④。

亦余心之所善⑤兮，虽九死其犹未悔。

…… ……

驷玉虬以桀鹥兮，溘埃风余上征⑥。

朝发轫于苍梧兮，夕余至乎县圃⑦。

欲少留此灵琐兮，日忽忽其将暮⑧。

吾令羲和弭节兮，望崦嵫而勿迫⑨。

路漫漫其修远兮，吾将上下而求索。

…… ……

注释

①〔离骚〕《史记·屈原贾生列传》："离骚者，犹离忧也……屈平之作《离骚》，盖自怨生也。"汉王逸注："离，别也；骚，愁也；经，径也。言己放逐离别，心中愁思，犹陈直径，以风谏君也。"

②〔太息〕叹息。

③〔余虽好修姱（kuā）以鞿羁（jī jǐ）兮，謇（jiǎn）朝谇（suì）而夕替〕我虽然爱好修洁严于律己，却还是早晨进谏晚上丢了官。修姱，洁净而美好。鞿羁，马缰绳和络头，比喻束缚，这里指自律。謇，正直。谇，进谏。

④〔既替余以蕙纕（xiāng）兮，又申之以揽茝（chǎi）〕他们攻击我佩戴蕙草啊，又指责我爱好采集茝兰。茝，一种香草。

⑤〔善〕爱好，追求。

⑥〔驷玉虬（qiú）以桀鹥（jié yì）兮，溘（kè）埃风余上征〕驾驭着玉虬啊乘着凤车，我飘忽地离开尘世飞向天际。驷，驾车。玉虬，传说中的虬龙。桀鹥，乘着凤凰。溘，忽然。埃风，尘世之风。上征，上天远行。

⑦〔朝发轫（rèn）于苍梧兮，夕余至乎县圃（pǔ）〕早晨从南方的苍梧出发，傍晚就到达了昆仑山上。发轫，出发。苍梧，古地名，楚时有苍梧郡。县圃，传说中神仙居处，在昆仑山顶，泛指仙境。

⑧〔欲少留此灵琐兮，日忽忽其将暮〕我本想在灵琐稍事逗留，无奈夕阳西下已经暮色苍茫。灵琐，国君宫门。

⑨〔吾令羲和弭（mǐ）节兮，望崦嵫（yān zī）而勿迫〕我命令羲和停车慢行啊，莫叫太阳迫近崦嵫山旁。羲和，神话中的太阳神。弭节，停车。崦嵫，神话中日所入之山。

简析

《离骚》约作于楚怀王二十四年（前305），屈原被流放汉北后的两三年中。

《离骚》是中国古代最长的抒情诗，语句多晦涩难懂，这里节选数句。

《离骚》前半篇反复倾诉诗人对楚国命运和人民生活的关心，表达要求革新政治的愿望，以及坚持理想、虽逢灾厄也决不与邪恶势力妥协的意志；后半篇通过神游天界、追求理想的实现以及失败后欲以身殉国的陈述，反映出诗人热爱国家和人民的思想感情。全诗运用"美人""香草"的比喻、大量的神话传说和丰富的想象，形成绚烂的文采和宏伟的结构，表现出积极的浪漫主义精神，开创了中国文学史上的"骚体"诗歌形式，对后世产生了深远影响。鲁迅赞之为"逸响伟辞，卓绝一世"。

最豪放名句

亦余心之所善兮，虽九死其犹未悔。/路漫漫其修远兮，吾将上下而求索。

项羽（1首）

项羽（前232—前202），姬姓，项氏，名籍，字羽，楚国下相（今江苏宿迁）人，楚国名将项燕之孙，政治家、军事家。据传他身高八尺，力能扛鼎。早年跟随叔父项梁起义反秦，项梁阵亡后他率军渡河救赵王歇，于巨鹿背水一战击破了章邯、王离领导的秦军主力。秦亡后称"西楚霸王"，定都彭城（今江苏徐州）。后与刘邦展开了长达五年的楚汉之争。公元前202年，项羽兵败垓（gāi）下，突围至乌江边自刎而死。

垓下①歌

力拔山兮气盖世，时不利兮骓②不逝③。
骓不逝兮可奈何④，虞⑤兮虞兮奈若何！

注释

①〔垓下〕古地名，在今安徽灵璧县东南。

②〔骓（zhuī）〕骏马，相传项羽有宝马名乌骓。

③〔逝〕这里的意思是前进、奔跑。

④〔奈何〕意思跟"怎么办"相似，表示没有办法，下文"奈若何"意同。

⑤〔虞〕即虞姬，项羽的美人。

简析

《垓下歌》是项羽的绝命诗，概括了诗人的平生业绩，表达了对美人和名驹的怜惜，抒发了在汉军重重包围之中的怨愤和无可奈何。此诗篇幅虽然短小，却表现出丰富的内容和复杂的情感：既洋溢着无与伦比的豪气，又蕴含着满腔深情；既显示出罕见的自信，却又为人的渺小而沉重地叹息。宋代朱熹说它"慷慨激烈，有千载不平之余愤"。

最豪放名句

力拔山兮气盖世，时不利兮骓不逝。

刘邦（1首）

刘邦（前256或前257—前195），字季（一说原名季），秦朝泗水郡丰邑（今江苏徐州丰县）人，汉朝开国皇帝。秦时任沛县泗水亭长，后斩白蛇而起义，称"沛公"。公元前206年10月，刘邦率军进驻灞上，秦王子婴向刘邦投降。鸿门宴后被项羽封为汉王，与项羽进行了五年楚汉之争，最终反败为胜。公元前202年即皇帝位，定都长安，史称西汉。庙号太祖，谥"高皇帝"。毛泽东评价刘邦是"封建皇帝里边最厉害的一个"。

大风歌①

大风起兮云飞扬，
威加海内②兮归故乡。
安③得猛士④兮守四方！

注释

①〔大风歌〕又作《大风曲》《大风诗》《汉祖有歌》。

②〔海内〕四海之内，即"天下"。古人认为天下是一片大陆，四周大海环绕，海外则荒不可知。

③〔安〕怎样，哪里。

④〔猛士〕勇猛之人。

简析

汉高祖十二年（前195）十月，刘邦亲自出征平定淮南王英布叛乱后，顺路回了一次故乡沛县，欢饮十数日，击筑高唱《大风歌》。

全诗共三句，由过去而现在而将来，浑然一体。前二句写天下平定，后一句写渴望求得猛士守御四方。整首诗语言质朴，风格雄劲，凝聚着诗人对帝业和故土的感情，抒发了远大的政治抱负，表现了诗人对家国兴亡的担忧，颇具王者风范。

最豪放名句

大风起兮云飞扬，威加海内兮归故乡。

曹操（4首）

曹操（155—220），字孟德，一名吉利，小字阿瞒，沛国谯（qiáo）县（今安徽亳州）人。东汉末年杰出的政治家、军事家、文学家、书法家、诗人。三国曹魏政权的缔造者。曾担任东汉丞相，后加封魏王。东汉末年，天下大乱，曹操"挟天子以令诸侯"，对内削除各方割据势力，对外降服少数民族政权，统一了中国北方。其子曹丕称帝后，追尊为"武皇帝"，庙号太祖，后世多称其为"魏武帝"。曹操与其子曹丕、曹植是建安文学的代表，合称为"三曹"。曹操的诗歌多抒发自己的政治抱负，反映汉末人民的苦难生活，气魄雄伟，慷慨悲凉。刘勰（xié）《文心雕龙》说他"志不出于滔荡，辞不离于哀思"，钟嵘《诗品》中说他"曹公古直，甚有悲凉之句"。

蒿里行①

关东②有义士，兴兵讨群凶③。
初期会盟津④，乃心在咸阳⑤。
军合力不齐⑥，踌躇而雁行⑦。
势利使人争，嗣还自相戕⑧。
淮南弟⑨称号，刻玺⑩于北方。
铠甲生虮虱⑪，万姓以死亡。
白骨露于野，千里无鸡鸣。
生民百遗一，念之断人肠。

注释

①〔蒿（hāo）里行〕汉乐府旧题，本为当时人们送葬所唱的挽歌。蒿里，指死人所葬之地。

②〔关东〕函谷关（今河南灵宝西南）以东。

③〔群凶〕指董卓及其党羽。

④〔初期会盟津〕本来期望义士们像武王伐纣那样会于盟津。盟津，即孟津（今河南孟津县东北，孟县西南）。相传周武王伐纣时曾在此大会八百诸侯。

⑤〔乃心在咸阳〕他们的心思在咸阳。咸阳，秦时的都城，此借指长安，当时献帝被挟持到长安。

⑥〔力不齐〕指讨伐董卓的诸州郡将领各有打算。

⑦〔雁行（háng）〕飞雁的行列，形容诸军列阵后观望不前的样子。

⑧〔嗣还自相戕（qiāng）〕后来还自相残杀。嗣，后来。还，同"旋"，不久。当时盟军中的袁绍、公孙瓒等发生了内部的攻杀。

⑨〔淮南弟〕袁绍的异母弟袁术（？—199）。建安二年（197），其在淮南自立为帝。

⑩〔刻玺（xǐ）〕初平二年（191），袁绍谋废献帝，想立幽州牧刘虞为皇帝，并刻制印玺。玺，帝王的印。

⑪〔虮虱（jǐ shī）〕虱及其卵。虱，一种昆虫，寄生在人、畜身上，吸食血液，能传染疾病。久不换衣、不洗浴易生虮虱。

简析

东汉灵帝中平六年（189），汉灵帝死，少帝刘辩继位，何进等谋诛宦官不成反而被杀；袁绍、袁术攻杀宦官，朝廷大乱；董卓带兵进京，驱逐袁绍、袁术，废除刘辩，另立刘协为帝（献帝），自己把持了政权。汉献帝初平元年（190），东方各路军阀同时起兵，推袁绍为盟主、曹操为奋威将军，联兵讨伐董卓。然而这支联军中的众将各怀私心，不能齐心合力对付董卓。曹操对联军十分不满，于是独自引领三千人马在荥阳迎战了董卓部将徐荣，战事失利。不久，联军四分五裂，互相残杀，从此开始了汉末长期的军阀混战。此诗即是对这一历史事件的反映。

此诗记述了汉末军阀混战的现实，真实、深刻地揭示了人民的苦难，堪称"汉末实录"的"诗史"。诗人不仅对因战乱而陷于水深火热之中的苦难人民表示了极大的悲痛和同情，而且对造成人民疾苦的首恶元凶给予了无情的揭露和鞭挞。全诗风格质朴，沉郁悲壮，体现了一个政治家、军事家的豪迈气魄和忧患情怀。

最豪放名句

白骨露于野，千里无鸡鸣。

观沧海①

东临碣石②，以观沧海。
水何澹澹③，山岛竦峙④。
树木丛生，百草丰茂。
秋风萧瑟⑤，洪波涌起。
日月之行，若出其中；
星汉⑥灿烂，若出其里。
幸甚至哉，歌以咏志⑦。

注释

①〔沧海〕这里指渤海。《步出夏门行》第一章，诗题为后人所加。

②〔东临碣（jié）石〕向东登上碣石山。碣石，山名，今在河北昌黎，一

说在山东无棣（dì）。

③〔澹（dàn）澹〕水波动荡的样子。

④〔竦峙（sǒng zhì）〕高高耸立。竦，同"耸"，高。

⑤〔萧瑟〕草木被风吹的声音。

⑥〔星汉〕银河。

⑦〔幸甚至哉，歌以咏志〕太值得庆幸了，就用诗歌来表达内心的感情吧。这两句是配合音乐的节律而附加的。

简析

乌桓是当时东北方的大患，建安十二年（207），曹操征伐乌桓，取得了胜利。这首诗是曹操胜利班师途中登临碣石山时所作，是组诗《步出夏门行》的第一章。诗人借大海吞吐日月的壮丽景象，抒发了自己渴望建功立业、统一中原的雄心伟志，也表现了诗人宽阔的胸襟。

诗歌前两句点明"观沧海"的位置，"观"字统领全篇，以下十句为观海所见。"水何澹澹"至"洪波涌起"六句为眼前实景，极写大海的辽阔壮美。"日月之行"至"若出其里"四句为作者的想象之景，日月和银河都好像在这广阔无边的大海里运行。这四句是诗歌的核心，借大海壮阔展现自己的政治抱负和宽阔襟怀。末二句虽是衬句，但与全诗浑然一体。

这首诗借景抒情，情景交融，语言质朴，想象丰富，气势磅礴，苍凉悲壮，清人沈德潜说它"有吞吐宇宙气象"。

最豪放名句

日月之行，若出其中；星汉灿烂，若出其里。

龟虽寿①

神龟虽寿，犹有竟②时；
腾蛇③乘雾，终为土灰。
老骥伏枥④，志在千里；
烈士暮年⑤，壮心不已⑥。
盈缩之期⑦，不但在天；
养怡之福⑧，可得永年⑨。

　　　　　　　　幸甚至哉，歌以咏志。

注释

① 〔龟虽寿〕《步出夏门行》第四章，诗题为后人所加。龟以长寿著称。

② 〔竟〕结束，完结，这里指死亡。

③ 〔腾（téng）蛇〕传说中龙的一种，能乘云雾升天。一作"螣蛇"。

④ 〔老骥（jì）伏枥〕年老的千里马伏在马槽旁。骥，好马。枥，马槽。

⑤ 〔烈士暮年〕有远大抱负的人到了晚年。烈士，有远大抱负的人。

⑥ 〔已〕停止。

⑦ 〔盈缩之期〕指人的寿命长短。盈，满，引申为长。缩，亏，引申为短。

⑧ 〔养怡之福〕指调养身心，保持身心健康。怡，愉快、和乐。

⑨ 〔可得永年〕就可以益寿延年。

简析

　　诗歌前四句从朴素的唯物论和辩证法的观点出发，否定了神龟、腾蛇一类神物的长生不老，说明了生死存亡是不可违背的自然规律。中间四句是全诗的核心，笔力遒劲（qíu jìng），韵律沉雄，蕴藏着一股自强不息的豪迈气概，表达了曹操老当益壮、锐意进取的精神面貌。接下来四句表现出一种深沉委婉的风情，给人一种亲切温馨之感。最后两句为附文。

　　这首诗朴实无华，格调高远，慷慨激昂，显示出诗人热爱生活的乐观态度和自强不息的进取精神。

最豪放名句

　　老骥伏枥，志在千里；烈士暮年，壮心不已。

短歌行①

对酒当歌，人生几何②！
譬如朝露，去日苦多。
慨当以慷③，忧思难忘。
何以解忧？唯有杜康④。
青青子衿，悠悠我心⑤。

但为君故，沉吟至今。

呦呦鹿鸣，食野之苹。

我有嘉宾，鼓瑟吹笙⑥。

明明如月，何时可掇⑦？

忧从中来，不可断绝。

越陌度阡⑧，枉用相存⑨。

契阔谈讌⑩，心念旧恩。

月明星稀，乌鹊⑪南飞。

绕树三匝⑫，何枝可依？

山不厌⑬高，海不厌深。

周公吐哺⑭，天下归心。

注释

① 〔短歌行〕汉乐府旧题。

② 〔对酒当歌，人生几何〕几何，多少。此句叹人生短促，时光易逝。

③ 〔慨当以慷〕慷慨，这里谓情绪激昂。

④ 〔杜康〕相传古代最初造酒的人，这里作为酒的代称。

⑤ 〔青青子衿（jīn），悠悠我心〕这两句用《诗经·郑风·子衿》里的句子，表示对贤才的思念。青青子衿，以恋人的衣饰借代恋人；一说周代读书人的服装叫青衿。

⑥ 〔呦（yōu）呦鹿鸣，食野之苹。我有嘉宾，鼓瑟吹笙〕这几句用《诗经·小雅·鹿鸣》里的句子表达自己期待贤者、招纳贤才的热忱。呦呦，鹿鸣声。苹，草名，代指草。

⑦ 〔掇（duō）〕拾取，摘取。一说同"辍"，停止。

⑧ 〔越陌度阡〕穿过纵横交错的小路。阡陌，田间小路。

⑨ 〔枉用相存〕贤人屈驾来访。

⑩ 〔契阔谈讌（yàn）〕彼此久别重逢，谈心宴饮。讌，通"宴"。

⑪ 〔乌鹊〕指喜鹊。这里喻指犹豫不定的人才。

⑫ 〔匝（zā）〕周，圈。

⑬ 〔厌〕满足。

⑭ 〔周公吐哺〕《韩诗外传》载周公自言："然一沐三握发，一饭三吐哺，犹恐失天下之士。"周公为了接待天下之士，有时洗一次头，吃一顿饭，都曾中断数次，表示对人才的礼遇。周公，姬旦，是周文王姬昌第四子，周武王姬发

的弟弟，辅助武王伐纣，为周相。

简析

这首诗为赤壁之战前后所作，未有定论。苏轼《赤壁赋》说曹操"横槊赋诗"，即指此诗。

这首诗主题明确，表达思贤若渴之情。前八句，强调自己的愁思之深，愁的是什么呢？是他苦于得不到众多的"贤才"来同他一起建功立业。中间八句巧妙使用《诗经》里的句子，描述对贤才的渴慕和贤才到来后宾主欢宴的情形。第三个八句是对前十六句的强调和照应，既为求贤而愁，又要待贤以礼，希望有更多的"贤才"到来。最后八句用乌鹊比喻人才，希望他们不要再犹豫不定；又用周公自比，希望贤才"多多益善"。

这是一首政治诗，却寓理于情，以情感人，符合曹诗婉而多讽的特点。据说此诗传开以后，多有人才前来归附。

最豪放名句

对酒当歌，人生几何！/周公吐哺，天下归心。

刘桢（1首）

刘桢（？—217），字公幹，宁阳（今山东泰安宁阳县）人，建安七子之一，以五言诗著称。建安年间，被曹操召为丞相掾（yuàn）属，后因在席上平视丕妻甄氏，以不敬之罪罚服劳役，后又免罪署为小吏。建安二十二年（217），与陈琳、徐干、应玚等同染疾疫而亡。五言诗负有盛名，与曹植并举，称为"曹刘"。后人辑有《刘公幹集》。

赠从弟①（其二）

亭亭②山上松，瑟瑟③谷中风。
风声一何④盛，松枝一何劲。
冰霜正惨凄，终岁常端正⑤。

岂不罹⑥凝寒，松柏有本性。

注释

① 〔从弟〕堂弟。
② 〔亭亭〕高耸直立的样子。
③ 〔瑟瑟〕风声。
④ 〔何〕多么。
⑤ 〔端正〕姿势挺直。
⑥ 〔罹（lí）〕遭受。

简析

《赠从弟》共三首，分别用蘋藻、松柏、凤凰作喻，"初言蘋藻可充荐羞之用，次言松柏能持节操之坚，而末章复以仪凤期之，则其望愈深而言愈重也"（元代刘履《选诗补注》）。这是第二首，勉励堂弟要像松柏一样坚贞高洁，也是作者的自勉。

前六句，每句一松一境，由风势猛烈发展到酷寒的冰霜，越发显出环境的严酷和青松岁寒不凋的特性。最后两句以有力的一问一答，表明松树坚贞不屈的高风亮节。

这首诗咏物言志，借青松之刚劲，明志向之坚贞。全诗由表及里，由此及彼，寓意高远，气壮脱俗。

最豪放名句

岂不罹凝寒，松柏有本性。

曹植（3首）

曹植（192—232），字子建，沛国谯县（今安徽亳州）人，建安文学的代表人物之一。魏文王曹丕同母弟，生前曾为陈（今河南周口淮阳区）王，谥号思，后人称"陈思王"。其诗笔力雄健，辞采华茂，代表作有《洛神赋》《白马篇》《七哀诗》等。南朝钟嵘赞曹植"骨气奇高""卓尔不群"，南朝宋谢灵运曾对曹植有"天下才有一石，曹子建独占八斗"（《南史·谢灵运传》）的评价，清人王士祯把他与李白、苏轼并称为"仙才"。

白马篇①

白马饰金羁②，连翩③西北驰。

借问谁家子，幽并④游侠儿。

少小去乡邑，扬声沙漠垂⑤。

宿昔秉良弓⑥，楛矢何参差⑦。

控弦破左的⑧，右发摧月支⑨。

仰手接飞猱⑩，俯身散马蹄⑪。

狡捷⑫过猴猿，勇剽若豹螭⑬。

边城多警急，虏骑数迁移。

羽檄⑭从北来，厉马⑮登高堤。

长驱蹈匈奴⑯，左顾凌鲜卑⑰。

弃身锋刃端⑱，性命安可怀？

父母且不顾，何言子与妻？

名编壮士籍⑲，不得中顾私⑳。

捐躯赴国难，视死忽如归。

注释

① 〔白马篇〕又名《游侠篇》，是曹植创作的乐府新题。

② 〔金羁（jī）〕金饰的马笼头。

③ 〔连翩（piān）〕这里用来形容白马奔驰的俊逸形象。

④ 〔幽并（bīng）〕幽州和并州，古时此地多游侠之士。

⑤ 〔垂〕同"陲"，边境。

⑥ 〔宿昔秉良弓〕早晚手持良弓。

⑦ 〔楛（hù）矢何参差（cēn cī）〕形容箭囊里箭多。楛，古书上指荆一类的植物，茎可制箭杆。参差，长短不齐。

⑧ 〔控弦破左的（dì）〕拉动弓弦射中了左边箭靶的中心。的，箭靶的中心。

⑨ 〔右发摧月支（yuè zhī）〕右边射箭也射中了箭靶。月支，与下文的"马蹄"都是箭靶的一种。

⑩〔仰手接飞猱（náo）〕扬起手射中飞猿。猱，古书上说的一种猴。

⑪〔俯身散马蹄〕俯下身射破箭靶。

⑫〔狡捷〕灵活敏捷。

⑬〔勇剽（piāo）若豹螭（chī）〕像豹子和螭兽一样勇敢剽悍。螭，古代传说中没有角的龙。

⑭〔羽檄（xí）〕插着鸟羽的军事文书。古时书信插羽毛以示情况紧急。

⑮〔厉马〕扬鞭策马。

⑯〔匈奴〕秦末汉初称雄中原以北的游牧民族。

⑰〔鲜卑〕是继匈奴之后在蒙古高原崛起的古代游牧民族。

⑱〔弃身锋刃端〕在敌人锋利的刀刃前奋不顾身。

⑲〔籍〕名册。

⑳〔中顾私〕心里想着个人的私事。中，内心。

简析

此诗是曹植前期诗歌的代表作，以曲折的情节描写边塞游侠儿捐躯赴难、奋不顾身的英勇行为，塑造了一位武艺高超、渴望卫国立功甚至不惜牺牲生命的游侠少年形象，表达了诗人建功立业的强烈愿望。

开头两句以奇警飞动之笔，描绘出少年驰马奔赴西北战场的英雄身影，显示出军情十分紧急，扣动读者心弦；接着以"借问"领起，以铺陈的笔墨补叙英雄的来历，说明他是一个什么样的英雄形象；"边城"六句，遥接篇首，具体说明"西北驰"的原因，表现少年英勇赴敌的气概。末八句展示少年捐躯为国、视死如归的崇高精神境界。诗中的少年英雄形象，既是诗人的自我写照，又凝聚和闪耀着时代的光辉。

全诗风格雄放，气氛热烈，语言精美，称得上是情调兼胜。

最豪放名句

捐躯赴国难，视死忽如归。

杂诗（其五）

仆夫早严驾①，吾行将远游。
远游欲何之②，吴国为我仇。
将骋万里涂③，东路安足由④。
江介⑤多悲风，淮泗⑥驰急流。
愿欲一轻济，惜哉无方舟⑦。
闲居非吾志，甘心赴国忧。

注释

① 〔严驾〕准备好车驾。

② 〔何之〕去哪里。

③ 〔涂〕同"途"。

④ 〔东路安足由〕东归的路哪里值得走？东路，指从洛阳返回鄄(juàn) 城。

⑤ 〔江介〕江边。

⑥ 〔淮泗〕淮水、泗水，是征讨东吴的必经之地。

⑦ 〔方舟〕大船，一说两船并在一起。

简析

这组诗共七首，这里节选的是第五首。这首诗抒发了作者甘心赴难、为国建功的壮志和理想不得实现的苦闷。

前四句写整装待发和此次行程的目的地。中间四句写诗人渴望建功立业的激昂情怀和英雄失路的激愤不平。诗的结尾直抒胸臆，表达甘愿为国家忧患赴汤蹈火的心声。作者于忧患中不消极颓唐，在遭受挫折时不逃避现实，在艰难的处境下不放弃自己的责任，风骨奇高，成为魏晋文学的最强音。

最豪放名句

闲居非吾志，甘心赴国忧。

赠白马王彪（节选）

心悲动我神，弃置莫复陈①。
丈夫志四海，万里犹比邻。
恩爱苟不亏②，在远分日亲③。
何必同衾帱④，然后展殷勤⑤。
忧思成疾疢⑥，无乃儿女仁⑦。
仓卒骨肉情，能不怀苦辛？

注释

① 〔陈〕说，提起。
② 〔恩爱苟不亏〕假若兄弟的眷爱并无削减。
③ 〔在远分日亲〕分离远方，反会加深你我的情谊。
④ 〔同衾帱（qīn chóu）〕同榻共眠。衾帱，被子和帐子。
⑤ 〔殷勤〕情意恳切。
⑥ 〔疾疢（chèn）〕疾病。
⑦ 〔无乃儿女仁〕岂不是儿女之情。

简析

这首诗作于黄初四年（223），记述曹植与白马王曹彪在回封地的途中被迫分离时的复杂心情。全诗共七章，诗前有序。诗序里说，诗人与兄弟白马王曹彪、任城王曹彰一起前往京城，到达洛阳后曹彰不幸身死。不久，诗人与曹彪各自返回封国。因为诀别只在数日之间，悲愤之下，作成此篇。这里节选的是第六章，诗人强自宽解，以豪言壮语和曹彪互相慰勉。

诗歌的前一章写曹彰之死引起的悲愤，这一章的前两句劝勉曹彪不要陷入忧伤的深渊而不能自拔。接着用"丈夫志四海，万里犹比邻"的壮语和曹彪共勉，唐代诗人王勃的名句"海内存知己，天涯若比邻"即由此句而来。以下六句说兄弟之间的情谊如果没有减弱，离得远了情分反倒会日益亲密；如果因此而得病，那就是失掉了大丈夫的气概而沉溺于儿女之情了。

清人方东树在《昭昧詹言》里说《赠白马王彪》"气体高峻雄浑，直书见事，直书目前，直书胸臆，沉郁顿挫，淋漓悲壮"。

最豪放名句

丈夫志四海，万里犹比邻。

阮籍（1首）

阮籍（210—263），字嗣宗，陈留尉氏（今河南开封尉氏县）人，三国时期魏国诗人，"竹林七贤"之一。他是"建安七子"之一阮瑀（yǔ）的儿子，3岁丧父，由母亲抚养长大。少年阮籍天赋异禀，8岁就能写文章。曾任步兵校尉，世称"阮步兵"。因主要生活于魏末司马氏独专朝政之时，政治上采取谨慎避祸的态度，或登山临水，或酣醉不醒，崇奉老庄之学，明哲保身。阮籍是"正始之音"的代表，著有《咏怀八十二首》《大人先生传》等。其作品收录在《阮籍集》中。

咏怀（其三十九）

壮士何慷慨，志欲威八荒①。
驱车远行役，受命念自忘②。
良弓挟乌号③，明甲④有精光。
临难不顾生，身死魂飞扬。
岂为全躯士⑤，效命争战场⑥。
忠为百世荣，义使令名⑦彰。
垂声⑧谢后世，气节故有常⑨。

注释

①〔八荒〕指天下。《说苑·辨物》："八荒之内有四海，四海之内有九州，天子处中州而制八方。"

②〔受命念自忘〕受到国家的任命忘掉个人的一切。

③〔乌号（háo）〕古良弓名。

④〔明甲〕一种良甲。

⑤〔全躯士〕苟且保全性命的人。

⑥〔争战场〕在战场上与敌人争夺胜负。

⑦〔令名〕美名；好名声。

⑧〔垂声〕留名。垂，流传。

⑨〔气节故有常〕崇高的气节自应万古长存。

简析

《咏怀八十二首》是随感而写，而非一时之作。这八十二首诗为中国古代五言诗的发展做出了贡献。节选的这首诗是第三十九首，表达了诗人欲兼济天下、报效国家的雄心壮志。

此诗开头两句赞扬壮士"欲威八荒"之志，雄杰壮阔。"驱车"以下八句具体描写壮士临难不顾，效命战场，宁愿身死魂飞，为国捐躯，突出壮士英武的精神和壮烈的情怀。"忠为"以下四句总收全诗，壮士之志的本质是忠义，壮士之志的核心是气节。

这首诗与第三十八首《咏怀·炎光延万里》不同于《咏怀》诗中其余多数诗篇的玄远遥深，而是词近意切，主旨分明，语言雄浑，气势壮阔，是《咏怀》诗中的佳作。

最豪放名句

临难不顾生，身死魂飞扬。

陶渊明（1首）

陶渊明（365 或 372 或 376），字元亮，又名潜，友人私谥"靖节"，世称"靖节先生"，浔阳柴桑（今江西九江）人，东晋末至南朝宋初期诗人、辞赋家。曾任江州祭酒、建威参军、镇军参军等职，后为彭泽县令，"不为五斗米折腰"，仅 80 多天便弃职归隐田园。他是中国第一位田园诗人，被称为"古今隐逸诗人之宗"，有《陶渊明集》。

咏荆轲①

燕丹②善养士，志在报强嬴③。
招集百夫良，岁暮得荆卿④。
君子死知己⑤，提剑出燕京⑥；
素骥⑦鸣广陌，慷慨送我行。
雄发指危⑧冠，猛气冲长缨。
饮饯易水⑨上，四座列群英。
渐离击悲筑⑩，宋意⑪唱高声。
萧萧哀风逝，淡淡寒波生。
商音⑫更流涕，羽奏壮士惊。
心知去不归，且有后世名。
登车何时顾，飞盖⑬入秦庭。
凌厉⑭越万里，逶迤过千城。
图穷事自至，豪主正怔营⑮。
惜哉剑术疏⑯，奇功遂不成。
其人虽已没，千载有馀⑰情。

注释

①〔荆轲〕也称庆卿、荆卿、庆轲（？—前227），战国时期著名刺客，卫国朝歌（今河南淇县）人。受燕太子丹所遣，入秦刺秦王嬴政，失败被杀。

②〔燕丹〕燕太子丹（？—前226），燕王喜之子，战国末期燕国太子。秦灭韩前夕，被送至秦国当人质，后回国谋刺秦王。失败后被燕王喜所杀，其头颅献秦军以求和。

③〔强嬴（yíng）〕强秦。嬴指秦王嬴政。

④〔卿〕犹"子"，是燕人对荆轲的尊称。

⑤〔死知己〕为知己而死。

⑥〔燕京〕燕国的都城，今北京。

⑦〔素骥〕白色骏马。白色是丧服色，以示同秦王同归于尽。

⑧〔危〕高。

⑨〔易水〕河流名，在今河北西部，为战国时燕国的南界。《战国策·燕策

三》记载，荆轲欲行刺秦王，燕太子丹于易水送别，"太子及宾客知其事者，皆白衣冠以送之。至易水上，既祖，取道。高渐离击筑，荆轲和而歌，为变徵之声，士皆垂泪涕泣。又前而为歌曰：'风萧萧兮易水寒，壮士一去兮不复还！'复为慷慨羽声，士皆瞋目，发尽上指冠"。

⑩〔渐离击悲筑〕高渐离弹奏筑。渐离指高渐离（生卒不详），燕国人，与荆轲友善。筑（zhù），古击弦乐器，形似筝。

⑪〔宋意〕当为燕太子丹所养之士。《淮南子·泰族训》："荆轲西刺秦王，高渐离、宋意为击筑而歌于易水之上，闻者莫不瞋（chēn）目裂眦（zì），发植穿冠。"

⑫〔商音〕古代乐调分为宫、商、角、徵（zhǐ）、羽五个音阶，商音调凄凉，羽音调壮越。

⑬〔飞盖〕车子如飞般疾驰。盖，车盖，代指车。

⑭〔凌厉〕意气昂扬，奋起直前的样子。

⑮〔怔（zhèng）营〕惊恐、惊慌失措的样子。

⑯〔剑术疏〕剑术不精。

⑰〔馀〕同"余"。

简析

这首诗大约作于晋宋易代之后宋武帝永初三年（422）。诗人歌咏荆轲刺秦王的壮举，表达自己对黑暗政治的愤慨之情。诗歌按照事件的经过，描写了出京、饮饯、登程、搏击几个场面，塑造了一个大义凛然的除暴英雄形象。"提剑出燕京"写出了荆轲仗剑行侠的英姿；"雄发指危冠，猛气冲长缨"写出荆轲义愤填膺的神态；"登车何时顾"四句，写出了荆轲义无反顾的气概。诗歌虽没有正面写刺秦王的场面，但可以想见荆轲那股令风云变色的气势。

这首诗写得笔墨淋漓，慷慨悲壮，在以平淡著称的陶诗中另具特色。朱熹《朱子语类》说："陶渊明诗，人皆说是平淡，据某看他自豪放，但豪放得来不觉耳。其露出本相者，是《咏荆轲》一篇。"

最豪放名句

雄发指危冠，猛气冲长缨。

鲍照 （1 首）

鲍照 （约 414—466），字明远，东海郡（今属山东临沂）人，南朝宋杰出的文学家、诗人。宋元嘉中，临川王刘义庆引为"佐史国臣"，后被宋文帝用为中书令、秣陵令。大明五年（461）出任刘子顼前军参军，故世称"鲍参军"。泰始二年（466），刘子顼起兵反明帝失败，鲍照死于乱军中。鲍照与颜延之、谢灵运合称"元嘉三大家"，与北朝庾信合称"南照北信"。他长于乐府诗，其七言诗对唐代诗歌的发展起了重要作用，世称"元嘉体"。风格俊逸豪放，奇矫凌厉，继承了建安传统，对后世李白、岑参、高适、杜甫有较大影响。杜甫《春日忆李白》称赞李白诗时曾说"清新庾开府，俊逸鲍参军"。有《鲍参军集》传世。

拟行路难①（其六）

对案不能食，拔剑击柱长叹息。
丈夫生世会几时？安能蹀躞②垂羽翼！
弃置罢官去，还家自休息。
朝出与亲辞，暮还在亲侧。
弄儿床前戏③，看妇机中织。
自古圣贤尽贫贱，何况我辈孤且直④！

注释

① 〔拟行路难〕乐府诗题，鲍照此题组诗共十八首。

② 〔蹀躞（dié xiè）〕小步走路。

③ 〔戏〕玩耍。

④ 〔孤且直〕孤高而且耿直。

简析

这首诗前四句集中写自己仕宦生涯中备受摧抑的悲愤心情。中间六句退一步想，既然在政治上不能有所作为，不如罢官回家休息，还得与亲人朝夕团聚，共叙天伦之乐。结尾两句抒发怀才不遇的感慨，表达出身寒门的读书人在仕途中的坎坷和痛苦。六朝之际门阀制度盛行，士族垄断政权，寒门子弟很少有仕进升迁的机会。鲍照出身孤寒，又以"直"道相标榜，自然为世所不容。

鲍照的乐府诗突破了传统乐府格律而极富创造，思想深沉含蓄，意境清新幽邃，语言容量大，节奏变化多，辞藻华美流畅，抒情淋漓尽致，并具有民歌特色。清代沈德潜说"明远乐府，如五丁凿山，开人世所未有，后太白往往效之"。李白的《行路难》就明显受到了此诗的影响。

最豪放名句

自古圣贤尽贫贱，何况我辈孤且直！

吴均（1首）

吴均（469—520），字叔庠（xiáng），吴兴故鄣（今浙江安吉）人，南朝梁文学家、史学家。先历任郡主簿、记室、国侍郎。梁武帝萧衍召之赋诗，深为赏识，任为待诏，累升至奉朝请。因私撰《齐春秋》，触犯武帝，被焚书、免职。后奉旨撰《通史》，未及成书而卒。其文清拔有古气，自谓"吴均体"。诗歌音韵和谐，风格清丽，属于典型的齐梁风格；拟作了不少乐府古诗，刚健清新。隋朝王通称他是"古之狂者也，其文怪以怒"，清朝陈祚明说他"才气俊迈，亦太白之流也"。著有《续齐谐记》《吴朝请集》。

胡无人行①

剑头利如芒②，恒持③照眼光。
铁骑追骁虏④，金羁讨黠羌⑤。
高秋八九月，胡地⑥早风霜。
男儿不惜死，破胆与君尝。

注释

①〔胡无人行〕乐府诗题。

②〔芒〕某些植物种子壳上的细刺。

③〔持〕执，拿。

④〔骁（xiāo）虏〕指凶猛的敌人。

⑤〔金羁（jī）讨黠（xiá）羌〕骑兵讨伐狡猾的敌人。金羁，代指马；羁，马笼头。羌，西北少数民族。

⑥〔胡地〕泛指北方或西域。

简析

这首诗通过描写一个血性男儿披肝沥胆、驰骋沙场的英姿和气概，表达了作者以身许国、建功立业的决心和志向。全诗风格豪迈，充满刚健之气。

诗中前两句着力描绘杀敌立功的利器——宝剑；三、四句用互文见义的手法写主人公持锋利宝剑，乘金羁铁骑，穷追敌寇；五、六句写边塞地区早霜，气候寒冷恶劣，衬托战争之严酷；最后两句直言自己为国不惜身死，并愿意剖开肝胆让人品尝，以此来验证自己的忠贞不贰。

最豪放名句

男儿不惜死，破胆与君尝。

乐府民歌（2首）

"乐府"始于秦代，公元前112年汉武帝正式设立乐府，用来训练乐工、制定乐谱和采集歌词，其中采集了大量民歌。后来，"乐府"成为一种诗体名称。乐府民歌真实地反映了下层人民的苦难生活，其文体较《诗经》《楚辞》更为活泼自由，发展了五言、七言及长短句等，多以叙事为主，"感于哀乐，缘事而发"（《汉书·艺文志》）。北宋郭茂倩编《乐府诗集》，收乐府诗 5000 多首。乐府诗是我国诗歌继《诗经》《楚辞》之后的第三个高峰。

敕勒①歌

敕勒川②，阴山③下。
天似穹庐④，笼盖⑤四野。
天苍苍，野茫茫。
风吹草低见⑥牛羊。

注释

①〔敕勒（chì lè）〕种族名，北齐时居住在朔州（今山西北部）一带，也称高车族，后归附鲜卑。

②〔敕勒川〕敕勒族居住的地方，在现在的山西、内蒙古一带。北魏时期把今河套平原至土默川一带称为敕勒川。具体所指区域，多有争议。

③〔阴山〕在今内蒙古自治区北部。

④〔穹（qióng）庐〕用毡布搭成的帐篷，即蒙古包。

⑤〔笼盖〕一作"笼罩"。也有的版本作"天似穹庐盖四野"。

⑥〔见〕同"现"。

简析

这是一首北朝民歌，风格豪放刚健，语言质朴无华，勾勒出了北国草原壮丽富饶的风光，抒写敕勒人热爱家乡、热爱生活的豪情，境界开阔，音调雄壮。它产生的时期为五世纪中后期，也有人认为作者是北齐的斛（hú）律金，争议颇多。

这首诗歌具有鲜明的游牧民族色彩，具有浓郁的草原气息，从语言到意境可谓浑然天成。元代诗人元好问深为赞赏："慷慨歌谣绝不传，穹庐一曲本天然。中州万古英雄气，也到阴山敕勒川。"

最豪放名句

天苍苍，野茫茫。风吹草低见牛羊。

木兰诗①

唧唧复唧唧，木兰当户织②。
不闻机杼③声，惟闻女叹息。
问女何所思，问女何所忆。
女亦无所思，女亦无所忆。
昨夜见军帖④，可汗⑤大点兵，
军书十二卷，卷卷有爷⑥名。
阿爷无大儿，木兰无长兄，
愿为市鞍马，从此替爷征。
东市买骏马，西市买鞍鞯⑦，
南市买辔头⑧，北市买长鞭。
旦辞爷娘去，暮宿黄河边，
不闻爷娘唤女声，但闻黄河流水鸣溅溅。
旦辞黄河去，暮至黑山⑨头。
不闻爷娘唤女声，但闻燕山胡骑鸣啾啾⑩。
万里赴戎机，关山度若飞⑪。
朔气传金柝⑫，寒光照铁衣。
将军百战死，壮士十年归。
归来见天子，天子坐明堂⑬。
策勋十二转，赏赐百千强⑭。
可汗问所欲，木兰不用尚书郎⑮，
愿驰千里足⑯，送儿还故乡。
爷娘闻女来，出郭⑰相扶将；
阿姊闻妹来，当户理红妆；
小弟闻姊来，磨刀霍霍向猪羊。
开我东阁门，坐我西阁床，
脱我战时袍，著我旧时裳。
当窗理云鬓，对镜帖花黄⑱。
出门看火伴⑲，火伴皆惊忙：
同行十二年，不知木兰是女郎。

雄兔脚扑朔，雌兔眼迷离[20]；
双兔傍地走，安能辨我是雄雌？

注释

① 〔木兰诗〕一作《木兰辞》。

② 〔唧唧复唧唧，木兰当户织〕木兰一边织布，一边叹息。首句一作"唧唧何力力"。唧唧，织布声，或叹息声。户，门。

③ 〔机杼（zhù）〕织布机和织布的梭子。

④ 〔军帖（tiě）〕征兵的文书。

⑤ 〔可汗（kè hán）〕古代西北地区少数民族对君主的称呼。下文"天子"同此。

⑥ 〔爷〕和下文的"阿爷"，都指父亲。当时北方少数民族称呼。

⑦ 〔鞍鞯（ān jiān）〕指马鞍和马鞍下面的垫子。

⑧ 〔辔（pèi）头〕驾驭牲口的嚼子和缰绳。

⑨ 〔黑山〕即今呼和浩特市东南杀虎山。

⑩ 〔但闻燕山胡骑鸣啾啾（jiū jiū）〕只听见胡人的战马啾啾鸣叫。燕山，今北京西南，一说蒙古境内杭爱山。胡，古代对北方少数民族的称呼。啾啾，马叫的声音。

⑪ 〔万里赴戎机，关山度若飞〕不远万里，奔赴战场；像飞一样地跨过一道道的关，越过一座座的山。戎机，指战争。度，越过。

⑫ 〔朔（shuò）气传金柝（tuò）〕北方的寒气传送着打更的声音。朔，北方。金柝，即刁斗，三足一柄，古代军中白天用以烧饭，夜晚用以打更。

⑬ 〔明堂〕古代帝王宣明政教、举行典礼等活动的地方。

⑭ 〔策勋十二转（zhuǎn），赏赐百千强〕记了很大的功，赏赐了很多财物。策勋，记功。转，勋级每升一级叫一转，十二转为最高的勋级。强，有余。

⑮ 〔尚书郎〕官名，魏晋以后在尚书台（省）下分设若干曹（部），主持各曹事务的官通称尚书郎。

⑯ 〔千里足〕指好马。一作"愿借明驼千里足"。

⑰ 〔郭〕外城。

⑱ 〔花黄〕是古代妇女的一种面饰。用黄粉画或用金黄色纸剪成星月花鸟等形状贴在额上，或在额上涂点黄色。

⑲ 〔火伴〕古时兵制，十人为一火，火伴即战友，火，通"伙"。

⑳ 〔雄兔脚扑朔，雌兔眼迷离〕提着兔子的耳朵悬在半空时，雄兔两只前

脚时时动弹，雌兔两只眼睛时常眯着，据此辨认雄雌。扑朔，动弹。迷离，眯着眼。

简析

这是南北朝时期北方的一首叙事民歌，记述了木兰女扮男装，代父从军，征战沙场，凯旋回朝，建功受封，辞官还家的故事，充满传奇色彩。

这首诗塑造了木兰这一不朽的人物形象，既富传奇色彩，又觉真切动人。木兰既是奇女子又是普通人，既是巾帼英雄又是平民少女，既是矫健的勇士又是娇美的女儿。她勤劳善良又坚毅勇敢，淳厚质朴又机敏活泼，热爱亲人又报效国家，不慕高官厚禄又热爱和平生活。自古忠孝不能两全，在木兰身上却变为了现实。《木兰诗》为民族立言，为妇女立言，向千年重男轻女思想说"不"，树起了"谁说女子不如男"的大旗。

这首诗充分体现出中国民歌的特点，运用排比、夸张、拟声、悬念等方法渲染气氛、刻画人物性格。沈德潜说它"事奇语奇，卑靡时得此，如凤凰鸣，庆云见，为之快绝"（故事奇特，语言奇特，在精神萎靡不振时读到它，像听到了凤凰鸣，带有吉庆之气的祥云出现了，对此感到痛快到了极点）。

最豪放名句

万里赴戎机，关山度若飞。/将军百战死，壮士十年归。

虞世南（1首）

虞世南（558—638），字伯施，越州余姚（今浙江宁波慈溪市）人。南北朝至隋唐时期政治家，"凌烟阁二十四功臣"之一。善书法，与欧阳询、褚遂良、薛稷合称"初唐四大家"。历仕陈、隋二代，官拜秘书郎、起居舍人。隋朝灭亡后，被窦建德任命为黄门侍郎。李世民灭窦建德后，先后引虞世南为秦王府参军、记室参军、弘文馆学士，与房玄龄等共掌文翰，为"十八学士"之一。贞观年间，历任著作郎、秘书少监、秘书监等职，后封永兴县公，故世称"虞永兴""虞秘监"。他虽容貌怯懦，弱不胜衣，但性情刚烈，直言敢谏，深得李世民敬重，被称为"德行、忠直、博学、文词、书翰五绝"。去世后获赠礼部尚书，谥号文懿，配葬昭陵。

蝉

垂緌①饮清露②，流响③出疏桐。
居高声自远，非是藉④秋风。

注释

①〔垂緌（ruí）〕古代官帽打结下垂的部分，蝉的头部有伸出的触须，形状好像下垂的冠缨。

②〔饮清露〕古人认为蝉生性高洁，栖高饮露。

③〔流响〕指连续不断的蝉鸣声。

④〔藉（jiè）〕凭借、依赖。

简析

这是一首咏物诗，作者托物寓意，一二句以蝉栖高饮露、蝉声远传暗喻人的清朗俊秀、高标逸韵。三四句语含双关，议论点睛。蝉声远播，一般人往往认为是借助于秋风的传送。作者却别有慧心，强调这是出于"居高"而自能致远。这使人领悟到修身自律而品格高尚的人，并不需要某种外在的凭借，自能声名远扬。上下句"自""非"二字，正反相生，表达出诗人的高度自信。

全诗简练传神，比兴巧妙，以蝉高洁傲世的品格自况，耐人寻味。后人把它与骆宾王的《在狱咏蝉》、李商隐的《蝉》并称为唐代咏蝉诗"三绝"。

最豪放名句

居高声自远，非是藉秋风。

李世民（1首）

李世民（599—649），即唐太宗，陇西成纪（今甘肃天水市秦安县）人，生于武功（今陕西武功），政治家、军事家。他在唐朝的建立与统一过程中立下赫赫战功，"玄武门之变"后被立为太子，即位后改元贞观。在位期间，虚心纳谏，厉行节约，劝课农桑，休养生息，国泰民安，开创了中国历史上著名的"贞观之治"，被各族人民尊称为"天可汗"，为后来唐朝一百多年的盛世奠定了重要基础。

赋萧瑀①

疾风知劲草②，板荡③识诚臣。
勇夫安识义，智者必怀仁。

注释

①〔萧瑀（yǔ）〕字时文，唐朝宰相。

②〔疾风知劲草〕猛烈的大风中，可看出什么样的草是强劲的。比喻意志坚定，经得起考验。《东观汉记·王霸传》："上谓霸曰：'颍川从我者皆逝，而子独留，始验疾风知劲草。'"

③〔板荡〕《诗经·大雅》有《板》《荡》两篇，都是写当时政治黑暗、人民痛苦的。后来用"板荡"指政局混乱，社会动荡不安。

简析

唐太宗的这首诗是赐给凌烟阁"二十四功臣"之一萧瑀的，萧瑀在唐太宗时先后六次被拜相、罢相。

前两句用东汉王霸和《诗经》里的典故称赞萧瑀忠诚。王霸是东汉光武帝的"云台二十八将"之一，萧瑀是唐太宗的"二十四功臣"之一，用典恰如其分。后两句称赞萧瑀是一位仁义智者。清人毛先舒曾赞太宗诗"鸿硕壮阔，振六朝靡靡（mǐ mǐ）"，由此诗可见一斑。

最豪放名句

疾风知劲草，板荡识诚臣。

卢照邻 （1首）

卢照邻（约637—约686），字升之，自号幽忧子，幽州范阳（今河北涿州）人，初唐诗人。他与王勃、杨炯、骆宾王并称"王杨卢骆"，世称"初唐四杰"。卢博学能文，曾为邓王李元裕府典签，李元裕曾经对别人说："此吾之相如也。"把他比作西汉辞赋家司马相如。后因《长安古意》诗句"梁家画阁中天起，汉帝金茎云外直"被疑讽刺武则天侄儿梁王武三思而获刑下狱，出狱后不久即染风疾，又因服丹药中毒，手足残废。迁隐阳翟（今河南禹州）具茨山下，得友人资助，购园而居，竟预筑坟墓，僵卧其中。终因不堪精神身体双重折磨，自沉颍水而死。著有《卢升之集》。

咏史（其四）

昔有平陵男，姓朱名阿游①。
直发上冲冠②，壮气横三秋。
愿得斩马剑③，先断佞臣头。
天子玉槛折，将军丹血流。
捐生不肯拜，视死其若休。
归来教乡里，童蒙远相求。
弟子数百人，散在十二州④。
三公不敢吏⑤，五鹿何能酬⑥。
名与日月悬，义与天壤俦⑦。
何必疲执戟⑧，区区在封侯⑨。
伟哉旷达士⑩，知命固不忧⑪。

注释

①〔姓朱名阿游〕朱云（生卒不详），字游，少好任侠。元帝时，与五鹿充宗辩论易学，获胜，遂授博士，迁任杜陵令，后为槐里令。为人狂直，多次上书抨击朝廷大臣。汉成帝时，朱云进谏攻击成帝的老师丞相张禹为佞臣，帝怒，欲斩之，他死抱殿槛，结果殿槛被折断。左将军辛庆忌为其死争，遂获赦，

皇帝亦下令不换断槛，留下"折槛"的典故。朱云自此不复仕，晚年教授生徒，年七十余卒于家中。以下十二句即述其事。

②〔直发上冲冠〕形容人极端愤怒，因而头发直立，把帽子都冲起来了。《史记·廉颇蔺相如列传》载蔺相如为保护和氏璧"持璧却立，倚柱，怒发上冲冠"。

③〔斩马剑〕又称"断马剑"，汉代兵器，由尚方令铸造，供皇室使用，即俗称的"尚方宝剑"。

④〔十二州〕指全国各地。尧帝时期，天下分为九州：冀州、兖州、青州、徐州、扬州、荆州、豫州、梁州、雍州。舜帝时期，天下分为十二州，从冀州分出并州、幽州，从青州分出营州。

⑤〔三公不敢吏〕三公都不敢任用他。三公，当时最尊显的三个官职，说法不一。

⑥〔五鹿何能酬〕五鹿充宗不能应对。五鹿充宗（生卒不详），西汉时儒家学者，是汉元帝的宠臣，朱云曾与其辩《易》。

⑦〔义与天壤俦〕其大义与天地相等。壤，地。俦，等。

⑧〔何必疲执戟〕何必去讨好皇帝身边的官员。执戟，秦汉时的宫廷侍卫官，因值勤时手持戟，故名。

⑨〔区区在封侯〕不就是为了做官吗？区区，事小，不重要。

⑩〔伟哉旷达士〕心胸旷达的人（朱云）多么伟大呀。

⑪〔知命固不忧〕识天命者无忧虑。《周易·系辞上》："乐天知命，故不忧。"固，本来，原来。

简析

这首诗前两句交代朱云的籍贯姓名，接下来用慷慨的诗句叙述了他的生平事迹，最后六句对人物进行评价。诗人通过回顾朱云慷慨旷达的一生，告诉人们做人应该敢于直言，不应贪生怕死。

卢照邻的《咏史四首》，分别歌颂了汉朝季布、郭泰、郑泰、朱游四个忠直敢谏的著名人物，是诗人读完《汉书》后创作的。初唐时期，战争频繁，皇帝好大喜功，臣属报喜不报忧，献谀之风抬头，诗人的《咏史》诗就是对这种社会政治风气的揭露与批评。

最豪放名句

名与日月悬，义与天壤俦。

骆宾王（1首）

骆宾王（约638—684），字观光，婺州义乌（今浙江义乌）人，"初唐四杰"之一。他7岁能诗，号称"神童"。擅七言歌行，《帝京篇》为初唐绝唱。曾久戍边城，写有不少边塞诗。光宅元年（684），徐敬业起兵讨伐武则天，他曾为徐作《讨武曌（zhào）檄（xí）》，武则天读后深恨骆才不为己所用。徐敬业兵败，骆宾王下落不明，或说被杀，或说亡命，或说在灵隐寺为僧。

于易水①送人

此地别燕丹，壮士发冲冠。
昔时人已没，今日水犹寒。

注释

①〔易水〕河流名，在今河北西部，为战国时燕国的南界。《战国策·燕策三》记载，荆轲欲行刺秦王，燕太子丹于易水送别，"太子及宾客知其事者，皆白衣冠以送之。至易水上，既祖，取道。高渐离击筑，荆轲和而歌，为变徵（zhǐ）之声，士皆垂泪涕泣。又前而为歌曰：'风萧萧兮易水寒，壮士一去兮不复还！'复为慷慨羽声，士皆瞋（chēn）目，发尽上指冠"。

简析

唐高宗仪凤三年（678），骆宾王以侍御史职多次上疏讽谏，触忤武后，不久便被诬陷下狱。第二年秋遇赦出狱。冬，奔赴幽燕一带，厕身于军幕之中，此诗大约写于这一时期。

前两句通过咏怀古事，写出诗人送别友人的地点。后两句是怀古伤今之辞，抒发诗人的感慨。全诗寓意深远，笔调苍凉，表达对古代英雄的仰慕，也寄托自己对现实的深刻感慨，倾吐了自己满腔热血无处可洒的极大苦闷。全诗以强烈深沉的感情，含蓄精练的手法，摆脱了初唐萎靡纤弱的诗风，标志着唐代五言绝句的成熟。

最豪放名句

此地别燕丹，壮士发冲冠。

王勃（2首）

王勃（约649—675），字子安，绛州龙门（今山西河津）人，"初唐四杰"之一。诗文"壮而不虚，刚而能润，雕而不碎，按而弥坚"，对扭转南朝以来的绮靡文风起了重要作用。王勃自幼聪敏好学，6岁被赞为"神童"。16岁时毛遂自荐，授职朝散郎，不久因作《斗鸡檄》被赶出沛王府。后历时三年游巴蜀，咸亨二年（671）返回长安后，补得虢（guó）州参军，因私杀官奴二次被贬。唐高宗上元三年（676）八月，自交趾（今越南境内）探望父亲返回时，不幸渡海溺水，惊悸而死。其文《滕王阁序》被后人广为传诵。

送杜少府之任蜀州①

城阙辅三秦②，风烟望五津③。
与君离别意，同是宦游④人。
海内存知己，天涯若比邻。
无为在歧路⑤，儿女共沾巾⑥。

注释

①〔送杜少府之任蜀州〕送别杜少府到蜀州上任。杜少府，生平事迹不详，少府是唐代对县尉的称呼。之，到、往。蜀州，今四川崇州。

②〔城阙辅三秦〕意思是京师长安由三秦大地辅卫保护。城阙，即城楼，代指长安。辅，护卫。三秦，指长安城附近的关中之地，即今陕西潼关以西一带。秦朝末年，项羽破秦，把关中分为雍、翟、塞，分封给秦朝三个降将章邯、董翳、司马欣，所以称"三秦"。辅三秦，一作"俯西秦"。

③〔风烟望五津〕风烟迷茫之中，依稀可以望见蜀州。此句意谓目的地并不遥远。五津，指岷江的五个渡口，这里泛指蜀川。

④〔宦游〕出外做官。隋唐时，一个官员只能到家乡以外的某个地方就任三五年，然后再派往另一个地方。

⑤〔无为在歧路〕不要在分别的岔路口。无为，无须、不要。歧路，岔路，古人送行常在大路分岔处告别。

⑥〔儿女共沾巾〕像青年男女那样挥泪告别。共，一作"俱"。巾，佩巾，拭布，相当于现在的手巾；一说头巾，唐时以巾裹头发，外着帽。

简析

此诗是送别诗中的名作，作于王勃在长安时期。

首联上句点送别之地，下句点杜少府将要"宦游"之地，依稀可望。开头就展开壮阔的境界，意谓此去不远，不必伤感，为后文奠定基调。颔联已露劝慰之意，同为"宦游"，同样远离故土，分别也是常事，又何必感伤！颈联说远离分不开知己，只要同在四海之内，就是远隔天涯海角也如同邻居一样，一秦一蜀又算得了什么呢。这两句蕴含依依惜别之情和人生哲理，读来感觉情深义重，成为朋友之间表达深情厚谊的不朽名句。尾联以劝慰杜少府分别时莫做儿女之态作结，是对朋友的叮咛，也是自己情怀的吐露。

南朝江淹《别赋》里说："黯然销魂者，唯别而已矣。"此诗却一洗送别诗中的悲苦缠绵之态，而代之以清新爽朗的语言、明快高昂的格调、开阔旷达的意境，体现出诗人高远的志向和豁达的情趣。清代俞陛云《诗境浅说》评曰："一气贯注，如娓娓清谈，极行云流水之妙。"

最豪放名句

海内存知己，天涯若比邻。

滕王阁①

滕王高阁临江渚②，佩玉鸣鸾③罢歌舞。
画栋朝飞南浦云④，珠帘暮卷西山雨⑤。
闲云潭影日悠悠⑥，物换星移⑦几度秋。
阁中帝子⑧今何在？槛⑨外长江空自流。

注释

①〔滕王阁〕故址在今江西南昌赣江之滨，江南三大名楼之一。建于唐朝

繁盛时期，为李元婴（628—684）任洪州（今江西南昌）都督时所建，李元婴封滕王，故名。李元婴在滕州（今山东滕州）建立行宫，命名滕王阁，也是第一处滕王阁。永徽四年（653），迁洪州都督，建第二处滕王阁。龙朔二年（662），迁隆州（今四川阆中）刺史，建第三处滕王阁。

②〔江渚（zhǔ）〕江中小洲。江，指赣江。

③〔佩玉鸣鸾（luán）〕舞女身上佩戴的玉饰、响铃等，代指舞女。

④〔画栋朝飞南浦云〕早上，楼阁上飞来了南浦的浮云。画栋，有彩绘的栋梁楼阁。南浦（pǔ），地名，在南昌市西南。浦，水边或河流入海的地方（多用于地名）。

⑤〔珠帘暮卷西山雨〕黄昏，珠帘卷入了西山的细雨。西山，南昌道教名山，一名逍遥山，《水经注》作散原山，《豫章记》作厌原山，《太平寰宇记》作南昌山。

⑥〔日悠悠〕每日无拘无束地游荡。

⑦〔物换星移〕形容时代的变迁、万物的更替。物，四季景物。

⑧〔帝子〕帝王的子女，指滕王李元婴。

⑨〔槛（jiàn）〕栏杆。

简析

滕王李元婴是唐高祖李渊第二十二子，唐太宗李世民之弟。其骄奢淫逸，品行不端，但精通歌舞，善画蝴蝶，很有艺术才情。他修建滕王阁，也是为了歌舞享乐的需要。唐高宗上元三年（676），诗人远道去交趾（今越南）探父，途经洪都，参与时任洪都都督阎伯奥的宴会，即席作《滕王阁序》，序末附这首凝练、含蓄的诗篇。

首联点出滕王阁的形势，并遥想当年兴建此阁时宴会的情景，"罢"字则写出往日的繁华如今已经一去不复返了；颔联写阁的高峻，突出其冷落可怜；颈联由空间转入时间，点出了时日的漫长，很自然地生出物换星移的感慨；尾联写人去阁在，唯江水永流，令人感慨万端。

全诗在空间、时间双重维度展开对滕王阁的吟咏，笔意纵横，穷形尽相，语言凝练，感慨遥深。此诗气度高远，境界宏大，与《滕王阁序》可谓双璧同辉，相得益彰。清周容在《春酒堂诗话》中说："王子安《滕王阁》诗，俯仰自在，笔力所到，五十六字中，有千万言之势。"

最豪放名句

阁中帝子今何在？槛外长江空自流。

杨炯（1首）

杨炯（650—约693），华州华阴（今属陕西）人，"初唐四杰"之一。10岁应童子举及第，翌年待制弘文馆。上元三年（676）应制举，补秘书省校书郎。永淳元年（682）擢为太子詹事司直，垂拱二年（686）被贬为梓州司法参军，如意元年（692）任盈川令。杨炯反对宫体诗风，主张"骨气""刚健"，以五言诗见长，多写边塞征战，气势轩昂，风格豪放，在诗歌发展史上起到承前启后的作用。

从军行①

烽火照西京②，心中自不平。
牙璋辞凤阙③，铁骑绕龙城④。
雪暗凋⑤旗画，风多杂鼓声。
宁为百夫长⑥，胜作一书生。

注释

①〔从军行〕乐府旧题，唐人以此题为诗甚多，多写军旅生活。

②〔西京〕长安。

③〔牙璋辞凤阙（què）〕将帅领到兵符辞别皇宫（去打仗）。牙璋，古代兵符，指奉命出征的将帅。凤阙，汉建章宫的圆阙上有金凤，故以指皇宫。

④〔龙城〕又称龙庭，在今蒙古国鄂尔浑河的东岸，汉时匈奴的要地。汉武帝派卫青出击匈奴，曾在此获胜。这里指塞外敌方据点。

⑤〔凋〕指战旗失去了鲜艳的色彩。

⑥〔百夫长（zhǎng）〕一百个士兵的头目，泛指下级军官。

简析

　　唐高宗年间，吐蕃（bō）、突厥曾多次侵扰甘肃一带，礼部尚书裴行俭奉命出师征讨。这首诗借用乐府旧题"从军行"，用五言律诗描写一个读书士子从军边塞、参加战斗的全过程，笔力极其雄劲。

　　首联写边报传来，激起了志士的爱国热情。颔联写军队辞京出战，唐军神速到达前线，并把敌方城堡包围得水泄不通。颈联写战斗，诗人没有从正面着笔，而是通过景物描写进行烘托，一视一听，写出将士冒雪同敌人搏斗、奋勇杀敌的悲壮场面。尾联直接抒发保边卫国的壮志豪情，诗人愿投笔从戎，驰骋沙场，不愿做置身书斋的一介书生。

最豪放名句

宁为百夫长，胜作一书生。

郭震（1首）

　　郭震（656—713），字元振，魏州贵乡（今河北大名附近）人，唐代将领。咸亨五年（674）进士及第。大足元年（701）任凉州都督、陇右诸军州大使。中宗时，迁左骁卫将军、安西大都护。先天元年（712）任朔方军大总管，并辅助唐玄宗诛杀太平公主，兼任御史大夫，进封代国公。次年因故流放新州，不久复起用为饶州司马，病卒于赴任途中。

古剑篇①

君不见昆吾②铁冶飞炎烟，红光紫气俱赫然③。
良工锻炼凡④几年，铸得宝剑名龙泉⑤。
龙泉颜色如霜雪，良工咨嗟⑥叹奇绝。
琉璃玉匣吐莲花，错镂金环映⑦明月。
正逢天下无风尘⑧，幸得周⑨防君子身。
精光黯黯⑩青蛇色，文章⑪片片绿龟鳞。

非直结交游侠子⑫，亦曾⑬亲近英雄人。

何言中路遭弃捐，零落飘沦古狱边⑭。

虽复沉⑮埋无所用，犹能夜夜气冲天。

注释

① 〔古剑篇〕一作《宝剑篇》。

② 〔昆吾〕传说中的山名，相传山有积石，冶炼成铁，铸出宝剑光如水晶，削玉如泥。

③ 〔赫然〕光明闪耀的样子。

④ 〔凡〕即共，一作"经"。

⑤ 〔龙泉〕《太平寰宇记》载，龙泉县有水，曾有人就此水淬剑，剑化龙飞去。

⑥ 〔咨嗟〕即赞叹。

⑦ 〔映〕一作"生"。

⑧ 〔风尘〕指烽烟，借指战争。

⑨ 〔周〕一作"用"。

⑩ 〔黯黯〕同"暗暗"，指不明亮。

⑪ 〔文章〕指剑上的花纹。

⑫ 〔游侠子〕指古代那些轻生重义、勇于救人急难的英雄侠士。直，同"只"。

⑬ 〔曾〕一作"常"。

⑭ 〔零落飘沦古狱边〕《晋书·张华传》载，晋代张华见天上有紫气，使雷焕察释。雷焕曰："宝剑之精上彻于天。"张华使雷焕寻剑，雷焕于丰城县狱屋基下掘得一石函，中有双剑，上刻文字，一名龙泉，一名太阿。飘，一作"漂"。

⑮ 〔沉〕一作"尘"。

简析

据传龙泉宝剑是吴国干将和越国欧冶子用昆吾所产精矿，冶炼多年而铸成。为铸此剑，二人凿开茨山，放出山中溪水，引至铸剑炉旁呈北斗七星环列的七个池中，是名"七星"。剑成之后，俯视剑身，如同登高山而下望深渊，缥缈而深邃，仿佛有巨龙盘卧，是名"龙渊"。故名此剑曰"七星龙渊"，简称"龙渊剑"。但后来宝剑沦落埋没在丰城的一个古牢狱的废墟下，直到晋朝宰相张华夜观天象，发现在斗宿、牛宿之间有紫气上冲于天，后经雷焕判断是"宝剑之精上彻于天"，这才重新被发掘出来。唐朝时因避高祖李渊讳，改称"龙泉剑"。这首诗就是化用上述传说，借歌咏龙泉剑以寄托自己的理想和抱负，抒发怀才不遇的感慨。

此诗通篇叙写龙泉古剑，赞颂其千锤百炼，霜刃如雪，锋利无比，纹理精美，百折不挠，其实是在抒写诗人自己的胸襟。全诗层次清晰，豪壮雄健，气魄非凡，在雄奇中又含秀美，洋溢着一股雄豪剑气。

最豪放名句

虽复沉埋无所用，犹能夜夜气冲天。

陈子昂（1首）

陈子昂（659—700），字伯玉，梓州射洪（今四川遂宁市射洪县）人，诗人，初唐诗文革新人物之一。因曾任右拾遗，后世称"陈拾遗"。24岁举进士，后升右拾遗，因反对武后被下狱。在26岁、36岁时两次从军边塞。38岁解官回乡，居父丧期间，被权臣武三思迫害，后冤死狱中。其诗风骨峥嵘，寓意深远，苍劲有力。与司马承祯、卢藏用、宋之问、王适、毕构、李白、孟浩然、王维、贺知章称为"仙宗十友"。

送魏大①从军

匈奴犹未灭②，魏绛③复从戎。
怅别三河道④，言追六郡雄⑤。
雁山横代北⑥，狐塞接云中⑦。
勿使燕然⑧上，惟留汉将功。

注释

①〔魏大〕陈子昂朋友，在兄弟中排行第一，故称。生平事迹不详。
②〔匈奴犹未灭〕《史记·卫将军骠骑列传》载汉武帝为霍去病修建了一

座豪华的府邸，霍去病却断然拒绝，说："匈奴未灭，何以家为？"

③〔魏绛（jiàng）〕姬姓，魏氏，名绛，谥庄，史称"魏庄子"。春秋晋国大夫，他主张晋国与邻近少数民族联合，曾言"和戎有五利"，后来戎狄亲附，魏绛也因消除边患而受金石之赏。

④〔三河道〕古称河东、河内、河南为三河，大致指黄河流域中段平原地区。

⑤〔六郡雄〕原指金城、陇西、天水、安定、北地、上郡的豪杰，这里专指西汉时在边地立过功的赵充国。赵充国（前137—52），西汉著名将领，为"麒麟阁十一功臣"之一，《汉书》中记载其为"六郡良家子"。

⑥〔雁山横代北〕雁门山横亘在代州之北。雁山，雁门山，在今山西代县。

⑦〔狐塞接云中〕飞狐塞紧连着云中郡。狐塞，飞狐塞，在今河北涞源县，北跨蔚县界。云中，云中郡，治所在今山西大同。

⑧〔燕（yān）然〕古山名，即今蒙古国境内的杭爱山。《后汉书·窦宪传》记载，东汉窦宪领兵出塞，大破北匈奴，登燕然山，刻石勒功而还。

简析

这是一首赠别诗，从大处着眼，激励出征者立功沙场，并抒发了作者的慷慨壮志。

前两句用霍去病和魏绛的典故，称赞魏大御边保国的壮举。三四句，点出送别地点，两人执手相约：要像汉代名将赵充国那样驰骋沙场，杀敌立功。五六句写魏大从军所往之地。结句用窦宪激励友人，希望他扬名塞外。

全诗一气呵成，充满了奋发向上的精神，感情豪放激扬，语气慷慨悲壮，读来如闻战鼓，有气壮山河之势。

最豪放名句

勿使燕然上，惟留汉将功。

王翰（1首）

王翰（687—726），字子羽，晋阳（今山西太原）人。少年时豪健恃才，性格狂放，倜傥不羁。景云元年（710）进士及第后，仍然每日以饮酒为事。调昌乐尉，又召为秘书正字，后擢通事舍人、驾部员外等。出为汝州长史，改仙州别驾，日与才士豪侠饮乐游畋（tián），贬道州司马，死于贬所。其诗题材大多吟咏沙场少年、玲珑女子以及欢歌饮宴等，表达对人生短暂的感叹和及时行乐的旷达情怀。

凉州词①（其一）

葡萄美酒夜光杯②，欲饮琵琶马上催③。
醉卧沙场④君莫笑，古来征战几人回。

注释

①〔凉州词〕唐代乐府诗题，唐人以此题为诗颇多，多写边塞生活。

②〔夜光杯〕这里指华贵而精美的酒杯。相传是周穆王时，西胡用白玉精制成，因"光明夜照"得名。

③〔催〕催人出征。

④〔沙场〕指战场。

简析

这是一首边塞诗，前两句写美酒佳肴的筵席，后两句是写筵席上的畅饮和劝酒，渲染了出征前盛大华贵的酒筵以及战士们痛快豪饮的场面，表现出一种浓郁的边地色彩和军营生活的风味。"醉卧沙场"，表现出来的不仅是豪放、开朗、兴奋的感情，而且还有着视死如归的勇气。

这首诗意境开阔，语言华美，节奏明快，富有浪漫气息，被明代王世贞推为唐代七绝的压卷之作。

最豪放名句

醉卧沙场君莫笑，古来征战几人回。

王之涣（1首）

王之涣（688—742），字季凌，绛州（今山西新绛县）人，盛唐浪漫主义诗人。为人豪放不羁，常击剑悲歌，其诗多被当时乐工制曲歌唱，名动一时。与岑参、高适、王昌龄被称为唐代"四大边塞诗人"。其代表作有《登鹳雀楼》《凉州词》等。

登鹳雀楼①

白日依山尽②，黄河入海流。
欲穷千里目，更上一层楼。

注释

①〔鹳雀楼〕故址在今山西永济市境内古蒲州城外西南的黄河岸边。《蒲州府志》记载："（鹳雀楼）旧在郡城西南黄河中高阜处，时有鹳雀栖其上，遂名。"

②〔白日依山尽〕尽，消失。这句话是说太阳依傍山峦沉落。

简析

这首诗写诗人在登高望远中表现出来的不凡的胸襟抱负，反映了盛唐时期人们的进取精神。

前两句写登楼所见，诗人运用极其朴素、浅显的语言，把万里河山收入短短十个字中，画面宽广辽远。后两句写登楼所想，含意深远，耐人寻味。这两句诗发表议论，既别出新意，出人意表，又与前两句承接得十分自然、紧密，从而把诗篇引入更高的境界，成为千古传诵的名句，也使得这首诗成为千古绝唱。

此诗是唐代五言诗的压卷之作，王之涣因这首五言绝句而名垂千古，鹳雀楼也因此诗而名扬中华。清代俞陛云《诗境浅说续编》里说它"二十字中，有尺幅千里之势"。

最豪放名句

欲穷千里目，更上一层楼。

王昌龄（3首）

王昌龄（约690—756），字少伯，河东晋阳（今山西太原）人，一说京兆万年（今陕西西安）人，盛唐边塞诗人。早年贫苦，30岁左右进士及第，授汜水尉，因事被贬岭南。开元末返长安，改授江宁丞，不久被谤谪龙标尉。安史乱起，避祸返家，被刺史闾丘晓所杀。与李白、高适、王维、王之涣、岑参等人交往深厚。其诗以七绝见长，有"诗家夫子王江宁"之誉，王昌龄被誉为"七绝圣手"。其边塞诗气势雄浑，格调高昂，充满宁边安民的希冀，表达出愿为国家长治久安鞠躬尽瘁的雄心壮志。有《王昌龄集》传世。

出塞①（其一）

秦时明月汉时关②，万里长征③人未还。
但使龙城飞将④在，不教胡马度阴山⑤。

注释

①〔出塞〕乐府旧题。

②〔秦时明月汉时关〕秦汉以来，明月就是这样照耀着边关。

③〔长征〕长期的征战。

④〔龙城飞将〕指西汉时期的李广（？—前119），西汉名将，人称"飞将军"。

⑤〔阴山〕今内蒙古自治区中部山脉，包括狼山、乌拉山、色尔腾山、大青山等，是我国北方的屏障。

简析

《出塞》是王昌龄早年赴西域时所作，盛唐时期，唐在对外战争中屡屡取胜，全民族的自信心极强，边塞诗人的作品中，多能体现一种慷慨激昂的向上精神。同时，频繁的边塞战争，也使人民不堪重负，渴望和平，《出塞》正是反映了人民的这种和平愿望。

诗从写景入手，显示了边疆的寥廓和景物的萧条，渲染出孤寂、苍凉的气氛。面对这样的景象，诗人触景生情，自然联想起秦汉以来无数献身边疆、至死未归的人们。后两句融抒情与议论为一体，直接抒发戍边战士巩固边防的愿望和保卫国家的壮志，洋溢着爱国激情和民族自豪感。

这首诗气势豪迈，铿锵有力。明代诗人李攀龙推它是唐人七绝的压卷之作，杨慎编选唐人绝句，也列它为第一。

最豪放名句

但使龙城飞将在，不教胡马度阴山。

从军行①（其四）

青海②长云暗雪山③，孤城遥望玉门关④。
黄沙百战穿金甲，不破楼兰⑤终不还。

注释

① 〔从军行〕亦作《古从军行》。
② 〔青海〕指青海湖，位于青藏高原东北部、青海省境内。
③ 〔雪山〕这里指甘肃的祁连山。
④ 〔玉门关〕汉武帝置，因西域输入玉石取道于此而得名。故址在今甘肃敦煌西北小方盘城，六朝时关址东移至今安西双塔堡附近，今已被双塔堡水库淹没。
⑤ 〔楼兰〕汉代西域国名，这里泛指当时骚扰西北边疆的敌人。

简析

《从军行》是唐代诗人王昌龄的组诗作品，共七首。全诗意境苍凉，慷慨激昂，充分显示出盛唐气象。这是第四首。

前两句，次第展现出广阔的画面：青海湖上空，长云弥漫；湖的北面，横亘着绵延千里的隐隐雪山；越过雪山，是矗立在河西走廊荒漠中的一座孤城；

再往西，就是和孤城遥遥相对的军事要塞——玉门关。这幅数千里的长卷，描绘了西北边陲的景象，点出了"孤城"的地理形势。后两句由情景交融的环境描写转为直接抒情。"黄沙百战穿金甲"，戍边时间之漫长，战事之频繁，战斗之艰苦，敌军之强悍，边地之荒凉，都于此七字中概括无遗。"不破楼兰终不还"，则是身经百战的将士豪壮的誓言，反映出战士保国的壮志，铿锵有力，掷地有声。

这首诗视野开阔，意境高远，格调悲壮，胸怀激荡，充满了磅礴的浪漫气质和一往无前的英雄主义精神。

最豪放名句

黄沙百战穿金甲，不破楼兰终不还。

从军行（其六）

胡瓶落膊紫薄汗①，碎叶②城西秋月团。
明敕星驰封宝剑③，辞君一夜取楼兰。

注释

①〔胡瓶落膊紫薄汗〕（将军）斜背着灌满美酒的胡瓶，骑着紫薄汗马。胡瓶，唐代西域地区制作的一种工艺品，可用来储水。紫薄汗，一种宝马。

②〔碎叶〕碎叶城是唐朝在西域设的重镇，位于中亚吉尔吉斯斯坦首都比什凯克以东、楚河流域的托克马克市附近，与龟兹（qiū cí）、疏勒、于阗（tián）并称为唐代"安西四镇"。

③〔明敕（chì）星驰封宝剑〕边境传来紧急军情，皇上星夜传诏将军，赐予尚方宝剑令其领兵杀敌。

简析

这首诗表达了一位将军欲奔赴边关杀敌立功的急切心情。

诗的首句写这位将军的战时装束和勇武雄姿，次句转写边塞之景，意在营造和烘托气氛，暗示将军时时想着边塞的安危，时时准备奔赴边塞，保境安民。诗的后两句，豪气生发，尤显英雄本色，既写出了部队攻城拔塞的神速，同时也反映出作者对唐朝强大国势和军力的一种自信、自豪心理。

最豪放名句

明敕星驰封宝剑，辞君一夜取楼兰。

孟浩然（1首）

孟浩然（689—740），名浩，字浩然，号孟山人，襄州襄阳（现湖北襄阳）人，世称"孟襄阳"，山水田园派诗人，与王维并称"王孟"。孟浩然生当盛唐，早年有志用世，40岁时游长安，应进士举不第。曾在太学赋诗，名动公卿。开元二十五年（737）被张九龄招致幕府，不久后隐居鹿门山。孟诗绝大部分为五言短篇，多写山水田园和隐居的逸兴以及羁旅行役的心情。有《孟浩然集》三卷传世。

望洞庭湖赠张丞相①

八月湖水平，涵虚混太清②。
气蒸云梦泽③，波撼岳阳城④。
欲济无舟楫⑤，端居耻圣明⑥。
坐观垂钓者⑦，徒有羡鱼情⑧。

注释

①〔望洞庭湖赠张丞相〕洞庭湖在今湖南北部。张丞相，指张九龄（673—740），唐朝开元名相。

②〔涵虚混太清〕天空倒映在水中，湖水与天空混为一体。太清，指天空。

③〔气蒸云梦泽〕古代云梦泽分为云泽和梦泽，指湖北南部、湖南北部一带低洼地区。洞庭湖是它南部的一角。气蒸，一作"气吞"。

④〔波撼岳阳城〕岳阳城，今湖南岳阳，在洞庭湖东岸。撼，一作"动"。

⑤〔欲济无舟楫（jí）〕想渡湖而没有船只，比喻想做官而无人引荐。楫，船桨，这里借指船。

⑥〔端居耻圣明〕生在太平盛世自己却闲居在家，因此感到羞愧。

⑦〔坐观垂钓者〕坐观，一作"徒怜"。者，一作"叟"。

⑧〔徒有羡鱼情〕引自《淮南子·说林训》："临河而羡鱼，不如归家织网。"徒，一作"空"。

简析

此诗是投赠给张九龄的干谒诗，当作于开元二十一年（733）。

这首诗通过描写面临烟波浩渺的洞庭湖欲渡无舟的感叹，以及临渊羡鱼的情怀，曲折地表达了诗人希望张九龄予以援引之意。前四句写洞庭湖壮丽的景象和磅礴的气势，后四句借此抒发自己的政治热情和希望。全诗以望洞庭湖起兴，由"欲济无舟楫"过渡，对于本来是借以表意的洞庭湖，进行了泼墨山水般的大笔渲绘，呈现出八百里洞庭的阔大境象与壮伟景观，取得撼人心魄的艺术效果。

明代胡应麟《诗薮（sǒu）》说："'气蒸云梦泽，波撼岳阳城'浩然壮语也……盛唐绝作。"

最豪放名句

气蒸云梦泽，波撼岳阳城。

王湾（1首）

王湾（约693—约751），洛阳（今河南洛阳）人，唐代诗人。先天元年（712）进士及第，授荥阳县主簿，受荐参与集部的编撰工作，书成之后，因功授任洛阳尉。

次北固山下①

客路青山外②，行舟绿水前。
潮平两岸阔③，风正④一帆悬。
海日生残夜⑤，江春入旧年⑥。
乡书⑦何处达？归雁⑧洛阳边。

注释

① 〔次北固山下〕船停泊在北固山下。次，停泊。北固山，在今江苏镇江北，镇江三山名胜之一。

② 〔客路青山外〕旅途在青山之外。

③ 〔潮平两岸阔〕潮水涨满时，两岸之间水面宽阔。

④ 〔风正〕风顺。

⑤ 〔海日生残夜〕夜色将尽，海上旭日升起。

⑥ 〔江春入旧年〕新年未至，江中春意已现。

⑦ 〔乡书〕家信。

⑧ 〔归雁〕北归的大雁。古有大雁传递书信的传说。

简析

这首诗是诗人由楚入吴，沿江东行时有感而作。诗歌以准确、精练的语言描写了冬末春初时在北固山下停泊时所见到的青山绿水、潮平岸阔之景，抒发了作者深深的思乡之情。

首联写路途上所见，青山绿水，一高一低。颔联写"潮平""风正"的江上行船，景象恢宏阔大。颈联写停泊时看到的拂晓之景，隐含哲理，"妙绝千古"（《诗薮》）；同时给人积极向上的艺术感染，与刘禹锡"沉舟侧畔千帆过，病树前头万木春"异曲同工，历来为人称道。尾联见雁思亲，与首联呼应。全诗用笔自然，写景鲜明，情感真切，情景交融，风格壮美，极富韵致。

这首《次北固山下》唐人殷璠（fān）选入《河岳英灵集》时题为《江南意》，与此诗多有不同："南国多新意，东行伺早天。潮平两岸失，风正数帆悬。海日生残夜，江春入旧年。从来观气象，惟向此中偏。"

最豪放名句

潮平两岸阔，风正一帆悬。

王维（6首）

王维（约701—761），字摩诘，号摩诘居士，太原祁县（今山西祁县）人，盛唐诗人、画家。开元九年（721）进士，任太乐丞，因伶人舞黄狮子受累，贬为济州司仓参军。后历官右拾遗、监察御史、河西节度使判官。唐玄宗天宝年间，官拜吏部郎中、给事中。安禄山攻陷长安时，王维被迫接受伪职。长安收复后，被责授太子中允。唐肃宗乾元年间任尚书右丞，故世称"王右丞"。精通诗、书、画、音乐等，以诗名盛于开元、天宝间，尤长五言，多咏山水田园。王维笃志奉佛，将诗情、画意、音乐、禅趣高度结合，意境高远，有"诗佛"之称，苏轼赞曰"味摩诘之诗，诗中有画；观摩诘之画，画中有诗"。其军旅和边塞生活为题材的《从军行》《陇西行》《燕支行》《观猎》《使至塞上》《出塞作》等，都是壮阔飞动之作。有《王右丞诗集》《王摩诘诗集》《辋川集》传世。

少年行①（其一）

新丰②美酒斗十千，咸阳③游侠多少年。
相逢意气为君饮，系马高楼垂柳边。

注释

① 〔少年行〕乐府杂曲歌辞名。本为《结客少年场行》，南朝宋鲍照、北周庾信皆有作，多咏少年轻生重义、任侠游乐之事。后多作《少年行》，或冠以地名，如《长安少年行》《邯郸少年行》等。

② 〔新丰〕在今陕西西安市临潼区东北，当时盛产美酒。

③ 〔咸阳〕本指战国时秦国的都城咸阳，勇士荆轲、秦舞阳都到过此地，汉时曾徙豪侠于咸阳。这里用来代指唐朝都城长安。

简析

《少年行》共四首，从不同侧面描写了一群急人之难、豪侠任气的少年英雄，对游侠意气进行了热烈的礼赞，表现出盛唐社会游侠少年踔（chuō）厉风发的精神面貌、生活道路和成长过程。组诗每一首都各自独立，又可以合而观之。这组诗歌表现了王维早年诗歌创作的雄浑劲健的风格和浪漫气息，同时从中也可以看出年轻时王维的政治抱负和理想，显示出强烈的英雄主义色彩。

这首诗写侠少的欢聚痛饮，诗的前两句以"新丰美酒"烘染在前，"咸阳游侠"出场在后，而"多少年"则为全篇之纲。诗的后两句更进一层，写出侠少重友情厚交谊的作风，即便是邂逅偶逢的陌路人，杯酒之间也能成为意气相倾的知己。

最豪放名句

相逢意气为君饮，系马高楼垂柳边。

少年行（其二）

出身仕汉羽林郎①，初随骠骑②战渔阳③。
孰知不向边庭苦④，纵死犹闻侠骨香。

注释

①〔羽林郎〕汉代禁卫军官名，常以六郡世家大族子弟充任，后来一直沿用到隋唐时期。

②〔骠（piào）骑〕指霍去病（前140—前117），曾任骠骑将军。

③〔渔阳〕古幽州，现在天津蓟州区一带，汉时与匈奴经常接战的地方。

④〔苦〕一作"死"。

简析

这首诗写游侠出征边塞。

诗里所说的"仕汉""骠骑"，以及《少年行·一身能擘两雕弧》《少年行·汉家君臣欢宴终》里出现的"五单于""汉家君臣"等，都是借汉事喻唐。这里说少年委身事君，入仕之初便担任了羽林郎的职务。少年报国心切，一心想效功于当世，一旦国家有事，便毫不犹豫地随军出征。边关是遥远荒寒的，沙场的搏杀更是出生入死，而主人公"明知山有虎，偏向虎山行"，末二句活脱地传达出少年从容勇毅的坚定和义无反顾的决心。

最豪放名句

孰知不向边庭苦，纵死犹闻侠骨香。

少年行（其三）

一身能擘两雕弧^①，虏骑千重^②只似无。
偏坐金鞍调白羽^③，纷纷射杀五单于^④。

注释

①〔一身能擘（bò）两雕弧〕一个人能同时拉开两张弓。擘，同"掰"，张，分开；一作"臂"。雕弧，饰有雕画的良弓。

②〔重（chóng）〕一作"群"。

③〔白羽〕指箭，尾部饰有白色羽翎。

④〔五单于〕原指汉宣帝时匈奴内乱争立的五个首领，这里比喻骚扰边境的少数民族诸王。

简析

这首诗写少年战场勇武杀敌。

诗人将主人公置于孤危险恶的战争情势之中。敌人大军压境，形成包围之势；众敌倾巢出动，来势汹汹。少年以"一身"对"千重"，竟能左右驰突于敌阵之中，如入无人之境；且擒贼先擒王，将凶蛮剽悍的敌酋"纷纷射杀"，少年之勇武跃然纸上。敌我双方的力量愈是悬殊，也就愈能表现主人公无所畏惧的英雄气概，而这种气概，又正来自其置生死于度外的献身精神。

最豪放名句

一身能擘两雕弧，虏骑千重只似无。

观猎^①

风劲角弓鸣，将军猎渭城^②。
草枯鹰眼疾，雪尽马蹄轻。

忽过新丰市，还归细柳营③。

回看射雕处，千里暮云平。

注释

① 〔观猎〕一作《猎骑》，宋人郭茂倩摘前四句编入《乐府诗集·近代曲辞》，题作《戎浑》。

② 〔渭城〕秦时咸阳城，汉改称渭城，在今西安市西北，渭水北岸。

③ 〔细柳营〕汉代名将周亚夫屯军之地，在今陕西咸阳市西南，后称军营纪律严明者为"细柳营"。

简析

诗歌把一次普通的狩猎活动写得激情洋溢、豪放有力。前四句写射猎的过程，后四句写将军傍晚收猎回营的情景。

首联渲染出紧张肃杀的气氛，然后点出猎者和猎所。颔联描写纵鹰击捕，怒马追逐，进一步渲染了打猎的气氛，细致地刻画出打猎的场面。颈联写罢猎还归，既生动地描写了猎骑情景，又真切地表现了主人公的轻快感受和喜悦心情。尾联写景作结，但它所写并非营地景色，而是遥遥"回看"行猎处之远景，颇为巧妙：当初风起云涌，与出猎时紧张气氛相应；此时风平云定，与猎归后从容自如的心境相称。

最豪放名句

草枯鹰眼疾，雪尽马蹄轻。

使至塞上①

单车②欲问边③，属国④过居延⑤。

征蓬⑥出汉塞，归雁入胡天。

大漠孤烟⑦直，长河⑧落日圆。

萧关⑨逢候骑⑩，都护⑪在燕然。

注释

① 〔塞上〕边境地区，也泛指北方长城内外。

②〔单车〕一辆车，表明此次出使随从不多。

③〔问边〕慰问边关守军。

④〔属国〕典属国的简称。汉代称负责少数民族事务的官员为典属国，诗人在这里借指自己出使边塞的使者身份。

⑤〔居延〕今甘肃张掖北，这里泛指辽远的边塞地区。

⑥〔征蓬〕飘飞的蓬草，古诗中常用来比喻远行之人。

⑦〔孤烟〕指烽烟。

⑧〔长河〕指黄河。

⑨〔萧关〕古关名，故址在今宁夏固原东南。

⑩〔候骑〕负责侦察、巡逻的骑兵。

⑪〔都护〕官名，汉代始置，唐代的边疆设有大都护府，其长官称大都护。这里指前线统帅。

简析

此诗是开元十五年（727）王维以监察御史身份出使凉州时所作。

首联两句交代此行目的和到达地点；颔联包含多重意蕴，借蓬草自况，写飘零之感；颈联描绘了边陲大漠中雄奇壮阔的景象，境界阔大，气象雄浑；尾联两句虚写战争已取得胜利，流露出对都护的赞叹。此诗既反映了边塞生活，同时也表达了诗人由于被排挤而产生的孤独、寂寞、悲伤之感，以及在大漠的雄浑景色中情感得到熏陶、净化、升华后产生的慷慨悲壮之情，显露出其豁达情怀。

此诗颈联最为有名，清代徐增《而庵说唐诗》："'大漠''长河'一联，独绝千古。"曹雪芹《红楼梦》中借香菱之口评价此诗："想来烟如何直，日自然是圆的；这'直'字似无理，'圆'字似太俗。合上书一想，倒像是见了这景的。若说再找两个字换这两个，竟再找不出两个字来。"近代王国维《人间词话》评："此种境界，可谓千古壮观。"

最豪放名句

大漠孤烟直，长河落日圆。

老将行

少年十五二十时，步行夺得胡马骑[①]。
射杀中山白额虎[②]，肯数邺下黄须儿[③]。
一身转战三千里，一剑曾当百万师。
汉兵奋迅如霹雳，虏骑崩腾畏蒺藜[④]。
卫青不败由天幸[⑤]，李广无功缘数奇[⑥]。
自从弃置便衰朽，世事蹉跎成白首。
昔时飞箭无全目[⑦]，今日垂杨生左肘[⑧]。
路旁时卖故侯瓜[⑨]，门前学种先生柳[⑩]。
苍茫古木连穷巷[⑪]，寥落寒山对虚牖[⑫]。
誓令疏勒出飞泉[⑬]，不似颍川空使酒[⑭]。
贺兰山[⑮]下阵如云，羽檄交驰日夕闻。
节使三河募年少，诏书五道出将军。
试拂铁衣如雪色，聊持宝剑动星文[⑯]。
愿得燕弓射天将[⑰]，耻令越甲鸣吴军[⑱]。
莫嫌旧日云中守[⑲]，犹堪一战取[⑳]功勋。

注释

①〔步行夺得胡马骑〕《史记·李将军列传》记载，汉朝名将李广为匈奴骑兵所擒，时已受伤，便即装死。后于途中见一胡儿骑着良马，便一跃而上，将胡儿推至地下，疾驰而归。夺得，一作"夺取"。

②〔射杀中山白额虎〕与上文连观，应是指李广为右北平太守时，多次射杀山中猛虎之事。白额虎（传说为虎中最凶猛一种），似是用晋名将周处除三害事，南山白额虎是三害之一，见《晋书·周处传》。中山，一作"山中"，一作"阴山"。

③〔邺下黄须儿〕指曹彰（189—223），曹操之子，须黄色，性刚猛，曾亲征乌丸（即乌桓），颇为曹操爱重，曾持彰须曰："黄须儿竟大奇也。"这句意谓，岂可只算黄须儿才是英雄。邺下，曹操封魏王时，都邺（今河北临漳县西）。

④〔蒺藜〕本是有三角刺的植物，这里指铁蒺藜，战地所用障碍物。

　　⑤〔卫青不败由天幸〕卫青（？—前106），汉代名将，汉武帝皇后卫子夫之弟，以征伐匈奴官至大将军。卫青姊子霍去病，也曾远入匈奴境，却未曾受困折，因而被看作"有天幸"。"天幸"本霍去病事，然古代常卫、霍并称，这里当因卫青而联想霍去病事。

　　⑥〔李广无功缘数奇〕李广曾屡立战功，汉武帝却以他年老，没有封侯。数奇，命运不遇。

　　⑦〔飞箭无全目〕鲍照《拟古诗》："惊雀无全目。"李善注引《帝王世纪》：吴贺使羿射雀，贺要羿射雀左目，却误中右目。这里只是强调羿能使雀双目不全，于此见其射艺之精。飞箭，一作"飞雀"。

　　⑧〔垂杨生左肘〕指疾病或灾变。《庄子集释·至乐》："支离叔与滑介叔观于冥伯之丘，昆仑之虚，黄帝之所休，俄而柳生其左肘，其意蹶蹶然恶之。"（支离叔与滑介叔在冥伯的山丘上和昆仑的旷野里游乐玩赏，那里曾是黄帝休息的地方。不一会儿，滑介叔的左肘上长出一个瘤子，他感到十分吃惊并且厌恶这东西。）

　　⑨〔故侯瓜〕召（shào）平（生卒不详）曾是秦朝的东陵侯，秦亡后在长安青绮门外的路边卖瓜。

　　⑩〔先生柳〕晋陶渊明弃官归隐后，因门前有五株杨柳，遂自号"五柳先生"，并写有《五柳先生传》。

　　⑪〔苍茫古木连穷巷〕古树苍茫一直延伸到深巷。苍茫，一作"茫茫"。连，一作"迷"。

　　⑫〔寥落寒山对虚牖（yǒu）〕寥落寒山空对冷寂的窗户。寥，一作"辽"。牖，窗户。

　　⑬〔誓令疏勒出飞泉〕《后汉书·耿恭传》记载，后汉耿恭与匈奴作战，据疏勒城，匈奴于城下绝其涧水，恭于城中穿井，至十五丈犹不得水，他仰叹道："闻昔贰师将军（李广利）拔佩刀刺山，飞泉涌出，今汉德神明，岂有穷哉。"旋向井祈祷，过了一会儿，果然得水。疏勒城，在今新疆疏勒县。

　　⑭〔颍川空使酒〕灌夫（？—前131），汉颍川颍阴（今许昌魏都区）人，为人刚直，失势后颇牢骚不平，后被诛。使酒，恃酒逞意气。

　　⑮〔贺兰山〕今贺兰山脉位于宁夏与内蒙古交界处。

　　⑯〔星文〕指剑上所嵌的七星文。

　　⑰〔天将〕一作"大将"。

　　⑱〔耻令越甲鸣吴军〕意谓以敌人甲兵惊动国君为可耻。《说苑·立节》记载，越国甲兵入齐，雍门子狄请齐君让他自杀，因为越甲惊动了国君，自己

应当以身殉之，遂自刎死。越甲鸣君后指忠君爱国。吴军，一作"吾君"。

⑲〔云中守〕汉文帝时，云中郡太守魏尚防匈奴有功，却因小事一度被削爵为民。后令冯唐持节赦魏尚，官复原职。这里以魏尚借喻受冷落的老将，表现他壮志犹存。

⑳〔取〕亦作"立"或"树"。

简析

这首诗亦写于出使凉州之时。

此诗写一老将年少勇战，转战沙场，后因"无功"被弃，然而他自不服老，在边地烽火重燃时，壮心复起，仍想为国立功。开头十句写老将青少年时代的智勇、功绩和不平遭遇；中间写老将被遗弃的清苦生活；最后十句写边烽未熄，老将时时怀着请缨杀敌的衷肠。

诗中大量用典，几乎句句对仗，层次分明，自始至终洋溢着爱国激情，格调苍凉悲壮，但哀而不伤。明末唐汝询《唐诗解》说它："对偶严整，转换有法，长篇之圣者。史称右丞晚年长斋奉佛，无仕进意，然观此诗，宦兴亦自不浅。"

最豪放名句

一身转战三千里，一剑曾当百万师。

李白（19首）

李白（701—762），字太白，号青莲居士，又号谪仙人，祖籍陇西成纪（现甘肃秦安县陇城），出生于碎叶城（今属吉尔吉斯斯坦），幼年随父迁至剑南道绵州青莲乡（今四川江油市青莲镇），唐代伟大的浪漫主义诗人，世称"诗仙"，与杜甫合称"李杜"。李白一生绝大部分在漫游中度过，游历了大半个中国。20岁时只身出川，南到洞庭湘江，东至吴、越。10年后，他又继续北上太原、长安，东到齐、鲁各地，创作了大量优秀诗篇。天宝元年（742）李白被召至长安，为玄宗所赏识，供奉翰林，文章风采，名震天下。在京仅三年就被赐金放还，继续飘荡四方。安史之乱的第二年（756），他参加了永王李璘的幕府。永王兵败之后，受累流放夜郎（今贵州境内），途中遇赦，晚年漂泊东南一带。

其诗作结构跌宕开阔，寓含世事万变，雄奇飘逸，恣肆豪放，善于借助夸张手法描绘充满神异色彩的理想世界，具有独特魅力。杜甫盛赞其诗"笔落惊风雨，诗成泣鬼神"。有《李太白集》30卷。

上李邕①

大鹏一日同风起，扶摇②直上九万里。
假令风歇时下来③，犹能簸却沧溟水④。
时人见我恒殊调⑤，闻余大言皆冷笑。
宣父犹能畏后生⑥，丈夫⑦未可轻年少。

注释

①〔李邕（yōng）〕字泰和，鄂州江夏（今湖北武汉市江夏区）人，唐朝大臣，书法家，文学家。

②〔扶摇〕一种旋风，又名飙（biāo），由地面急剧盘旋而上的暴风。《庄子·逍遥游》："北冥有鱼，其名为鲲。鲲之大，不知其几千里也；化而为鸟，其名为鹏。鹏之背，不知其几千里也；怒而飞，其翼若垂天之云。是鸟也，海运则将徙于南冥。南冥者，天池也。《齐谐》者，志怪者也。《谐》之言曰：'鹏之徙于南冥也，水击三千里，抟（tuán）扶摇而上者九万里，去以六月息者也。'"

③〔假令风歇时下来〕即使风停下来。

④〔犹能簸却沧溟水〕（翅膀）还能激起大海里的水。

⑤〔恒殊调〕常常有不同流俗的言行。

⑥〔宣父犹能畏后生〕宣父，指孔子，唐贞观十一年诏尊孔子为宣父。《论语·子罕》："子曰：后生可畏，焉知来者之不如今也？四十、五十而无闻焉，斯亦不足畏也已。"

⑦〔丈夫〕指李邕。

简析

李邕在开元七年（719）至九年（721），曾任渝州（今重庆市）刺史。李白游渝州谒见李邕时，因不拘俗礼，放言高论，纵谈王霸，使李邕不悦。李白临别时写了这首态度颇不客气的《上李邕》一诗。

前四句中李白以大鹏自比，借用庄子名篇，寥寥数笔，就勾画出一个力簸沧海的大鹏形象——也是年轻诗人自己的形象。后四句是对李邕怠慢态度的回答，其中后两句既是揶揄，又是讽刺，态度相当桀骜不驯，显示出青年李白的锐气。

最豪放名句

大鹏一日同风起，扶摇直上九万里。／宣父犹能畏后生，丈夫未可轻年少。

渡荆门①送别

渡远荆门外，来从楚国②游。
山随平野尽③，江入大荒④流。
月下飞天镜⑤，云生结海楼⑥。
仍怜⑦故乡水⑧，万里送行舟。

注释

①〔荆门〕荆门山，位于今湖北宜都长江南岸，与北岸虎牙山对峙，地势险要，有楚蜀咽喉之称。

②〔楚国〕这里指湖北一带。

③〔尽〕一作"阔"。

④〔大荒〕广阔无际的田野，与上文"平野"同意。

⑤〔月下飞天镜〕月亮倒映在水中，犹如从天上飞来的一面明镜。

⑥〔云生结海楼〕白云涌起结成海市蜃楼，形容江上云霞的美丽。

⑦〔怜〕爱。

⑧〔故乡水〕指从故乡四川流来的长江水。

简析

青年李白第一次离开故乡开始漫游全国，在出蜀漫游的途中写下这首诗。全诗意境高远，风格雄健，表现了其倜傥不群的个性。

首联叙事，紧扣题目写送别之地和此行目的。颔联写舟行江上所见近景。"随"字化静为动，将群山与平野的位置逐渐变换、推移的景象，真切地表现出来。"入"字写出了气势的博大，充满了喜悦和昂扬的激情。颈联写所见远景，以水中月明如镜反衬江水的平静，以天上云彩构成海市蜃楼衬托江岸的辽阔、天空的高远；感受独特，想象新奇，色彩斑斓，意境瑰丽，充分表现出诗人与月同行、与云同飘的兴奋喜悦之情。颔颈两联，把生活在蜀中的人初次出峡，见到广大平原时的新鲜感受极其真切地写了出来。尾联化宾为主，含蓄抒发对渐行渐远故乡的依依不舍之情。《诗薮》："'山随平野阔，江入大荒流'，太白壮语也。"

最豪放名句

山随平野尽，江入大荒流。

军行①

骝马②新跨白玉鞍，战罢沙场月色寒。
城头铁鼓声犹震，匣③里金刀血未干。

注释

①〔军行〕类于《从军行》。此诗一说为王昌龄所作，题为《出塞二首》（其二）。

②〔骝（liú）马〕黑鬃黑尾的红马，骏马的一种。

③〔匣〕刀鞘。

简析

这首诗描写了一场惊心动魄的战斗刚刚结束时的情景：枣红马刚刚装上白玉装饰的马鞍，战士就骑着它出发了；战斗结束的时候天已经很晚，战场上只留下寒冷的月光；城头上催战的鼓声仍在旷野上回荡，刀鞘里的钢刀还血迹未干。

诗人用寥寥数笔，就把将士们的英武气概、胜利者的神态生动地描绘出来，热情地歌颂了将士们为国杀敌立功的勇敢精神；并借战士们的勇武杀敌、速战速胜的飒爽英姿，从侧面衬托出盛唐时期兵强马壮、国力雄厚，能够威慑四方的景象。

最豪放名句

城头铁鼓声犹震，匣里金刀血未干。

清平乐

画堂①晨起，来报雪花坠。高卷帘栊②看佳瑞③，皓色远迷庭砌④。
盛气⑤光引炉烟⑥，素草寒生玉佩⑦。应是天仙狂醉，乱把白云揉碎。

注释

① 〔画堂〕华丽的堂舍。

② 〔帘栊（lóng）〕窗帘或门帘。栊，窗棂。

③ 〔佳瑞〕瑞雪。

④ 〔皓色远迷庭砌〕白色（大雪）远近迷漫了庭阶。

⑤ 〔盛气〕雪花狂舞的气势。

⑥ 〔光引炉烟〕那景象好像引发的炉烟。

⑦ 〔素草寒生玉佩〕白色花草寒光闪闪好像挂着一身玉佩。

简析

这是唐代诗人李白的一首富有生活情趣的赏雪词，这首词想象奇特瑰丽，不落窠臼，体现了李白诗浪漫主义的风格。

上片写作者观看雪景，一片苍茫迷离的皓色，显喜悦、痴迷之情。下片前两句从空中、地下写所见迷人雪景，气势豪迈，瑰丽生姿。词中分别以炉烟袅袅、寒草玉佩譬喻雪之弥漫洁白。后两句想象瑰丽，"应是天仙狂醉，乱把白云揉碎"，天仙豪饮了银河的美酒酩酊大醉后，把白云揉得碎末纷飞，化作漫天大雪，遍地银涛。这个比喻大胆新奇，新颖独特，惊人骇俗而又极合情理。一个"狂"字抖擞出宇宙的英气，开放出仙苑的奇葩，令人神往，这正是诗人以狂墨赋醉诗的一个典型例子。

但此词的作者仍存争议，《尊前集》中署名李白，《全宋词》署名宋代袁绹。

最豪放名句

应是天仙狂醉，乱把白云揉碎。

结袜子①

燕南壮士②吴门豪③，筑中置铅④鱼隐刀⑤。
感君恩重许君命，太山一掷轻鸿毛⑥。

注释

①〔结袜子〕乐府旧题。

②〔燕南壮士〕指战国时燕国侠士高渐离。

③〔吴门豪〕指春秋时吴国侠士专诸。

④〔筑中置铅〕指高渐离在筑中暗藏铅块伏击秦始皇。《战国策·燕策》《史记·刺客列传》皆有记载。

⑤〔鱼隐刀〕指专诸将匕首暗藏在鱼腹中刺杀吴王僚。隐，一作"藏"。事见《史记·刺客列传》。

⑥〔太山一掷轻鸿毛〕太山，即泰山。此句谓为知己不惜舍命相报。司马迁《报任安书》："人固有一死，或重于泰山，或轻于鸿毛，用之所趋异也。"

简析

这首诗开头两句列举了古代两位刺客高渐离、专诸的事迹。第三句赞扬了这两名刺客的豪壮义气：为了报答知遇之恩，而献出了自己宝贵的生命。末句阐明了这些壮士（也是作者自己）的生死观，化用司马迁的话，说明为知己而死，死得其所。全诗虽只有短短四句，但即兴抒发，慷慨激昂。

最豪放名句

感君恩重许君命，太山一掷轻鸿毛。

侠客行①

赵客②缦胡缨③，吴钩霜雪明④。
银鞍照白马，飒沓⑤如流星。
十步杀一人，千里不留行⑥。
事了拂衣去，深藏身与名。

闲过信陵饮⑦，脱剑膝前横。
将炙啖朱亥，持觞劝侯嬴⑧。
三杯吐然诺，五岳倒为轻⑨。
眼花耳热后，意气素霓生⑩。
救赵挥金槌，邯郸先震惊⑪。
千秋二壮士，烜赫大梁城⑫。
纵死侠骨香，不惭世上英⑬。
谁能书阁下，白首太玄经⑭。

注释

① 〔侠客行〕乐府旧题。

② 〔赵客〕燕赵之地的侠客。

③ 〔缦（màn）胡缨〕即少数民族做工粗糙的没有花纹的带子。缦，没有花纹。缨，系冠帽的带子。

④ 〔吴钩霜雪明〕谓宝刀的锋刃像霜雪一样明亮。吴钩，宝刀名，春秋时期吴地流行的一种弯刀，以青铜铸成。

⑤ 〔飒沓〕群飞的样子，形容马跑得快。

⑥ 〔十步杀一人，千里不留行〕十步之内，稳杀一人；千里关隘，不可留行。谓侠士剑术高明，勇敢无畏。《庄子·说剑》："臣之剑十步一人，千里不留行。"

⑦ 〔闲过信陵饮〕闲时到信陵君家喝酒。信陵，信陵君魏无忌，魏国公子，"战国四君子"之一。

⑧ 〔将炙啖朱亥，持觞劝侯嬴〕把烤肉给朱亥吃，端起酒杯劝侯嬴喝酒。《史记·魏公子列传》记载，朱亥、侯嬴都是信陵君的门客，二人帮助信陵君窃符救赵。

⑨ 〔三杯吐然诺，五岳倒为轻〕几杯酒下肚就做出了承诺，并且把承诺看得比五岳还重。

⑩ 〔意气素霓生〕古人认为，凡将出现不寻常的大事，就会出现不寻常的天象，如"白虹贯日"。素霓，白虹。

⑪ 〔救赵挥金槌，邯郸先震惊〕这两句描述窃符救赵时朱亥锤击魏国公子晋鄙的故事。邯郸，赵国都城。

⑫ 〔烜赫（xuǎn hè）大梁城〕威名扬于整个魏国。烜赫，显著。大梁城，战国时期魏国的都城。

⑬〔不惭世上英〕不逊于世上任何英雄豪杰。

⑭〔谁能书阁下，白首太玄经〕谁能够在书阁下，一辈子研读《太玄经》呢？《太玄经》，西汉扬雄的一部哲学著作。

简析

这一首《侠客行》，抒发了诗人对侠客的倾慕，对拯危济难、用世立功生活的向往，表现了诗人的豪情壮志。

前四句从侠客的装束、兵刃、坐骑描写侠客的外貌。第二个四句写侠客高超的武术和淡泊名利的行为。第三个四句引入信陵君和朱亥、侯嬴的故事来进一步歌颂侠客，侠客得以结识明主，明主借助侠客的勇武谋略去成就一番事业，侠客也就功成名就了。最后四句表示侠客即使死了，他也会流芳后世，并不逊色于那些功成名就的英雄，侠客的行为远胜于在书阁研究经书。

最豪放名句

纵死侠骨香，不惭世上英。

望庐山①瀑布（其二）

日照香炉②生紫烟，遥看瀑布挂前川。
飞流直下三千尺，疑是银河落九天。

注释

①〔庐山〕又名匡山、匡庐，位于江西九江庐山市。
②〔香炉〕庐山香炉峰有四，一般认为此指南香炉峰。

简析

《望庐山瀑布》有两首，一首五古，一首七绝，一般认为是开元十三年（725）前后李白出游金陵途中初游庐山时所作。这一首更以丰富的想象、非常的夸张和浓厚的浪漫主义色彩著称于世。

诗歌前两句由远及近，先交代瀑布的位置，也为写瀑布蓄势。后两句极言水流凌空而泻的壮观气势，使瀑布的形象具有震撼人心的力量。

最豪放名句

飞流直下三千尺，疑是银河落九天。

山中问答①

问余何意栖②碧山③，笑而不答④心自闲。
桃花流水窅然去⑤，别有天地非人间。

注释

①〔山中问答〕题目亦作《山中答俗人》《答俗人问》《答问》。

②〔栖〕居住，隐居。

③〔碧山〕山名，又名"白兆山"，在湖北安陆市，山下桃花洞是李白读书处。一说碧山指山色的青翠苍绿。

④〔不答〕一作"不语"。

⑤〔桃花流水窅（yǎo）然去〕用晋陶渊明《桃花源记》事。窅然，一作"宛然"，幽深遥远的样子。

简析

出川以后，开元十五年（727）始，李白在安陆居住十年，曾隐居白兆山桃花岩。

这首古绝以问答形式抒发作者隐居生活自在天然的情趣，也反映了诗人的矛盾心理。全诗语言朴素，活泼流利，浑然天成；虚实对比，意蕴幽邃；诗境似近而实远，诗情似淡而实浓。

最豪放名句

桃花流水窅然去，别有天地非人间。

南陵①别儿童入京

白酒②新熟山中归，黄鸡啄黍③秋正肥。

呼童烹鸡酌白酒，儿女嬉笑牵人衣。

高歌取醉欲自慰，起舞落日争光辉。

游说万乘苦不早④，著鞭跨马涉远道。

会稽愚妇轻买臣⑤，余亦辞家西入秦。

仰天大笑出门去，我辈岂是蓬蒿人⑥。

注释

①〔南陵〕一说在东鲁，曲阜南有陵城村，人称南陵；一说在今安徽南陵县。

②〔白酒〕古代酒分清酒、白酒两种。

③〔黍〕黄米，性黏，可酿酒。

④〔游说（shuì）万乘（shèng）苦不早〕意思是恨不能早些见到皇帝和他交谈治国之策。游说，战国时，有才之人以口辩舌战打动诸侯，获取官位，称为游说。万乘，周朝制度，天子地方千里，车万乘，后来称皇帝为万乘。

⑤〔会（kuài）稽愚妇轻买臣〕朱买臣（？—前115），西汉会稽郡吴县（今江苏苏州境内）人。据《汉书·朱买臣传》记载，朱买臣初穷困，妻求离去；后朱买臣做会稽令，妻羞愤自尽。

⑥〔蓬蒿（hāo）人〕草野之人，也就是没有当官的人。蓬、蒿，都是野草。

简析

李白素有远大的抱负，他立志要"申管晏之谈，谋帝王之术，奋其智能，愿为辅弼，使寰区大定，海县清一"（《代寿山答孟少府移文书》），但在很长时间里都不得志。天宝元年（742），他得到唐玄宗召他入京的诏书，毫不掩饰心中的兴奋喜悦之情，写下了这首激情洋溢的七言古诗。

此诗一开始就描绘出一派丰收的景象，显示出一种欢快的气氛。接着，诗人摄取了几个特写"镜头"——儿女嬉笑，开怀痛饮，高歌起舞，来进一步渲染欢愉心情。"苦不早"和"著鞭跨马"则表现出诗人的满怀希望和急切之情。

李白把那些目光短浅、轻视自己的世俗小人比作"会稽愚妇",自己像朱买臣一样,西去长安就可青云直上了,其得意之态溢于言表。结尾两句把诗人踌躇满志的形象表现得淋漓尽致,也成为广为传诵的名句。清高宗敕编《唐宋诗醇》说:"结句以直致见风格,所谓词意俱尽,如截奔马。"

最豪放名句

仰天大笑出门去,我辈岂是蓬蒿人。

塞下曲①(其一)

五月天山②雪,无花只有寒。
笛中闻折柳③,春色未曾看。
晓战随金鼓,宵眠抱玉鞍。
愿将腰下剑,直为斩楼兰④。

注释

① 〔塞下曲〕古时边塞的一种军歌。
② 〔天山〕在我国西北部,今新疆境内,是汉唐时的边疆。
③ 〔折柳〕即《折杨柳》,古乐曲名,多写行客的愁苦。
④ 〔楼兰〕西域古国名,遗址在今新疆罗布泊西北岸。

简析

李白《塞下曲》共六首,当作于唐玄宗天宝二年(743)。此前一年李白初入长安,此时供奉翰林,胸中正怀有建功立业的政治抱负。

这首诗前两句写五月天山仍然寒冷。三四句继前两句而来,《折杨柳》曲增加了边塞将士的思乡色彩。五六句写守边士卒的生活场景,一"晓"一"宵"写出了他们的守边生活异常艰苦,却人人奋勇,随时备战。七八句借用傅介子慷慨复仇的故事,表现诗人甘愿赴身疆场,为国杀敌的雄心壮志。据《汉书·傅介子传》记载,汉代地处西域的楼兰国经常杀死汉朝使节,傅介子出使西域,楼兰王贪他所献金帛,被他诱至帐中杀死,遂持王首而还。这里"直"与"愿"字呼应,语气斩截强烈,心声喷涌而出,自有夺人心魄的艺术感召力。

最豪放名句

晓战随金鼓，宵眠抱玉鞍。/愿将腰下剑，直为斩楼兰。

把酒问月

故人贾淳令予①问之。

青天有月来几时，我今停杯一问之。

人攀明月不可得，月行却与人相随。

皎如飞镜②临丹阙③，绿烟④灭尽⑤清辉发。

但见宵从海上来，宁知晓向云间没。

白兔捣药⑥秋复春，嫦娥⑦孤栖与谁邻。

今人不见古时月，今月曾经照古人。

古人今人若流水，共看明月皆如此。

唯愿当歌对酒⑧时，月光长照金樽⑨里。

注释

① 〔令予〕让我。贾淳，作者朋友，生平不详。

② 〔飞镜〕飞到天上的明镜，喻指月亮。

③ 〔丹阙〕朱红色的宫殿。

④ 〔绿烟〕指遮蔽月光的浓重云雾。

⑤ 〔灭尽〕一作"灭后"。

⑥ 〔白兔捣药〕神话传说月中有白兔捣仙药。西晋傅玄《拟天问》："月中何有，白兔捣药。"

⑦ 〔嫦娥〕一作"姮（héng）娥"，神话中的月中女神，传说她原是后羿的妻子，偷吃了羿的仙药，奔入月中。见《淮南子·览冥训》。

⑧ 〔当歌对酒〕曹操《短歌行》："对酒当歌，人生几何？"

⑨ 〔樽（zūn）〕古代酒器，酒杯。

简析

这是一首咏月抒怀诗，有人认为此诗作于唐玄宗天宝三年（744）。

诗歌从饮酒问月开始，以邀月临酒结束，反映了人类对宇宙的困惑不解。

诗人以纵横恣肆的笔触，从多侧面、多层次描摹了孤高的明月形象，通过对海天景象的描绘以及对世事推移、人生短促的慨叹，展现了作者旷达博大的胸襟和飘逸潇洒的性格。全诗从酒写到月，从月归到酒；从空间感受写到时间感受。其中将人与月反反复复加以对照，又穿插以景物描绘与神话传说，塑造了一个崇高、永恒、美好而又神秘的月的形象，其中也显露着一个孤高出尘的诗人自我。此诗虽然意绪多端，随兴挥洒，但潜气内转，脉络贯通，极回环错综之致、浑成自然之妙；加之四句转韵，平仄互换，抑扬顿挫，更觉一气呵成，有宫商之声，可谓音、情、理、趣俱好。

这首诗上承屈原的《天问》，下启苏轼的《水调歌头·明月几时有》，唐汝询《汇编唐诗十集》评曰："谓胜《蜀道》诸作。"

最豪放名句

今人不见古时月，今月曾经照古人。/古人今人若流水，共看明月皆如此。

月下独酌①（其二）

天若不爱酒，酒星②不在天。
地若不爱酒，地应无酒泉③。
天地既爱酒，爱酒不愧天。
已闻清比圣，复道浊如贤④。
贤圣既已饮，何必求神仙。
三杯通大道⑤，一斗合自然。
但得酒中趣，勿为醒者传。

注释

①〔酌〕喝酒。

②〔酒星〕古星名，也称酒旗星。

③〔酒泉〕酒泉郡，汉置，在今甘肃酒泉市。传说郡中有泉，其味如酒，故名酒泉。

④〔已闻清比圣，复道浊如贤〕清酒是古代祭祀时用的高档次的酒，用优质泉水和谷粟酿造。浊酒是平常百姓饮用的廉价的酒，一般用糯米、黄米等酿制。作者这里把清酒、浊酒比作圣贤之人。

⑤〔大道〕指自然法则。

简析

《月下独酌》共四首，约作于唐玄宗天宝三年（744），时李白在长安，并未得到皇帝重用，抱负不得伸展。

第二首诗通篇议论，堪称是一篇"爱酒辩"。开头从天地"爱酒"说起，以天上酒星、地上酒泉，说明天地也爱酒，再得出"天地既爱酒，爱酒不愧天"的结论。接着论人，人中有圣贤，圣贤也爱酒，则常人之爱酒自不在话下。这是李白为自己爱酒寻找借口，诗中说："贤圣既已饮，何必求神仙。"又以贬低神仙来突出饮酒。从圣贤到神仙，结论是爱酒不但有理，而且有益。最后将饮酒提高到最高境界：通于大道，合乎自然，并且酒中之趣不可言传。这不合逻辑的议论，恰恰十分有趣而深刻地抒发了诗人的情怀，诗人的爱酒，只是对政治上失意的自我排遣。

最豪放名句

天若不爱酒，酒星不在天。地若不爱酒，地应无酒泉。天地既爱酒，爱酒不愧天。

行路难①（其一）

金樽清酒斗十千，玉盘珍羞②直③万钱。
停杯投箸④不能食，拔剑四顾心茫然。
欲渡黄河冰塞川，将登太行雪满山。
闲来垂钓碧溪上，忽复乘舟梦日边⑤。
行路难！行路难！多歧路，今安在⑥？
长风破浪⑦会有时，直挂云帆济⑧沧海。

注释

① 〔行路难〕乐府旧题。
② 〔玉盘珍羞〕精美的食具，珍贵的菜肴。羞，同"馐"，美味的食物。
③ 〔直〕同"值"。
④ 〔箸（zhù）〕筷子。

⑤〔闲来垂钓碧溪上，忽复乘舟梦日边〕这两句暗用典故。姜太公吕尚曾在渭水的磻（pán）溪上钓鱼，得遇周文王，助周灭商；伊尹曾梦见自己乘船从日月旁边经过，后被商汤所用，助商灭夏。这两句表示诗人对从政仍有所期待。碧，一作"坐"。忽复，忽然又。

⑥〔多歧路，今安在〕岔道这么多，如今身在何处？歧，岔路。安，哪里。

⑦〔长风破浪〕比喻实现政治理想。《宋书·宗悫（què）传》记载，宗悫少年时，叔父宗炳问他的志向，他说："愿乘长风破万里浪。"宗悫（？—465），字元干，南朝宋时名将。

⑧〔济〕渡。

简析

《行路难》共三首，作于天宝三年（744）。诗中抒写了不可抑制的愤激情绪，但仍盼有一天能施展自己的抱负，充满了积极浪漫主义的情调。

诗的一开头，让人感觉似乎是一个欢乐的宴会，但紧接着"停杯投箸""拔剑四顾"两个细节，就显示了感情波涛的强烈冲击。中间四句，刚刚慨叹"冰塞川""雪满山"，又恍然神游千载之上，仿佛看到了吕尚、伊尹由微贱而忽然得到君主重用。诗人心理上的失望与希望、抑郁与追求，急遽（jù）变化交替。"行路难！行路难！多歧路，今安在？"节奏短促、跳跃，完全是急切不安状态下的内心独白，逼真地传达出诗人进退失据而又要继续探索追求的复杂心理。结尾两句，经过前面的反复回旋以后，境界顿开，唱出了高昂乐观的调子，相信自己的理想抱负总有实现的一天。通过这样层层叠叠的感情起伏变化，既充分显示了黑暗污浊的政治现实对诗人宏大理想抱负的阻遏，反映了由此而引起的诗人内心的强烈苦闷、愤郁和不平，同时又突出表现了他的倔强、自信和对理想的执着追求，展示了诗人力图从苦闷中挣脱出来的强大精神力量。

最豪放名句

长风破浪会有时，直挂云帆济沧海。

将进酒①

君不见②，黄河之水天上来，奔流到海不复回。

君不见，高堂③明镜悲白发，朝如青丝暮成雪④。

人生得意须尽欢，莫使金樽空对月。

天生我材必有用，千金散尽还复来。

烹⑤羊宰牛且为乐，会须⑥一饮三百杯。

岑夫子⑦，丹丘生⑧，将进酒，杯莫停⑨。

与君歌一曲，请君为我倾耳听⑩。

钟鼓馔玉⑪不足贵，但愿长醉不复醒⑫。

古来圣贤皆寂寞，惟有饮者留其名。

陈王⑬昔时宴平乐⑭，斗酒十千恣欢谑⑮。

主人何为言少钱⑯，径须⑰沽取对君酌。

五花马⑱，千金裘⑲，

呼儿将出换美酒，与尔同销⑳万古愁。

注释

① 〔将（qiāng）进酒〕乐府旧题。将，请。

② 〔君不见〕乐府中常用的一种夸语。

③ 〔高堂〕房屋的正室厅堂，指父母。一作"床头"。

④ 〔青丝暮成雪〕喻柔软的黑发。一作"青云"。成雪，一作"如雪"。

⑤ 〔烹（pēng）〕煮。

⑥ 〔会须〕正应当。

⑦ 〔岑夫子〕岑勋，生平不详。

⑧ 〔丹丘生〕元丹丘，生平不详。与岑勋皆为学道谈玄之隐士。

⑨ 〔杯莫停〕一作"君莫停"。

⑩ 〔倾耳听〕一作"侧耳听"。

⑪ 〔钟鼓馔（zhuàn）玉〕指富贵生活。馔玉，形容食物如玉一样精美。

⑫ 〔不复醒〕也有版本为"不用醒"或"不愿醒"。

⑬ 〔陈王〕指陈思王曹植。

⑭ 〔宴平乐（lè）〕曹植《名都赋》："归来宴平乐，美酒斗十千。"平乐，

平乐观，宫殿名，在洛阳西门外，为汉代富豪显贵的娱乐场所。

⑮〔恣欢谑（xuè）〕纵情欢乐玩耍。

⑯〔言少钱〕一作"言钱少"。

⑰〔径须〕干脆，只管。

⑱〔五花马〕指名贵的马。一说毛色作五花纹，一说颈上长毛修剪成五瓣。

⑲〔裘〕皮衣。

⑳〔销〕一作"消"。

简析

一般认为这是李白天宝年间离京后，漫游梁、宋，与友人岑勋、元丹丘相会时所作。李白进京不久被排挤出京，唐玄宗赐金放还。此后，李白在江淮一带盘桓，思想极度烦闷，又重新踏上了云游祖国山河的漫漫旅途。这一时期，李白多次与友人岑勋应邀到嵩山另一好友元丹丘的颍阳山居为客，三人登高饮宴，借酒放歌。人生快事莫若置酒会友，作者又正值"抱用世之才而不遇合"之际，于是满腔不合时宜借助酒兴倾泻而出。

这首诗形象地表现了李白桀骜不驯的性格：一方面对自己充满自信，孤高自傲；一方面在政治前途出现波折后，又流露出纵情享乐之情。在这首诗里，李白演绎庄子的乐生哲学，表示对富贵、圣贤的藐视。而在豪饮行乐中，实则深含怀才不遇之情。诗人借题发挥，借酒浇愁，抒发自己的愤激情绪。

全诗气势豪迈，感情奔放，语言流畅，具有很强的感染力。《而庵说唐诗》说："太白此歌，最为豪放，才气千古无双。"

最豪放名句

天生我材必有用，千金散尽还复来。

北风行①

烛龙②栖寒门，光曜犹旦开③。
日月照之何不及此，唯有北风号怒天上来。
燕山雪花大如席，片片吹落轩辕台④。
幽州⑤思妇十二月，停歌罢笑双蛾摧⑥。
倚门望行人，念君长城苦寒良可哀。

别时提剑救边去，遗此虎纹金鞞靫⑦。
中有一双白羽箭，蜘蛛结网生尘埃。
箭空在，人今战死不复回。
不忍见此物，焚之已成灰。
黄河捧土尚可塞，北风雨雪恨难裁⑧。

注释

①〔北风行〕乐府诗题，鲍照有《北风行》，李白拟之而作。
②〔烛龙〕中国古代神话传说中的龙。人面龙身而无足，居住在不见太阳的极北的寒门，睁眼为昼，闭眼为夜。
③〔光曜（yào）犹旦开〕早晨尚有光耀。
④〔轩辕台〕纪念黄帝的高台，故址在今河北怀来县乔山上。
⑤〔幽州〕治所在今北京大兴区。
⑥〔双蛾摧〕双眉紧锁，形容悲伤、愁闷的样子。双蛾，女子的双眉。
⑦〔鞞靫（bǐng chá）〕当作"鞴靫"。虎文鞴靫，绘有虎纹图案的箭袋。
⑧〔裁〕消除。

简析

此诗约作于天宝十一载（752），通过描写一个妇女对丈夫久征不归的悲痛欲绝，揭露和抨击了安史之乱给人民带来的深重灾难。

诗歌先描写北方冬天的苦寒景象，意境十分壮阔，气象极其雄浑，"燕山雪花大如席，片片吹落轩辕台"不愧是千古传诵的名句。接下来用一连串的动作塑造了一个忧心忡忡、愁肠百结的思妇形象。这位思妇正是由眼前过往的行人，想到远行未归的丈夫；由此时此地的苦寒景象，引起对远在长城的丈夫的担心。思而不得见，只得用丈夫留下的饰有虎纹的箭袋寄托情思，排遣愁怀。可是，白羽箭上已蛛网尘结。"不忍见此物，焚之已成灰"一笔，入木三分地刻画了思妇痛苦绝望的心情。诗到此似乎可以结束了，但诗人并不止笔，他用惊心动魄的诗句倾泻出满腔的悲愤："黄河捧土尚可塞，北风雨雪恨难裁。""黄河捧土"用的是《后汉书·朱浮传》的典故，本来是说黄河的孟津渡口是不可能用土塞住的，李白反其意而用之，连滚滚东流的黄河都能用一捧捧的土来塞住，可思妇这种生离死别之恨，却如同漫漫风雪一样无边无际，难以消除。结尾这两句诗恰似火山喷射着岩浆，又像江河冲破堤防，产生了强烈的震撼人心的力量。

最豪放名句

燕山雪花大如席，片片吹落轩辕台。

宣州谢朓楼饯别校书叔云①

弃我去者，昨日之日不可留；
乱我心者，今日之日多烦忧。
长风万里送秋雁，对此可以酣②高楼。
蓬莱③文章建安骨④，中间小谢⑤又清发⑥。
俱怀逸兴⑦壮思飞，欲上青天览⑧明月。
抽刀断水水更流，举杯销愁愁更愁。
人生在世不称意，明朝散发⑨弄扁舟⑩。

注释

①〔宣州谢朓楼饯别校书叔云〕《文苑英华》题作《陪侍御叔华登楼歌》。宣州，今安徽宣城一带。谢朓（tiǎo）楼，又名北楼、谢公楼，在陵阳山上，谢朓任宣城太守时所建，并改名为叠嶂楼。饯别，以酒食送行。校（jiào）书，官名，即秘书省校书郎，掌管朝廷的图书整理工作。叔云，李白的叔叔李云（生卒不详），又名华，是当时著名的散文家，曾任秘书省校书郎、监察御史等职。

②〔酣〕畅饮。

③〔蓬莱〕此指东汉时藏书之东观。

④〔建安骨〕指汉魏之际曹操父子和"建安七子"等人诗文刚健遒劲的风格，后人称之为"建安风骨"。"七子"分别是孔融（153—208）、陈琳（？—217）、王粲（177—217）、徐干（171—217）、阮瑀（约165—212）、应玚（yáng）（177—217）、刘桢（？—217）。

⑤〔小谢〕指谢朓（tiǎo）（464—499），南朝齐诗人。后人将他和谢灵运并举，称为大谢、小谢。

⑥〔清发〕指清新秀发的诗风。

⑦〔逸兴（xìng）〕超脱豪迈的兴致，这里指山水游兴。

⑧〔览〕一作"揽"。

⑨〔散发〕不束冠，意谓不做官。这里形容狂放不羁。

⑩〔弄扁（piān）舟〕乘小舟归隐江湖。《史记·货殖列传》记载，春秋末年范蠡（lǐ）辞别越王勾践，"乘扁舟浮于江湖"。

简析

李白于天宝十二年（753）由梁园（今开封）南行，秋至宣城，写下此诗。全诗灌注了慷慨豪迈的情怀，抒发了诗人怀才不遇的激烈愤懑，表达了对黑暗社会的强烈不满和对光明世界的执着追求。

开篇两句，不写叙别，不写饮宴，直接道出心中烦忧。三四句突作转折，从苦闷中转到爽朗壮阔的境界，展开了一幅秋空送雁图。一"送"，一"酣"，点出了"饯别"的主题。"蓬莱"四句，赞美对方文章如蓬莱宫幽藏一般，刚健遒劲，有建安风骨；又流露自己才能，以谢朓自比，表达了对高洁理想的追求。末四句抒写感慨，理想与现实不可调和，不免烦忧苦闷，只好在"弄扁舟"中去寻求寄托。

这首诗思想感情瞬息万变，艺术结构腾挪跌宕，起落无端，断续无迹，深刻地表现了诗人的矛盾心情。虽极写烦忧苦闷，却并不阴郁低沉。语言豪放自然，音律和谐统一。《唐宋诗醇》里说："遥情飙竖，逸兴云飞，杜甫所谓'飘然思不群'此矣。"

最豪放名句

俱怀逸兴壮思飞，欲上青天览明月。

梦游天姥吟留别①

海客谈瀛洲②，烟涛微茫信难求。

越人③语天姥，云霞明灭或可睹。

天姥连天向天横，势拔五岳掩赤城④。

天台四万八千丈⑤，对此欲倒东南倾。

我欲因之梦吴越，一夜飞度镜湖⑥月。

湖月照我影，送我至剡溪⑦。

谢公⑧宿处今尚在，渌⑨水荡漾清猿啼。

脚著谢公屐⑩，身登青云梯。

半壁见海日，空中闻天鸡⑪。

千岩万转路不定，迷花倚石忽已暝⑫。

熊咆龙吟殷岩泉，慄深林兮惊层巅⑬。

云青青兮欲雨，水澹澹兮生烟。

列缺⑭霹雳，丘峦崩摧。

洞天石扉，訇然⑮中开。

青冥浩荡不见底，日月照耀金银台⑯。

霓为衣兮风为马，云之君⑰兮纷纷而来下。

虎鼓瑟兮鸾回车⑱，仙之人兮列如麻。

忽魂悸以魄动，恍惊起而长嗟。

惟觉时之枕席，失向来之烟霞⑲。

世间行乐亦如此，古来万事东流水。

别君去兮何时还，且放白鹿⑳青崖间，须行即骑访名山。

安能摧眉折腰事权贵，使我不得开心颜。

注释

①〔梦游天姥（mǔ）吟留别〕一题作《梦游天姥山别东鲁诸公》。天姥山，在浙江新昌东，传说登山的人能听到仙人天姥唱歌的声音，山因此得名。留别，离开某地时赠送礼品或作诗词给留在那里的亲友。

②〔瀛洲〕古代传说中的东海三座仙山之一（另两座叫蓬莱和方丈）。海客，经常出海航行之人。

③〔越人〕指浙江一带的人。

④〔势拔五岳掩赤城〕山势高过五岳，遮掩了赤城山。赤城，山名，在浙江天台西北。

⑤〔天台（tāi）〕山名，在浙江天台北部。四万八千丈，一作"一万八千丈"。

⑥〔镜湖〕又名鉴湖，相传黄帝铸镜于此而得名，在浙江绍兴南面，为浙江名湖之一，古有"鉴湖八百里"之说。

⑦〔剡（shàn）溪〕水名，在浙江嵊（shèng）州南面。

⑧〔谢公〕指南朝诗人谢灵运（385—433），游天姥山时曾住剡溪。

⑨〔渌（lù）〕水清。

⑩〔谢公屐（jī）〕《南史·谢灵运传》记载，谢灵运备有一种特制的木屐，屐底装有活动的齿，上山时去掉前齿，下山时去掉后齿。

⑪〔半壁见海日，空中闻天鸡〕上到半山腰就看到太阳从海上升起，在空

中听到天鸡鸣叫。天鸡，古代传说，东南有桃都山，山上有棵大树叫桃都，树枝绵延三千里，树上栖有天鸡，每当太阳初升，照到这棵树上，天鸡就叫起来，天下的鸡也都跟着它叫。

⑫〔迷花倚石忽已暝〕迷恋着花，倚靠着石，不知不觉天色已很晚。暝（míng），日落，天黑。

⑬〔熊咆龙吟殷岩泉，慄深林兮惊层巅〕熊在怒吼，龙在长鸣，岩中的泉水在震响；（这声音）使深林战栗，使层巅震惊。殷（yǐn），震响。

⑭〔列缺〕指闪电。

⑮〔訇（hōng）然〕形容声音很大。

⑯〔金银台〕金银铸成的宫阙，指神仙居住的地方。

⑰〔云之君〕云里的神仙。

⑱〔鸾回车〕鸾鸟驾着车。鸾，传说中如凤凰一类的神鸟。

⑲〔失向来之烟霞〕刚才梦中所见的烟雾云霞消失了。向来，原来。烟霞，指前面所写的仙境。

⑳〔白鹿〕传说神仙或隐士多骑白鹿。

简析

这是一首记梦诗，也是一首游仙诗，大约作于李白被赐金放还后，即将离开东鲁南游吴越之时。此诗以记梦为由，抒写了对光明、自由的渴求，对黑暗现实的不满，表现了蔑视权贵、不卑不屈的叛逆精神。诗人运用丰富奇特的想象和大胆夸张的手法，组成一幅亦虚亦实、亦幻亦真的梦游图。

诗一开始先说古代传说中的海外仙境—瀛洲，虚无缥缈，不可寻求；而现实中的天姥山在浮云彩霓中时隐时现，胜似仙境。天姥山号称奇绝，是越东灵秀之地。但比之其他崇山峻岭如我国的五大名山—五岳，在人们心目中的地位仍有小巫见大巫之别。可是李白却在诗中夸说它"势拔五岳掩赤城"。这座梦中的天姥山，应该说是李白平生所经历的奇山峻岭的幻影。接着展现出一幅幅瑰丽变幻的奇景，诗人梦游天姥，并参与了一场盛大的仙山盛会。最后，仙境消失，梦境破灭，诗人在惊悸中返回现实。诗歌虽有"古来万事东流水"这样颇有消极意味的思想，可是它的格调却是昂扬振奋、潇洒率性的，其间流贯着不卑不屈的气概。

全诗构思精密，意境雄伟，内容丰富曲折，形象辉煌流丽，感慨深沉激烈。形式上杂言相间，兼用骚体，不受律束，笔随兴至，堪称绝世名作。清代宋宗元《网师园唐诗笺》说它："纵横变化，离奇光怪，以奇笔写梦境，吐句皆仙，着纸谷飞。"

最豪放名句

安能摧眉折腰事权贵，使我不得开心颜。

永王①东巡歌（其二）

三川北虏乱如麻②，四海南奔似永嘉③。
但用东山谢安石④，为君谈笑静胡沙⑤。

注释

①〔永王〕唐玄宗第十六子，名李璘（720—757）。"安史之乱"爆发后，册封山南、江西、岭南、黔中四道节度使，领江陵大都督，镇守江陵。至德元载（756），唐肃宗以其阴谋叛乱为由派兵围剿，李璘兵败被杀。

②〔三川北虏乱如麻〕形容洛阳被安禄山叛军占领后的乱象。三川，指洛阳，其地有河、洛、伊三川。北虏，指安禄山叛军。

③〔四海南奔似永嘉〕西晋永嘉五年（311），刘曜攻陷洛阳，百官士庶三万余人，中原衣冠之族相率南奔，避乱江东。安禄山破两京，士人多携家眷奔逃江东，似永嘉之难。

④〔东山谢安石〕谢安（320—385），字安石，东晋政治家。在淝水之战中，谢安作为东晋一方的总指挥，以八万兵力打败了号称百万的前秦军队，为东晋赢得几十年的安静和平。东山，谢安隐居处。

⑤〔静胡沙〕指荡平叛乱。胡沙，胡人兵马扬起的沙尘。

简析

这组诗共十一首，当作于唐肃宗至德二载（757）正月。当时李白随永王李璘东下寻阳（即浔阳）。李白不清楚皇族内部的政治斗争，他从爱国热情出发，写下了这组热情洋溢地赞颂永王李璘"功绩"、抒发自己"远大抱负"的七言绝句。

这首诗构思巧妙，欲扬先抑，跌宕有致。前二句极写叛军之多且凶，国灾民难之甚且危，目的却在衬托后两句作者的宏图大略。局势写得愈严重，就愈见其高昂的爱国热情和"谈笑静胡沙"的雄心；气氛写得越紧张，就愈见其从容镇定、"挽狂澜于既倒"的气魄。

最豪放名句

但用东山谢安石，为君谈笑静胡沙。

庐山谣寄卢侍御虚舟①

我本楚狂人②，凤歌笑孔丘③。

手持绿玉杖，朝别黄鹤楼④。

五岳寻仙不辞远，一生好入名山游。

庐山秀出南斗傍⑤，屏风九叠云锦张⑥，影落明湖青黛光⑦。

金阙前开二峰长⑧，银河倒挂三石梁⑨。

香炉瀑布遥相望，回崖沓嶂凌苍苍⑩。

翠影红霞映朝日，鸟飞不到吴天长⑪。

登高壮观天地间，大江⑫茫茫去不还。

黄云万里动风色⑬，白波九道流雪山⑭。

好为庐山谣，兴因庐山发。

闲窥石镜清我心⑮，谢公行处苍苔没。

早服还丹无世情⑯，琴心三叠⑰道初成。

遥见仙人彩云里，手把芙蓉朝玉京⑱。

先期汗漫九垓上⑲，愿接卢敖⑳游太清。

注释

①〔庐山谣寄卢侍御虚舟〕谣，不合乐的歌，一种诗体。卢侍御虚舟，卢虚舟（生卒不详），字幼真，曾任殿中侍御史。

②〔楚狂人〕春秋时楚人陆通（生卒不详），字接舆，因不满楚昭王，佯狂不仕，时人谓之"楚狂"。

③〔凤歌笑孔丘〕《论语·微子》记载，孔子适楚，陆通游其门而歌："凤兮凤兮，何德之衰……"劝孔子不要做官，以免惹祸。这里，李白以陆通自比，表现对政治的不满，要像楚狂那样游览名山。

④〔手持绿玉杖，朝别黄鹤楼〕镶有绿玉的杖，《后汉书·礼仪志》："民年始七十者，授之以玉杖。"黄鹤楼，旧址在湖北武昌西长江边的黄鹤矶（一作

"黄鹄矶")上。现在的黄鹤楼为 1985 年重建。

⑤〔南斗傍〕南斗，星宿名，二十八宿中的斗宿。这里指秀丽的庐山之高，倚傍南斗。

⑥〔屏风九叠云锦张〕九叠屏像云锦一样张开。屏风九叠，指庐山五老峰东的九叠屏，因山九叠如屏而得名。

⑦〔影落明湖青黛光〕指庐山倒映在明澈的鄱（pō）阳湖中。青黛（dài），青黑色。

⑧〔金阙（què）前开二峰长〕这里借指庐山的石门。庐山西南有铁船峰和天池山，二山对峙，形如石门。阙，皇宫门前两边供瞭望的楼。

⑨〔银河倒挂三石梁〕指瀑布倒挂在三石梁山峰上。三石梁，山峰名，一说在五老峰西，一说在简寂观侧，一说在开先寺（秀峰寺）旁，一说在紫霄峰上。

⑩〔回崖沓（tà）嶂凌苍苍〕曲折的山崖，重叠的山峰，高出青色的天空。

⑪〔鸟飞不到吴天长〕连鸟也难以飞越高峻的庐山和它辽阔的天空。吴天，九江春秋时属吴国。

⑫〔大江〕长江。

⑬〔黄云万里动风色〕天上万里黄云随风变动着颜色形状。

⑭〔白波九道流雪山〕九道河流波涛汹涌，堆叠如山。九道，古谓长江流至浔阳分为九条支流，李白在此沿用旧说，并非实见九道河流。

⑮〔石镜〕传说在庐山东面有一圆石悬岩，平滑如镜，可照人影。

⑯〔早服还丹无世情〕我要早服仙丹去掉尘世俗情。还丹，道家炼丹，将丹烧成水银，积久又还成丹，故谓"还丹"。

⑰〔琴心三叠〕道家修炼术语，一种心神宁静的境界。

⑱〔玉京〕传说元始天尊居处。道教称元始天尊在天中心之上，名玉京山。

⑲〔先期汗漫九垓上〕早已约好神仙在九天会面。汗漫，虚构出的神仙名。九垓，九天之外。

⑳〔卢敖〕即卢生，齐国（一说燕国）人，生卒不详。曾为秦始皇寻求古仙人羡门、高誓及芝奇长生仙药，秦始皇赏赐甚厚，进为博士。《淮南子·道应训》载，卢敖游北海，遇见一仙人迎风而舞，想同他做朋友而同游，仙人笑道："吾与汗漫期于九垓之外，吾不可以久驻。"仙人遂纵身跳入云中，卢敖不得见。

简析

这首诗作于唐肃宗上元元年（760），即诗人流放夜郎途中遇赦回来的次年。

李白遇赦后重游庐山时，作此诗寄卢虚舟。诗人以大手笔描绘了庐山雄奇壮丽的风光，成为描写庐山的千古绝唱。

此诗先写作者之行踪，次写庐山之景色，末写隐退幽居之愿想。诗歌浓墨重彩地描绘了庐山秀丽雄奇的景色，表现了诗人狂放不羁的性格以及政治理想破灭后寄情山水的心境。诗人内心世界复杂而矛盾，一方面想摆脱世俗的羁绊，进入缥缈虚幻的仙境；一方面又留恋现实，热爱人间的美好风物。

全诗风格豪放飘逸，境界雄奇瑰玮，笔势错综变化，诗韵亦随着诗人情感的变化几次转换，跌宕多姿，极尽抑扬顿挫之美。《唐宋诗醇》说这首诗："天马行空，不可羁绁。"

最豪放名句

我本楚狂人，凤歌笑孔丘。

高适（2首）

高适（704—765），字达夫，一字仲武，渤海蓨（tiáo）（今河北衡水景县南）人，后迁居宋州宋城（今河南商丘睢阳区），唐代边塞诗人。曾任刑部侍郎、散骑常侍，封渤海县侯，世称高常侍。卒赠礼部尚书，谥号忠。与岑参并称"高岑"。其诗笔力雄健，气势奔放，洋溢着盛唐时期所特有的奋发进取、蓬勃向上的时代精神。

燕歌行①（并序）

开元二十六年，客有从御史大夫张公②出塞而还者；作《燕歌行》以示适，感征戍之事，因而和焉。

汉家烟尘在东北，汉将③辞家破残贼。
男儿本自重横行，天子非常赐颜色④。
摐金伐鼓下榆关⑤，旌旆⑥逶迤碣石间。
校尉羽书飞瀚海⑦，单于猎火照狼山⑧。
山川萧条极边土，胡骑凭陵⑨杂风雨。

战士军前半死生，美人帐下犹歌舞。

大漠穷秋塞草腓⑩，孤城落日斗兵稀。

身当恩遇常⑪轻敌，力尽关山未解围。

铁衣远戍辛勤久，玉箸⑫应啼别离后。

少妇城南欲断肠，征人蓟北⑬空回首。

边庭飘飖⑭那可度，绝域苍茫无所有。

杀气三时作阵云，寒声一夜传刁斗⑮。

相看白刃血纷纷，死节从来岂顾勋。

君不见沙场征战苦，至今犹忆李将军⑯。

注释

① 〔燕歌行〕乐府旧题，多为思妇怀念征夫之意。

② 〔张公〕指张守珪（684—740），开元二十三年（735）拜辅国大将军兼御史大夫。

③ 〔汉将〕指张守珪。唐诗多以汉代唐。

④ 〔非常赐颜色〕破格赐予荣耀。

⑤ 〔拟（chuāng）金伐鼓下榆关〕军中鸣金击鼓来到山海关。榆关，山海关。

⑥ 〔旌旆（pèi）〕旗帜。代指军队。

⑦ 〔校尉羽书飞瀚海〕校尉的紧急文书飞越沙漠（报向朝廷）。羽书，羽檄，插有羽毛的紧急军事文书。瀚海，沙漠。

⑧ 〔狼山〕阴山山脉西段，在今内蒙古自治区中部。

⑨ 〔凭陵〕侵凌。

⑩ 〔穷秋塞草腓（féi）〕深秋时节边塞的草枯萎了。腓，一作"衰"，枯萎。隋虞世基《陇头吟》："穷秋塞草腓，塞外胡尘飞。"

⑪ 〔常〕一作"恒"。

⑫ 〔玉箸〕白色的筷子，比喻泪水。刘孝威《独不见》："谁怜双玉箸，流面复流襟。"

⑬ 〔蓟北〕泛指唐代幽州、蓟（jì）州一带。

⑭ 〔飘飖（yáo）〕一作"飘飘"。

⑮ 〔刁斗〕古代军中铜质器具，白天可供一人烧饭，夜间敲击以巡更，又名"金柝""焦斗"。

⑯ 〔李将军〕指李广。

简析

这是一首悲壮的豪放诗篇，是高适的代表作，也是唐代边塞诗中的杰作。这首诗有感于幽州节度使张守珪打了败仗却谎报军情，作诗加以讽刺。

全诗以浓缩的笔墨，写了一个战役的全过程：前八句写出师，继八句写战败，接八句写被围，末四句写死斗的结局。诗意在慨叹征战之苦，谴责将领骄傲轻敌，荒淫失职，造成战争失利，反映了士兵与将领之间苦乐不同的现实。诗虽叙写边战，但重点不在民族矛盾，而是讽刺和愤恨不恤战士的将领。

全诗气势畅达，笔力矫健，气氛悲壮淋漓，主旨深刻含蓄。

最豪放名句

男儿本自重横行，天子非常赐颜色。

别董大^①（其一）

千里黄云白日曛^②，北风吹雁雪纷纷。
莫愁前路无知己，天下谁人不识君。

注释

① 〔董大〕指董庭兰（约695—约765），陇西（今甘肃省）人，盛唐开元、天宝时期的著名琴师。在其兄弟中排名第一，故称"董大"。
② 〔白日曛（xūn）〕太阳黯淡无光。曛，昏暗。

简析

别董大共两首，当作于天宝六载（747），高适与董庭兰于睢阳送别。这是第一首。

一二句描写分别时的环境，尽显边塞之色，略衬离愁别绪。三四句却毫不哀伤，对朋友只有真挚的劝慰：此去你不要担心遇不到知己，天下哪个不知道你董庭兰啊！慰藉中充满着信心和力量。

这首诗胸襟开阔，雄壮豪迈，堪与王勃"海内存知己，天涯若比邻"相媲美。明末邢昉《唐风定》只用两个字评价后两句诗："雄快！"

最豪放名句

莫愁前路无知己，天下谁人不识君。

杜甫（10首）

杜甫（712—770），字子美，自号少陵野老，河南巩县（今河南巩义市）人，原籍湖北襄阳，唐代伟大的现实主义诗人，世称"杜工部""杜少陵""杜拾遗""杜草堂"等，也常被称为"老杜"。杜甫自小好学，"七龄思即壮，开口咏凤凰"，有志于"致君尧舜上，再使风俗淳"。天宝六载（747）应试不第，以后客居长安十年，奔走献赋，生活日渐困窘。安史之乱起，杜甫在鄜（fū）州（今陕西富县）羌村避难，投奔肃宗时为叛军所俘。至德二载（757）逃出长安投奔肃宗，被授为左拾遗，因营救房琯（guǎn），触怒肃宗，被贬为华州司功参军。乾元二年（759）杜甫几经辗转到了成都。后又寄居夔州（奉节），两年后又回到成都。广德三年（765）四月，离开成都又至夔州。大历三年（768），杜甫思乡心切，乘舟出峡，困顿船上。大历五年（770）冬，在由潭州往岳阳的一条小船上去世。杜甫在中国古典诗歌中的影响非常深远，被后人称为"诗圣"，他的诗被称为"诗史"。杜甫心系苍生，胸怀国事，诗风沉郁顿挫，笔锋犀利，言辞朴实。郭沫若说他"世上疮痍，诗中圣哲；民间疾苦，笔底波澜"。有《杜工部集》。

望岳①

岱宗②夫如何？齐鲁青未了③。
造化钟神秀④，阴阳割昏晓⑤。
荡胸生曾云⑥，决眦入归鸟⑦。
会当凌绝顶⑧，一览众山小⑨。

注释

①〔岳〕东岳泰山，在今山东泰安市。

②〔岱宗〕泰山亦名岱山，古代以泰山为五岳之首，诸山所宗，故称。

③〔齐鲁青未了〕齐鲁，古代齐、鲁以泰山为界，齐在北，鲁在南。青未了，指郁郁苍苍的山色无边无际。

④〔造化钟神秀〕天地把神奇秀丽都聚集在此。造化，天地，大自然。钟，聚集。

⑤〔阴阳割昏晓〕泰山横天蔽日，山南向阳，天色明亮；山北背阴，天色晦暗。阴阳，这里指山北山南。割，划分。

⑥〔荡胸生曾云〕层云在胸中激荡。曾，同"层"。

⑦〔决眦（zì）入归鸟〕形容极目远视的样子。决眦，张大眼眶。

⑧〔会当凌绝顶〕一定要登上泰山顶峰。

⑨〔一览众山小〕化用《孟子·尽心上》句："孔子登东山而小鲁，登泰山而小天下。"

简析

这是杜甫青年时代的一首五言古诗。全诗没有一个"望"字，却围绕"望"字着笔，由远望到近望，再到凝望，最后是俯望。诗歌描写了泰山雄伟磅礴的气象，抒发了诗人勇于攀登绝顶、傲视一切的雄心壮志，洋溢着蓬勃向上的朝气。

一二句写泰山之高和占地之广。三四句写泰山的神奇秀丽和巍峨高大。五六句写山中云气层出不穷，作者心胸亦为之荡漾；诗人使劲地睁大眼睛张望，故感到眼眶有似决裂。七八句化用《孟子》语，表达登山的愿望，写出了雄视一切的雄姿和气势，表现出诗人的心胸和气魄。

需要特别说明的是，这首诗虽然中间四句对仗颇为工稳，却不是律诗。

最豪放名句

会当凌绝顶，一览众山小。

房兵曹胡马①

胡马大宛名②，锋棱③瘦骨成。
竹批④双耳峻，风入四蹄轻。
所向无空阔，真堪托死生。

骁腾⑤有如此，万里可横行。

注释

①〔房兵曹胡马〕兵曹参军的省称，是唐代州府中掌管军防、驿传等事的小官。房兵曹，不详为何人。胡马，古代泛称北方边地与西域的民族为胡，胡马即产于该地区的马。

②〔大宛（yuān）〕西域国名，以盛产良马著称。

③〔锋棱〕骨头棱起，好似刀锋。形容骏马骨骼劲挺。

④〔竹批〕马的双耳像斜削的竹筒一样竖立着，古人认为这是千里马的标志。

⑤〔骁（xiāo）腾〕勇猛快捷。

简析

这首诗作于开元二十八年（740）前后，正值诗人漫游齐赵、裘马清狂的一段时期。诗人用传神之笔描绘了一匹神清骨峻、驰骋万里的"胡马"，借此期望房兵曹为国建立功业，这也是诗人自己雄心壮志的表述。

前四句写骏马的产地和外形，是实写，虽骨瘦却四蹄轻；后四句写马的品格，是虚写，由咏物转入抒情。明代唐汝询《汇编唐诗十集》赞此诗是"咏物诗最雄浑者"。

最豪放名句

骁腾有如此，万里可横行。

赠李白（其一）

秋来相顾尚飘蓬①，未就丹砂愧葛洪②。
痛饮狂歌空度日，飞扬跋扈③为谁雄。

注释

①〔飘蓬〕飘飞的蓬草，比喻人的行踪飘忽不定。时李、杜二人在仕途上都失意，相偕漫游，无所归宿，故以飘蓬为喻。

②〔未就丹砂愧葛洪〕道教炼砂成药，称服之可以延年益寿。葛洪，东晋

道士，自号抱朴子，入罗浮山炼丹。李白好神仙，曾自炼丹药，并在齐州从道士高如贵受"道箓（lù）"（一种入教仪式）。杜甫也渡黄河登王屋山访道士华盖君，因华盖君已死，惆怅而归。两人在学道方面都无所成就，所以说"愧葛洪"。

③〔飞扬跋扈（bá hù）〕古指举止高傲，狂放不羁。

简析

此诗作于天宝四载（745）秋，李白被赐金放还，与杜甫幸会于山东，二人多有唱和。《赠李白》共二首，另一首为五言古诗，另有十余首赠予李白的诗。

此诗表面看来，似乎杜甫在规劝李白：要像道家葛洪那样潜心于炼丹求仙，不要痛饮狂歌、虚度时日，何必飞扬跋扈、人前称雄。"痛饮"二句，既是对好友的规劝，也含有自警之意，语重心长。全诗沉郁顿挫，跌宕起伏，言简意丰，韵味无穷。

最豪放名句

痛饮狂歌空度日，飞扬跋扈为谁雄。

饮中八仙①歌

知章②骑马似乘船，眼花落井水底眠③。
汝阳三斗始朝天④，道逢麹车⑤口流涎，恨不移封向酒泉⑥。
左相⑦日兴费万钱，饮如长鲸吸百川⑧，衔杯乐圣称避贤⑨。
宗之⑩潇洒美少年，举觞白眼⑪望青天，皎如玉树临风⑫前。
苏晋⑬长斋绣佛前，醉中往往爱逃禅⑭。
李白斗酒诗百篇，长安市上酒家眠，天子呼来不上船，自称臣是酒中仙⑮。
张旭三杯草圣传，脱帽露顶王公前，挥毫落纸如云烟⑯。
焦遂⑰五斗方卓然⑱，高谈雄辩惊四筵。

注释

①〔饮中八仙〕当时号称"酒中八仙人"的贺知章（约659—约744）、李琎（？—750）、李适之（694—747）、崔宗之（生卒不详）、苏晋（676—734）、李白、张旭（约685—约759）、焦遂（生卒不详）。

②〔知章〕贺知章，"仙宗十友"之一，为人旷达不羁，好酒，有"清谈风流"之誉，晚年尤纵。李白《对酒忆贺监二首》："四明有狂客，风流贺季真。"

③〔眼花落井水底眠〕醉眼昏花地掉到井里头，他干脆就在井底睡着了。

④〔汝阳三斗始朝天〕李琎（jìn）痛饮后才入朝见天子。汝阳，汝阳王李琎，唐玄宗的侄子，雅好音乐而且姿容妍美，是皇族中第一美男。杜甫曾做李家门客。

⑤〔麹（qū）车〕酒车。麹，同"曲"。

⑥〔恨不移封向酒泉〕只恨没有被改换封地到酒泉。

⑦〔左相〕指左丞相李适之。《旧唐书·李适之传》记载，李适之好饮酒，能喝一斗不醉，晚上宴饮，次日照常能处理公务。

⑧〔饮如长鲸吸百川〕古人以为鲸鱼能吸百川之水，故用来形容李适之的酒量之大。

⑨〔衔杯乐圣称避贤〕《三国志·魏志·徐邈传》记载，尚书郎徐邈酒醉，校事赵达来问事，邈言"中圣人"。达复告曹操，操怒，鲜于辅解释说："平日醉客，谓酒清者为圣人，酒浊者为贤人。"李适之罢相后，尝作诗云："避贤初罢相，乐圣且衔杯。"此化用其诗句，说他虽罢相仍豪饮如常。

⑩〔宗之〕崔宗之，吏部尚书崔日用之子，袭父封为齐国公，官至侍御史，也是李白的朋友。

⑪〔白眼〕晋阮籍能作青白眼，青眼看朋友，白眼视俗人。

⑫〔玉树临风〕崔宗之风姿秀美，故以玉树为喻。皎，白而亮。

⑬〔苏晋〕开元进士，曾为户部和吏部侍郎。长斋，长期斋戒。

⑭〔逃禅〕这里指不守佛门戒律。佛教戒饮酒，苏晋长斋信佛，却嗜酒，故日"逃禅"。

⑮〔李白斗酒诗百篇，长安市上酒家眠，天子呼来不上船，自称臣是酒中仙〕《新唐书·李白传》载，李白应诏至长安，唐玄宗在金銮殿召见他，并赐食，亲为调羹，诏为供奉翰林。有一次，玄宗在沉香亭召他写配乐的诗，而他却在长安酒肆喝得大醉。范传正《李白新墓碑》记载，玄宗泛舟白莲池，召李白来写文章，而这时李白已在翰林院喝醉了，玄宗就命高力士扶他上船来见。

⑯〔张旭三杯草圣传，脱帽露顶王公前，挥毫落纸如云烟〕张旭，唐代书法家，善草书，时人称为"草圣"。据《旧唐书》《唐国史补》等记载，张旭每当大醉，常奔走呼叫，索笔挥洒，甚至以头濡墨而书。醒后自视手迹，以为神异，不可复得。世称"张颠"。

⑰〔焦遂〕以嗜酒闻名，事迹不详。

⑱〔卓然〕神采焕发的样子。

简析

这是一首别具一格、富有特色的"肖像诗"。八个酒仙是同时代的人，又都在长安生活过，在嗜酒、豪放、旷达这些方面彼此相似。诗人以洗练的语言，人物速写的笔法，将他们写进一首诗里，构成一幅栩栩如生的群像图。

《八仙歌》的情调幽默谐谑，色彩明丽，旋律轻快，情绪欢乐。音韵一气呵成，每个人物自成一章，八个人物主次分明，每个人物同中有异，异中有同，尤以描写李白的诗句传诵最广。《唐诗别裁》："前不用起，后不用收，中间参差历落，似八章，乃似一章，格法古未曾有。每人各赠几语，故有重（chóng）韵而不妨碍。"

最豪放名句

天子呼来不上船，自称臣是酒中仙。

前出塞（其六）

挽①弓当挽强，用箭当用长。
射人先射马，擒贼先擒王。
杀人亦有限②，列国自有疆③。
苟能制侵陵④，岂在多杀伤。

注释

①〔挽〕拉。

②〔亦有限〕也要有个限度。

③〔列国自有疆〕各国总归有个疆界。

④〔苟能制侵陵〕如果能防止侵犯。

简析

杜甫作《出塞》多首，先写的九首称为《前出塞》，后写的六首称为《后出塞》。杜甫的前后《出塞》借古题写时事，意在讽刺当时进行的不义战争。

《前出塞》当作于天宝十年（751）左右。

诗人慷慨陈词，直抒胸臆，发出振聋发聩的呼声。他认为，拥强兵只为守边，赴边不为杀伐。不论是为制敌而"射马"，不得已而"杀伤"，还是拥强兵而"擒王"，都应以"制侵陵"为限度，不能乱动干戈，更不应以黩（dú）武为能事，侵犯异邦。

最豪放名句

射人先射马，擒贼先擒王。

狂夫

万里桥①西一草堂，百花潭②水即沧浪③。
风含翠筱④娟娟净，雨裛红蕖⑤冉冉香。
厚禄故人⑥书断绝，恒饥稚子色凄凉⑦。
欲填沟壑唯疏放⑧，自笑狂夫老更狂。

注释

①〔万里桥〕在成都南门外，是当年诸葛亮送费祎（yī）出使东吴的地方。杜甫的草堂就在万里桥的西面。

②〔百花潭〕即浣花溪，杜甫草堂在其北。

③〔沧浪〕指汉水支流沧浪江，古代以水清澈闻名。《孟子·离娄上》："沧浪之水清兮，可以濯我缨；沧浪之水浊兮，可以濯我足。"

④〔筱（xiǎo）〕同"筱"，细小的竹子。一作"篠（xiǎo）"，义同。

⑤〔雨裛（yì）红蕖（qú）〕雨水湿润了红荷。裛，同"浥"，湿润。蕖，荷花。

⑥〔厚禄故人〕做大官的朋友。

⑦〔恒饥稚子色凄凉〕长久挨饿的幼小的孩子脸色凄凉。

⑧〔欲填沟壑唯疏放〕我这老骨头快要扔进沟里了，无官无钱只剩个狂放。

简析

上元元年（760）夏天，杜甫在朋友的资助下，在四川成都郊外的浣花溪畔盖了一间草堂，在饱经战乱之苦后，生活暂时得到了安宁，妻子儿女同聚一处，重新获得了天伦之乐。这首诗正作于这期间。

首联写居住环境，诗人有了安身的草堂，心情舒展旷放，百花潭水就和沧浪之水一样了，略露"狂"意。颔联写浣花溪的美丽景色，与颈联一家人挨饿的凄凉境况形成鲜明对比。在几乎快饿死的情况下，诗人却还在兴致勃勃地赞美美丽的自然风光，显出"狂"态。尾联写虽饱经患难，却从没有被生活的磨难压倒，反而越老越"狂"，表明了"狂夫"二字的深刻含义。一面是"风含翠筱""雨裛红蕖"的赏心悦目之景，一面是"凄凉""恒饥""欲填沟壑"的可悲可叹之事，读者读来定会心酸不已，"狂夫"贫困不移的精神也更令人赞叹。

最豪放名句

欲填沟壑唯疏放，自笑狂夫老更狂。

茅屋为秋风所破歌

八月秋高风怒号，卷我屋上三重茅。
茅飞渡江洒江郊①，高者挂罥②长林梢，下者飘转沉塘坳③。
南村群童欺我老无力，忍能对面为盗贼④。
公然抱茅入竹去，唇焦口燥呼不得，归来倚杖自叹息。
俄顷⑤风定云墨色，秋天漠漠向昏黑⑥。
布衾⑦多年冷似铁，娇儿恶卧踏里裂⑧。
床头屋漏无干处，雨脚如麻未断绝。
自经丧乱⑨少睡眠，长夜沾湿何由彻⑩！
安得广厦⑪千万间，大庇⑫天下寒士俱欢颜！风雨不动安如山。
呜呼！何时眼前突兀⑬见⑭此屋，吾庐独破受冻死亦足⑮！

注释

① 〔茅飞渡江洒江郊〕茅草乱飞，飞过浣花溪，散落在对岸。江，当指浣花溪。

② 〔挂罥（juàn）〕挂着，挂住。罥，挂。

③ 〔塘坳（ào）〕低洼积水的地方（即池塘）。塘，一作"堂"。

④ 〔忍能对面为盗贼〕竟忍心这样当面做"贼"。

⑤〔俄顷〕不久，一会儿。

⑥〔秋天漠漠向昏黑〕指秋季的天空阴沉迷蒙，渐渐黑了下来。

⑦〔布衾（qīn）〕布质的被子。

⑧〔娇儿恶卧踏里裂〕孩子睡觉不老实，把被里都蹬坏了。娇儿，也作"骄儿"。

⑨〔丧乱〕指安史之乱。

⑩〔何由彻〕如何才能挨到天亮。彻，天亮。

⑪〔广厦〕宽敞的大屋。

⑫〔大庇（bì）〕全部遮护起来。庇，遮蔽，掩护。

⑬〔突兀〕高耸的样子。

⑭〔见（xiàn）〕同"现"，出现。

⑮〔吾庐独破受冻死亦足〕唯独我的房子被刮破，自己受冻而死也心甘情愿。

简析

这是一首充满愁情的豪放诗。作者的茅屋刚造好不久，不料八月一场秋风破屋，大雨接踵而至，诗人长夜难眠，写下了这篇脍炙人口的诗歌。诗写的是自己的数间茅屋，表现的却是忧国忧民的情怀。

前五句，写风吹茅草，茅屋被掀，诗人万分焦急。接下来五句，写群童抱茅而去，自己因"老无力"而望"童"兴叹，无可奈何。中间八句，写屋破又遭连夜雨，面对漫漫长夜，诗人的困苦遭遇无以复加。最后四句，直抒感慨，表达了诗人美好的愿望和高尚的情操。

杜甫在这首诗里描写了自身的痛苦，同时通过描写他自身的痛苦来表现"天下寒士"的痛苦、社会的痛苦和时代的痛苦。杜甫这种炽热的忧国忧民的情感、迫切要求变革黑暗现实的崇高理想，千百年来一直激荡着读者的心灵。

最豪放名句

安得广厦千万间，大庇天下寒士俱欢颜！

戏为六绝句（其二）

王杨卢骆①当时体，轻薄为文哂②未休。
尔曹③身与名俱灭，不废江河万古流。

注释

① 〔王杨卢骆〕王勃、杨炯、卢照邻、骆宾王。
② 〔哂（shěn）〕讥笑。
③ 〔尔曹〕你们。

简析

　　这组诗包括六首七言绝句，前三首是对诗人的评价，后三首是论诗的宗旨。当齐、梁余风还统治着初唐诗坛的时候，陈子昂首先提出复古的主张，李白继起，开创了唐诗的新局面。"务华去实"的风气扭转了，而一些胸无定见、以耳代目的"后生""尔曹"之辈却又走向"好古遗近"的另一极端，竟要全盘否定六朝文学，并把攻击的目标指向庾信和初唐四杰。如何评价庾信和四杰，是当时诗坛上论争的焦点。唐肃宗上元二年（761），杜甫用《戏为六绝句》表达了自己的观点。

　　第一句赞扬"四杰"诗歌是符合时代潮流的"当时体"，第二句直接引用批评"四杰"诗歌的主要观点，说"四杰"诗歌"轻薄为文"。"轻薄为文"是说"四杰"的诗歌不够工稳，不是那么符合格律要求。第三句表达了对这群"哂未休"的文人的蔑视，直斥他们的浅薄短视。第四句则高度赞扬"四杰"诗歌将和长江黄河一样万古流传。

最豪放名句

尔曹身与名俱灭，不废江河万古流。

江上值水如海势聊短述①

为人性僻耽②佳句，语不惊人死不休。
老去诗篇浑漫与③，春来花鸟莫深愁。
新添水槛④供垂钓，故着浮槎⑤替入舟。
焉得思如陶谢⑥手，令渠述作与同游⑦。

注释

①〔江上值水如海势聊短述〕正逢江水如同海水的气势，姑且写下这首短诗。聊，暂且。

②〔耽〕爱好，沉迷。

③〔老去诗篇浑漫与〕此句是说如今年老，已不像过去那样刻苦琢磨。浑，完全，简直。漫与，随意付与，一作"漫兴"。

④〔水槛〕水边木栏。

⑤〔槎（chá）〕木筏。

⑥〔陶谢〕陶渊明、谢灵运，皆为山水田园诗人。

⑦〔令渠述作与同游〕让他们来作诗，而自己则只是陪同游览。

简析

此诗约作于唐肃宗上元二年（761），杜甫50岁，居于成都草堂，因观锦江"水如海势"，触景生情，抒写了他一时的人生感悟。

诗歌的内容和"海势"关系不大，主要讲述了自己的诗歌创作主张和经验。首联和颔联分别说年轻时和老年时的创作体会，"少年刻意求工，老则诗境渐熟，但随意付与，不须对花鸟而苦吟愁思矣"（仇兆鳌《杜诗详注》），强调任笔所之，自然而然。颈联略微写到"海势"，也是表现自己悠游自在的老年心境：江边新装了一副木栏，可供我悠然地垂钓；我又备了一只小木筏，可代替出入江河的小舟。尾联是自谦之语，若得陶渊明、谢灵运那样的妙手，使其述作，并同游于江海之上，岂不快哉！

最豪放名句

为人性僻耽佳句，语不惊人死不休。

闻官军收河南河北

剑外①忽传收蓟北，初闻涕泪满衣裳。
却看妻子②愁何在，漫卷诗书喜欲狂。
白日放歌须纵酒，青春③作伴好还乡。
即从巴峡④穿巫峡⑤，便下襄阳⑥向洛阳⑦。

注释

①〔剑外〕剑门关（今四川剑阁县城南）以南，这里指四川。

②〔妻子〕妻子和孩子。

③〔青春〕指春天的景物。作者想象春季还乡，旅途有宜人景色相伴。

④〔巴峡〕长江东流至湖北巴东县西，巴山临江而峙，这一段的峡谷称为巴峡。

⑤〔巫峡〕长江三峡之一，因穿过巫山得名。

⑥〔襄阳〕今湖北襄阳，诗人祖籍襄阳。

⑦〔洛阳〕今河南洛阳，诗人家乡巩县唐时属洛阳（洛州）。

简析

这首诗广德元年（763）春作于梓州，延续七年多的安史之乱终于结束，消息传来，诗人喜极而泣。

诗的前半部分写初闻喜讯的惊喜；后半部分写诗人手舞足蹈做返乡的准备，凸显了其急于返回故乡的欢快之情。全诗情感奔放，毫无半点掩饰，处处渗透着"喜"字，诗人手舞足蹈、惊喜欲狂的神态跃然纸上。浦起龙在《读杜心解》中称赞它是杜甫"生平第一首快诗"。

最豪放名句

白日放歌须纵酒，青春作伴好还乡。

岑参（2首）

岑参（约715—770），荆州江陵（现湖北江陵）人，唐代边塞诗人。岑参早岁孤贫，从兄就读，遍览史籍。天宝三载（744）进士，初为率府兵曹参军。后两次从军边塞，先在安西节度使高仙芝幕府掌书记；天宝末年（755），封常清为安西北庭节度使时，为其幕府判官。代宗时，曾官嘉州（今四川乐山）刺史，世称"岑嘉州"。岑参诗歌富有浪漫主义色彩，气势雄伟，色彩瑰丽，长于七言歌行，边塞诗尤多佳作。后人辑有《岑嘉州集》行世。

白雪歌送武判官归京①

北风卷地白草②折，胡天八月即飞雪。
忽如一夜春风来，千树万树梨花开。
散入珠帘湿罗幕③，狐裘④不暖锦衾⑤薄。
将军角弓⑥不得控⑦，都护铁衣冷难着⑧。
瀚海阑干⑨百丈冰，愁云惨淡万里凝⑩。
中军置酒饮归客⑪，胡琴琵琶与羌笛⑫。
纷纷暮雪下辕门⑬，风掣红旗冻不翻⑭。
轮台⑮东门送君去，去时雪满天山路。
山回路转不见君，雪上空留马行处。

注释

①〔白雪歌送武判官归京〕武判官，名不详。判官，官职名，唐时节度使、观察使、防御使均置判官，为地方长官的僚属，辅理政事。

②〔白草〕西北的一种牧草。

③〔散入珠帘湿罗幕〕雪花飞进珠帘，沾湿罗幕。"珠帘""罗幕"和下文的"狐裘""锦衾"等都属于美化的说法。

④〔狐裘〕狐皮袍子。

⑤〔锦衾〕锦缎做的被子。

⑥〔角弓〕两端用兽角装饰的硬弓，一作"雕弓"。

⑦〔不得控〕（天太冷而冻得）拉不开（弓）。控，拉开。

⑧〔都护铁衣冷难着（zhuó）〕都护的铠甲冷得难以穿上身。都护，此为泛指，与上文的"将军"是互文。难着，一作"犹着"。着，亦写作"著"。

⑨〔瀚海阑干〕整个沙漠。阑干，纵横交错的样子。

⑩〔愁云惨淡万里凝〕忧愁的阴云凝结在万里长空。

⑪〔中军置酒饮归客〕中军帐里摆酒为回京人送行。中军，古时分兵为中、左、右三军，中军为主帅的营帐。

⑫〔胡琴琵琶与羌笛〕饮酒时奏起了边地乐曲。胡琴、羌笛等都是西域民族的乐器。

⑬〔辕门〕这里指将帅衙署的外门。古代军队扎营，用车环围，出入处以两车车辕相向竖立，状如门。

⑭〔风掣（chè）红旗冻不翻〕红旗被冻结，风都吹不动了。掣，拉，扯。

⑮〔轮台〕唐轮台在今新疆乌鲁木齐市米东区境内。

简析

天宝八年（749），岑参充安西节度使高仙芝幕府掌书记，天宝十年（751）回长安，与李白、杜甫、高适等游。岑参于天宝十三年（754）夏秋之交到北庭，至德二年（757）春夏之交东归，边塞诗名作大多成于此时。他怀着到塞外建功立业的志向，前后在边疆军队中生活了6年。此诗是作者最负盛名的边塞佳作，写于天宝十四年（755），时作者任职于封常清幕中。诗人以敏锐的观察力和浪漫的笔调，描绘了祖国西北边塞的壮丽景色、边塞军营送别归京使的热烈场面，以及诗人与友人依依惜别画面。

前八句描写早晨看到的奇丽雪景和感受到的突如其来的奇寒。中间四句描绘白天雪景的雄伟壮阔和饯别宴会的盛况。最后六句写傍晚送别友人踏上归途。

这首诗，开合自如，张弛有致，刚柔相间，色彩瑰丽浪漫，气势浑然磅礴，意境鲜明独特，堪称盛世大唐边塞诗的压卷之作。方东树《昭昧詹言》评曰："'忽如'六句，奇气奇情逸发，令人心神一快。"

最豪放名句

忽如一夜春风来，千树万树梨花开。

走马川行奉送封大夫出师西征①

君不见走马川行雪海边②，平沙莽莽黄入天。

轮台③九月风夜吼，一川碎石大如斗，随风满地石乱走。

匈奴④草黄马正肥，金山⑤西见烟尘飞，汉家大将⑥西出师。

将军金甲夜不脱，半夜军行戈相拨⑦，风头如刀面如割。

马毛带雪汗气蒸，五花连钱⑧旋作冰，幕中草檄⑨砚水凝。

虏骑闻之应胆慑，料知短兵⑩不敢接，车师⑪西门伫献捷⑫。

注释

①〔走马川行奉送封大夫出师西征〕一作《走马川行奉送出师西征》。走马川，即车尔成河，又名左末河，在今新疆境内。行，诗歌的一种体裁。封大夫（dà fū），即封常清，唐朝将领，当时任安西节度使兼北庭都护。西征，一般认为是出征播仙。

②〔走马川行雪海边〕一作"走马沧海边"。雪海，在天山主峰与伊塞克湖之间。

③〔轮台〕地名，在今新疆米泉境内。

④〔匈奴〕这里借指达奚部族。

⑤〔金山〕指天山主峰。

⑥〔汉家大将〕指封常清。

⑦〔戈相拨〕兵器互相撞击。

⑧〔五花连钱〕指马斑驳的毛色。五花，即五花马。连钱，一种宝马名。

⑨〔草檄〕起草讨伐敌军的文告。

⑩〔短兵〕指刀剑一类武器。

⑪〔车师〕为唐北庭都护府治所庭州，在今新疆乌鲁木齐东北。一作"军师"。

⑫〔伫献捷〕等着献上贺捷诗章。

简析

诗人在任安西北庭节度判官时，封常清出兵西征，便写了这首诗为封送行。《白雪歌送武判官归京》是奇而婉，侧重在表现边塞绮丽瑰异的风光，给人以清新俊逸之感；《走马川行奉送封大夫出师西征》则是奇而壮，风沙的猛烈、人物的豪迈，都给人以雄浑壮美之感。

诗歌先围绕"风"字落笔，描写出征的自然环境，三言两语就把环境的险恶生动地勾勒出来。下面写匈奴利用草黄马肥的时机发动了进攻，唐军将士的迎战勇武无敌，大军衔枚疾走，军容整肃严明，并充分渲染天气的严寒、环境的艰苦和临战的紧张气氛。最后三句，料想敌军闻风丧胆，预祝班师凯旋，行文水到渠成。

诗人用了反衬手法，抓住有边地特征的景物，极力渲染环境的恶劣，以突出人物不畏艰险的精神。诗中运用了比喻、夸张等手法，写得惊心动魄，绘声绘色，热情奔放，气势昂扬。

最豪放名句

虏骑闻之应胆慑，料知短兵不敢接，车师西门伫献捷。

戴叔伦（1首）

戴叔伦（约732—约789），字幼公（一作"次公"），润州金坛（今江苏常州金坛区）人，唐代诗人。年轻时师事萧颖士，博闻强记，聪慧过人，诸子百家过目不忘。曾任新城令、东阳令、抚州刺史、容管经略使，任期内政绩卓著。晚年上表自请为道士。其诗多表现隐逸生活和闲适情调，但《女耕田行》《屯田词》等篇也反映了人民生活的艰苦。

塞上曲①（其二）

汉家旌帜②满阴山，不遣胡儿匹马还。
愿得此身长报国，何须生入玉门关③。

注释

①〔塞上曲〕唐代的《塞上曲》《塞下曲》，由汉乐府中《入塞曲》《出塞曲》演化而来，内容多写边塞战争。

② 〔旌帜〕旗帜。

③ 〔何须生入玉门关〕东汉班超投笔从戎，平定西域叛乱，封定远侯，居西域31年。后因年老，上书言"臣不敢望到酒泉郡，但愿生入玉门关"。这里反其意而用之。

简析

戴叔伦的《塞上曲》组诗共两首，这是第二首，表达了诗人终身报国的豪情。

前两句描写大唐边塞兵强马壮，表达对入侵者的蔑视和战斗的豪情。后两句反用班超的典故，他觉得班超的爱国主义还不够彻底——如果真的够爱，就不该提出"生入玉门关"（活着进入玉门关），而是安心报国，纵使客死异乡，亦无怨无悔。

最豪放名句

愿得此身长报国，何须生入玉门关。

卢纶（1首）

卢纶（lún）（约739—约799），字允言，河中蒲州（今山西永济）人，"大历十才子"之一。曾因安史之乱迁居江西鄱阳（今江西鄱阳）。屡举进士不第，后得宰相元载赏识，才做了几任小官。之后元载、王缙获罪，遭到牵连，后又累官检校户部郎中。其边塞诗颇有气势。著有《卢户部诗集》。

塞下曲（其三）

月黑雁飞高，单于①夜遁②逃。
欲将轻骑③逐，大雪满弓刀。

注释

① 〔单（chán）于〕是古时匈奴最高统治者，这里代指入侵者的最高

统帅。

②〔遁（dùn）〕逃走。

③〔轻骑〕轻装的骑兵。

简析

这组《塞下曲》共六首。卢纶虽为中唐诗人，但其边塞诗却依旧是盛唐气象，充溢着英雄气概。

这首诗前两句写敌军的溃退，虽然是乘夜逃跑，还是被我军发觉了；后两句写我军准备追击的情形，表现了将士的威武气概。

最豪放名句

欲将轻骑逐，大雪满弓刀。

李益（2首）

李益（748—829），字君虞，陇西姑臧（今甘肃武威）人。大历四年（769）进士，初仕途失意，客游燕赵。后历秘书少监、集贤学士、左散骑常侍、礼部尚书等职。其诗音律和美，不乏壮词，是中唐边塞诗的代表诗人。

塞下曲（其二）

伏波惟愿裹尸还①，定远②何须生入关。
莫遣只轮归海窟③，仍留一箭定天山④。

注释

①〔伏波惟愿裹尸还〕东汉马援（前14—49）屡立战功，被封为伏波将军，他曾说："男儿要当死于边野，以马革裹尸还葬耳。"事见《后汉书·马援传》。

②〔定远〕班超（32—102），东汉著名军事家，封定远侯。

③〔莫遣只轮归海窟〕不能让一个敌人逃跑。《春秋公羊传》载，"僖公三

十三年，夏四月辛巳，晋人及姜戎败秦于殽（yáo）……然而晋人与姜戎要之殽而击之，匹马只轮无反者"。后用只轮无反比喻全军覆没。海窟，这里指敌人所居住的瀚海（沙漠）。

④〔仍留一箭定天山〕《旧唐书·薛仁贵传》载，"寻又领兵击九姓突厥于天山，时九姓有众十余万，令骁健数十人逆来挑战，仁贵发三矢，射杀三人，自余一时下马请降……军中歌曰：'将军三箭定天山，战士长歌入汉关'"。

简析

这首《塞下曲》流传较广。诗人连用四个典故，讴歌了将士们激昂慷慨、视死如归、坚决消灭来犯之敌的英雄气概和勇于牺牲的精神，反映了人民安边定远的心愿。

全诗情调激昂，音节嘹亮，是一首激励人们舍身报国的豪迈诗篇。

最豪放名句

莫遣只轮归海窟，仍留一箭定天山。

塞下曲（其四）

为报如今都护雄，匈奴且莫下云中①。
请书塞北阴山石，愿比燕然车骑②功。

注释

①〔云中〕天宝元年（742）将云州改为云中郡（今山西大同市与朔州怀仁一带），乾元元年（758）云中郡再改为云州。此处应指汉云中郡（今内蒙古托克托县），借指边塞。

②〔车骑〕指东汉窦宪。窦宪燕然勒功时为车骑将军。

简析

李益有《塞下曲》组诗共四首，这是第四首，表现了大唐边军凛然不可冒犯的威势，抒发了将士建功立业的雄心壮志。

前两句称赞守边将军的英勇，正告敌人切莫来犯。后两句借用东汉车骑将军窦宪燕然勒功的典故，表示大唐边军也要在阴山刻石记功。

最豪放名句

请书塞北阴山石，愿比燕然车骑功。

孟郊（1首）

孟郊（751—814），字东野，湖州武康（今浙江省德清县）人，祖籍平昌（今山东德州临邑县）。初隐居嵩山，46岁才中进士，与韩愈交厚。任溧阳县尉，放迹林泉间，徘徊赋诗，以致公务多废。后任职洛阳，赴兴元府任参军途中暴疾而卒。因其诗作多写世态炎凉，民间苦难，故有"诗囚"之称，与贾岛并称"郊寒岛瘦"，是唐代苦吟诗人的代表。《游子吟》《登科后》为其名篇。

登科①后

昔日龌龊②不足夸，今朝放荡③思无涯。
春风得意马蹄疾④，一日看尽长安花。

注释

① 〔登科〕科举时代应考人被录取。
② 〔龌龊（wò chuò）〕指处境窘迫。
③ 〔放荡〕自由自在，无所拘束。
④ 〔疾〕快。

简析

这首诗因"春风得意"与"走马观花"两个成语而为人们所熟知。孟郊曾三次应试，42岁、43岁两次落第，贞元十二年（796），46岁的孟郊终于进士及第，他心中的狂喜不可抑止，当即写下了生平第一首快诗。

此诗前两句将作者过去失意落魄的处境和现今考取功名的得意情境进行对比，描绘出诗人神采飞扬的得意之态；后两句说他在春风里跨马疾驰，一天就看完了长安的似锦繁花。

全诗节奏轻快，一气呵成，酣畅淋漓地抒发了他心花怒放的心情。

最豪放名句

春风得意马蹄疾，一日看尽长安花。

韩愈（1首）

韩愈（768—824），字退之，河南河阳（今河南焦作孟州市）人，自称"郡望昌黎"，世称"韩昌黎""昌黎先生"，唐代文学家、政治家。贞元八年（792）登进士第，两任节度推官，累官监察御史。后因论事而被贬阳山，历都官员外郎、史馆修撰、中书舍人等职。元和十二年（817）出任宰相裴度的行军司马，参与讨平"淮西之乱"。其后因谏迎佛骨一事被贬至潮州。晚年官至吏部侍郎，人称"韩吏部"。长庆四年（824）病逝，追赠礼部尚书，谥号文，故称"韩文公"。元丰元年（1078）追封昌黎伯，并从祀孔庙。韩愈是唐代古文运动的倡导者，被后人尊为"唐宋八大家"之首，与柳宗元并称"韩柳"，有"文章巨公"和"百代文宗"之名，"千古文章四大家"之一，苏轼赞其"文起八代之衰，道济天下之溺"。著有《韩昌黎集》等。

调张籍①

李杜文章在，光焰②万丈长。
不知群儿③愚，那用故谤伤。
蚍蜉④撼大树，可笑不自量！
伊⑤我生其后，举颈遥相望。
夜梦多见之，昼思反微茫。
徒观斧凿痕，不睹治水航⑥。
想当施手时，巨刃磨天扬。
垠崖划崩豁，乾坤摆雷硠⑦。
惟此两夫子，家居率荒凉。
帝欲长吟哦，故遣起且僵⑧。

剪翎送笼中，使看百鸟翔⑨。
平生千万篇，金薤垂琳琅⑩。
仙官敕六丁，雷电下取将⑪。
流落人间者，太山一毫芒⑫。
我愿生两翅，捕逐⑬出八荒。
精诚忽交通，百怪入我肠⑭。
刺手拔鲸牙，举瓢酌天浆⑮。
腾身跨汗漫，不著织女襄⑯。
顾语地上友⑰，经营无太忙。
乞君飞霞佩，与我高颉颃⑱。

注释

①〔调张籍〕调侃，调笑，戏谑。张籍，字文昌，唐代诗人。

②〔光焰〕一作"光芒"。

③〔群儿〕指"谤伤"李白的人。

④〔蚍蜉（pí fú）〕大蚂蚁。

⑤〔伊〕发语词。

⑥〔徒观斧凿痕，不瞩治水航〕比喻"李杜文章"如同大禹治水疏通江河，后人虽能看到其成就，却无法目睹当时开辟航道的情景。

⑦〔垠崖划崩豁，乾坤摆雷硠（láng）〕想象大禹治水时劈山凿石，声震天宇的情景。划，劈开。雷硠，大声。

⑧〔帝欲长吟哦，故遣起且僵〕天帝想要听到好诗歌，就派李、杜到人间受苦。

⑨〔剪翎送笼中，使看百鸟翔〕还故意折断他们的羽毛送进笼中，看着百鸟自由翱翔。

⑩〔金薤（xiè）垂琳琅〕他们创作出精金美玉般的绝代诗篇。金薤，倒薤书（一种篆文字体）的美称，比喻文字优美。琳琅，美玉，比喻优美珍贵。

⑪〔仙官敕六丁，雷电下取将〕天上的神仙派雷电神下凡取走了优美的李杜诗篇。六丁、雷电，皆传说之天神。

⑫〔太山一毫芒〕泰山的一点小石子。毫芒，毫毛的细尖。

⑬〔捕逐〕捕捉（李杜文章精华）。

⑭〔精诚忽交通，百怪入我肠〕忽然悟得"李杜文章"之妙，灵感忽至。

⑮〔刺手拔鲸牙，举瓢酌天浆〕探手可拔鲸牙，举瓢可舀天浆，皆是无拘

无来的想象。

⑯〔腾身跨汗漫，不著织女襄〕此句夸言神游物外，连织女星的车驾都不乘坐了。

⑰〔地上友〕指张籍。经营，此谓构思文章。

⑱〔乞君飞霞佩，与我高颉颃（xié háng）〕你也穿上仙衣，和我一起来高高地飞翔吧。霞佩，仙女的饰物。颉颃，上下飞翔。

简析

从中唐到晚唐，便开始有了李杜优劣之争，并出现了扬李抑杜、扬杜抑李、李杜并重三派意见。元稹、白居易扬杜抑李，韩愈李杜并重，这首诗反对与驳斥了元、白的观点，热情地赞美李白和杜甫的诗歌，表现出高度倾慕之情。

前六句作者对李、杜诗文作出了极高的评价，并讥斥"群儿"诋毁前辈是多么无知可笑。"伊我"十句，作者感叹生于李、杜之后，只好在梦中瞻仰他们的风采。特别是读到李、杜天才横溢的诗篇时，便不禁追想起他们兴酣落笔的情景。"惟此"六句，感慨李、杜生前不遇，天帝要使诗人永不停止歌唱，便故意给予他们升沉不定的命运。"平生"六句，作者叹惜李、杜的诗文多已散佚。"我愿"八句，写自己努力去追随李、杜。诗人希望能生出两翅，在天地中追寻李、杜诗歌的精神。最后四句点题，诗人恳切地劝导老朋友张籍不要忙于经营章句，要大力向李、杜学习。

诗人笔势波澜壮阔，恣肆纵横，全诗如长江大河浩浩荡荡，奔流直下，而其中又曲折盘旋，激溅飞泻，变态万状，最能体现出韩愈奇崛雄浑的诗风。

最豪放名句

李杜文章在，光焰万丈长。/蚍蜉撼大树，可笑不自量！/刺手拔鲸牙，举瓢酌天浆。

刘叉（1首）

刘叉，生平不详，唐代诗人。活跃于元和年代，以"任气"著称。韩愈接待天下士人，他前往赋《冰柱》《雪车》二诗。因不满韩愈为人写墓志铭，取走韩愈写墓志铭所得的酬金而去，不知所终。

偶书

日出扶桑①一丈高，人间万事细如毛。
野夫②怒见不平处③，磨损④胸中万古刀。

注释

①〔扶桑〕神话中日出处神树。《淮南子》："日出于旸（yáng）谷，浴于咸池，拂于扶桑。"

②〔野夫〕草野之人，指诗人自己。

③〔处〕一作"事"。

④〔磨损〕一作"磨尽"。

简析

此诗诗风粗犷，立意奇警。诗中以"磨损的刀"比喻胸中受到压抑的正义感，表现诗人心中的复杂情绪和侠义、刚烈的个性。全诗气魄宏大，音节响亮，以高昂的调子唱出了"野夫""不平则鸣"的心声。

清代黄周星《唐诗快》："张承吉云'百年已死断肠刀'，断肠之百年，何如磨胸之万古！则此胸中之刀，必非空磨者矣。"

最豪放名句

野夫怒见不平处，磨损胸中万古刀。

刘禹锡（7首）

刘禹锡（772—842），字梦得，洛阳（今河南洛阳）人，唐代文学家、政治家，世称"刘宾客"，有"诗豪"之称。贞元九年（793）进士，登博学鸿辞科，授为监察御史；因积极参与永贞革新，失败后遭贬朗州司马，又迁连州刺史，转徙夔州刺史、和州刺史、主客郎中、礼部郎中、苏州刺史等职；开成元年（836）以太子宾客分司东都，故世称"刘宾客"；会昌时，加检校礼部尚书。

刘禹锡一生宦迹漂泊，所到之处，关心民生疾苦，写出了许多反映现实的诗作。其与白居易合称"刘白"，与柳宗元并称"刘柳"，苏州人把他与韦应物、白居易合称"三杰"，有《刘宾客集》存世。

秋词（其一）

自古逢秋悲寂寥①，我言秋日胜春朝。
晴空一鹤排②云上，便引诗情到碧霄③。

注释

①〔悲寂寥〕悲叹萧条空寂。宋玉《九辩》有"悲哉，秋之为气也""寂寥兮，收潦而水清"等句。

②〔排〕推开，有冲破的意思。

③〔碧霄〕青天。

简析

《秋词》共二首，是诗人被贬为朗州司马时所作。这是第一首，第二首也传诵很广："山明水净夜来霜，数树深红出浅黄。试上高楼清入骨，岂如春色嗾（sǒu）人狂。"

诗人对秋天和秋色的感受与众不同，一反过去文人悲秋的传统，赞颂了秋天的美好，并借黄鹤直冲云霄的描写，表现了作者奋发进取的豪情和豁达乐观的情怀。诗人开篇，即以议论起笔，断然否定了前人悲秋的观念，提出自己的见解。后两句写出秋天的生机勃勃，作者那乐观的情怀、昂扬的斗志呼之欲出。

最豪放名句

晴空一鹤排云上，便引诗情到碧霄。

浪淘沙[①]（三首）

其一
九曲黄河万里沙，浪淘风簸自天涯。
如今直上银河去，同到牵牛织女家。

其七
八月涛声[②]吼地来，头高数丈触山回。
须臾却入海门[③]去，卷起沙堆似雪堆。

其八
莫道谗言如浪深，莫言迁客[④]似沙沉。
千淘万漉[⑤]虽辛苦，吹尽狂沙始到金。

注释

① 〔浪淘沙〕刘禹锡、白居易依小调《浪淘沙》唱和而首创乐府歌辞《浪淘沙》，为七言绝句体。刘禹锡《浪淘沙》共九首。

② 〔八月涛声〕浙江省钱塘江潮，每年农历八月为最盛。

③ 〔海门〕内河通海之处，这里指钱塘江入海口。

④ 〔迁客〕遭贬迁的官员。

⑤ 〔漉（lù）〕过滤，用水洗去杂质。

简析

这组诗共九首，约于长庆二年（822）春作者在夔州（今重庆奉节）贬所所作。

第一首演绎神话传说。模仿淘金者的口吻表达了对美好生活的向往。同是在河边生活，牛郎织女生活的天河恬静而优美，黄河边的淘金者却整天在风浪泥沙中颠簸。同访牛郎织女，寄托了他们心底对宁静生活的憧憬。

第七首描绘钱塘江潮。前两句描写出潮涨潮退的全过程，突出潮势的奔腾急遽。后两句写潮水退出海门之后呈现在诗人面前的奇景。

第八首抒写迁客情怀。诗人屡遭贬谪，但精神乐观。虽然经历了千辛万苦，到最后终能显示出自己的才华。诗句通过形象的比喻，概括了从自我经历中获得的深刻感受，给人以信心和无限的希望。

最豪放名句

九曲黄河万里沙，浪淘风簸自天涯。/千淘万漉虽辛苦，吹尽狂沙始到金。

酬乐天扬州初逢席上见赠①

巴山楚水②凄凉地，二十三年③弃置身。
怀旧空吟闻笛赋④，到乡翻似烂柯人⑤。
沉舟侧畔千帆过，病树前头万木春。
今日听君歌一曲⑥，暂凭杯酒长⑦精神。

注释

①〔酬乐天扬州初逢席上见赠〕答谢，酬答，这里是指以诗相答的意思。乐天，白居易的字。见赠，送给（我）。

②〔巴山楚水〕指四川、湖南、湖北一带。古时四川东部属于巴国，湖南北部和湖北等地属于楚国。刘禹锡被贬后，迁徙于朗州、连州、夔州、和州等边远地区，这里用"巴山楚水"泛指这些地方。

③〔二十三年〕从永贞元年（805）刘禹锡被贬为连州刺史，至宝历二年（826）冬应召返京，约22年。因贬地离京遥远，实际上到第二年才能回到京城，所以说23年。弃置，指被贬谪（zhé）。

④〔闻笛赋〕指西晋向秀的《思旧赋》。三国曹魏末年，向秀的朋友嵇康、吕安因不满司马氏篡权而被杀害。后来，向秀经过嵇康、吕安的旧居，听到邻人吹笛，不禁悲从中来，于是作《思旧赋》。刘禹锡借用这个典故怀念在永贞革新失败后先后死去的王叔文、柳宗元等人。

⑤〔到乡翻似烂柯人〕烂柯人指晋人王质。南朝梁任昉《述异记》记载，晋人王质上山砍柴，看见两个童子下棋，就停下观看，等棋局终了，手中的斧柄已经朽烂，回到村里，才知道已经过了一百年。翻似，恰似，非常像。

⑥〔歌一曲〕指白居易的《醉赠刘二十八使君》。

⑦〔长〕增长，振作。

简析

此诗作于宝历二年（826），刘禹锡罢和州刺史返回洛阳，同时白居易从苏州返洛阳，二人在扬州初逢，白居易写了一首《醉赠刘二十八使君》："为我引杯添酒饮，与君把箸击盘歌。诗称国手徒为尔，命压人头不奈何。举眼风光长寂寞，满朝官职独蹉跎。亦知合被才名折，二十三年折太多。"诗中对刘禹锡被贬谪的遭遇，表示了同情和不平。刘禹锡写了《酬乐天扬州初逢席上见赠》回赠。

此诗首先紧承白居易诗末联，对自己长年遭"弃置"的境遇，表达了无限辛酸和愤懑不平。然后写自己归来的感触：老友已逝，只有无尽的怀念之情；人事全非，自己恍若隔世之人。然而诗人并未消沉，颈联笔锋一转，描绘了一幅生机勃勃的图景：沉舟侧畔，千帆竞发；病树前头，万木争春。末联点明酬赠题意，表现了诗人的坚定意志和乐观精神。

全诗感情真挚，沉郁中见豪放，颈联蕴含的积极向上的人生哲理尤为后人称道。

最豪放名句

沉舟侧畔千帆过，病树前头万木春。

再游玄都观①

余贞元二十一年为屯田员外郎时，此观未有花。是岁出牧连州，寻贬朗州司马。居十年，召至京师。人人皆言，有道士手植仙桃满观，如红霞，遂有前篇，以志一时之事。旋又出牧。今十有四年，复为主客郎中，重游玄都观，荡然无复一树，惟兔葵、燕麦动摇于春风耳。因再题二十八字，以俟后游。时太和二年三月。

　　　　百亩庭中半是苔②，桃花净尽菜花开。
　　　　种桃道士③归何处，前度刘郎④今又来。

注释

①〔玄都观〕道教庙宇名，在长安城南崇业坊（今西安市南门外）。

②〔半是苔〕谓少有人来。苔，青苔。

③〔种桃道士〕暗指当初打击王叔文、贬斥刘禹锡的权贵们。

④〔刘郎〕作者自称。

简析

此诗写于 829 年。永贞革新失败后，王伾病死，王叔文被杀，韦执谊、韩泰、陈谏、柳宗元、刘禹锡、韩晔、凌准、程异被贬为州司马，称"二王八司马"事件。815 年，诗人刚回到长安，因写了《元和十年自朗州至京戏赠看花诸君子》："紫陌红尘拂面来，无人不道看花回。玄都观里桃千树，尽是刘郎去后栽。"再度被贬，一直过了 14 年，才又被召回长安任职。14 年中，皇帝就由宪宗、穆宗、敬宗、文宗换了四个。这首诗重提旧事，向打击他的权贵挑战，透露着百折不弯的豪气和得意之感。

最豪放名句

种桃道士归何处，前度刘郎今又来。

酬乐天咏老见示

人谁不顾①老，老去有谁怜。
身瘦带②频减，发稀冠③自偏。
废书缘④惜眼，多灸⑤为随年。
经事还谙⑥事，阅人如阅川。
细思皆幸矣，下此便惝然⑦。
莫道桑榆⑧晚，为霞尚满天。

注释

① 〔顾〕顾惜，担忧。

② 〔带〕腰带。

③ 〔冠〕帽子。

④ 〔缘〕因为。

⑤ 〔灸〕中医的一种治疗方法。

⑥ 〔谙〕熟悉。

⑦ 〔惝（xiāo）然〕自由自在，心情畅快的样子。

⑧〔桑榆〕指桑、榆二星。太阳下到桑榆二星之间，天色便晚了，比喻人至晚年。曹植《赠白马王彪》："年在桑榆间，影响不能追。"

简析

唐文宗开成元年（836），64岁的刘禹锡以太子宾客的身份分司东都洛阳，白居易以同样的身份留居洛阳也已三年。两人由于都垂垂暮老，并同患有足疾、眼疾，便免不了同病相怜。对于老病，白居易有时很通达，有时也不免感伤，他在写给刘禹锡的《咏老赠梦得》一诗中，便表现出了对衰老的一种消极悲观情绪："与君俱老也，自问老何如？眼涩夜先卧，头慵朝未梳。有时扶杖出，尽日闭门居。懒照新磨镜，休看小字书。情与故人重，迹共少年疏。唯是闲谈兴，相逢尚有余。"刘禹锡便写了这首答诗。

此诗阐明作者的观点，认为人到老年虽然有人瘦、发稀、视力减弱、多病等不利的一面，也还有处事经验丰富、懂得珍惜时间、自奋自励等有利的一面，对此如果细致全面地加以思考，就能树立正确的老年观，就能从嗟老叹老的情绪中解脱出来。诗人劝慰他的朋友对待衰老不要过多的忧虑，只要正确对待，便可倏然自乐。最后两句是全诗的点睛之笔，意境优美，气势豪放，大有曹操"老骥伏枥，志在千里。烈士暮年，壮心不已"之气概。诗人面对衰老，不消极，不悲观，要用有生之年撒出满天的红霞。

全诗表达了刘禹锡对生死问题的清醒而乐观的认识，说明他在老年还能用辩证的态度积极对待人生。"莫道桑榆晚，为霞尚满天"二句，深为人们赞赏，成为千古传诵的名句，明代瞿佑《归田诗话》评论这句诗说："其英迈之气老而不衰如此。"

最豪放名句

莫道桑榆晚，为霞尚满天。

白居易（2首）

白居易（772—846），字乐天，晚年号香山居士，又号醉吟先生，祖籍太原（今山西太原），生于新郑（今河南新郑）。唐代伟大的现实主义诗人，唐代三大诗人之一。少而好学，贞元十六年（800）进士，元和年间任左拾遗及左赞善大夫，元和十年（815）贬江州司马。长庆二年（822）任杭州刺史，宝历元年（825）任苏州刺史，后官至刑部尚书。白居易早年与元稹共同倡导新乐府运动，世称"元白"；晚年与刘禹锡唱和，并称"刘白"。主张"文章合为时而著，歌诗合为事而作"，诗歌题材广泛，形式多样，语言平易通俗，有"诗魔"和"诗王"之称。代表诗作有《长恨歌》《卖炭翁》《琵琶行》等。有《白氏长庆集》传世。

醉游平泉①

狂歌箕踞②酒尊前，眼不看人面向天。
洛客③最闲唯有我，一年四度游平泉。

注释

①〔平泉〕是当时洛阳著名的园林别墅，故址在今龙门山南伊川境内的梁沟村。

②〔箕踞〕两脚张开，两膝微曲地坐着，形状像箕，这是一种不雅的坐法。这里指无拘无束。

③〔洛客〕白居易太和三年（829）定居洛阳。

简析

李德裕为相时，他的山庄牡丹满园。每到牡丹盛开时节，他就会喝得酩酊大醉，然后躺在醒酒石上醉眼看花，感叹"世间变化，不过如斯"。白居易等名士也爱到平泉山庄饮酒。

白居易这首诗虽也明白如话，但无拘无束之状非常不合礼法。前两句写醉酒后"狂歌箕踞"和"眼不看人面向天"的狂傲；后两句写自己官居闲职，常到平泉游玩。晚年白居易生活闲适自在，这首诗让我们看出他晚年狂放不羁的一面。

最豪放名句

狂歌箕踞酒尊前，眼不看人面向天。

与梦得①沽酒闲饮且约后期

少时犹②不忧生计，老后谁能惜酒钱？
共把十千沽一斗，相看七十欠三年③。
闲征雅令穷经史④，醉听清吟胜管弦⑤。
更待菊黄家酝⑥熟，共君一醉一陶然⑦。

注释

① 〔梦得〕刘禹锡的字。

② 〔犹〕尚且。

③ 〔七十欠三年〕白居易、刘禹锡同年生，写此诗时两人都 67 岁。

④ 〔闲征雅令穷经〕闲时行酒令讨论经史。雅令，高雅的酒令。

⑤ 〔清吟胜管弦〕吟唱诗句胜过管弦之乐。

⑥ 〔家酝〕自家酿的酒。

⑦ 〔陶然〕形容闲适欢乐的样子。

简析

作者晚年和刘禹锡交往甚密，二人同在洛阳，刘以太子宾客分司东都，白任太子少傅，都是养老闲职，他们时常游历于龙门一带，过着半隐居、纵诗酒的生活，白居易《池上篇》《醉吟先生传》都写于此时。年近古稀的他们阅尽人世沧桑，饱经政治忧患，宦海浮沉几十年，相对饮酒，自有一番痛快畅达。

首联写诗友聚会时的兴奋，颔联写沽酒时的豪爽，颈联写"闲饮"的细节和过程，尾联把眼前的聚会引向未来，也把友情和诗意推向高峰。全诗言简意富，语淡情深，抒写了解囊沽酒、豪爽痛饮的旷达与闲适，有"乐以忘忧，不知老之将至"之趣。

最豪放名句

更待菊黄家酝熟，共君一醉一陶然。

元稹 （1 首）

元稹（779—831），字微之，别字威明，洛阳（今河南洛阳）人，唐朝诗人、文学家。元稹幼时聪明过人，少时即有才名。贞元十六年（800）与白居易同科及第，并结为终生诗友。二人共同倡导新乐府运动，世称"元白"；其诗作自成一格，称"元和体"。一度官至宰相，后受排挤被贬外地。晚年官又至武昌节度使等职，死后追赠尚书右仆射。

菊花

秋丛绕舍似陶家①，遍绕篱边日渐斜。
不是花中偏爱菊，此花开尽更②无花。

注释
① 〔陶家〕指东晋诗人陶渊明。
② 〔更〕再。

简析
前两句诗人自比陶渊明，写丛丛秋菊围绕房舍，自己观赏菊花，直至太阳西斜。后两句表明诗人对菊花的喜爱，写出菊花的傲霜风格。

全诗描绘了菊花凌寒开放的情态，寄托着诗人高洁傲岸的品格。语言淡雅朴素，饶有韵味。

最豪放名句
不是花中偏爱菊，此花开尽更无花。

贾岛 （1首）

贾岛 （779—843），字阆（láng）仙，一作浪仙，自号碣石山人，幽州范阳（今河北涿州）人，唐代诗人。初落拓为僧，因作诗发牢骚，诗才被韩愈发现，称其为"苦吟诗人"。后来受教于韩愈，还俗参加科举，但累举不中。唐文宗时做长江主簿，人称贾长江。其诗以五律见长，作诗反复锤炼，刻苦求工，人称"诗奴"。

剑客①

十年磨一剑，霜刃②未曾试。
今日把示君③，谁有不平事？

注释

① 〔剑客〕一作"述剑"。
② 〔霜刃〕形容锋利。
③ 〔把示君〕拿给您看。

简析

贾岛参加科举考试，天真地以为自己一考就中，却因《病蝉》诗落了个"考场十恶"的坏名，无可奈何，便创作了这首充满抑郁不平之气的五绝。

前两句咏物而兼自喻，意在以宝剑未试来比喻自己才华不得施展。后两句将剑客的豪侠之风表现得痛快淋漓，仿佛剑鸣于匣，呼之欲出，读之使人顿感血脉偾（fèn）张，一种急欲施展才能、干一番事业的壮志豪情跃然纸上。

最豪放名句

十年磨一剑，霜刃未曾试。

李贺（5首）

李贺（790—816），字长吉，福昌昌谷（今河南洛阳宜阳县）人，后世称"李昌谷"，中唐诗人，有"诗鬼"之称，与李白、李商隐称为唐代"三李"。李贺是继屈原、李白之后，中国文学史上又一位颇享盛誉的浪漫主义诗人。他18岁左右已诗名远播，但年未弱冠，即遭父丧。21岁时因"进"与其父名"晋肃"犯讳未能参加进士考试。一年后，父荫得官，任奉礼郎。李贺迁调无望，功名无成，哀愤孤激之思日深。加之妻又病卒，忧郁病笃，不久即卒。他所写的诗大多是慨叹生不逢时和内心苦闷，抒发对理想、抱负的追求；对当时藩镇割据、宦官专权和人民所受的残酷剥削都有所反映。李贺的诗作想象极为丰富，经常应用神话传说来托古寓今，所以后人常称他为"鬼才"，创作的诗文为"鬼仙之辞"，后世有"太白仙才，长吉鬼才"之说。其诗被严羽《沧浪诗话》称为"李长吉体"。

雁门太守行①

黑云压城城欲摧②，甲光向日金鳞开③。
角④声满天秋色里，塞上燕脂凝夜紫⑤。
半卷红旗⑥临易水，霜重鼓寒声不起。
报君黄金台⑦上意，提携玉龙⑧为君死。

注释

①〔雁门太守行〕古乐府曲调名。雁门，郡名，古雁门郡大约在今山西省西北部，是唐王朝与北方突厥部族的边境地带。

②〔黑云压城城欲摧〕敌军攻城，城墙仿佛将要坍塌。黑云压城，比喻敌军攻城的气势。

③〔甲光向日金鳞开〕铠甲迎着（云缝中射下来的）阳光，如金色鳞片般闪闪发光。

④〔角〕军中号角。

⑤〔塞上燕（yān）脂凝夜紫〕边塞上将士的血迹在寒夜中凝为紫色。燕

脂，即胭脂，色深红。此句中"燕脂""夜紫"皆形容战场血迹。

⑥〔半卷红旗〕写悄悄行军。

⑦〔黄金台〕故址在今河北定兴县高里乡，相传战国燕昭王所筑；一说在北京城东南（今北京大兴）。《战国策·燕策》载燕昭王求士，筑高台，置黄金于其上，广招天下人才。

⑧〔玉龙〕指宝剑。传说晋代雷焕曾得玉匣，内藏二剑，后入水化为龙。

简析

北宋王谠（dǎng）《唐语林》载："李贺以歌诗谒韩愈，愈时为国子博士分司，送客归，极困。门人呈卷，解带旋读之，有篇《雁门太守》云：'黑云压城城欲摧，甲光向日金鳞开。'却缓带，命迎之。"李贺由此得韩愈赏识。

此诗用浓艳斑驳的色彩描绘悲壮惨烈的战斗场面，奇异的画面准确地表现了特定时间、特定地点的边塞风光和瞬息万变的战争风云。一二句写景又写事，渲染兵临城下的紧张气氛和危急形势，并借日光显示守军威武雄壮；三四句从听觉和视觉两方面渲染战场的悲壮和战斗的残酷；五六句写部队夜袭和浴血奋战的场面；七八句引用典故写出将士誓死报效国家的决心。全诗意境苍凉，格调悲壮，具有强烈的震撼力。

最豪放名句

报君黄金台上意，提携玉龙为君死。

南园①（其五）

男儿何不带吴钩，收取关山五十州②。
请君暂上凌烟阁③，若个④书生万户侯？

注释

①〔南园〕李贺在昌谷家中读书的地方。

②〔关山五十州〕泛指当时藩镇割据地区。

③〔凌烟阁〕唐太宗为表彰功臣而建的绘有功臣图像的殿阁，后"凌烟阁二十四功臣"闻名于世。

④〔若个〕哪个。

简析

《南园》是一组写景和咏怀的诗，共十三首，这是其中的第五首。

前两句写诗人面对烽火连天、战乱不已的局面，焦急万分，恨不得立即身佩宝刀，奔赴沙场，保卫家邦。后两句诗人问道：封侯拜相，绘像凌烟阁的，哪有一个是书生出身？抒发了怀才不遇的愤激情怀。

这首诗由两个设问句组成，顿挫激越，把家国之痛和身世之悲都淋漓酣畅地表达了出来。

最豪放名句

男儿何不带吴钩，收取关山五十州。

马诗（其四）

此马非凡马，房星①是本星②。
向前敲瘦骨，犹自带铜声。

注释

①〔房星〕星宿（xiù）名，即房宿，古时以之象征天马。《晋书·天文志上》："房四星……亦曰天驷，为天马，主车驾。"

②〔是本星〕一作"本是精"。

简析

李贺《马诗》共二十三首，这是其中的第四首。

首句开门见山，肯定并且强调诗歌所表现的是一匹非同寻常的好马。第二句说这匹马本不是尘世间的凡物，而是天上的星宿。三四句写马的形态和素质，尽管它境遇恶劣，被折腾得瘦骨嶙峋，却仍然骨带铜声。

诗人怀才不遇，景况凄凉，恰似这匹瘦马，我们从这首诗里隐约可以感受到诗人的铮铮铁骨。

最豪放名句

向前敲瘦骨，犹自带铜声。

马诗（其五）

大漠沙如雪，燕山月似钩①。

何当金络脑②，快走③踏清秋。

注释

① 〔钩〕古代兵器，弯似月牙。

② 〔金络脑〕用黄金装饰的马笼头。

③ 〔走〕跑。

简析

　　前两句展现出一片富于特色的边疆战场夜晚的壮丽景色，这样的景色一般人也许只觉悲凉肃杀，但对于志在报国之士却有异乎寻常的吸引力。后两句意思是：什么时候才能披上黄金装饰的马笼头，在秋高气爽的疆场上驰骋？《马诗》其一云："龙背铁连钱，银蹄白踏烟。无人织锦襜（chān），谁为铸金鞭？"诗人企盼把良马当作良马对待，这是作者热望建功立业发出的嘶鸣。

　　这几首马诗连起来看，诗人渴望被赏识，渴望建功立业的愿望何其迫切！

最豪放名句

大漠沙如雪，燕山月似钩。

秦王①饮酒

秦王骑虎游八极，剑光照空天自碧。

羲和②敲日③玻璃声，劫灰飞尽古今平④。

龙头⑤泻酒邀酒星，金槽⑥琵琶夜枨枨⑦。

洞庭雨脚来吹笙，酒酣喝月使倒行。

银云⑧栉栉⑨瑶殿明，宫门掌事报一更⑩。

花楼玉凤⑪声娇狞⑫，海绡⑬红文⑭香浅清，黄娥跌舞⑮千年觥⑯。

仙人烛树⑰蜡烟轻，清琴⑱醉眼泪泓泓。

注释

① 〔秦王〕一说指唐德宗李适（kuò），他做太子时被封为雍王，雍州属秦地，又称秦王。一说指唐太宗李世民，他做皇帝前是秦王。

② 〔羲和〕传说中为太阳驾车的神。

③ 〔敲日〕敲打着太阳（命令太阳快走）。

④ 〔劫灰飞尽古今平〕劫是佛经中的历时性概念，指宇宙间包括毁灭和再生的漫长周期。劫分大、中、小三种。每一大劫中包含四期，其中第三期叫作坏劫，坏劫期间，有水、风、火三大灾。劫灰飞尽时，古无遗迹，这样一来无古无今，所以称之为"古今平"。

⑤ 〔龙头〕铜铸的龙形酒器。

⑥ 〔金槽〕镶金的琵琶弦码。

⑦ 〔枨（chéng）枨〕琵琶声。

⑧ 〔银云〕月光照耀下的薄薄的白云。

⑨ 〔栉（zhì）栉〕云朵层层排列的样子。

⑩ 〔一更〕一作"六更"。

⑪ 〔花楼玉凤〕指歌女。

⑫ 〔娇狞（níng）〕形容歌声娇柔而有穿透力。

⑬ 〔海绡〕鲛（jiāo）绡纱。《述异记》说出于南海，是海中鲛人所织。

⑭ 〔红文〕绣的红色花纹。

⑮ 〔黄娥跌舞〕一种舞蹈。

⑯ 〔千年觥（gōng）〕举杯祝寿千岁。

⑰ 〔仙人烛树〕雕刻着神仙的烛台上插有多支蜡烛，形状似树。

⑱ 〔清琴〕传说中的神女。这里指宫女。

简析

这是唐代诗人李贺的代表作之一。此诗前四句写秦王的威仪和他的武功，歌颂他平定了战乱，使天下太平。第五句以下描写他通宵达旦饮酒作乐的豪华场面。最后七句写宫门掌事出于讨好，也是出于畏惧，谎报才至一更。尽管天已大亮，饮宴并未停止，衣香清浅，烛树烟轻，然而歌女歌声娇弱，舞伎舞步踉跄，妃嫔泪眼泓泓，都早已不堪驱使了。在秦王的威严之下，她们只得强打着精神奉觞上寿。"清琴醉眼泪泓泓"，诗歌以冷语作结，含蓄地表达了惋惜、哀怨、讥诮（qiào）等复杂的思想感情。

全诗几乎每一句都出人意料，无论是现实的描写还是虚拟的想象，无论比喻、夸张还是白描，无论意象选择还是遣词用语，都与一般诗人不同，体现了李贺诗歌想象奇谲（jué）诡异的特点。

最豪放名句

羲和敲日玻璃声，劫灰飞尽古今平。／洞庭雨脚来吹笙，酒酣喝月使倒行。

杜牧（2首）

杜牧（803—852），字牧之，号樊川居士，京兆万年（今陕西西安）人，晚唐诗人、散文家。大和二年（828）进士，授弘文馆校书郎。后赴江西观察使幕，转淮南节度使幕，又入宣州观察使幕，后历任国史馆修撰、膳部、比部、司勋员外郎，黄州、池州、睦州刺史等职。晚年居长安南樊川别墅，后世称"杜樊川"，著有《樊川文集》。他的《阿房宫赋》气势恢宏，富丽雄健。诗歌以七言绝句著称，多咏史抒怀，英发俊爽，人称"小杜"，与李商隐并称"小李杜"。

赤壁①

折戟②沉沙铁未销③，自将④磨洗认前朝⑤。
东风不与周郎⑥便，铜雀⑦春深锁二乔⑧。

注释

①〔赤壁〕孙刘联军大败曹操处，在今湖北赤壁市境内。诗中的赤壁实为黄州（今湖北黄冈）的赤鼻矶。

②〔折戟（jǐ）〕折断的戟。戟，古代兵器。

③〔销〕销蚀。

④〔将〕拿，取。

⑤〔认前朝〕辨认出是前朝遗物。前朝，指东汉。

⑥〔周郎〕周瑜，东汉时东吴的名将，借东风火烧赤壁的指挥者，吴中皆

呼为"周郎"。

⑦〔铜雀〕铜雀台。曹操建于邺城（今河北临漳县西南），因楼顶铸有大铜雀而得名。

⑧〔二乔〕东吴二美女，江东乔公的两个女儿，大乔嫁孙策，小乔嫁周瑜。

简析

这是一首咏史诗，诗人经过赤壁古战场，有感于三国时代的英雄成败而写下此诗。

前两句从一个不起眼的折戟写起，想起了风起云涌的赤壁之战，暗含着岁月流逝而物是人非之感。后两句从反面落笔：假使这次东风不给周郎以方便，那么，取胜一方将会变成曹操。这首诗即物感兴，托物咏史，以小见大，含蓄蕴藉，见解独特，巧借史事以吐其胸中抑郁不平之气，包含着辩证的豪情。

最豪放名句

东风不与周郎便，铜雀春深锁二乔。

题乌江亭①

胜败兵家②事不期③，包羞忍耻④是男儿。
江东⑤子弟多才俊⑥，卷土重来未可知。

注释

①〔乌江亭〕相传为西楚霸王项羽兵败垓下自刎之处，在今安徽马鞍山和县东北的乌江浦。

②〔兵家〕一作"由来"。

③〔事不期〕一作"不可期"。不期，难以预料。

④〔包羞忍耻〕意谓大丈夫能屈能伸，应有忍受羞耻的胸襟气度。

⑤〔江东〕长江下游江南一带。项羽是下相（今江苏宿迁）人，属江东，其兵败自刎于垓下时说"无颜见江东父老"。

⑥〔才俊〕一作"豪俊"。

简析

杜牧于会昌元年（841）赴任池州（今安徽池州）刺史时，路过乌江亭，写了这首咏史诗。

前两句指出胜败乃兵家常事，只有胸襟宽阔能"包羞忍耻"，才是真正的男子汉。后两句设想项羽假如回江东重整旗鼓，说不定就可以卷土重来。

这首诗借题发挥，不落窠臼，强调了兵家须有远见卓识和不屈不挠的意志。

最豪放名句

江东子弟多才俊，卷土重来未可知。

李商隐（2首）

李商隐（约813—约858），字义山，号玉溪（谿）生，又号樊南生，祖籍怀州河内（今河南焦作沁阳），生于河南荥阳（今河南郑州荥阳市），晚唐诗人。与温庭筠合称为"温李"，与段成式、温庭筠风格相近，且三人都在家族里排行第十六，故并称为"三十六体"。唐文宗开成二年（837）进士，曾任秘书省校书郎、弘农尉等职，因卷入"牛李党争"，困顿不得志。其诗构思新奇，风格秾丽，无题诗缠绵悱恻，隐晦朦胧。

韩冬郎①即席为诗相送（其一）

韩冬郎即席为诗相送，一座尽惊。他日余方追吟"连宵侍坐徘徊久"②之句，有老成之风，因成二绝寄酬，兼呈畏之员外③。

十岁裁诗走马成④，冷灰残烛⑤动离情。

桐花万里丹山路⑥，雏凤清于老凤声⑦。

注释

①〔韩冬郎〕韩偓（wò），乳名冬郎，是李商隐的连襟韩瞻的儿子，是晚唐小有名气的诗人。

②〔连宵侍坐徘徊久〕韩偓的诗句，全诗已佚。

③〔畏之员外〕韩瞻，字畏之。

④〔十岁裁诗走马成〕言其作诗文思敏捷，走马之间即可成章。十岁，韩

倔年 10 岁。裁诗，作诗。走马成，《世说新语·文学》："桓宣武北征，袁虎时从，被责免官。会须露布文，唤袁倚马前令作。手不辍笔，俄得七纸，殊可观。东亭在侧，极叹其才。"

⑤〔冷灰残烛〕当时饯别宴席上的情景。

⑥〔桐花万里丹山路〕《诗经·大雅·卷阿》："凤皇鸣矣，于彼高岗。梧桐生矣，于彼朝阳。"《山海经·南山经》："丹穴之山……丹水出焉……有鸟焉，其状如鸡，五采而文，名曰凤凰。"

⑦〔雏凤清于老凤声〕此戏谑韩瞻，并赞其子韩偓的诗才。《晋书·陆云传》："陆云幼时，吴尚书广陵闵鸿见而奇之，曰：'此儿若非龙驹，当是凤雏。'"

简析

大中五年（851）李商隐将赴梓州，离长安时，韩偓父子为之饯行，偓曾作诗相送。大中十年，李回长安，作二首绝句追答，这是第一首。

前两句追述当年的情景，盛赞韩偓的少年奇才。后两句转入评赞，以"雏凤清于老凤声"表明青出于蓝而胜于蓝。这本是一首平凡的寄酬诗，却因"雏凤声清"的名句，历来传诵不衰。

最豪放名句

桐花万里丹山路，雏凤清于老凤声。

咏史（其二）

历览前贤国与家，成由勤俭破由奢①。
何须琥珀方为枕②，岂得真珠始是车。
运去不逢青海马③，力穷难拔蜀山蛇④。
几人曾预⑤南薰曲⑥，终古苍梧⑦哭翠华⑧。

注释

①〔成由勤俭破由奢〕《韩非子·十过》："昔者戎王使由余聘于秦，穆公问之曰：'愿闻古之明主得国失国何常以？'由余对曰：'臣尝得闻之矣：常以俭得之，以奢失之。'"

②〔何须琥珀方为枕〕琥珀枕，与下句"真珠车"皆借以喻唐文宗父兄穆宗、敬宗之奢侈。"何须"，与下文"岂得"言文宗勤俭不奢。

③〔青海马〕龙马，以喻贤臣。《隋书·吐谷（yù）浑传》："青海中有小山，其俗至冬辄放牝（pìn）马于其上，言得龙种。吐谷浑尝得波斯草马，放入海，因生骢（cōng）驹，能日行千里，故时称青海驹。"

④〔蜀山蛇〕据《蜀王本纪》载：秦献美女于蜀王，蜀王遣五丁力士迎之。还至梓潼，见一大蛇入山穴中，五丁共引之，山崩，五丁皆化为石。刘向《灾异封事》："去佞则如拔山。"此以喻宦官佞臣。

⑤〔预〕与，意指听到。

⑥〔南薰曲〕即《南风》。相传舜曾弹五弦琴，歌《南风》之诗而天下大治。

⑦〔苍梧〕即湖南省宁远县九嶷（yí）山，传为舜埋葬之地。这里借指唐文宗所葬的章陵。

⑧〔翠华〕以翠羽为饰的旗帜或车盖等，皇帝仪仗。司马相如《上林赋》："建翠华之旗，树灵鼍之鼓。"

简析

这首诗作于开成五年（840）正月文宗去世之后。据新、旧《唐书·文宗纪》及《通鉴》卷二四三记载，文宗深知穆宗、敬宗两朝之弊，即位后励精图治，去奢从俭。曾两次谋诛宦官，均遭到失败而"受制于家奴"，最终郁悒（yì）而死。

首联回顾历史，提出了一切政权成败的关键，勤俭能使国家昌盛而奢侈腐败会使国家灭亡。颔联提出一个王朝的兴衰，自有其更复杂、更本质的原因所在。颈联推进一步，认为比勤俭更为重要的是国运和国力，这是此诗的主旨。尾联是对唐文宗的哀悼，抒发了对国家命运关注的深情。

最豪放名句

历览前贤国与家，成由勤俭破由奢。

陆龟蒙（1首）

陆龟蒙（？—881）字鲁望，自号江湖散人、甫里先生，又号天随子，姑苏（今江苏苏州）人，晚唐诗人、农学家。曾任湖州、苏州刺史幕僚，后隐居甫里，诗以写景咏物为主，与皮日休齐名，人称"皮陆"。

别离

丈夫①非无泪，不洒离别间。
杖剑对尊酒，耻为游子颜②。
蝮蛇③一螫手，壮士即解腕④。
所志在功名，离别何足叹。

注释

① 〔丈夫〕大丈夫，指有所作为的人。
② 〔游子颜〕指伤心落泪之貌。
③ 〔蝮蛇〕泛指毒蛇。
④ 〔解腕〕砍断手腕。

简析

这是一首别开生面的离别诗。

首联诗人就亮明了自己的观点，男人并非不会流泪，但是泪水却不会在离别之时流出。真正的大丈夫应该如何呢？应该面对离酒慷慨高歌挥舞长剑，而不应该像游子那样满脸愁容。颈联以"蝮蛇螫手"寓意离别之痛，但是即便伤心，大丈夫也应有"壮士解腕"的决心。尾联照应开头，点明题旨，写出大丈夫志在"功名"，泪不轻弹。

最豪放名句

丈夫非无泪，不洒离别间。

黄巢（2首）

黄巢（820—884），曹州冤句（今山东菏泽西南）人，唐末农民起义领袖。出身盐商家庭，善于骑射，粗通笔墨，少有诗才，屡试不第。乾符二年（875）领导农民起义，广明元年（880）攻入长安，中和四年（884）败死狼虎谷（今山东莱芜西南）。

题菊花

飒飒①西风满院栽，蕊寒香冷蝶难来。
他年我若为青帝②，报与桃花一处开。

注释

①〔飒（sà）飒〕形容风声。
②〔青帝〕司春之神。古代传说中的五天帝之一，住在东方，为春之神及百花之神。

简析

陶渊明的"采菊东篱下，悠然见南山"让菊花成为文人孤高绝俗精神的象征。黄巢的菊花诗，却完全脱出窠臼，表现出全新的思想境界和艺术风格。

前两句写菊花迎霜开放，却少有蝶来，为菊花的开不逢时而惋惜不平。后两句说有朝一日自己做了"青帝"，就要让菊花和桃花一起在春天开放，这一充满浪漫主义的想象，集中地表达了作者主宰自己和大众命运的宏伟抱负。

宋张端义《贵耳集》载此诗为黄巢5岁时所作，后人多不信。

最豪放名句

他年我若为青帝，报与桃花一处开。

不第①后赋菊

待到秋来九月八，我花开后百花杀。
冲天香阵透长安，满城尽带黄金甲②。

注释

① 〔不第〕科举落第。
② 〔黄金甲〕指金黄色铠甲般的菊花。

简析

黄巢曾几次应试进士科，皆名落孙山，满怀愤恨写了这首《不第后赋菊》。

前两句遥想重阳节金菊傲霜盛开，百花却遇霜凋残，强烈的对比显示出菊花顽强的生命力。后两句是预见和憧憬，写出了菊花香气满城、直冲云天的非凡气势。

这首诗借咏菊抒抱负，笔势刚劲，格调雄迈，语调斩截，气势凌厉，对有志之士产生了积极影响。相传明太祖朱元璋也曾作《菊花诗》："百花发时我不发，我若发时都吓杀。要与西风战一场，遍身穿就黄金甲。"

最豪放名句

冲天香阵透长安，满城尽带黄金甲。

敦煌曲子词（1首）

《敦煌曲子词集》是在敦煌发现的民间词曲总集，王重民校辑。自敦煌石室发现后传世，但多有散佚，其中大部分先后为法国人伯希和、英国人斯坦因所劫走，分别收藏于巴黎国家图书馆和大英博物馆。王重民从伯希和劫走的17卷，斯坦因劫走的11卷，还有罗振玉所藏3卷及日人桥川氏藏影片1卷中，集录曲子词213首。经过校补，去掉重复的51首，编成《敦煌曲子词集》，为研究敦煌词的重要参考资料。

生查子

三尺龙泉剑，匣里无人见。一张落雁弓①，百支金花箭②。　　为国竭忠贞，苦处曾征战。先望立功勋，后见君王面。

注释

① 〔落雁弓〕弓之美称，谓弓力强劲，能射落大雁。
② 〔金花箭〕箭之美称。

简析

这是一首赞颂爱国将军之词。上片通过爱国将军佩备的剑和弓来塑造将军的形象，妙在不直接描绘将军魁梧的身材，而是通过这罕有的宝剑良弓，使读者感受到将军的威武和超群武艺。下片着重写将军的精神风貌，揭示其内心活动。他为国竭尽忠心，南征北战，历尽艰辛，渴望建功立业，博得君王赏赐。至此，一个性情略显张狂，又英武过人的将军形象跃然纸上，光彩照人。

词作语言浅显明白，词风朴实自然，字里行间洋溢着爱国主义的乐观情调，抒发了爱国将军要求为国建功的英豪之气。

最豪放名句

先望立功勋，后见君王面。

潘阆（1首）

潘阆（làng）（？—1009），字梦空，号逍遥子，大名（今河北大名）人，宋初隐士。性格疏狂，曾两次犯事逃亡。真宗时释其罪，任滁州参军。其《酒泉子》十首，专咏钱塘自然景物，颇具特色。

酒泉子

长①忆观潮，满郭人争江上望。来疑沧海尽成空，万面鼓声中。　　弄潮
儿②向涛头立，手把红旗旗不湿。别来③几向梦中看，梦觉尚心寒④。

注释

① 〔长〕同"常"。
② 〔弄潮儿〕在潮中戏水的少年。
③ 〔别来〕观潮后归家。
④ 〔梦觉尚心寒〕睡醒了还觉得心惊胆战。

简析

词人一度流浪到杭州，亲眼看到了钱塘江涨潮的壮观宏伟。这首《酒泉子》
就是他回忆观潮盛况而作的。

此词上片回忆观潮，表现了钱塘江的磅礴气势；下片回忆弄潮，表现人定
胜天的奇迹。全词以豪迈的气势和劲健的笔触，描绘了钱塘江潮涌的壮美风光
以及弄潮儿的英勇无畏精神，具有很强的艺术感染力。

最豪放名句

弄潮儿向涛头立，手把红旗旗不湿。

寇准（1首）

寇准（961—1023），字平仲，华州下邽（guī）（今陕西渭南）人，北宋政
治家、诗人，与白居易、张仁愿并称"渭南三贤"。太平兴国五年（980）进士，
授大理评事及知巴东、成安二县。为人刚直，因多次直谏，渐被太宗重用，拜
枢密副使，旋即升任参知政事。真宗即位后，先后在工部、刑部、兵部任职，
又任三司使。景德元年（1004），与参知政事毕士安一同出任宰相（同平章事）。
景德三年（1006）辞，天禧元年（1017）又恢复相位。后数被贬谪，终雷州司

户参军。皇祐四年（1052），复爵莱国公，追赠中书令，谥号忠愍（mǐn），故后人多称寇忠愍或寇莱公。

咏华山①

只有天在上，更无山与齐。
举头红日近，回首白云低。

注释

① 〔华（huà）山〕位于陕西省渭南市华阴市，五岳之一，以险著称。

简析

寇准7岁，其父大宴宾客，饮酒正酣，客人请小寇准以附近华山为题，作《咏华山》诗。寇准在客人面前踱步思索，到第三步便随口吟出这首五言绝句。

四句诗都突出了华山的高峻陡峭，气势不凡，显得贴合山势，准确传神。

最豪放名句

举头红日近，回首白云低。

柳永（1首）

柳永（约987—1053），原名三变，字景庄，后改名永，字耆（qí）卿，因排行第七，又称柳七，崇安（今福建南平武夷山市）人，北宋词人，婉约派代表人物。柳永出身官宦世家，少时有功名用世之志。咸平五年（1002）起离家流寓杭州、苏州。大中祥符元年（1008）进京科举，屡试不中，遂一心填词，生活放荡不羁。景祐元年（1034）暮年及第，历任睦州团练推官、余杭县令、晓峰盐监、泗州判官等职，以屯田员外郎致仕，故世称柳屯田。他是第一位对宋词进行全面革新的词人，也是两宋词坛上创用词调最多的词人。其词多用俗语，长于铺叙，开创了长调慢词和小令并存的创作样式，对宋词的发展产生了深远影响。其词在市井民间广泛流传，宋人叶梦得《避暑录话》记载，时人称

"凡有井水处，即能歌柳词"。

望海潮

东南形胜①，三吴都会②，钱塘③自古繁华，烟柳画桥，风帘翠幕④，参差十万人家。云树绕堤沙，怒涛卷霜雪，天堑无涯⑤。市列珠玑⑥，户盈⑦罗绮，竞豪奢⑧。

重湖叠巘清嘉⑨。有三秋桂子，十里荷花。羌管弄晴，菱歌泛夜，嬉嬉钓叟莲娃。千骑拥高牙⑩。乘醉听箫鼓，吟赏烟霞。异日图将好景⑪，归去凤池⑫夸。

注释

① 〔形胜〕风景优美。

② 〔三吴都会〕三吴，唐梁载言《十道四蕃志》以吴郡、吴兴、义兴为三吴。宋税安礼《历代地理指掌图》以苏州（东吴）、常州（中吴）、湖州（西吴）为三吴，但在此词创作之后。

③ 〔钱塘〕杭州。钱塘是杭州城的古称谓，隶属于会稽郡。

④ 〔风帘翠幕〕挡风的帘子、翠绿的帐幕。

⑤ 〔天堑无涯〕宽广的江面一望无涯。

⑥ 〔珠玑〕珠是珍珠，玑是一种不圆的珠子，这里泛指珍贵的商品。

⑦ 〔盈〕满。

⑧ 〔竞豪奢〕比奢华。

⑨ 〔重湖叠巘（yǎn）清嘉〕里湖、外湖与重重叠叠的山岭非常清秀美丽。重湖，以白堤为界，西湖分为里湖和外湖，所以也叫重湖。叠巘，大山上之小山。

⑩ 〔高牙〕高矗之牙旗。牙旗，将军之旌，竿上以象牙饰之，故云牙旗。这里指高官孙何。

⑪ 〔异日图将好景〕他日把这美好的景致描绘出来。

⑫ 〔凤池〕全称凤凰池，原指皇宫禁苑中的池沼，此处指都城。

简析

这首词描写杭州的富庶与美丽：上片俯瞰杭州，描写其优美的自然风光和都市的繁华；下片聚焦西湖，展现杭州白天、夜晚人们宁静的生活景象。全词以点带面，明暗交叉，铺叙晓畅，形容得体，一反柳永惯常的风格，以大开大阖、波澜起伏的笔法，浓墨重彩地展现了杭州的繁荣、壮丽景象。

宋罗大经《鹤林玉露》曰："孙何帅钱塘，柳耆卿作《望海潮》词赠之云'东南形胜'云云。此词流播，金主亮闻歌，欣然有慕于'三秋桂子，十里荷花'，遂起投鞭渡江之志。近时谢处厚诗云：'谁把杭州曲子讴？荷花十里桂三秋。那知卉木无情物，牵动长江万里愁！'余谓此词虽牵动长江之愁，然卒为金主送死之媒，未足恨也。至于荷艳桂香，妆点湖山之清丽，使士夫流连于歌舞嬉游之乐，遂忘中原，是则深可恨耳！"

最豪放名句

云树绕堤沙，怒涛卷霜雪，天堑无涯。

范仲淹（1首）

范仲淹（989—1052），字希文，苏州吴县（今江苏苏州吴中区）人，北宋政治家、文学家。幼年丧父，大中祥符八年（1015）苦读及第，后历任兴化县令、秘阁校理、陈州通判、苏州知州等职，因秉公直言而屡遭贬谪。康定元年（1040）任陕西经略安抚招讨副使，巩固西北边防。庆历三年（1043）任参知政事，发起"庆历新政"，新政受挫被贬出京，历知邠（bīn）州、邓州、杭州、青州。皇祐四年（1052）改知颍州，扶疾上任，于途中逝世。追赠兵部尚书、楚国公，谥号文正，世称范文正公。范仲淹是古文革新运动的先驱，其《岳阳楼记》"先天下之忧而忧，后天下之乐而乐"的政治抱负，千百年来激励了无数的志士仁人。有《范文正公文集》传世。

渔家傲·秋思

塞下秋来风景异，衡阳雁去①无留意。四面边声②连角起。千嶂③里，长烟落日孤城闭。

浊酒一杯家万里，燕然未勒归无计。羌管悠悠霜满地。人不寐④，将军白发征夫泪。

注释

① 〔衡阳雁去〕传说秋天北雁南飞，至湖南衡阳回雁峰而止。

② 〔边声〕边塞特有的声音，如大风、号角、羌笛、马啸的声音。

③ 〔嶂（zhàng）〕直立像屏障的山峰。

④ 〔寐〕睡。

简析

这首词写于宋康定元年（1040）至庆历三年（1043）间，范仲淹镇守西北边疆，深为西夏惮服，称他"腹中有数万甲兵"。

上片，词人用近乎白描的手法描摹出一幅寥廓荒僻、萧瑟悲凉的边塞鸟瞰图；下片，抒发边关将士壮志难酬和思乡忧国的情怀。这首词把国家、社会的重大问题反映到词里，意境沉雄开阔，气概苍凉悲壮，对后世产生深远影响。

最豪放名句

浊酒一杯家万里，燕然未勒归无计。

曾公亮（1首）

曾公亮（999—1078），字明仲，泉州晋江（今福建泉州）人，北宋政治家、文学家。天圣二年（1024），登进士第，授会稽知县，累升至知制诰、翰林学士、端明殿学士、参知政事、枢密使等职。嘉祐六年（1061）拜相，宋英宗时加中书侍郎兼户部尚书，宋神宗时再加至门下侍郎兼吏部尚书、昭文馆大学士，累封鲁国公，推荐王安石一同辅政。后年迈罢相，不久又复用为太傅。去世后赐谥"宣靖"。宋理宗时为昭勋阁二十四功臣之一。

宿甘露寺①僧舍

枕中云气千峰近②，床底松声万壑哀③。
要看银山④拍天浪，开窗放入大江来。

注释

①〔甘露寺〕在江苏镇江北固山上。相传始建于三国东吴甘露元年（265），唐文宗大和年间扩建，北宋祥符年间移建于山上。

②〔枕中云气千峰近〕云雾弥漫在枕边，让人觉得如千峰在侧。

③〔床底松声万壑哀〕床下松涛阵阵，使人如临万壑之中。壑，山谷。

④〔银山〕比喻江潮巨浪。

简析

此诗是作者旅宿甘露寺的感怀之作。

这首诗不用实笔，通过想象，描绘出一幅空阔奇妙的江南夜色图，写出了江水的壮观和甘露寺的险要。首句写山峰的云气，次句写山谷的松声，末两句写长江的风采。后两句设语尤奇，传神地表达了诗人一瞬间的真实感受。"开窗放入大江来"化宾为主，写活了长江浩荡奔腾的气势，也写活了诗人拥抱大江的豪情，有石破天惊之感。

此诗一句一个画面，诗中有画，景中有情，形象地写出了长江的雄伟气势，创造了一个雄奇壮美的独特诗境。整首诗构思巧妙，想象新奇，境界壮阔，震撼人心。

最豪放名句

要看银山拍天浪，开窗放入大江来。

欧阳修（1首）

欧阳修（1007—1072），字永叔，号醉翁，晚号六一居士，吉州永丰（今江西省吉安市永丰县）人，因吉州原属庐陵郡，以"庐陵欧阳修"自居，北宋政治家、文学家。官至翰林学士、枢密副使、参知政事，累赠太师、楚国公，谥号文忠，世称欧阳文忠公。欧阳修领导了北宋诗文革新运动，继承并发展了韩愈的古文理论，开创了一代文风。与韩愈、柳宗元、苏轼、苏洵、苏辙、王安石、曾巩合称"唐宋八大家"，并与韩愈、柳宗元、苏轼被后人合称"千古文章四大家"。也对诗风、词风有所革新。曾主修《新唐书》，并独撰《新五代史》。

有《欧阳文忠集》传世。

朝中措·送刘仲原甫①出守维扬②

　　平山③阑槛倚晴空，山色有无中④。手种堂前垂柳，别来几度春风。　　文章太守，挥毫万字，一饮千钟。行乐直须⑤年少，尊⑥前看取衰翁⑦。

注释

①〔刘仲原甫〕刘敞（1019—1068），字原甫，庆历进士，曾官知制诰、集贤院学士等。仲，弟兄排行第二。

②〔维扬〕扬州的别称。

③〔平山〕即平山堂，为欧阳修任扬州知州时所修建，今在大明寺内。

④〔山色有无中〕王维《汉江临泛》："江流天地外，山色有无中。"

⑤〔直须〕就该，正应当。

⑥〔尊〕同"樽"。

⑦〔衰翁〕词人自称，当时作者50岁。

简析

这首词是欧阳修送别忘年之交的刘敞去扬州任太守时所作。

此词从平山堂写到堂前垂柳，从被送者写到送者，层层转折，一气呵成。借酬赠友人之机，追忆起词人几年前在扬州所建的平山堂并抒发人生的感慨。

全词文字鲜明生动，情感豁达温愉，塑造了一个风流儒雅、豪放达观的"文章太守"形象。其格调疏宕豪迈，在欧词中极为少见，对后来苏轼的豪放词产生过一定的影响。清初曹尔堪《南溪词》说，读欧公《朝中措》，如见公之"须眉生动，偕游于千载之上也"。

最豪放名句

文章太守，挥毫万字，一饮千钟。

王安石（6首）

王安石（1021—1086），字介甫，晚号半山，抚州临川（今江西抚州临川区）人，北宋政治家、文学家，人称"拗（niù）相公"。庆历二年（1042）进士及第，历任扬州签判、鄞（yín）县知县、舒州通判等职。熙宁二年（1069）任参知政事，次年拜相，主持变法。因守旧派反对，熙宁七年（1074）罢相。一年后，宋神宗再次起用，旋又罢相，退居江宁（今江苏南京江宁区）。元祐元年（1086）新法皆废，王安石郁然病逝于钟山，追赠太傅。绍圣元年（1094），获谥"文"，故世称王文公。其文短小精悍，论点鲜明，位列唐宋八大家之一；诗学杜甫，"瘦硬通神"（清刘熙载《艺概·文概》）。晚年自成一家，世称"王荆公体"；其词意境空阔苍茫，形象淡远纯朴，营造出特有的情致世界。有《王临川集》《临川集拾遗》等存世。

登飞来峰①

飞来山上千寻②塔，闻说③鸡鸣见日升。
不畏浮云遮望眼④，自缘⑤身在最高层。

注释

①〔飞来峰〕杭州灵隐寺一带的山峰怪石嵯峨，风景绝异，印度僧人慧理称："此乃中天竺国灵鹫山之小岭，不知何以飞来？"因此称为"飞来峰"。

②〔千寻〕言塔之高。寻，古时长度单位，八尺为一寻。

③〔闻说〕听说。

④〔不畏浮云遮望眼〕不用怕浮云遮蔽视线。浮云，这里比喻奸佞之人。

⑤〔自缘〕只因为。

简析

皇祐二年（1050）夏，王安石在浙江鄞县任满回临川故里时，途经杭州，写下此诗。这一年诗人30岁，正值壮年，抱负不凡。

首句写峰上古塔之高，即立足点之高；第二句虚写高塔上看到的旭日东升的辉煌景象。后两句议论抒情，古人常有浮云蔽日、邪臣蔽贤的忧虑，加上"不畏"二字，表现了诗人在政治上高瞻远瞩，不畏奸邪的勇气和决心。

最豪放名句

不畏浮云遮望眼，自缘身在最高层。

浪淘沙令

伊吕①两衰翁，历遍穷通②。一为钓叟一耕佣。若使当时身不遇，老了英雄。

汤武③偶相逢，风虎云龙④。兴王⑤只在笑谈中。直至如今千载后，谁与争功。

注释

① 〔伊吕〕指伊尹与吕尚。

② 〔历遍穷通〕经历过逆境和顺境。穷，处境困窘；通，处境顺利。

③ 〔汤武〕商汤和周武王。汤，商汤王，商朝的创建者。武，周武王姬发，周朝建立者。

④ 〔风虎云龙〕《易经》中有"云从龙，风从虎"之说，此句将风云喻贤臣，虎龙喻贤君，意为明君与贤臣合作有如风从虎、云从龙，建邦兴国。

⑤ 〔兴王〕兴国之王，即开创基业的国君，这里指辅佐兴王。

简析

宋神宗即位，王安石任宰相，有了类似"汤武相逢"的机会，诗人便豪情满怀写下了这首词。

上片写伊尹和吕尚"历遍穷通"的人生遭际，下片写他们分别遇到"汤""武"后名垂千载的丰功伟业，叹息君臣相遇之难，以抒发作者获得宋神宗的知遇，在政治上将大展宏图的豪迈情怀。全词叙史论史，以史托今，蕴含作者得遇"明主"的春风得意之情。

最豪放名句

直至如今千载后，谁与争功。

元日①

爆竹声中一岁除，春风送暖入屠苏②。
千门万户曈曈③日，总把新桃换旧符④。

注释

①〔元日〕农历正月初一，时称"元""岁日"等，民国时始称为"春节"。

②〔屠苏〕酒名。古代风俗于农历正月初一饮屠苏酒以避瘟疫。

③〔曈曈（tóng tóng）〕日出时光亮而温暖的样子。

④〔新桃换旧符〕贴上新的春联。桃符，古时挂在大门上的两块画着门神或写着门神名字，用于避邪的桃木板或纸。这里借指春联。

简析

此诗约作于作者初拜相施行新政之时。

诗歌用白描手法写春节热闹、欢乐和万象更新的景象，暗含作者革新政治的思想感情，充满欢快及积极向上的奋发精神。

最豪放名句

千门万户曈曈日，总把新桃换旧符。

桂枝香·金陵①怀古

登临送目②，正故国③晚秋，天气初肃④。千里澄江似练⑤，翠峰如簇⑥。归帆去棹⑦残阳里，背⑧西风，酒旗斜矗。彩舟云淡，星河鹭起⑨，画图难足⑩。

念往昔，繁华竞逐⑪，叹门外楼头⑫，悲恨相续⑬。千古凭⑭高对此，谩嗟荣辱⑮。六朝⑯旧事随流水，但寒烟衰草凝绿。至今商女⑰，时时犹唱，后庭遗曲⑱。

注释

①〔金陵〕今江苏南京。

② 〔登临送目〕登山临水，举目望远。送目，望远。

③ 〔故国〕即故都，金陵为六朝故都。

④ 〔肃〕萎缩，肃杀。

⑤ 〔千里澄江似练〕谢朓《晚登三山还望京邑》："余霞散成绮，澄江静如练。"练，白色的绢。

⑥ 〔簇〕丛聚。

⑦ 〔归帆去棹（zhào）〕往来的船只。棹，划船的一种工具，形似桨，这里指船。

⑧ 〔背〕吹。

⑨ 〔星河鹭起〕星河，天河。鹭，白鹭，一种水鸟。这一句写晚上景色。

⑩ 〔画图难足〕用图画也难以描绘出来。

⑪ 〔竞逐〕竞相追逐。

⑫ 〔门外楼头〕指南朝陈亡。杜牧《台城曲》："门外韩擒虎，楼头张丽华。"韩擒虎是隋朝开国大将，统兵伐陈，已带兵来到金陵门外，陈后主还在与他的宠妃张丽华于结绮阁上寻欢作乐。

⑬ 〔悲恨相续〕指六朝亡国的悲恨接连不断。

⑭ 〔凭〕登临。

⑮ 〔谩嗟荣辱〕空叹历朝兴衰。

⑯ 〔六朝〕指三国吴，东晋，南朝宋、齐、梁、陈。

⑰ 〔商女〕歌女。宫、商、角、徵（zhǐ）、羽，古代传统五声音阶名称，故称歌女为"商女"。

⑱ 〔后庭遗曲〕指《玉树后庭花》，传为陈后主所作，哀怨绮靡，后人谓之亡国之音。杜牧《泊秦淮》："商女不知亡国恨，隔江犹唱《后庭花》。"

简析

此词约作于作者贬居江宁之后。

上片写登临金陵故都之所见，依次勾勒出水、陆、空的雄浑场面，境界苍凉。下片怀古抒情，今昔对比，时空交错，虚实相生，对历史和现实，表达出深沉的抑郁和沉重的叹息。此词通过对金陵景物的赞美和历史兴亡的感喟，寄托了作者对朝政的担忧和对国家大事的关心。

全词情景交融，境界雄浑阔大，风格沉郁悲壮。

最豪放名句

千里澄江似练，翠峰如簇。

北陂①杏花

一陂春水绕花身，花影妖娆各占春②。
纵被春风吹作雪，绝胜南陌③碾成尘。

注释

①〔陂（bēi）〕池塘。

②〔花影妖娆各占春〕杏花和它水里的倒影娇艳美丽，各自占有一份春天。影，花枝在水中的倒影。妖娆，娇艳美好。

③〔南陌〕指道路边上。与"北陂"相对，不是实指。

简析

这首绝句亦写于王安石贬居江宁之后。

一二句写景状物，描绘杏花临水照影之娇媚；三四句议论抒情，褒扬北陂杏花品性之美。诗歌寄情于物，表现出诗人刚强耿介的个性和孤芳自赏的人生追求，有"宁为玉碎，不为瓦全"之气节。

最豪放名句

纵被春风吹作雪，绝胜南陌碾成尘。

梅花①

墙角数枝梅，凌寒独自开。
遥知不是雪，为②有暗香来。

注释

①〔梅花〕一题作"梅"。

②〔为（wèi）〕因为。

简析

此诗写于王安石遭二次罢相后，退居钟山之时。

此诗前两句写墙角梅花不惧严寒，傲然独放；后两句写梅花的幽香，暗香沁人。梅花的坚强和高洁品格喻示那些像诗人一样，处于艰难环境中依然能坚持操守、主张正义的人。

全诗语言朴素，平实内敛，却自有深致，耐人寻味。

最豪放名句

墙角数枝梅，凌寒独自开。

王令（1首）

王令（1032—1059），初字钟美，后改字逢原，原籍元城（今河北大名），5岁而孤，随其叔祖居广陵（今江苏扬州），北宋诗人。虽有治国安民之志，却不慕功名，一生孤苦，贫病早逝。与王安石有交，颇受其推重。著有《广陵先生文章》等。

春晚①（其一）

三月残花落更开，小檐日日燕飞来。
子规②夜半犹啼血，不信东风唤不回。

注释

①〔春晚〕亦有题作"送春"。

②〔子规〕杜鹃鸟，又叫杜宇、杜鹃、催归、布谷、蜀魄、蜀魂等。传说为蜀帝杜宇的魂魄所化。常夜鸣，声音凄切，故借以抒悲苦哀怨之情。《史记·蜀王本纪》记载，望帝禅位后化为杜鹃鸟，至春则啼，滴血则为杜鹃花。

简析

这首诗表现了暮春时节的景象和诗人的感受。前两句写景，暮春时节春光未逝、生机犹存。后两句借杜鹃抒情，阐明了自己的生活态度，表现了执着追求美好未来的坚定信念和乐观精神，"不信东风唤不回"亦成为信念坚定的名句。

这首诗里的"子规"与其他诗里多喻哀伤不同，带有积极乐观的意义。

最豪放名句

子规夜半犹啼血，不信东风唤不回。

苏轼（24 首）

苏轼（1037—1101），字子瞻，号东坡居士，眉州眉山（今四川乐山眉州）人，北宋文学家、政治家。嘉祐二年（1057）进士及第；宋神宗时曾在凤翔、杭州、密州、徐州、湖州等地任职；元丰三年（1080）因"乌台诗案"受诬陷被贬黄州任团练副使；宋哲宗即位后，曾任翰林学士、侍读学士、礼部尚书等职，并出知杭州、颍州、扬州、定州等地，晚年因新党执政被贬惠州、儋（dān）州；宋徽宗时获大赦北还，途中于常州病逝；宋高宗时追赠太师，谥号文忠。苏轼学识渊博，天资极高，诗文书画皆精，与父苏洵、弟苏辙合称"三苏"。其散文著述宏富，豪放自如，与欧阳修并称"欧苏"，为"唐宋八大家"之一；诗清新豪健，善用夸张比喻，在艺术表现方面独具风格，与黄庭坚并称"苏黄"；词开豪放一派，对后代影响深远，与辛弃疾并称"苏辛"；书法擅长行书、楷书，能自创新意，用笔丰腴跌宕，有天真烂漫之趣，与黄庭坚、米芾、蔡襄并称"宋四家"；画学文同，喜作枯木怪石，论画主张神似。诗文有《东坡七集》等，词有《东坡乐府》。

和子由①渑池②怀旧

人生到处知何似，应似飞鸿踏雪泥③。
泥上偶然留指爪，鸿飞那复计东西。
老僧已死成新塔④，坏壁⑤无由见旧题。
往日崎岖还记否，路长人困蹇驴⑥嘶。

注释

① 〔子由〕苏轼的弟弟苏辙，字子由。

② 〔渑池〕今河南渑池县。苏辙曾有《怀渑池寄子瞻兄》一诗，苏轼过渑池忆及而和之。

③ 〔飞鸿踏雪泥〕飞鸿踏在雪上的爪印，意人生无迹。

④ 〔老僧已死成新塔〕古代僧人死后，以塔葬其骨灰。这里的老僧指僧人奉贤。

⑤ 〔坏壁〕僧人奉贤的宿舍墙壁。嘉祐元年（1056），苏轼与苏辙赴京应举途中曾寄宿奉贤僧舍并题诗僧壁。

⑥ 〔蹇（jiǎn）驴〕驴子。蹇，跛脚，后多以代指驴。往岁，苏轼的马死于路途，骑驴至渑池。

简析

苏辙 19 岁时，曾被任命为渑池县主簿，未到任即中进士。他与苏轼赴京应试路经渑池，同住县中僧舍，同于壁上题诗。嘉祐六年（1061）冬，苏轼赴陕西凤翔做官，又要经过渑池，因而苏辙作《怀渑池寄子瞻兄》。苏轼写诗和之。

前两联用比喻说理，诗人把人生比作"飞鸿踏雪泥"，鸿雁在飞行过程中偶一驻足雪上，留下印迹，但鸿飞雪化，很快就了无踪迹；人生也是行无定踪，充满了偶然和未知，就如飞鸿落在雪面上留下的爪迹。第三联借事明理，用路过渑池所看到的人事变化来说明事物的消亡乃自然规律，人生中偶然留下的痕迹也很快不复存在，因此不必过分在意。曾经留宿的渑池寺舍人物已非，诗人以寺舍的今昔变化说明世事变化乃自然之理；兄弟二人的境况也今非昔比，昔日兄弟二人赶考路途的艰辛，与如今二人高中进士、前途光明形成对比，暗含困难终会过去，只须放眼将来、奋发向前之意。尾联诗人自问自答，蕴含了人生经过艰难困苦才能实现抱负之意，所以不应放弃努力，要乐观向上，共勉奋进。

这首诗的理趣主要体现在前四句上，"雪泥鸿爪"也作为一个成语流传后世。

最豪放名句

人生到处知何似，应似飞鸿踏雪泥。

和董传①留别

粗缯大布②裹生涯，腹有诗书气自华。
厌伴老儒烹瓠叶③，强随举子踏槐花④。
囊空不办⑤寻春马⑥，眼乱行看择婿车⑦。
得意⑧犹堪夸世俗，诏黄⑨新湿字如鸦⑩。

注释

①〔董传（？—1069）〕字至和，洛阳人，曾在凤翔与苏轼交游。当时董传生活贫困，衣衫朴素，但饱读诗书，满腹经纶。

②〔粗缯（zēng）大布〕粗布衣服。

③〔瓠（hù）叶〕《诗经》篇目。

④〔踏槐花〕唐代有"槐花黄，举子忙"的俗语，槐花落时，也就是举子应试的时间了，因此称参加科举考试为"踏槐花"。

⑤〔囊空不办〕南朝虞玩之木屐穿 20 年（一说 30 年）不换，见《南齐书·卷三十四》《南史·虞玩之传》。虞玩之，生卒年不详，字茂瑶，南朝齐会稽余姚（今属浙江）人，南齐重臣。

⑥〔寻春马〕谓科举及第。孟郊《登科后》："春风得意马蹄疾，一日看尽长安花。"

⑦〔择婿车〕官商千金美女坐马车游街择婿。

⑧〔得意〕即"春风得意"，意谓黄榜得中。

⑨〔诏黄〕诏书，诏书用黄纸书写。

⑩〔字如鸦〕形容诏书字黑。

简析

这首诗是苏轼罢官凤翔签判赴汴京，途经长安时，与朋友董传分别时写的。

前两句赞扬董传虽然贫穷，但勤于读书，因此精神气质非同常人。三四句是说董传的志向，不甘心过贫苦的日子，希望通过科举出人头地。五六句鼓励董传虽不能像孟郊那样骑马看花，但却有机会被那"选婿车"包围。最后两句希冀董传有朝一日能够金榜题名，扬眉吐气。

这首诗巧于用典，蕴藉含蓄，"腹有诗书气自华"成为激励人们读书的千古名句。

最豪放名句

粗缯大布裹生涯，腹有诗书气自华。

六月二十七日望湖楼①醉书（其一）

黑云翻墨②未遮山，白雨跳珠乱入船。
卷地风来忽吹散，望湖楼下水如天③。

注释

①〔望湖楼〕位于杭州西湖畔，五代时吴越王钱弘俶（chù）（929—988）所建。

②〔翻墨〕打翻的黑墨水，形容云层很黑。

③〔水如天〕形容湖面像天空一般开阔而且平静。

简析

这首诗写于熙宁五年（1072），作者描写了自己在望湖楼上饮酒时所见到的西湖山雨欲来和雨过天晴后的景色。

首句写云，乌云翻滚；次句写雨，暴雨倾盆；第三句写风，风起雨停；末句写水，湖天一色。诗句接续描写天气变化的神速，使人目不暇接，颇具戏剧性场面。"卷地风来忽吹散，望湖楼下水如天"两句把天气由骤雨到晴朗前转变之快描绘得令人心清气爽，境界大开。

诗人善于渲染气氛，迅速捕捉住湖上急剧变化的自然景物：云翻、雨泻、风卷、天晴，写得有远有近，有动有静，有声有色，有景有情，用笔跌宕起伏而又从容不迫。作者自己非常欣赏这首诗，他50岁时再到杭州，特意又写诗说："还来一醉西湖雨，不见跳珠十五年。"

最豪放名句

卷地风来忽吹散，望湖楼下水如天。

有美堂①暴雨

游人脚底一声雷，满座顽云拨不开，
天外黑风吹海立②，浙东飞雨过江来。
十分潋滟金樽凸③，千杖敲铿羯鼓催④。
唤起谪仙泉洒面⑤，倒倾鲛室泻琼瑰⑥。

注释

①〔有美堂〕在西湖东南面的吴山上，杭州知州梅挚所建，"有美"取自宋仁宗赐梅挚诗："地有吴山美，东南第一州。"

②〔吹海立〕把海水吹得如山般直立。

③〔金樽凸〕（西湖）犹如金樽，盛满了雨水，几乎要满溢而出。

④〔敲铿（kēng）羯（jié）鼓催〕（雷雨声）如战鼓催人。敲铿，啄木鸟啄木声，这里借指打鼓声。羯鼓，北方羯族传入中原的一种鼓。

⑤〔唤起谪仙泉洒面〕真想唤起沉醉的李白，用这满山的飞泉洗脸。谪仙，指李白，贺知章曾赞美他为谪仙人。

⑥〔倒倾鲛（jiāo）室泻琼瑰〕如倾倒了鲛人的宫室，把珠玉洒遍人寰。鲛室，神话中海中鲛人所居之处，这里指海。琼瑰，玉石。

简析

熙宁六年（1073），苏轼任杭州通判时作此诗。

此诗描写暴雨，首联写出了雨前一刹那的气氛，在拨不开的浓云堆积低空的时候，一声炸雷从云中钻出来了，预示暴雨即将来临。颔联舒笔大写暴雨突来、风起云涌之势。颈联状形绘声，是诗人站在吴山高处对暴风雨的独特感受。尾联忽发奇想，心游万仞：该不是天帝想让李白作诗，才将海底官殿的珍珠琼玉撒落人间吧？

《有美堂暴雨》是苏轼即景诗中的力作之一。诗以雄奇的笔调、新妙的语言，有声有色地摹写了诗人于有美堂所见骤然而至的急雨之景。暴风雨是大自然中最能震慑人心的壮观景象之一，诗人紧紧扣住疾雷、迅风、暴雨的特点进行刻画，使全诗的节奏和气势也像自然风暴一样急促：来如惊雷，令人应接不暇；去如飘风，使人心有余悸。

最豪放名句

天外黑风吹海立，浙东飞雨过江来。

南乡子·和杨元素①时移守密州

东武②望余杭③。云海天涯两杳茫。何日功成名遂了，还乡。醉笑陪公三万场。　　不用诉离觞④。痛饮从来别有肠⑤。今夜送归灯火冷，河塘⑥。堕泪羊公却姓杨⑦。

注释

①〔杨元素〕即杨绘（1031—1088），汉州绵竹（今四川绵竹市）人，北宋官员，少年聪慧，名闻西州（指巴蜀一带）。熙宁七年（1074）七月任杭州知州，九月，苏轼由杭州通判调为密州（今山东诸城）知府，饯别西湖，唱和此词。

②〔东武〕密州治所，今山东诸城市。

③〔余杭〕今杭州。

④〔离觞（shāng）〕离别的酒宴。觞，古代酒器。

⑤〔别有肠〕另有缘由。

⑥〔河塘〕指沙河塘，在杭州城南五里，宋时繁华。

⑦〔堕（duò）泪羊公却姓杨〕《晋书·羊祜（hù）传》载，羊祜曾为荆州督。其后襄阳（当时属荆州辖区）百姓于岘（xiàn）山羊祜游息之处建庙立碑，岁时享祭，望其碑者，莫不流涕。西晋杜预名之"堕泪碑"。羊祜（221—278），西晋名臣。这里巧用"羊""杨"谐音指分别时杨绘落泪。

简析

这首词是熙宁七年（1074）苏轼唱和杨绘的应酬之词，因对杭州的依依不舍和对杨绘人品的敬佩、赞赏以及出任州官的喜悦，而写下此词。

上片先写杭州密州距离之远，想象两地相望的情景，以及多年之后功成还乡与好友忘情痛饮的场景。下片表示不以世俗的方式来表达离情别绪，并写出了对友人的赞赏之情。

最豪放名句

何日功成名遂了，还乡。醉笑陪公三万场。

江城子·密州出猎

老夫聊①发少年狂，左牵黄②，右擎苍③，锦帽貂裘④，千骑⑤卷⑥平冈。为报倾城随太守，亲射虎，看孙郎⑦。　　酒酣胸胆尚开张。鬓微霜，又何妨！持节云中，何日遣冯唐⑧？会⑨挽雕弓⑩如满月，西北望，射天狼⑪。

注释

① 〔聊〕暂且。

② 〔黄〕这里指黄狗。

③ 〔苍〕代指苍鹰。

④ 〔锦帽貂裘〕头戴华美的帽子，身穿貂鼠皮衣。这是汉朝羽林军的装束。

⑤ 〔千骑（jì）〕人马随从众多。

⑥ 〔卷〕掠过。

⑦ 〔孙郎〕孙权，这里是作者自喻。《三国志·吴志·孙权传》载孙权曾挽弓射虎。

⑧ 〔持节云中，何日遣冯唐〕《史记·冯唐列传》记载，汉文帝时云中太守魏尚抗击匈奴有功，但因报功不实，获罪削职。后来文帝听了冯唐的谏言，派冯唐持节去赦免魏尚，仍任云中太守。苏轼此时政治处境不好，调密州太守，故以魏尚自喻，希望能得到朝廷的信任。云中，地名，在今内蒙古呼和浩特托克托县东北。节，兵符。

⑨ 〔会〕应当。

⑩ 〔雕弓〕弓背上有雕花的弓。

⑪ 〔天狼〕星名，这里隐喻侵犯北宋边境的辽国与西夏。

简析

这首词作于熙宁八年（1075），作者时任密州知州。

上片写出猎，首三句直出会猎题意，次写围猎时的装束和盛况，然后转写自己的感想：决心亲自射杀猛虎，答谢全城军民的深情厚意。下片请战，先叙述猎后的开怀畅饮，再以魏尚自比，希望能够承担卫国守边的重任。结尾直抒胸臆，抒发杀敌报国的豪情。

全词表达了作者强国抗敌的政治主张，抒写了渴望报效朝廷的壮志豪情。词人"狂"态毕露，大有"横槊赋诗"的气概，充满阳刚之美。从香艳软媚到慷慨豪放，这首词在词的发展史上有着里程碑的意义。作者对此阕也颇感自豪，在《与鲜于子骏书》中说："近却颇作小词，虽无柳七郎风味，亦自是一家，数日前猎于郊外，所获颇多。作得一阕，令东州壮士抵掌顿足而歌之，吹笛击鼓以为节，颇壮观也。"

最豪放名句

会挽雕弓如满月，西北望，射天狼。

水调歌头

丙辰①中秋，欢饮达旦②，大醉，作此篇，兼怀子由③。

明月几时有，把酒问青天。不知天上宫阙④，今夕是何年。我欲乘风归去，又恐琼楼玉宇⑤，高处不胜寒。起舞弄清影⑥，何似在人间。

转朱阁⑦，低绮户⑧，照无眠。不应有恨，何事长向别时圆⑨？人有悲欢离合，月有阴晴圆缺，此事古难全。但愿人长久，千里共婵娟⑩。

注释

① 〔丙辰〕熙宁九年（1076）。

② 〔旦〕早晨。

③ 〔子由〕苏轼的弟弟苏辙（1039—1112），字子由。当时苏轼知密州，苏辙在河南，二人已六七年未见。

④ 〔天上宫阙（què）〕指月宫。

⑤ 〔琼楼玉宇〕美玉砌成的楼宇。

⑥ 〔弄清影〕意思是月光下的身影也跟着做出各种舞姿。

⑦ 〔朱阁〕朱红的楼阁。

⑧ 〔绮（qǐ）户〕雕饰华丽的门窗。这两句的主语都是月亮，月亮转过朱阁，低于绮户，指时间的变化。

⑨ 〔不应有恨，何事长（cháng）向别时圆〕（月儿）不该（对人们）有

什么怨恨吧，为什么偏在人们分离时圆呢？何事，为什么。

⑩〔婵娟〕借指明月。

简析

此词是中秋望月怀人之作，表达了对弟弟苏辙的无限怀念。胡仔《苕溪渔隐丛话》：“中秋词自东坡《水调歌头》一出，余词尽废。”

上片问天自问，可以清楚地看出苏轼的心理转折，也清楚地看到了他的情绪波动。下片问月怀人，融写实为写意，化景物为情思，表现词人对人世间悲欢离合的解释和对天下离人的美好祝愿。

苏轼借与“青天”“明月”的对话，展现了他对仙境月宫的向往之情，对人世的留恋之情，与亲人离别之情，对兄弟亲人的思念之情，也阐述了人生哲理。全词运用形象的描绘和浪漫主义的想象，紧紧围绕中秋之月展开描写、抒情和议论，从天上与人间、月与人、空间与时间这些相联系的范畴进行思考，把自己对兄弟的感情，升华到探索人生乐观与不幸的哲理高度，表达了对生活的美好祝愿和无限热爱，以及乐观旷达的人生态度。

最豪放名句

人有悲欢离合，月有阴晴圆缺，此事古难全。/但愿人长久，千里共婵娟。

望江南·超然台①作

春未老，风细柳斜斜。试上超然台上望②，半壕③春水一城花。烟雨暗千家。

寒食④后，酒醒却咨嗟⑤。休对故人思故国⑥，且将新火⑦试新茶⑧。诗酒趁年华。

注释

①〔超然台〕在密州北城上。熙宁七年（1074）秋苏轼由杭州移守密州；次年八月，他命人修葺城北旧台，并由其弟苏辙题名“超然”，取《老子》“虽有荣观，燕处超然”之意。

②〔望〕一作“看”。

③〔壕〕护城河。

④〔寒食〕节令。旧时清明前一天（一说两天）为寒食节。

⑤〔咨嗟〕叹息、慨叹。

⑥〔故国〕这里指故乡。

⑦〔新火〕唐宋习俗，清明前两天起，禁火三日。节后另取榆柳之火称"新火"。

⑧〔新茶〕指清明节前采摘的茶，即明前茶。

简析

熙宁九年（1076）暮春，苏轼登超然台，眺望春色烟雨，触动乡思，写下此词。

上片写登台时所见暮春时节的郊外景色，把春日里不同时空的色彩变幻，用明暗相衬的手法传神地传达出来。下片触景生情，词情荡漾，曲折有致，寄寓了作者对故国、故人不绝如缕的思念之情。"休对故人思故国，且将新火试新茶"写作者为摆脱思乡之苦，借煮茶来作为对故国思念之情的自我排遣，既隐含着词人难以解脱的苦闷，又表达出词人解脱苦闷的自我心理调适。词中浑然一体的斜柳、楼台、春水、城花、烟雨等暮春景象，以及烧新火、试新茶的细节，细腻、生动地表现了作者细微而复杂的内心活动，表达了游子炽烈的思乡之情。

这是一首豪迈与婉约相兼的词，通过春日景象和作者感情、神态的复杂变化，表达了词人豁达超脱的襟怀和"用之则行，舍之则藏"的人生态度，特别是"诗酒趁年华"一句广为人们传诵和引用。

最豪放名句

休对故人思故国，且将新火试新茶。诗酒趁年华。

西江月

顷在黄州，春夜行蕲水①中，过酒家饮。酒醉，乘月至一溪桥上，解鞍，曲肱醉卧少休。及觉已晓，乱山攒拥，流水锵然，疑非尘世也。书此语桥柱上。

照野弥弥②浅浪，横空隐隐层霄③。障泥未解玉骢骄④，我欲醉眠芳草。

可惜⑤一溪风月，莫教踏碎琼瑶⑥。解鞍欹⑦枕绿杨桥，杜宇⑧一声春晓。

注释

① 〔蕲水〕即今湖北蕲春县西南之蕲河。

② 〔弥弥〕水波翻动的样子。

③ 〔层霄〕弥漫的云气。

④ 〔障泥未解玉骢（cōng）骄〕我的良马此时尚精神十足。障泥，马鞯（jiān），垂于马两旁以挡泥土。玉骢，良马。骄，壮健的样子。

⑤ 〔可惜〕可爱。

⑥ 〔琼瑶〕美玉，这里形容月亮在水中的倒影。

⑦ 〔欹〕同"倚"，靠。

⑧ 〔杜宇〕杜鹃鸟。

简析

此词作于黄州（今湖北黄冈），苏轼因"乌台诗案"被贬为黄州团练副使。

小序叙事简洁，描写生动，短短54字，就写出了地点、时间、景物以及词人的感受，充满诗情画意，可与其小文《记承天寺夜游》媲美。

上片头两句写归途所见，接下来既写出了浓郁的醉态，又写了月下芳草之美以及词人因热爱这幽美的景色而产生的喜悦心情。下片继续写月色，描绘从近处观赏到的月照溪水图，传神地写出水之清、月之明、夜之静、人之喜。词人用马鞍作枕，倚靠着它斜卧在绿杨桥上"少休"；这一觉当然睡得很香，及至醒来，"杜宇一声春晓"。

这是一首寄情山水的词。作者在词中描绘出一个物我两忘、超然物外的境界，把自然风光和自己的感受融为一体，在诗情画意中表现自己心境的淡泊、快适，抒发了他乐观、豁达、以顺处逆的襟怀。

最豪放名句

解鞍欹枕绿杨桥，杜宇一声春晓。

定风波

三月七日，沙湖道中遇雨。雨具先去，同行皆狼狈，余独不觉，已而遂晴，故作此词。

莫听穿林打叶声①，何妨吟啸②且徐行。竹杖芒鞋③轻胜马，谁怕？一蓑④烟雨任平生。

料峭⑤春风吹酒醒，微冷，山头斜照却相迎。回首向来萧瑟⑥处，归去，也无风雨也无晴。

注释

① 〔穿林打叶声〕指大雨点透过树林打在树叶上的声音。

② 〔吟啸〕放声吟咏。

③ 〔芒鞋〕草鞋。

④ 〔蓑〕蓑衣。

⑤ 〔料峭〕微寒。

⑥ 〔萧瑟〕风雨吹打树叶声。

简析

这首词作于元丰五年（1082）春，是苏轼被贬黄州的第三个春天。

上片借雨中潇洒徐行之举动，表现出旷达超逸的胸襟，充满清旷豪放之气，寄寓着独到的人生感悟。"一蓑烟雨任平生"句，由眼前风雨推及整个人生，有力地强化了作者面对人生的风风雨雨而我行我素、不畏坎坷的超然情怀。下片写雨过天晴的景象，抒发人生感慨。"回首向来萧瑟处，归去，也无风雨也无晴"，这饱含人生哲理意味的点睛之笔，道出了词人在大自然微妙的一瞬所获得的顿悟和启示：自然界的雨晴既属寻常，毫无差别，社会人生中的政治风云、荣辱得失，又何足挂齿？

全词即景生情，语言诙谐，表现了词人虽处逆境、屡遭挫折而不畏惧、不颓丧的倔强性格和旷达胸怀，是一种回归自然、宁静超然的大彻大悟。

最豪放名句

竹杖芒鞋轻胜马，谁怕？一蓑烟雨任平生。

浣溪沙

游蕲水①清泉寺，寺临兰溪②，溪水西流。

山下兰芽短浸溪。松间沙路净无泥。潇潇③暮雨子规啼。

谁道人生无再少，门前流水尚能西。休将白发唱黄鸡④。

注释

①〔蕲（qí）水〕县名，今湖北浠水县。

②〔兰溪〕《东坡志林》记载："黄州东南三十里为沙湖，亦曰螺师店，予买田其间，因往相田得疾。闻麻桥人庞安常善医而聋，遂往求疗……疾愈，与之同游清泉寺。寺在蕲水郭门外里许，有王逸少洗笔泉，水极甘，下临兰溪，溪水西流。余作歌云。"

③〔潇潇〕形容雨声。一作"萧萧"。

④〔休将白发唱黄鸡〕不要在老年感叹时光流逝。黄鸡，因黄鸡可以报晓，表示时光流逝。

简析

这首词是元丰五年（1082）春三月作者游蕲水清泉寺时所作。

上片以淡疏的笔墨写景，景色自然明丽，雅淡凄美；下片既以形象的语言抒情，又在即景抒慨中融入哲理，启人心智，令人振奋。词人以顺处逆的豪迈情怀，政治上失意后积极、乐观的人生态度，催人奋进，激动人心。

最豪放名句

谁道人生无再少，门前流水尚能西。休将白发唱黄鸡。

念奴娇·赤壁①怀古

大江东去，浪淘尽，千古风流人物。故垒②西边，人道是，三国周郎③赤壁。乱石穿空④，惊涛拍岸⑤，卷起千堆雪。江山如画，一时多少豪杰。

遥想公瑾当年，小乔初嫁了⑥，雄姿英发⑦。羽扇纶巾⑧，谈笑间，樯橹⑨灰飞烟灭。故国神游⑩，多情应笑我，早生华发⑪。人生⑫如梦，一尊⑬还酹⑭江月。

注释

①〔赤壁〕此指黄州赤壁，一名"赤鼻矶"，在今湖北黄冈西。而三国古战场的赤壁，学者普遍认为在今湖北赤壁市西北。苏轼游赤壁后，这一年先后

写下了《念奴娇·赤壁怀古》《赤壁赋》和《后赤壁赋》。

②〔故垒〕过去遗留下来的营垒，推测可能是古战场的遗迹。

③〔周郎〕周瑜（175—210），字公瑾。下文中的"公瑾"，即指周瑜。

④〔穿空〕一作"崩云"。

⑤〔拍岸〕一作"裂岸"。

⑥〔小乔初嫁了〕《三国志·吴志·周瑜传》载，周瑜从孙策攻皖，"得桥公两女，皆国色也。策自纳大桥，瑜纳小桥。"乔，本作"桥"。这一句写周瑜少年得意，倜傥风流。

⑦〔雄姿英发〕谓周瑜体貌不凡，言谈卓绝。

⑧〔羽扇纶（guān）巾〕古代儒将的便装打扮。羽扇，羽毛制成的扇子。纶巾，青丝制成的头巾。

⑨〔樯橹（qiáng lǔ）〕这里代指曹操的水军战船。樯，挂帆的桅杆。橹，一种摇船的桨。"樯橹"一作"强虏"，又作"樯虏""狂虏"。

⑩〔故国神游〕于想象中游历赤壁古战场。

⑪〔华发（huā fà）〕花白的头发。"华"同"花"。

⑫〔人生〕一作"人间"。

⑬〔尊〕同"樽"，亦作"罇"。

⑭〔酹（lèi）〕以酒洒地，表示祭奠。

简析

苏词中最具有英雄气格的代表作，首推这篇被誉为"千古绝唱"的《念奴娇·赤壁怀古》。这首词是元丰五年（1082）苏轼谪居黄州时所写，当时作者47岁。作者来到黄州城外的赤壁（鼻）矶，此处壮丽的风景使作者感触良多，作者在追忆当年周瑜无限风光的同时，也感叹时光易逝。

上片写赤壁实景，陡峭的山崖散乱地高插云霄，汹涌的骇浪猛烈地拍击着江岸，滔滔的江流卷起千万堆澎湃的雪浪。这种从不同角度又诉诸不同感觉的生动描写，一扫平庸萎靡的气氛，顿时把读者带进一个奔马轰雷、惊心动魄的奇险境界，使人心胸为之开阔，精神为之振奋。下片重在怀古，极力描写周瑜风流倜傥、意气风发，以及当年破曹时指挥若定的神态。结句以自身感慨作结，思自己历遭挫折，壮志难酬，抒发了内心忧愤的情怀。

全词借古抒怀，雄浑苍凉，大气磅礴，笔力遒劲，境界宏阔，将写景、咏史、抒情融为一体，给人以撼魂荡魄的艺术力量。此词问世后，立即引起热议，俞文豹《吹剑续录》云：东坡在玉堂，有幕士善讴，因问："我词比柳七何如？”对曰：“柳郎中词，只好合十七八女孩儿，执红牙板，歌‘杨柳岸晓风残月’。学士词，须关西大汉，执铁板，唱‘大江东去’。”公为之绝倒。

最豪放名句
大江东去，浪淘尽，千古风流人物。

临江仙·夜归临皋①

夜饮东坡②醒复醉，归来仿佛三更。家童鼻息已雷鸣。敲门都不应，倚杖听江声。

长恨此身非我有③，何时忘却营营④？夜阑⑤风静縠纹⑥平。小舟从此逝，江海寄余生。

注释
①〔临皋〕临皋亭，位于黄州南江边，苏轼与家眷共居于此。
②〔东坡〕元丰五年春，友人帮助苏轼在东坡构筑雪堂，家属仍住临皋亭，因此常往来于雪堂、临皋间。
③〔长恨此身非我有〕《庄子·知北游》：“舜曰：‘吾身非吾有也，孰有之哉？’曰：‘是天地之委形也。’”
④〔营营〕周旋、忙碌，内心躁急之状，形容奔走钻营，追逐名利。《庄子·庚桑楚》：“全汝形，抱汝生，无使汝思虑营营。”
⑤〔阑〕将尽。
⑥〔縠（hú）纹〕比喻水波微细。縠，有皱纹的纱。

简析
此词写于元丰五年（1082）九月，作者与友人雪堂夜饮，醉归临皋住所，表现了词人退避社会、厌弃世间的生活态度和要求彻底解脱的出世意念。
上片以动衬静，以有声衬无声，通过写家童鼻息如雷和作者谛听江声，衬托出夜静人寂的境界。下片表达人生的思索和感叹，以一种透彻了悟的哲理思辨，发出了对整个宇宙人生的怀疑厌倦、无所希冀、无所寄托的深沉喟叹，体现了作者当时渴望得到精神自由和灵魂解脱的心境。
这首词叙事、议论、写景、抒情巧妙结合，语言舒展自如，简练生动。在情感上，飘逸旷达与悲凉伤感交织一处，是词人谪居时期复杂心境的展示。

最豪放名句

小舟从此逝，江海寄余生。

水调歌头·黄州快哉亭①赠张偓佺②

落日绣帘卷，亭下水连空。知君为我，新作③窗户湿青红④。长记平山堂⑤上，欹枕⑥江南烟雨，渺渺没孤鸿。认得醉翁⑦语，山色有无中。

一千顷，都镜净，倒碧峰⑧。忽然浪起，掀舞一叶⑨白头翁⑩。堪笑兰台公子⑪，未解庄生⑫天籁，刚道⑬有雌雄⑭。一点浩然气，千里快哉风⑮。

注释

①〔快哉亭〕位于黄州江边，苏轼好友张怀民修建，苏轼命名。苏轼弟苏辙写有《黄州快哉亭记》，和苏轼的这首词可以当作互补互注的姐妹篇来读。

②〔张偓佺（wò quán）〕即张怀民（生卒年不详），名梦得，一字偓佺。当时也贬官在黄州，与苏轼的心境相同，二人交往密切。

③〔新作〕新建。

④〔湿青红〕油漆未干。

⑤〔平山堂〕苏轼恩师欧阳修在扬州任地方官时所建，其景色"壮丽为淮南第一"。

⑥〔欹（qī）枕〕斜身靠着枕头，斜卧着。

⑦〔醉翁〕欧阳修，自号醉翁。欧阳修《朝中措·送刘仲原甫出守维扬》中曾用王维《汉江临泛》中诗句"山色有无中"。

⑧〔倒碧峰〕碧峰倒映水中。

⑨〔一叶〕指小舟。

⑩〔白头翁〕指老船夫。

⑪〔兰台公子〕宋玉（前298—前222），战国时楚国辞赋家，曾任兰台令。

⑫〔庄生〕庄子（约前369—前286），名周，战国时期思想家，道家学派重要代表人物。

⑬〔刚道〕"硬是说"的意思。

⑭〔雌雄〕宋玉《风赋》云："楚襄王游于兰台之宫，宋玉、景差侍，有

风飒然而至。王乃披襟而当之，曰：'快哉此风，寡人所与庶人共者邪。'" 宋玉因回答说"大王之雄风"与"庶人之雌风"截然不同。

⑮〔一点浩然气，千里快哉风〕谓胸中有"浩然之气"，就会感受"快哉此风"。《孟子·公孙丑上》："吾善养吾浩然之气。""其为气也至大至刚，以直养而无害，则塞于天地之间。"

简析

此词作于元丰六年（1083），又名《快哉亭作》，是苏轼豪放词的代表作之一。苏轼贬官黄州后三年，元丰六年三月张怀民也贬官黄州，他们结识后成为好友。是年十月十二日苏轼往张怀民暂住的承天寺与之一起赏月，写下了《记承天寺夜游》一文。十一月，张怀民在其新居西南筑亭，以观览长江胜景。苏轼钦佩张怀民的气度，为其所建的亭起名为"快哉亭"，并赠其这首《水调歌头》。全词通过描绘快哉亭周围壮阔的山光水色，抒发了作者旷达豪迈的处世态度。

上片用虚实结合的笔法，描写快哉亭下及其远处的胜景。下片用高超的艺术手法展现亭前广阔江面倏忽变化、涛澜汹涌、风云开阖、动心骇目的壮观场面。作者看来，宋玉将风分为"大王之雄风"和"庶人之雌风"是十分可笑的，是未解自然之理的生硬说教，白头翁搏击风浪即是明证。其实，庄子所言天籁本身绝无贵贱之分，关键在于人的精神境界的高下。他以"一点浩然气，千里快哉风"这一豪气干云的惊世骇俗之语昭告世人：一个人只要具备了至大至刚的浩然之气，就能超凡脱俗，刚直不阿，坦然自适；任何境遇中，都能处之泰然，享受使人感到无穷快意的千里雄风。

这首词在艺术构思上，具有波澜起伏、跌宕多姿、大开大合、大起大落的特点。下片的描写和议论，豪纵酣畅，气势磅礴，词中出没风涛的白头翁形象，犹如百川汇海，含蓄地点明全篇主旨，有强烈的震撼力。全词熔写景、抒情、议论于一炉，既描写了浩阔雄壮、水天一色的自然风光，又灌注了一种坦荡旷达的浩然之气，展现出词人身处逆境却泰然处之、大气凛然的精神风貌，充分体现了苏词雄奇奔放的特色。刘熙载在《艺概·诗概》中说这首词："其精微超旷，真足以开拓心胸，推倒豪杰。"

最豪放名句

一点浩然气，千里快哉风。

卜算子·黄州定慧院寓居作①

缺月②挂疏桐，漏断③人初静。谁见幽人④独往来，缥缈⑤孤鸿影。

惊起却回头，有恨无人省⑥。拣尽寒枝不肯栖，寂寞沙洲冷⑦。

注释

① 〔黄州定慧院寓居作〕也作"黄州定惠寺寓居作"。定慧院，一作定惠院，在今湖北黄冈市东南。苏轼初贬黄州，寓居于此。

② 〔缺月〕不圆之月。

③ 〔漏断〕深夜。漏，古人用漏壶计时。

④ 〔幽人〕幽居的人，形容孤雁。

⑤ 〔缥缈〕隐隐约约，若有若无。

⑥ 〔省（xǐng）〕理解，明白。

⑦ 〔寂寞沙洲冷〕也作"枫落吴江冷"。

简析

此词元丰六年（1083）初作于黄州，苏轼另有《游定惠院记》一文。作者借月夜孤鸿这一形象托物寓怀，表达了孤高自许、蔑视流俗的心境。

上片写的正是深夜院中所见的景色。夜深人静，月挂疏桐，在这宁静幽寂、万物入梦的时刻，又有谁像自己这样在月光下孤寂地徘徊，就像是一只孤单飞过天穹的大雁呢？下片把鸿与人同写，有谁能理解自己孤独的心呢？世无知音，孤苦难耐，情何以堪？词人以象征手法，匠心独运地通过鸿的孤独缥缈、惊起回头、怀抱幽恨和选求宿处，表达了作者贬谪黄州时期的孤寂处境和高洁自许、不随流俗的心境。

词人对孤鸿和月夜背景的描写，简约凝练，空灵飞动，含蓄蕴藉，生动传神，具有高度的典型性。黄庭坚说这首词："语意高妙，似非吃烟火食人语，非胸中有万卷书，笔下无一点尘俗气，孰能至此！"

最豪放名句

拣尽寒枝不肯栖，寂寞沙洲冷。

东坡①

雨洗东坡月色清，市人②行尽野人③行，
莫嫌荦确④坡头路，自爱铿然⑤曳杖声。

注释

①〔东坡〕在黄州东门外，效白居易忠州东坡之名，诗人自此以之作为自己的别号。
②〔市人〕隐指追名逐利奔走于仕途的人。
③〔野人〕乡野之人，在野的无官职的居士，苏轼自指。
④〔荦（luò）确〕坚硬不平。
⑤〔铿（kēng）然〕指手杖敲击山石发出的声音。

简析

这首诗作于元丰六年（1083）。与此同题的《东坡八首》序云："余至黄州二年，日以困匮。故人马正卿哀余乏食，为于郡中请故营地数十亩，使得躬耕其中，地既久荒，为茨棘瓦砾之场，而岁又大旱，垦辟之劳，筋力殆尽。"东坡并不是什么风景胜地，但对作者来说，却是灌注了辛勤劳动、结下深厚感情的一个生活天地，还在这里筑起居室——雪堂，亲自写了"东坡雪堂"四个大字，并自称东坡居士。

诗的前两句描写景物和行人，说明作者对田园生活的热爱，对世俗名利的不屑。后两句一个"莫嫌"，一个"自爱"，凸显出了诗人以险为乐、视险如夷的豪迈精神。这"荦确坡头路"不就是作者脚下坎坷的仕途吗？作者对待仕途挫折，从来就是抱着这种开朗乐观、意气昂扬的态度，绝不气馁颓丧。这种精神是能够给人以鼓舞和力量的。前面《定风波》词写在风雨中的神态："莫听穿林打叶声，何妨吟啸且徐行。竹杖芒鞋轻胜马，谁怕？一蓑烟雨任平生。"与此诗可谓异曲同工，拿来对照一读，颇为有趣。

最豪放名句

莫嫌荦确坡头路，自爱铿然曳杖声。

鹧鸪天

林断山明①竹隐墙，乱蝉衰草小池塘。翻空白鸟时时见，照水红蕖②细细香。

村舍外，古城③旁，杖藜④徐步转斜阳。殷勤⑤昨夜三更雨，又得浮生⑥一日凉。

注释

① 〔林断山明〕树林断绝处，山峰显现出来。

② 〔红蕖（qú）〕荷花。

③ 〔古城〕黄州古城。

④ 〔杖藜〕拄着藜杖。

⑤ 〔殷勤〕热情周到。

⑥ 〔浮生〕古代老庄学派认为人生在世空虚无定，故称人生为浮生。

简析

此词作于元丰六年（1083），是苏轼当时乡间幽居生活的写照。

此词上片写景，描绘自己所处的特殊环境。下片写作者于太阳西下时手拄藜杖缓步游赏，表现他自得其乐的隐逸生活。最后两句，是画龙点睛之笔：天公饶有情意似的，昨夜三更时分下了一场好雨，使得他又度过了凉爽的一天。

词作通过特定环境的描写和作者形象的刻画，抒发自己雨后得新凉的喜悦，蕴含着旷达豪迈的情怀。

最豪放名句

殷勤昨夜三更雨，又得浮生一日凉。

浣溪沙

元丰七年十二月二十四日，从泗州①刘倩叔②游南山③。

细雨斜风作晓寒，淡烟疏柳媚晴滩④。入淮⑤清洛⑥渐漫漫⑦。

雪沫乳花浮午盏⑧，蓼茸⑨蒿笋试春盘⑩。人间有味是清欢⑪。

注释

① 〔泗州〕今安徽泗县。

② 〔刘倩叔〕名士彦，泗州人，生平不详。

③ 〔南山〕在泗州东南，景色清旷，宋米芾称其为淮北第一山。

④ 〔媚晴滩〕（烟柳）好像向刚放晴后的沙滩献媚。滩，十里滩，在南山附近。

⑤ 〔淮〕淮河。

⑥ 〔洛〕洛河，源出安徽定远西北，北至怀远入淮河。

⑦ 〔漫漫〕形容水势浩大。

⑧ 〔雪沫乳花浮午盏〕午间喝茶。雪沫乳花，形容煎茶时上浮的白泡，宋人以把茶泡制成白色为贵。午盏，午茶。

⑨ 〔蓼（liǎo）茸〕蓼菜嫩芽。蓼、蒿，都是野菜。

⑩ 〔春盘〕旧俗，立春时用蔬菜水果、糕饼等装盘馈赠亲友。

⑪ 〔人间有味是清欢〕人间真正有味道的还是清淡的欢愉。

简析

这首记游词，是元丰七年（1084）苏轼赴汝州（今河南汝县）任团练使途中，途经泗州（今安徽泗县）时，与刘倩叔同游南山时所作。

词的上片写早春景象，下片写作者与同游者游山时饮茶野餐的风味。作品充满春天的气息，洋溢着生命的活力，反映了作者对现实生活的热爱和健胜进取的精神。

这首词，色彩清丽，境界开阔，寄寓着作者清旷、闲雅的审美趣味和生活态度，给人以美的享受和无尽的遐思。整首词当属婉约一类，但"人间有味是清欢"一句，自然浑成，为全篇增添了欢乐情调和诗味、理趣，显示出词人旷达的人生态度。

最豪放名句

雪沫乳花浮午盏，蓼茸蒿笋试春盘。人间有味是清欢。

满庭芳

蜗角①虚名，蝇头②微利，算来著甚干忙。事皆前定，谁弱又谁强。且趁闲身未老，须③放我、些子④疏狂。百年里，浑教是醉，三万六千场⑤。

思量。能几许，忧愁风雨，一半相妨⑥。又何须，抵死说短论长。幸对清风皓月，苔茵展、云幕高张⑦。江南好，千钟美酒，一曲满庭芳。

注释

①〔蜗角〕蜗牛角，比喻极其微小。

②〔蝇头〕本指小字，此取微小之义。

③〔须〕一作"尽"。

④〔些子〕一点儿。

⑤〔百年里，浑教是醉，三万六千场〕化用李白《襄阳歌》："百年三万六千日，一日须倾三百杯。"浑，整个儿，全部。

⑥〔能几许，忧愁风雨，一半相妨〕计算下来，一生中日子有一半是被忧愁风雨干扰。

⑦〔苔茵展、云幕高张〕把青苔当席子铺展开，把白云当帐幕高高挂起。

简析

这首词约作于贬于黄州之后。

此词上片由讽世到愤世，下片从自叹到自适，尽情地展示了作者人生道路上受到重大挫折之后，既愤世嫉俗又飘逸旷达的内心世界，表现了词人宠辱皆忘、超然物外的人生态度。

全词以议论为主，夹以抒情，情理交融，肆意不羁，用语率真自然，风格奔放舒卷，可谓一曲感人至深的生命的觉醒和呼唤。

最豪放名句

百年里，浑教是醉，三万六千场。

赠刘景文①

荷尽②已无擎③雨盖，菊残犹有傲霜枝。
一年好景君须记，最是④橙黄橘绿时⑤。

注释

① 〔刘景文〕刘季孙（1034—1092），字景文，北宋诗人，苏轼称其为"慷慨奇士"。

② 〔荷尽〕荷花枯萎，残败凋谢。

③ 〔擎〕举，向上托。

④ 〔最是〕一作"正是"。

⑤ 〔橙黄橘绿时〕橙子发黄、橘子将黄犹绿的时候，指农历秋末冬初。

简析

这首诗作于元祐五年（1090），是送给好友刘景文的一首勉励诗，托物言志，意境高远。

前两句说"荷尽菊残"仍要保持傲雪冰霜的气节。后两句通过"橙黄橘绿"来勉励朋友困难只是一时，要乐观向上，切莫意志消沉，表达了作者的广阔胸襟和对同处窘境之中友人的劝勉和支持。

最豪放名句

一年好景君须记，正是橙黄橘绿时。

临江仙·送钱穆父①

一别都门②三改火③，天涯踏尽红尘④。依然一笑作春温⑤。无波真古井⑥，有节是秋筠⑦。　惆怅孤帆连夜发，送行淡月微云。尊⑧前不用翠眉⑨颦⑩。人生如逆旅⑪，我亦是行人。

注释

① 〔钱穆父（fǔ）〕钱勰（xié）（1034—1079），又称钱四，字穆父，杭州

人。官至朝议大夫，文章雄深雅健，作诗清新道丽。

②〔都门〕指都城的城门。

③〔三改火〕古代钻木取火，四季换用不同木材，称为"改火"，这里指年度的更替。三改火，三年。元祐三年，钱勰出知越州，苏轼曾赋诗赠别，到而今已经是三年了。

④〔红尘〕世间，纷纷攘攘的世俗生活。

⑤〔春温〕像春天一样温暖。

⑥〔古井〕枯井。这里比喻内心恬静，情感不为外界事物所动。

⑦〔秋筠（yún）〕秋天的竹子，喻指高风亮节。筠，竹子的青皮，代指竹。

⑧〔尊〕同"樽"。

⑨〔翠眉〕妇女的一种眉饰，即画绿眉，也专指女子的眉毛。这里代指美女。

⑩〔颦〕即皱眉头。

⑪〔逆旅〕旅店。

简析

这首词是元祐六年（1091）春苏轼知杭州时，为送别老友钱穆父而作。

上片写与友人久别重逢，二人分别虽久，可情谊弥坚，相见欢笑，犹如春日之和煦。更为可喜的是友人与自己都能以道自守，保持耿介风节，作者化用白居易《赠元稹》诗句"无波古井水，有节秋竹竿"来称赞友人。词的下片切入正题，写月夜送别，词末二句又化用李白《春夜宴从弟桃花园序》句"夫天地者，万物之逆旅也，光阴者，百代之过客也"，以对友人的慰勉和自我开释总收全词，揭示出得失两忘、万物齐一的人生态度。

全词一改以往送别诗词缠绵感伤、哀怨愁苦或慷慨悲凉的格调，创新意于法度之中，寄妙理于豪放之外，议论风生，直抒性情，写得既有情韵，又富理趣，充分体现了作者旷达洒脱的个性。词人对老友的眷眷惜别之情，写得深沉细腻，一波三折。同时，细心的读者还能体察出词人对仕宦浮沉的淡淡惆怅，以及对身世飘零的深沉慨叹。

最豪放名句

人生如逆旅，我亦是行人。

八声甘州·寄参寥子^①

有情风万里卷潮来，无情送潮归。问钱塘江上，西兴^②浦口，几度斜晖^③？不用思量今古，俯仰昔人非^④。谁似东坡老，白首忘机^⑤。

记取西湖西畔，正春山好处，空翠烟霏。算诗人相得^⑥，如我与君稀。约它年、东还海道，愿谢公雅志^⑦莫相违。西州路，不应回首，为我沾衣^⑧。

注释

①〔参（cān）寥子〕即僧人道潜（1043—1106），字参寥，浙江於潜（今杭州临安区）人。精通佛典，工诗，苏轼与之交厚。

②〔西兴〕即西陵，在钱塘江南，今杭州市对岸，萧山之西。

③〔几度斜晖〕意谓度过多少个伴随着斜阳西下的夜晚。

④〔俯仰昔人非〕王羲之《兰亭集序》："俯仰之间，已为陈迹。"

⑤〔忘机〕忘却世俗的机诈之心。据《列子·黄帝》记载，海上有一个人喜欢鸥鸟，每天坐船到海上，鸥鸟便下来与他一起游玩。一天他父亲对他说："吾闻鸥鸟皆从汝游，汝取来吾玩之。"于是他就有了捉鸟的"机心"（算计之心），从此鸥鸟再也不下来了。这里说自己清除机心，即心中淡泊，任其自然。

⑥〔相得〕相交，相知。

⑦〔谢公雅志〕《晋书·谢安传》记载，谢安虽为大臣，"然东山之志始末不渝""造讽海之装，欲经略初定，自江道还东。雅志未就，遂遇疾笃"。

⑧〔西州路，不应回首，为我沾衣〕《晋书·谢安传》记载，谢安在世时，对外甥羊昙很好。谢安死后，其外甥羊昙"辍乐弥年，行不由西州路"。某次醉酒，过西州门，回忆往事，"悲感不已""恸哭而去"。西州，古建业（今江苏南京）城门名。晋宋间建业为扬州刺史治所，因治所在城西，故称西州。

简析

参寥以精深的道义和清新的文笔为苏轼所推崇，与苏轼过从甚密，结为莫逆之交。苏轼贬谪黄州时，参寥不远千里赶去，追随他数年。元祐六年（1091）苏轼由杭州知州召为翰林学士，将离杭州赴汴京时，作此词赠予参寥。

上片起势不凡，以钱塘江潮喻人世的聚散分合，充分地表现了词人的豪情。地上潮水无情而归，天上夕阳无情而下，则是天地无情，万物无情。无情的是潮水落去和夕阳落山，词人俯仰天地，纵览古今，却能够在无情的社会人生里，超脱世俗，豁达乐观。

下片写词人与参寥的友情。词人看穿了古今万物，无意去名利场上角逐，但他并没有完全忘世，更没有忘情，他对生活的爱是执着强烈的，他对友情是非常珍视的。回想起在西湖与参寥和诗饮酒、饱览春山美景、谈禅说理、流连忘返的日日夜夜，词人不禁要和他约定，一定要归隐，不至于像谢安一样让老朋友哭于西州门下。

全词以平淡的文字来抒写深厚的情谊，却气势雄放，豪情万丈。

最豪放名句

谁似东坡老，白首忘机。

六月二十日夜渡海①

参横斗转②欲三更，苦雨终风③也解晴。
云散月明谁点缀？天容海色本澄清④。
空余鲁叟乘桴⑤意，粗识轩辕奏乐声⑥。
九死南荒吾不恨，兹游⑦奇绝冠平生。

注释

①〔六月二十日夜渡海〕元符三年（1100）作者遇赦北归，渡南海。

②〔参（shēn）横斗转〕参星横斜，北斗星转向，说明时值夜深。参、斗，两星宿名。

③〔苦雨终风〕久雨不停，终日刮风。

④〔天容海色本澄清〕青天碧海本来就是澄清明净的。比喻自己本来清白，政乱污陷如蔽月的浮云，终会消散。

⑤〔鲁叟乘桴（fú）〕《论语·公冶长》载，孔子曾说："道不行，乘桴浮于海。"鲁叟，指孔子。乘桴，乘船。

⑥〔奏乐声〕这里形容涛声。

⑦〔兹游〕这次海南游历。

简析

作者贬惠州（今广东惠州）、儋（dān）州（今海南儋州）先后七年，元符三年遇赦北归，此诗为自海南岛返回时所作。作者写此诗后不久于常州病逝。

前两联照应标题，写深夜渡海仰望所见，均语含双关，境界开阔，意蕴深远。颈联用孔子、轩辕的典故，暗示此次人生经历。尾联推开一步，有力地收束全诗，诗人的旷达情怀和豪放性格跃然纸上。

该诗回顾了诗人被流放到南方的经历，表现了他北归的兴奋之情，九死不悔的倨傲之心和坚强自信、旷达豪放的襟怀。

最豪放名句

云散月明谁点缀？天容海色本澄清。/九死南荒吾不恨，兹游奇绝冠平生。

自题金山画像①

心似已灰之木②，身如不系之舟③。
问汝平生功业，黄州惠州儋州④。

注释

①〔金山画像〕指金山寺苏轼画像。《金山志》："李龙眠（公麟）画东坡像留金山寺，后东坡过金山寺，自题。"

②〔心似已灰之木〕即心如死灰。《庄子·齐物论》："形固可使如槁木，而心固可使如死灰乎？"

③〔不系之舟〕没有束缚和缆绳捆绑的船，比喻漂泊不定的生涯。

④〔黄州惠州儋州〕词人贬谪黄州，后又贬谪惠州、儋州。在这三个地方，作者度过了长期的贬谪生活。

简析

作此诗时，是苏轼去世前两个月，作者已年逾花甲，堪堪走到了生命尽头。回首自己的一生，几起几落，失意坎坷，纵然有忠义填骨髓的浩瀚之气，也不得不化为壮志未酬的长长叹息。作者只能慷慨悲歌，自叹飘零。末两句一反忧伤情调，以久惯世路的旷达来取代人生失意的哀愁，自我解脱力是惊人的。苏轼认为自己一生的功业，不在做礼部尚书，更不在杭州、徐州、密州，恰恰在被贬谪的三州。语带诙谐，有自我调侃的意味，却也深刻地传达了作者此刻的微妙心境。

这首诗庄中含谐，直中有曲，高度概括诗人一生悲欢，让读者心领神会又引起无尽深思。

最豪放名句

问汝平生功业，黄州惠州儋州。

黄庭坚（1首）

黄庭坚（1045—1105），字鲁直，号山谷道人，晚号涪（fú）翁，洪州分宁（今江西九江市修水县）人，北宋文学家、书法家，为盛极一时的江西诗派开山之祖，与杜甫、陈师道和陈与义素有"一祖三宗"之称。与张耒、晁补之、秦观合称"苏门四学士"。幼年聪颖，6岁能诗。治平四年（1067）进士，任国子监教授，苏轼赞其诗文，遂名扬天下。历任太和知县、秘书省校书郎、著作佐郎、起居舍人、秘书丞等。绍圣初年（1094）遭诬被贬，放还后又辗转多地，客死贬所。一生崇拜东坡，模仿东坡，与苏轼世称"苏黄"。其书法亦能独树一格，为"宋四家"之一。著有《山谷词》。

雨中登岳阳楼望君山①二首（其一）

投荒②万死鬓毛斑，生入瞿塘滟滪关③。
未到江南④先一笑，岳阳楼上对君山。

注释

① 〔君山〕洞庭湖中的一座小岛。

② 〔投荒〕被流放到荒远边地。

③ 〔生入瞿塘滟滪（yàn yù）关〕东汉班超从军西域31年，年老思归，有"但愿生入玉门关"的话。此仿其语。入，一作"出"。瞿塘关、滟滪关，皆三峡险要地名。

④ 〔江南〕这里泛指长江下游南岸。

简析

这组诗作于崇宁元年（1102），作者被贬7年后放还，时年已57岁。这首诗写遇赦归来的欣悦之情。

首句写历尽坎坷，九死一生；次句谓不曾想还活着出了瞿塘峡和滟滪关，是劫后重生的喜悦。三四句进一步写放逐归来的欣幸心情：还没有到江南的家乡就已欣然一笑，在这岳阳楼上欣赏壮阔景观，等回到了家乡，还不知该是如何的欣慰。

此诗意兴洒脱，诗人乐观豪爽之情可以想见，映照出不畏磨难、豁达洒脱的情怀。

最豪放名句

未到江南先一笑，岳阳楼上对君山。

贺铸（2首）

贺铸（1052—1125），字方回，又名贺三愁，自号庆湖遗老，祖籍山阴（今浙江绍兴）。出身贵族，宋太祖贺皇后族孙，自称贺知章后裔。贺铸长身耸目，面色铁青，人称"贺鬼头"。他不附权贵，喜论天下事。能诗文，尤擅词。其词内容、风格较为丰富多样，兼有豪放、婉约二派之长，用韵特严。其爱国忧时之作，悲壮激昂，以《青玉案·凌波不过横塘路》《鹧鸪天·重过阊门万事非》《踏莎行·杨柳回塘》三首最为著名。又因其《青玉案》一词中"试问闲愁都几许？一川烟草，满城风絮，梅子黄时雨"佳句被称为"贺梅子"。与周邦彦并称"贺周"，其词对辛弃疾影响较大。

行路难

缚虎手①，悬河口②，车如鸡栖马如狗③。白纶巾④，扑黄尘⑤，不知我辈可是蓬蒿人⑥？衰兰送客咸阳道，天若有情天亦老⑦。作雷颠⑧，不论钱，谁问旗亭⑨美酒斗十千？

酌大斗⑩，更为寿，青鬓长青古无有。笑嫣然，舞翩然，当垆秦女十五语如弦⑪。遗音能记秋风曲⑫，事去千年犹恨促。揽流光，系扶桑⑬，争奈⑭愁来一日却为长。

注释

① 〔缚虎手〕空手可以缚虎，谓武艺高强。

② 〔悬河口〕即"口若悬河"，比喻人的健谈。

③ 〔车如鸡栖马如狗〕车不大，像鸡窝；马不壮，像饿狗。语出《后汉书·陈蕃传》，形容车敝马瘦。

④ 〔白纶（guān）巾〕白丝头巾，未出仕之人的穿着。

⑤ 〔扑黄尘〕奔走于风尘之中。

⑥ 〔不知我辈可是蓬蒿人〕化用李白《南陵别儿童入京》句："仰天大笑出门去，我辈岂是蓬蒿人！"

⑦ 〔衰兰送客咸阳道，天若有情天亦老〕李贺《金铜仙人辞汉歌》中的句子，意思是在通向咸阳的古道上，枯衰的兰草也为远客送别；上天如果有感情，也会因为悲伤而变得衰老。

⑧ 〔作雷颠〕像"雷颠"一样。《后汉书·独行·雷义传》记载，雷义和陈重交好，两个人一起去参加考试，雷义考上了，陈重却没考上。雷义找掌管考试的官员说："麻烦您将我的功名转给陈重，他比我优秀！"官员不允，雷义就假装发疯不去做官，终于被解除了功名。

⑨ 〔旗亭〕即酒楼。此指送别之地。唐代《述异记》记载有王昌龄、高适、王之涣三人"旗亭画壁"的故事。

⑩ 〔酌大斗〕用大酒杯倒酒。

⑪ 〔当垆（lú）秦女十五语如弦〕这里指胡姬的笑语像琵琶弦上的歌声。当垆秦女，《史记·司马相如列传》记载，司马相如和卓文君从成都回到临邛（qióng），变卖车马，置一酒店卖酒。后"当垆卖酒"指美女卖酒。辛延年《羽林郎》诗："胡姬年十五，春日独当垆。"语如弦，韦庄词《菩萨蛮》："琵琶金翠羽，弦上黄莺语。"

⑫ 〔遗音能记秋风曲〕感叹欢乐不长，人生苦短。秋风曲，指汉武帝《秋风辞》，其结尾云："欢乐极兮哀情多，少壮几时兮奈老何！"

⑬ 〔系扶桑〕要留住时光，与"揽流光"意同。

⑭ 〔争奈〕怎奈。

简析

此词为作者豪放词的代表作之一。全词通篇用典，以慷慨悲凉的气势，抒写人世沧桑和功业难成之意，表现词人于失意无聊、纵酒放歌之际，既感乐往悲来，流光易逝，又觉愁里光阴无法排遣的矛盾、苦闷心情。

上片写文武奇才却穷愁潦倒，从志士之困厄写到志士之牢骚，继而便写狂放饮酒。下片转出另一重愁情，即人生短促的忧愁，光阴虚掷的痛苦，深刻地反映出志士的苦闷情怀和矛盾心境。

此词的艺术特色，一是大量化用前人歌行诗句，标新立异，独树一帜；二是根据文意的需要，随意转韵，词意激越，抑扬顿挫，节奏鲜明，使读者有一咏三叹之感。

最豪放名句

缚虎手，悬河口，车如鸡栖马如狗。

六州歌头

少年侠气，交结五都雄①。肝胆洞，毛发耸。立谈中，死生同。一诺千金②重。推翘勇，矜豪纵。轻盖③拥，联飞鞚④，斗城⑤东。轰饮酒垆，春色浮寒瓮，吸海垂虹。闲呼鹰嗾⑥犬，白羽摘雕弓，狡穴俄空。乐匆匆。

似黄粱梦。辞丹凤，明月共，漾孤篷。官冗从⑦，怀倥偬⑧，落尘笼，簿书丛。鹖弁⑨如云众，供粗用，忽奇功。笳鼓⑩动，渔阳⑪弄，思悲翁⑫。不请长缨⑬，系取天骄种，剑吼西风。恨登山临水，手寄七弦桐⑭，目送归鸿。

注释

①〔少年侠气，交结五都雄〕化用李白《赠从兄襄阳少府皓》"结发未识事，所交尽豪雄"及李益《从军有苦乐行》"侠气五都少，矜功六郡良"句。五都，泛指北宋的各大城市。

②〔一诺千金〕《史记·季布列传》："得黄金百斤，不如得季布一诺。"

③〔盖〕车盖，代指车。

④〔飞鞚（kòng）〕飞驰的马。鞚，有嚼口的马络头。

⑤〔斗（dǒu）城〕汉长安故城，这里借指汴京。

⑥〔嗾（sǒu）〕指使犬的声音。

⑦〔冗（rǒng）从〕散职侍从官，言自己官职低。

⑧〔倥偬（kǒng zǒng）〕事多、繁忙。

⑨〔鹖弁（hé biàn）〕本义指武将的官帽，指武官。

⑩〔笳（jiā）鼓〕都是军乐器。

⑪〔渔阳〕安禄山起兵叛乱之地。此指侵扰北宋的少数民族发动了战争。

⑫〔翁〕这里指作者自己。

⑬〔长缨〕长的绳索。汉朝有一个叫终军的年轻人申请从军，要求发给长缨，表示一定要把敌人活捉回来。后来诗文中把长缨作为杀敌制胜的武器的象征。《汉书·终军传》："愿受长缨，必羁南越王而致之阙下。"

⑭〔七弦桐〕即七弦琴。桐木是制琴的最佳材料，故以"桐"代"琴"。

简析

此词被称为贺铸《东山词》的压卷之作。

上片回忆青少年时期在京城的任侠生活，驾轻车，骑骏马，呼朋唤友，豪饮于酒肆，射猎于郊外，武艺高强，雄壮豪健，壮志凌云。下片思绪从过去拉回到今天的现实中来，官职微，多飘泊，半生虚度，寸功未立，国势危急，报国无门，将忧思寄于琴弦，把壮志托付给飞鸿。

这首词刻画了一个思欲报国而请缨无路的"奇男子"形象，是宋词中最早出现的真正称得上抨击投降派、歌颂杀敌将士的爱国诗篇，起到了上继苏词、下启南宋爱国词的过渡作用。全词风格苍凉悲壮，叙事、议论、抒情结合紧密，笔力雄健劲拔，神采飞扬，而且格律谨严，句短韵密，激越的声情在跳荡的旋律中得到体现。辛弃疾《破阵子·为陈同甫赋壮词以寄之》明显受了此词的影响。

最豪放名句

不请长缨，系取天骄种，剑吼西风。

晁补之（1首）

晁补之（1053—1110），字无咎，号归来子，济州巨野（今属山东巨野县）人，北宋时期文学家，17岁而有才名，为"苏门四学士"之一。曾任吏部员外郎、礼部郎中，一生宦海浮沉，多次被贬又被起用。工书画，能诗词，善属文，与张耒并称"晁张"。散文近柳宗元，诗学陶渊明，词效苏轼。

摸鱼儿·东皋①寓居

买陂塘②、旋③栽杨柳，依稀淮岸湘浦④。东皋嘉雨⑤新痕涨，沙觜⑥鹭来鸥聚。堪爱处，最好是，一川夜月光流渚⑦。无人独舞。任翠幄⑧张天，柔茵藉地⑨，酒尽未能去。

青绫被⑩，莫忆金闺⑪故步。儒冠曾把身误⑫。弓刀千骑⑬成何事？荒了邵平瓜圃⑭。君试觑⑮。满青镜、星星鬓影今如许⑯！功名浪语⑰。便似得班超，封侯万里，归计恐迟暮⑱。

注释

① 〔东皋〕晁补之晚年居住的金乡（今山东济宁金乡县）归来园。

② 〔陂（bēi）塘〕池塘。

③ 〔旋〕很快，不久。

④ 〔依稀淮岸湘浦〕仿佛淮水两岸，湘江之滨。

⑤ 〔嘉雨〕一场好雨。

⑥ 〔沙觜（zuǐ）〕从水中突出和陆地相连的沙滩。

⑦ 〔渚（zhǔ）〕水中的小洲。

⑧ 〔翠幄（wò）〕绿色的帐子。这里指杨柳。

⑨ 〔柔茵藉地〕绿草像柔软的席子铺在地上。柔茵，这里指草地。藉，铺垫。

⑩ 〔青绫被〕汉朝时，尚书郎值夜班，官家给青缣白绫被褥使用。

⑪ 〔金闺〕汉朝宫门的名称，又叫金马门，是学士们著作和草拟文稿的地方。此指朝廷。晁补之曾做过校书郎、著作佐郎这样的官。

⑫〔儒冠曾把身误〕化用杜甫《奉赠韦左丞丈二十二韵》中诗句："纨绔不饿死，儒冠多误身。"说读书、做官耽误了自己。

⑬〔弓刀千骑（jì）〕达官贵人出行时护卫侍从很多。

⑭〔邵平瓜圃〕邵平是秦朝的官员。秦朝灭亡后，他就做老百姓，在城外种瓜。

⑮〔觑（qù）〕细看。

⑯〔满青镜、星星鬓影今如许〕从镜子里看到自己的鬓发已经白了不少。青镜，古代镜子多用青铜制成，故称青镜。星星，指头发花白的样子。如许，这么多。

⑰〔浪语〕空话，废话。

⑱〔便似得班超，封侯万里，归计恐迟暮〕像班超那样，虽然做了高官，回归故乡时已经年岁老大，有些晚了。汉朝班超少年有大志，后来在西域立了大功，封了侯，在外30多年，回到京城洛阳时已经70多岁，不久便死了。迟暮，晚年。

简析

这是晁补之的代表作品，作于晁氏贬谪回乡后居于东山"归去来园"时，表达了对官场生活的厌弃，对美好田园生活的向往。

上片写景，描写了田园优美恬静、爽朗明快的风光，字里行间透露出作者对此美景由衷的喜爱。其中最令人神往的，莫过于满山明月映照着溪流，将一川溪水与点点沙洲裹上了一层银装。偌大的世界好像只剩下他一个人，他尽情地领略这池塘月色，酒尽了还不忍离开。

下片即景抒情，表现了厌弃官场、急流勇退的情怀。词人直陈胸臆，以为做官拘束，不值得留恋，儒冠误身，功名亦难久恃。他深感今是昨非，对自己曾跻身官场、虚掷时日表示后悔。

词作慷慨磊落，情真意挚，气势豪迈，意境开阔，流转自如，一气贯注，与作者的恩师苏东坡在词风上一脉相承，并对辛弃疾的词作产生了重要影响。

最豪放名句

任翠幄张天，柔茵藉地，酒尽未能去。

汪洙（2首）

汪洙，生卒年不详，字德温，鄞县（今宁波市鄞州区）人。元符三年（1100）进士，官至观文殿大学士。其幼颖异，9岁能诗，号称汪神童。

《神童诗》二首

自小多才学，平生志气高。
别人怀宝剑，我有笔如刀。

朝为田舍郎，暮登天子堂。
将相本无种①，男儿当自强。

注释

① 〔将相本无种〕《史记·陈涉世家》记载，陈胜、吴广在大泽乡号召戍卒起义时说："王侯将相，宁有种乎？"

简析

《神童诗》共一卷，包含多首五言绝句。传世的《神童诗》不全是汪洙所作，也并非尽是少年神童之作，是经历代编补修订，增入了南北朝、隋唐和后世诗歌。著名的人生四喜"久旱逢甘霖，他乡遇故知。洞房花烛夜，金榜题名时"，就是《神童诗》里的句子。

这两首小诗流传也很广，语言和其他神童诗一样浅显易懂，"少年志高，男儿自强"之语催人奋进。

最豪放名句

将相本无种，男儿当自强。

朱敦儒（2首）

朱敦儒（1081—1159），字希真，洛阳（今河南洛阳）人。早年隐居不仕，后历任兵部郎中、临安府通判、秘书郎、都官员外郎、两浙东路提点刑狱等官职，晚年曾隐居，后为秦桧所用。有"词俊"之名，与陈与义等并称为"洛中八俊"（现只确认"三俊"："诗俊"陈与义、"词俊"朱敦儒和"文俊"富直柔）。其词多写隐逸生活，词风旷达豪放，语言清畅，对辛弃疾、陆游都有深远影响。

鹧鸪天·西都①作

我是清都山水郎②，天教分付与疏狂③。曾批给雨支风券④，累上留云借月章⑤。

诗万首，酒千觞。几曾着眼看侯王？玉楼金阙慵归去⑥，且插梅花醉洛阳。

注释

① 〔西都〕指洛阳，宋朝时称洛阳为西京。

② 〔清都山水郎〕在天上掌管山水的官员。清都，传说中天帝的宫阙。

③ 〔疏狂〕狂放，不受礼法约束。

④ 〔给雨支风券〕支配风雨的手令。

⑤ 〔累上留云借月章〕多次上呈留住彩云借走月亮的奏章。

⑥ 〔玉楼金阙慵（yōng）归去〕不愿到那琼楼玉宇之中，表示不愿到朝廷里做官。

简析

此词为朱敦儒从京师返回洛阳途中所作，上片主要写作者在洛阳时纵情于山水，豪放不羁的生活；下片用巧妙的方法表现作者赛似神仙的淡泊胸怀。全词之眼，在"疏狂"二字，唯其品行高洁，不愿与世俗社会沆瀣一气，才有种种疏狂。

此词表达了词人对权贵的不屑和不与世俗同流合污的理想和志向，是朱词中最为著名的一篇，也是最能表现他前半生豪爽狂放性格的一篇。这首词读来顿觉意气风发，畅快淋漓，丝毫不亚于苏词"一点浩然气，千里快哉风"。

最豪放名句

曾批给雨支风券，累上留云借月章。/玉楼金阙慵归去，且插梅花醉洛阳。

卜算子

古涧一枝梅，免被园林锁。路远山深不怕寒，似共春相趓①。
幽思有谁知，托契②都难可。独自风流③独自香，明月来寻我。

注释

① 〔趓〕同"躲"。
② 〔托契〕彼此信赖投合。
③ 〔风流〕风雅潇洒。

简析

这是一首托物言志之作，可以和陆游《卜算子·咏梅》和毛泽东《卜算子·咏梅》比较欣赏。

此词上片写古涧之梅的生活环境，下片写古涧之梅知音稀少，独自风流。整首词完全把梅花当作自己来写，明白如话，其孤傲归隐之心清晰可辨。

最豪放名句

独自风流独自香，明月来寻我。

李清照（4首）

李清照（1084—约1155），齐州济南章丘（今山东济南章丘区）人，号易安居士，婉约词派代表，有"千古第一才女"之称，后人把她与辛弃疾称为"济南二安"。李清照出生书香门第，其父李格非藏书甚富。出嫁后与丈夫赵明诚共同致力于书画金石的搜集整理。金兵入据中原，流寓南方，夫卒，境遇孤苦。其词以南渡为界，前期多闲情逸致、离别相思之苦，后期于凄凉身世中寄寓亡国之痛。其诗词多用白描，语言清丽浅近，提出词"别是一家"之说，亦偶有豪放之作。有《易安居士文集》《易安词》，已佚，后人辑有《漱玉词》。

鹧鸪天·桂花

暗淡轻黄体性柔，情疏迹远①只香留。何须浅碧轻红色，自是花中第一流。

梅定妒，菊应羞，画阑开处冠中秋②。骚人③可煞④无情思，何事当年不见收⑤。

注释

①〔迹远〕桂树多生长于深山中，故云。

②〔画阑开处冠中秋〕化用唐李贺《金铜仙人辞汉歌》的"画栏桂树悬秋香"之句意，谓桂花为中秋时节首屈一指的花木。

③〔骚人〕指屈原，因其作《离骚》，故称其为"骚人"。

④〔可煞〕表示疑问，犹可是、是否。

⑤〔何事当年不见收〕何事：为何，何故。此句意谓屈原写了多种花木的《离骚》里没有写桂花。

简析

此词作于作者与丈夫居住青州之时，公公赵挺之死后，她曾随丈夫屏居乡里约一年之久。摆脱了官场上的钩心斗角，离开了都市的喧嚣纷扰，在归来堂上悉心研玩金石书画，给他们的隐退生活带来了蓬勃的生机和无穷的乐趣。

上片着力围绕桂花的香气来写，桂花淡黄的颜色并不艳丽，体态轻盈也不足夸，它的优势在于浓郁的芳香。下片通过梅花和菊花的衬托，说明桂花的色淡香浓，在中秋开放之际足以称为花中之冠。

整首词别开生面，以议论为主，借桂花抒发了女词人的自信自傲，充满豪气。

最豪放名句

何须浅碧轻红色，自是花中第一流。

夏日绝句

生当作人杰①，死亦为鬼雄②。
至今思项羽，不肯过江东。

注释

① 〔人杰〕人中的豪杰。汉高祖曾称赞开国功臣张良、萧何、韩信等是
"人杰"。

② 〔鬼雄〕鬼中的英雄。屈原《国殇》："身既死兮神以灵，子魂魄兮为
鬼雄。"

简析

靖康二年（1127），金兵入侵中原，诗人与丈夫一起逃难，在路过乌江时，
有感于项羽的悲壮，创作此诗。这是一首借古讽今、抒发悲愤的怀古诗，借项
羽的壮举鞭挞南宋当权派的无耻行径，正气凛然。

诗的前两句，语出惊人，直抒胸臆，提出"生当作人杰"，为国建功立业，
报效朝廷；"死"也应该做"鬼雄"，方才不愧于顶天立地的好男儿。

全诗可谓字字珠玑，深深的爱国之情喷涌而出，字里行间透露出一股凛然
正气，震撼人心，男儿读之也觉汗颜。

最豪放名句

生当作人杰，死亦为鬼雄。

渔家傲

天接云涛连晓雾，星河①欲转②千帆舞。仿佛梦魂归帝所③。闻天语，殷勤
问我归何处。

我报路长嗟日暮④，学诗谩有惊人句⑤。九万里风鹏正举⑥。风休住，蓬舟⑦
吹取三山⑧去！

注释

① 〔星河〕银河。

② 〔转〕一作"曙"。

③ 〔帝所〕天帝居住的地方。下文"天语",天帝的话语。

④ 〔我报路长嗟日暮〕回报天帝说,路途漫长啊,又叹日暮时不早。路长,屈原《离骚》:"路漫漫其修远兮,吾将上下而求索。"日暮,屈原《离骚》:"欲少留此灵琐兮,日忽忽其将暮。"嗟,慨叹。

⑤ 〔谩有惊人句〕杜甫《江上值水如海势聊短述》:"为人性僻耽佳句,语不惊人死不休。"徒,空。

⑥ 〔九万里风鹏正举〕《庄子·逍遥游》:"鹏之徙于南冥也,水击三千里,抟扶摇而上者九万里。"

⑦ 〔蓬舟〕像蓬蒿被风吹转的船。

⑧ 〔三山〕传说中海上的三座仙山:蓬莱、方丈、瀛洲。

简析

这首记梦词当为词人南渡后的作品,写梦中海天溟蒙的景象及与天帝的问答。这首词气势磅礴,音调豪迈,是婉约派词宗李清照的另类作品。

上片先展现了一幅辽阔、壮美的海天一色图,紧接着写词人在梦中见到天帝,塑造了一个态度温和、关心民瘼(mò)的天帝。下片先写天帝与词人的对答,含怀才不遇之慨叹。最后回答词人归于何处的问题,说自己将归宿于海中仙山。

作者以浪漫主义的艺术构思,梦游的方式,设想与天帝问答,倾诉隐衷,寄托自己的情思,隐寓对南宋社会现实的失望,对理想境界的追求和向往。作品景象壮阔,气势磅礴,被清代词评家黄苏誉为"无一毫粉钗气",梁启超评为:"此绝似苏辛派,不类《漱玉集》中语。"

最豪放名句

九万里风鹏正举。风休住,蓬舟吹取三山去!

题八咏楼①

千古风流八咏楼，江山留与后人愁。
水通南国②三千里，气压江城十四州③。

注释

① 〔八咏楼〕在婺（wù）州（今浙江金华），原名玄畅楼，后改名元畅楼，南朝史学家沈约建造并写了八首诗，唐朝起改成八咏楼。
② 〔南国〕泛指中国南方。
③ 〔十四州〕宋时两浙共辖二府十二州，泛称十四州。

简析

绍兴四年（1134）九月，李清照避难金华，投奔当时在婺州任太守的赵明诚之妹婿李擢（zhuó）。此诗悲宋室之不振，慨江山之难守，充分地表述了八咏楼的气魄、金华重镇的形势和自己的爱国炽情，成为历代题咏八咏楼的出类拔萃之作。

最豪放名句

水通南国三千里，气压江城十四州。

陈与义（3首）

陈与义（1090—1138），字去非，号简斋，洛阳（今河南洛阳）人。北宋末、南宋初的杰出诗人，称"诗俊"。同时也工于填词，词近东坡。著有《简斋集》。

襄邑①道中

飞花两岸照船红，百里榆堤②半日风。
卧看满天云不动，不知云与我俱东。

注释

①〔襄邑〕在开封东南（今河南睢（suī）县），惠济河从境内通过。
②〔榆堤〕栽满榆树的河堤。

简析

此诗写于政和七年（1117），作者经襄邑乘船入京城开封。此诗用灵动的笔触描绘了大自然生动优美的画面，表现了青年诗人的抱负和信心。

最豪放名句

卧看满天云不动，不知云与我俱东。

春寒

二月巴陵①日日风，春寒未了怯园公②。
海棠不惜胭脂色③，独立蒙蒙细雨中。

注释

①〔巴陵〕古郡名，今湖南岳阳。
②〔园公〕诗人自称。当时诗人避乱于岳州，借住于郡守王接后园的君子亭，自号园公。
③〔胭脂色〕深红色。

简析

此诗写于建炎三年（1129）二月，南宋朝廷初建未稳，风雨飘摇，作者南渡避难于巴陵。诗人看到初春细雨中的海棠，感物起兴，写下了这首诗。

诗的前两句写风雨凄凄，春寒料峭；后两句写海棠冒雨盛开，生机无限，给人以启迪和鼓舞。

诗歌题为"春寒",实咏海棠。苏轼《海棠》诗"东风袅袅泛崇光,香雾空蒙月转廊。只恐夜深花睡去,故烧高烛照红妆",以海棠幽寂喻自己贬官遭际,而诗人笔下的海棠雅致孤高,不畏春寒,正是他流亡时风骨、品格的写照。

最豪放名句

海棠不惜胭脂色,独立蒙蒙细雨中。

临江仙·夜登小阁忆洛中旧游

忆昔午桥①桥上饮,坐中多是豪英②。长沟流月③去无声。杏花疏影④里,吹笛到天明。

二十余年如一梦,此身虽在堪惊。闲登小阁看新晴⑤。古今多少事,渔唱起三更。

注释

① 〔午桥〕地名,在洛阳南面。
② 〔豪英〕英雄好汉。
③ 〔长沟流月〕月光随着流水悄悄地消逝。杜甫《旅夜书怀》:"星垂平野阔,月涌大江流。"
④ 〔疏影〕稀疏的影子。
⑤ 〔新晴〕新雨初晴。

简析

这首词大概是绍兴五年（1135）或绍兴六年（1136）陈与义退居青墩镇僧舍时所作。

上片是追忆洛中旧游,当时天下太平无事,可以有游赏之乐。下片写现实,二十多年国事沧桑,知交零落,百感交集。作者想到国家的兴衰、自己的流离失所,于是看新晴,听渔唱,将沉重悲愤的情感转化为旷达之情。

这首词节奏明快,浑成自然,如水到渠成,不见矫揉造作之迹。清朝的陈廷焯（zhuō）说此词"笔意超旷,逼近大苏",近代唐圭璋在《唐宋词简释》说"此首豪旷,可匹东坡"。

最豪放名句

长沟流月去无声。杏花疏影里，吹笛到天明。

张元干（2首）

张元干（1091—约1161），芦川永福人（今福建永泰），字仲宗，号芦川居士、真隐山人，晚年自称芦川老隐，与张孝祥称南宋初期"词坛双璧"。历任太学上舍生、陈留县丞。金兵围汴，秦桧当国时，入李纲麾下，坚决抗金，力谏死守。后被秦桧除名削籍，漫游江浙等地，客死他乡。词受到江西诗派影响，有《芦川归来集》《芦川词》传世。

贺新郎·送胡邦衡待制①

梦绕神州路②。怅秋风，连营画角③，故宫离黍④。底事昆仑倾砥柱⑤，九地黄流乱注⑥？聚万落千村狐兔⑦。天意⑧从来高难问，况人情老易悲难诉！更南浦⑨，送君去。　　凉生岸柳催残暑。耿斜河⑩、疏星淡月，断云微度。万里⑪江山知何处？回首对床夜语⑫。雁不到、书成谁寄⑬？目尽青天怀今古，肯儿曹恩怨相尔汝⑭？举大白⑮，听金缕⑯。

注释

①〔胡邦衡待制〕胡邦衡，即胡铨，字邦衡，庐陵（今江西吉安）人，宋高宗时进士，为枢密院编修官，因反对与金议和，忤秦桧，一再被贬。待制，宋时官名。一题作"送胡邦衡待制赴新州"。

②〔神州〕古称中国为"赤县神州"，此指中原地区。

③〔画角〕古管乐器。

④〔故宫离黍〕故宫，指汴京旧宫。离黍，《诗经·王风》有《黍离》篇，后多以"离黍"慨叹亡国之恨。

⑤〔底事昆仑倾砥柱〕底事，何事。昆仑倾砥柱，传说昆仑山有天柱，天柱崩则天塌。

⑥〔九地黄流乱注〕黄河中有砥柱，砥柱崩则黄水泛滥。古人相信黄河源出昆仑山。

⑦〔狐兔〕范云《渡黄河》："不睹行人迹，但见狐兔兴。"借指荒凉无人之地。

⑧〔天意〕暗指帝心。杜甫《暮春江陵送马大卿公，恩命追赴阙下》："天意高难问，人情老易悲。"

⑨〔南浦〕常用以称送别之地。

⑩〔耿斜河〕耿，同"炯"，光明。斜河，银河。

⑪〔万里〕胡铨远贬至广东，故云。

⑫〔对床夜语〕指朋友间长夜深谈，亲密相处。

⑬〔雁不到、书成谁与〕胡铨贬所在新州（今广东新兴），雁飞不到，借指别后音信难通。谁与，寄给谁。

⑭〔儿曹恩怨相尔汝〕指儿女亲昵之语。语出韩愈《听颖师弹琴》："昵昵女儿语，恩怨相尔汝。"儿曹，儿辈。

⑮〔大白〕酒杯。

⑯〔金缕〕即"金缕曲"，又名"贺新郎"，指此词。

简析

在北宋灭亡，士大夫南渡的这个时期，慷慨悲壮的忧国忧民的词人们，名篇迭出；张元干有两篇《贺新郎》，先以"曳杖危楼去"寄怀李纲，后以"梦绕神州路"送别胡铨，两词尤为悲愤痛苦，感人肺腑。高宗绍兴十二年(1142)，胡铨因反对"和议"、请斩秦桧，被贬为福州签判，后再次遭遣，张元干作此词相送。

此词上片述时事。"梦绕神州路"四句写中原沦陷的惨状；"底事昆仑倾砥柱"三句严词质问悲剧产生的根源；"天意从来高难问"至"送君去"感慨时事，点明送别。下片叙别情。"凉生岸柳催残暑"至"断云微度"状别时景物；"万里江山知何处"至"书成谁与"设想别后之心情；"目尽青天怀今古"遣愁送别。

全词感情慷慨激昂，悲壮沉郁，抒情曲折，表意含蓄。清代纪昀称其"慷慨悲凉，数百年后，尚想其抑塞磊落之气"。

最豪放名句

目尽青天怀今古，肯儿曹恩怨相尔汝？举大白，听金缕。

瑞鹧鸪

彭德器①出示胡邦衡新句②次韵。

白衣苍狗变浮云③，千古功名一聚尘④。好是悲歌将进酒，不妨同赋惜余春⑤。

风光全似中原日，臭味要须我辈人⑥。雨后飞花知底数⑦，醉来赢取自由身。

注释

①〔彭德器〕作者和胡邦衡的共同好友，生平不详。

②〔胡邦衡新句〕其词已佚。

③〔白衣苍狗变浮云〕喻世事变幻莫测。杜甫《可叹》："天上浮云似白衣，斯须改变如苍狗。"

④〔一聚尘〕一堆尘土。

⑤〔好是悲歌将进酒，不妨同赋惜余春〕李白分别有《将进酒》和《惜余春赋》，词人这里借以怀念胡邦衡。

⑥〔臭味要须我辈人〕谓与友人气味相同，志趣相投。臭，同"嗅"；臭味，即气味。

⑦〔雨后飞花知底数〕杜甫《曲江》："一片花飞减却春，风飘万点正愁人。"

简析

胡铨贬到新州以后，继续写了一些慨叹国事的词作。这些词作通过彭德器传到了张元干手中。他读后感慨万千，情不自禁地写下这首和韵词。

上片先写对世事变迁的感想，借以突出词人的悲愤之情，接着借用古诗来抒发作者及好友政治上遭受迫害的愤慨。下片先写友情之深，接着抒写暮春时节对无数落花的惋惜之情，也暗点了对南宋小朝廷前途暗淡的忧虑。末句以情收束，含意深远。

整首词句句用典，构思新颖，融世事于风景之中，以景衬情，境界凄清，含意深邃。读来使人感触到南宋苟安偷生的悲剧，也感觉到词人心灵遭受压抑的激愤。

最豪放名句

白衣苍狗变浮云，千古功名一聚尘。

岳飞（3首）

岳飞（1103—1142），字鹏举，相州汤阴（今河南汤阴县）人，抗金名将，位列南宋中兴四将之首。岳飞率领岳家军同金军进行了大小数百次战斗，所向披靡。绍兴十年（1140），岳飞挥师北伐，收复多处失地，进军朱仙镇。宋高宗、秦桧却一意求和，十二道"金字牌"下令退兵。岳飞遭受秦桧、张俊等人的诬陷，被捕入狱。绍兴十二年（1142）正月，岳飞以"莫须有"的谋反罪名，与长子岳云和部将张宪同被杀害。宋孝宗时岳飞冤狱被平反，改葬于西湖畔栖霞岭，追谥武穆，后又追谥忠武，封鄂王。

满江红·登黄鹤楼有感

遥望中原，荒烟外，许多城郭。想当年、花遮柳护，凤楼龙阁。万岁山①前珠翠绕，蓬壶殿②里笙歌作。到而今，铁骑满郊畿③，风尘④恶。

兵安在，膏锋锷⑤。民安在，填沟壑。叹江山如故，千村寥落。何日请缨⑥提锐旅，一鞭直渡清河洛⑦。却归来、再续汉阳游，骑黄鹤。

注释

①〔万岁山〕宋徽宗政和年间所造，消耗了大量民力民财。宋徽宗政和七年（1117）兴工，宣和四年（1122）竣工，初名万岁山，后改名艮（gèn）岳、寿岳，或连称寿山艮岳，亦号华阳宫。1127年金人攻陷汴京后被拆毁。

②〔蓬壶殿〕在北宋故宫内。

③〔铁骑满郊畿（jī）〕金国军队遍布汴京城郊。畿，古代称靠近国都的地方。

④〔风尘〕这里指战乱。

⑤〔膏锋锷〕（士兵的血）滋润了兵器，意为被敌人刀剑杀死。

⑥〔请缨〕比喻主动请求担当重任。《汉书·终军传》："愿受长缨，必羁南越王而致之阙下。"

⑦〔河洛〕黄河、洛河，泛指中原。

简析

这首词写于南宋绍兴四年（1134），当时岳飞出兵收复襄阳六州，驻兵鄂州（今湖北武昌）。

上片先写在黄鹤楼之上遥望北方失地，引起对故国往昔"繁华"的回忆。继而写北方被金兵占领地区人民生活在水深火热中的惨痛情景，与上段歌舞升平的景象强烈对比。下片接续上片词意后，写作者心中夙愿——率领劲旅，直渡黄河，肃清金人，复我河山。最后三句，作者乐观地想象胜利后的欢乐。

这首词结构层次分明，语言洗练明快。

最豪放名句

何日请缨提锐旅，一鞭直渡清河洛。

题青泥市寺壁①

雄气堂堂贯斗牛②，誓将直节报君仇③。
斩除顽恶④还车驾，不问登坛万户侯⑤。

注释

①〔题青泥市寺壁〕诗题也作"题青泥市壁""题青泥市萧寺壁""驻兵新淦（gàn）题伏魔寺壁"等。新淦就是现在的江西新干县，也叫新赣，古称上淦。绍兴三年（1133），岳飞平定虔州、吉州的叛乱后领兵过新淦。

②〔贯斗牛〕形容胆气极盛，直冲云霄。斗牛，我国古代二十八宿中的斗宿和牛宿，这里指天空。

③〔君仇〕即靖康之耻。

④〔顽恶〕指金国入侵者。

⑤〔不问登坛万户侯〕不追求拜将封侯得高官。登坛，古代帝王即位、祭祀、会盟、拜将，多设坛场，举行隆重仪式。万户侯，食邑万户的侯官。

简析

这首诗表达了岳飞收复失地、洗雪靖康之耻的坚定信念，展示了作者高洁的人格和节操。

第一句喷射而出，是全诗的主旋律，有直冲霄汉的英雄之气。第二句表明鞍马征战的目的就是要收复失地，雪靖康之耻。第三句表示要迎接二帝还朝。最后一句展示了岳飞的思想境界，作为一员战将，出生入死，不问拜将封侯，只为报君仇、雪国耻。

这首诗豪气流贯，激昂壮烈，具有鲜明的个性和强烈的感染力。

最豪放名句

斩除顽恶还车驾，不问登坛万户侯。

满江红

怒发冲冠①，凭栏处、潇潇雨歇②。抬望眼，仰天长啸③，壮怀激烈。三十功名尘与土，八千里路云和月。莫等闲、白了少年头，空悲切！

靖康耻④，犹未雪。臣子恨，何时灭！驾长车，踏破贺兰山缺。壮志饥餐胡虏⑤肉，笑谈渴饮匈奴血。待从头、收拾旧山河，朝天阙⑥。

注释

①〔怒发冲冠〕比喻极度愤怒。《史记·廉颇蔺相如列传》载，蔺相如为保护和氏璧"持璧却立，倚柱，怒发上冲冠"。

②〔歇〕停。

③〔长啸〕大声呼叫。

④〔靖康耻〕宋钦宗靖康二年（1127），金兵攻陷汴京，掳走徽、钦二帝及大量赵氏皇族、后宫妃嫔与贵卿、朝臣等三千余人，东京城中公私积蓄洗掠一空。

⑤〔胡虏〕秦汉时称匈奴为胡虏，后世用为与中原敌对的北方部族之通称。这里指金人。

⑥〔朝天阙〕朝见皇帝。天阙，宫殿前的楼观。

简析

此词流传甚广，其写作时间却颇具争议：绍兴四年（1134）第一次北伐时；绍兴六年（1136）第二次北伐，镇守鄂州时；绍兴十一年（1141）被陷入狱前不久。此词是否为岳飞所作，也曾引起争论。亦多传有题"写怀"。

上片，写作者悲愤中原重陷敌手，痛惜前功尽弃，也表达自己继续努力、争取壮年立功的心愿。胸中的怒火在熊熊燃烧，不可阻遏。下片，抒写词人对于民族敌人的深仇大恨、统一祖国的殷切愿望、忠于朝廷的赤诚之心，报国杀敌的雄心壮志不可阻挡。

这首词代表了岳飞"精忠报国"的英雄之志，表现出一股浩然正气，情调激昂，慷慨壮烈，充分表现了他不甘屈辱、抵抗外侮的决心。明代沈际飞说它"胆量、意见、文章，悉无今古"。

最豪放名句

莫等闲、白了少年头，空悲切！/壮志饥餐胡虏肉，笑谈渴饮匈奴血。

陆游（12首）

陆游（1125—1210），字务观，号放翁，越州山阴（今浙江绍兴）人，南宋文学家、史学家、爱国诗人。宋高宗时仕途不畅，宋孝宗时赐进士出身，历任福州宁德县主簿、敕令所删定官、隆兴府通判等职，因坚持抗金，屡遭主和派排斥。乾道七年（1171）投身军旅，任职于南郑幕府。次年，幕府解散，陆游奉诏入蜀。宋光宗继位后，升为礼部郎中兼实录院检讨官，不久即因"嘲咏风月"罢官归居故里。嘉泰二年（1202），宋宁宗诏陆游入京，主持编修孝宗、光宗《两朝实录》和《三朝史》，官至宝章阁待制。书成后，陆游长期蛰居山阴，嘉定三年（1209）与世长辞，留绝笔《示儿》。他一生笔耕不辍，诗词文都有很高成就，其诗语言平易晓畅、章法整饬（chì）谨严，兼具李白的雄奇奔放与杜甫的沉郁悲凉，尤以饱含爱国热情对后世影响深远，存诗9300余首，为古代诗人之冠。与王安石、苏轼、黄庭坚并称"宋代四大诗人"，又与杨万里、范成大、尤袤合称"南宋四大家"（又称"中兴四大诗人"）。

鹧鸪天

家住苍烟落照间，丝毫尘事不相关。斟残玉瀣①行穿竹，卷罢《黄庭》②卧看山。

贪啸傲③，任衰残，不妨随处一开颜。元知造物心肠别，老却英雄似等闲！

注释

① 〔玉瀣（xiè）〕美酒。
② 〔《黄庭》〕道家经典著作，论养生之道。
③ 〔啸傲〕放歌长啸，傲然自得。

简析

这首词作于绍兴三十一年（1161），塑造了作者歌咏自得、旷放而不受拘束的形象。

上片一二句写居处环境的优美，三四句写自己生活的闲适，动静行止无不惬意：喝完了美酒就散步穿过竹林；看完了《黄庭》就躺下来观赏山中美景。下片说自己贪恋旷达的生活情趣，任凭终老田园；随处都能见到使自己高兴的事物，何不随遇而安呢？末尾两句陡然一转，抱怨南宋统治者无心恢复中原，致使自己英雄无用武之地。

词虽极写隐居之闲适，但抑郁不平之气仍然按捺不住，流露出词人内心的不满。

最豪放名句

元知造物心肠别，老却英雄似等闲！

游山西村①

莫笑农家腊酒浑②，丰年留客足鸡豚③。
山重水复④疑无路，柳暗花明⑤又一村。
箫鼓追随春社⑥近，衣冠简朴古风存⑦。
从今若许⑧闲乘月⑨，拄杖无时⑩夜叩门。

注释

① 〔山西村〕在山阴。指三山乡西边的村落。

② 〔腊酒浑〕腊酒，腊月里酿造的酒。酒以清为贵，因村民自己酿制，所以说酒浑。

③ 〔足鸡豚（tún）〕意思是准备了丰盛的菜肴。豚，小猪，代指猪肉。

④ 〔山重水复〕一座座山、一道道水重重叠叠。

⑤ 〔柳暗花明〕柳色深绿，花色红艳。

⑥ 〔春社〕古代把立春后第五个戊日作为春社日，拜祭社公（土地神和五谷神），祈求丰收。

⑦ 〔古风存〕保留着淳朴古代风俗。

⑧ 〔若许〕如果这样。

⑨ 〔闲乘月〕有空闲时趁着月光前来。

⑩ 〔无时〕没有一定的时间，即随时。

赏析

此诗作于乾道三年（1167）初春，当时陆游正罢官闲居在家。陆游回到家乡的心情是相当复杂的，苦闷和激愤的感情交织在一起，然而他并不心灰意冷。

首联渲染出丰收之年农村一片宁静、欢悦的景象，道出诗人对农村淳朴民风的赞赏。颔联写山间水畔的景色，写景中寓含着困境中突现希望的哲理，千百年来广泛被人引用。颈联向我们展示了南宋初年的农村风俗画卷。尾联委婉表达对农村风光和风俗的由衷热爱，但愿而今而后，能不时拄杖乘月，轻叩柴扉，与老农亲切絮语。

全诗以游村贯穿，把秀丽的山村自然风光与淳朴的村民习俗和谐地统一在完整的画面里，构成了优美的意境和恬淡、隽永的格调，立意新巧，自然成趣。

最豪放名句

山重水复疑无路，柳暗花明又一村。

观大散关图①有感

上马击狂胡②，下马草军书。

二十抱此志，五十犹癯儒③。

大散陈仓④间，山川郁盘纡⑤，

劲气钟义士，可与共壮图。

坡陀⑥咸阳城，秦汉之故都，

王气浮夕霭，宫室生春芜。

安得从王师，泛扫⑦迎皇舆？

黄河与函谷⑧，四海通舟车。

士马发燕赵⑨，布帛来青徐⑩。

先当营七庙⑪，次第画九衢⑫。

偏师⑬缚可汗⑭，倾都⑮观受俘。

上寿大安宫⑯，复如正观⑰初。

丈夫毕此愿，死与蝼蚁殊。

志大浩无期，醉胆空满躯。

注释

①〔大散关图〕指大散关作战的地图。大散关在今陕西宝鸡西南，是宋、金相持之地。

②〔狂胡〕指金人。

③〔癯（qú）儒〕瘦弱书生。癯，瘦。

④〔陈仓〕古地名，在今陕西宝鸡。

⑤〔盘纡〕盘曲迂回。

⑥〔坡陀（tuó）〕险阻不平。

⑦〔泛扫〕清除。

⑧〔函谷〕关名，在今河南灵宝。

⑨〔燕赵〕战国时国名，均在黄河以北，代指北方。

⑩〔青徐〕青州、徐州，古州名。

⑪〔七庙〕古代礼制，天子有七个祖庙。

⑫〔九衢（qú）〕泛指四通八达的道路。

⑬〔偏师〕全军的一部分。

⑭〔可汗〕这里指金主。

⑮〔倾都〕倾城，指都城中所有居民。

⑯〔大安宫〕唐代宫殿名，此处借指宋宫。

⑰〔正观〕即贞观（627~649），唐太宗李世民统治时期年号。

简析

乾道九年（1173）十月，陆游知嘉州（今四川乐山），嘉州是唐代边塞诗人岑参当过刺史的地方，岑参诗中强烈的爱国主义精神使诗人深受感染，在看了宋与金交界的要塞地图——《大散关图》后，写下此诗。

开头四句申述壮志难酬的遭遇。中间二十句，诗人的思绪如滔滔江水，联翩而下，由大散关一带山河的雄壮、志士的忠义联想到尽复失地、北伐胜利的情景；进而描绘了一幅胜利后重建旧都、中兴国家的蓝图。结尾四句却笔锋陡转，由幻想跌落到现实之中，与前面的描写形成强烈对比。

陆游此诗爱国激情与唐代岑参诗一脉相承，又灌注了一股郁勃不平之气。全篇兴会飙举、骨力豪健，词气发扬踔厉，无意于工而自工。

最豪放名句

上马击狂胡，下马草军书。

金错刀①行

黄金错刀白玉装，夜穿窗扉出光芒。
丈夫五十功未立，提刀独立顾八荒。
京华②结交尽奇士，意气相期共生死。
千年史册耻无名，一片丹心报天子。
尔来从军天汉滨③，南山④晓雪玉嶙峋。
呜呼！楚虽三户能亡秦⑤，岂有堂堂中国空无人！

注释

①〔金错刀〕用黄金装饰的刀。

②〔京华〕京城，指南宋京城临安（今杭州市）。

③〔天汉滨〕汉水边，这里指汉中一带。

④〔南山〕终南山，在陕西省南部。

⑤〔楚虽三户能亡秦〕即使楚国只剩下三个氏族，也能灭掉秦国。比喻即使弱小，团结一致也能成功。三户，指屈、景、昭三家。《史记·项羽本纪》："夫秦灭六国，楚最无罪。自怀王入秦不反，楚人怜之至今，故楚南公曰'楚虽三户，亡秦必楚'也。"

简析

这首诗写于乾道九年（1173）。

前四句从赋咏金错刀入手，引出提刀人渴望杀敌立功的形象。中间四句从提刀人推扩到"奇士"群体形象，抒发其共同的报国丹心。末四句，联系眼前从军经历，揭明全诗题旨，表达了"中国"必胜的豪情壮志。陆游虽生活于国力衰微偏安江左的南宋，但基于对民心、民力的正确认识，在述志时他坚信中国有人，定能完成北伐事业，其爱国精神感人至深。"一片丹心报天子""岂有堂堂中国空无人"，读来大声鞳鞳（tāng tà），气势夺人。

最豪放名句

楚虽三户能亡秦，岂有堂堂中国空无人！

书愤①

早岁那知世事艰②，中原北望气③如山。
楼船④夜雪瓜洲⑤渡，铁马⑥秋风大散关。
塞上长城⑦空自许，镜中衰鬓已先斑。
出师一表⑧真名世，千载谁堪伯仲⑨间。

注释

①〔书愤〕书写自己的愤恨之情。

②〔世事艰〕指抗金大业屡遭破坏。

③〔气〕收复故土的豪迈气概。

④〔楼船〕当时战船高大有楼，故称为楼船。

⑤〔瓜洲〕在今江苏扬州邗（hán）江区长江边，与镇江隔江相对。

⑥〔铁马〕披着铁甲的战马。

⑦〔塞上长城〕比喻能守边的将领。《南史·檀道济传》载，宋文帝要杀大将檀道济，檀临刑前怒叱道："乃坏汝万里长城！"

⑧〔出师一表〕指诸葛亮出兵伐魏前写的《出师表》。

⑨〔伯仲〕原指兄弟间的次第。这里比喻人物不相上下，难分优劣高低。

简析

这首诗是淳熙十三年（1186）春陆游居家乡山阴时所作。陆游时年61岁，已罢官6年，挂着一个空衔在故乡蛰居。

全诗紧扣"愤"字而写，前四句叙述早年决心收复失地的壮志雄心，后四句感叹时不再来，壮志难酬。尾联用典明志，追慕先贤业绩，渴望效法诸葛亮，施展抱负。回看整首诗歌，可见句句是愤、字字是愤。

全诗感情沉郁，气韵浑厚，尤以颔联"楼船""铁马"两句，雄放豪迈，为人们广泛传诵。清人李慈铭在《越缦堂诗话》里说："全首浑成，风格高健，置之老杜集中，直无愧色。"

最豪放名句

楼船夜雪瓜洲渡，铁马秋风大散关。

卜算子·咏梅

驿外①断桥边，寂寞开无主②。已是黄昏独自愁，更著③风和雨。
无意苦争春，一任群芳妒。零落成泥碾作尘，只有香如故。

注释

①〔驿（yì）外〕指荒僻、冷清之地。驿，驿站，古代供驿马或官吏中途休息的专用建筑。

②〔无主〕自生自灭，无人照管和玩赏。

③〔著（zhuó）〕同"着"，遭受，承受。更著，又遭到。

赏析

此词以梅花自况，咏叹梅花的凄苦，以泄胸中抑郁，感叹人生的失意坎坷；

赞扬梅花的精神，表达了青春无悔的信念，以及对自己爱国情操和高洁人格的自许。

上片着力渲染梅花的落寞凄清、饱受风雨之苦的情形。下片写梅花的灵魂及生死观。全词以物喻人，托物言志，志趣高洁傲岸，语言朴素清丽。

最豪放名句
零落成泥碾作尘，只有香如故。

诉衷情

当年万里觅封侯①，匹马戍梁州②。关河③梦断何处，尘暗旧貂裘。胡④未灭，鬓先秋，泪空流。此身谁料，心在天山，身老沧洲⑤！

注释

①〔觅封侯〕寻找建功立业的机会。《后汉书·班超传》记载，班超少有大志，尝曰，大丈夫应当"立功异域，以取封侯，安能久事笔砚间乎？"

②〔梁州〕治所在南郑（今陕西汉中）。乾道八年（1172），陆游来到南郑，投身到四川宣抚使王炎幕下，参加过对金兵的战斗。

③〔关河〕泛指汉中前线险要的地方。

④〔胡〕古泛称西北各族，南宋词中多指金人，此处指金入侵者。

⑤〔沧洲〕滨水的地方，古时常用以称隐士的居处。这里指作者位于镜湖之滨的家乡。

简析

这首词是作者晚年隐居山阴农村以后写的，通过今昔对比，反映了一位爱国志士的坎坷经历和不幸遭遇，表达了作者壮志未酬、报国无门的悲愤不平之情。

上片开头追忆作者昔日戎马疆场的意气风发，接写当年宏愿只能在梦中实现的失望；下片抒写敌人尚未消灭而英雄却已迟暮的感叹。

全词格调苍凉悲壮，语言明白晓畅，用典自然，不着痕迹，不加雕饰，如叹如诉，有较强的艺术感染力。

最豪放名句

当年万里觅封侯，匹马戍梁州。

秋夜将晓，出篱门迎凉有感（其二）

三万里河①东入海，五千仞岳②上摩天。
遗民③泪尽胡尘里，南望王师又一年。

注释

① 〔河〕黄河。
② 〔岳〕指华山。
③ 〔遗民〕在金占领区生活的汉族人民。

简析

这组诗共两首，写于绍熙三年（1192）秋天。

前两句一横一纵，描绘奇伟壮丽的山河；下两句笔锋一转，写心怀故国的遗民依然企望南宋王朝能挥师北上，收复故土。

这首诗恢宏壮阔，慷慨悲壮，读来让人感奋唏嘘。

最豪放名句

三万里河东入海，五千仞岳上摩天。

十一月四日①风雨大作（其二）

僵卧孤村不自哀，尚思为国戍轮台②。
夜阑③卧听风吹雨，铁马冰河入梦来。

注释

① 〔十一月四日〕绍熙三年（1192）十一月四日。
② 〔轮台〕地名，在今新疆境内，是古代边防重地。这里代指边关。
③ 〔夜阑（lán）〕夜深。

简析

陆游自淳熙十六年（1189）罢官后，闲居家乡山阴农村。绍熙三年十一月四日，当时诗人已经67岁，但爱国情怀丝毫未减，日夜思念报效祖国。诗人驰骋疆场的强烈愿望，在一个风雨大作的夜里得到了"实现"。

前两句写自己虽然年老体衰，闲居僻野，但仍不自悲自伤，报国杀敌的爱国心总是热的。第三句讲明了特定的时间和特定的环境，第四句转入对梦境的描写，将现实与梦境巧妙地结合起来。一方面是他渴望万里从戎、以身报国的豪壮理想，另一方面则是他壮志难酬、无路请缨的悲愤心情。诗歌既热情奔放，又深沉悲怆。

最豪放名句

夜阑卧听风吹雨，铁马冰河入梦来。

冬夜读书示子聿①

古人学问无遗力②，少壮工夫老始③成。
纸上得来终觉浅，绝知此事要躬行④。

注释

①〔子聿（yù）〕陆游的小儿子。
②〔无遗力〕用出全部力量，没有一点保留，不遗余力、竭尽全力。
③〔始〕才。
④〔躬行〕亲身实践。

简析

这首诗写于庆元五年（1199）。

诗的前两句，赞扬了古人刻苦学习的精神以及做学问的艰难，说明只有少年时养成良好的学习习惯，竭尽全力地打好扎实基础，将来才能成就一番事业。后两句说孜孜不倦、持之以恒地学习知识，固然很重要，但仅此还不够，一个既有书本知识，又有实践经验的人，才是真正有学问的人。

这是一首哲理诗，饱含了诗人深邃的教育思想，也寄托了诗人对子女的殷切期望。

最豪放名句

纸上得来终觉浅，绝知此事要躬行。

梅花（其一）

闻道梅花坼①晓风，雪堆②遍满四山中。
何方③可化身千亿，一树梅花一放翁④。

注释

① 〔坼（chè）〕裂开。这里是绽开的意思。
② 〔雪堆〕指梅花盛开像雪堆似的。
③ 〔何方〕有什么办法。
④ 〔梅花〕一作"梅前"。

简析

这组名《梅花》的诗共有28首，嘉泰二年（1202）春作于山阴，陆游时年77岁。陆游痴爱梅花，也写过千余首梅花诗词。

前两句描写梅花绽放的情景，后两句出人意表，高迈脱俗：愿化身千亿，让每树梅花面前都有一个陆放翁。

这首诗借形象的语言和奇思妙想表达了对梅花的挚爱之情，也凸显了诗人的铮铮傲骨。

最豪放名句

何方可化身千亿，一树梅花一放翁。

示儿

死去元①知万事空，但悲不见九州②同。
王师北定中原日，家祭无忘告乃翁③。

注释

① 〔元〕同"原"。

② 〔九州〕古代中国分为九州，所以常用九州指代中国。

③ 〔乃翁〕你的父亲，指陆游自己。

简析

首句"元""空"二字强劲有力，反衬出诗人志愿未达、死不瞑目的心情。第二句写诗人的悲怆心境。第三句以热切期望的语气表达了渴望收复失地的信念。最后一句情绪又一转，无奈自己已经看不到祖国统一的那一天，只好把希望寄托于后代子孙。

这首诗是诗人的绝笔，传达出诗人临终时复杂的思想情绪和忧国忧民的爱国情怀。在短短的篇幅中，诗人披肝沥胆地嘱咐着儿子，浓浓的爱国之情跃然纸上。

最豪放名句

王师北定中原日，家祭无忘告乃翁。

杨万里（2首）

杨万里（1127—1206），字廷秀，号诚斋，后人称其为"诚斋先生"，吉州吉水（今江西吉水县）人，南宋大臣，文学家、爱国诗人，南宋四大家之一。绍兴二十四年（1154）登进士第，历仕宋高宗、孝宗、光宗、宁宗四朝，曾任知奉新县、国子博士、广东提点刑狱、太子侍读、秘书监等职，官至宝谟阁直学士，封庐陵郡开国侯。病逝后获赠光禄大夫，谥号文节。他一生作诗2万多首，传世作品有4200多首，被誉为一代诗宗。诗歌大多描写自然景物，创造了语言浅近明白、清新自然，富有幽默情趣的"诚斋体"，也有不少篇章反映民间疾苦、抒发爱国情感。著有《诚斋集》等。

晓出净慈寺①送林子方②

毕竟西湖六月中，风光不与四时③同。
接天莲叶无穷碧，映日荷花别样红。

注释

①〔净慈寺〕全名"净慈报恩光孝禅寺"，与灵隐寺为杭州西湖南北山两大佛寺。

②〔林子方〕林枅（jī）（1130—1192），字子方，作者的朋友，官居直阁秘书。

③〔四时〕春夏秋冬四个季节。在这里指六月以外的其他时节。

简析

这是一首描写杭州西湖六月美丽景色的诗。全诗通过对西湖美景的赞美，曲折地表达对友人深情的眷恋。

诗人开篇即说毕竟六月的西湖，风光不与四时相同，这两句质朴无华的诗句，说明六月西湖与其他季节的风光不同。后两句诗人用充满强烈色彩对比的句子，给读者描绘出一幅大红大绿、精彩绝艳的画面。

最豪放名句

接天莲叶无穷碧，映日荷花别样红。

小池

泉眼无声惜细流，树荫照水爱晴柔。
小荷才露尖尖角，早有蜻蜓立上头。

简析

这首诗明白如话，小巧精致，宛如一幅花草虫鸟彩墨画。画面之中，池、泉、流、荷和蜻蜓，落笔都小，却玲珑剔透，生机盎然。前两句用"惜""爱"二字把泉眼、树荫写得有情有意；三四句把焦点缩小，写池中一株小荷以及荷

207

上的蜻蜓，显露出勃勃生机，而且蕴含情趣和哲理。

诗人把大自然极平常细小的事物写得相亲相依，活泼自然，充满了诗情画意。后两句今广为引用，多以喻少年崭露头角。

最豪放名句

小荷才露尖尖角，早有蜻蜓立上头。

朱熹（3首）

朱熹（1130—1200），字元晦，晚称晦翁，又称紫阳先生、考亭先生、沧州病叟、云谷老人、逆翁，世称朱子，因谥文，称朱文公，祖籍徽州婺源（今江西婺源），出生于南剑州尤溪（今属福建三明市），南宋理学家、教育家、诗人，闽学派的代表人物，是孔子、孟子以来最杰出的儒学大师。

春日

胜日寻芳泗水①滨，无边光景一时新。
等闲识得②东风面，万紫千红总是春。

注释

① 〔泗水〕河名，在山东。
② 〔等闲识得〕容易识别。等闲，平常、轻易。

简析

这首诗前两句写观赏春景中获得的初步印象，三四句是用形象的语言具体写出光景之新，寻芳所得。从字面上看，这首诗好像是写游春观感，但泗水在宋南渡时早被金人侵占，朱熹未曾北上，当然不可能在泗水之滨游春吟赏。评家认为诗中的"泗水"是暗指孔门，因为春秋时孔子曾在洙、泗之间弦歌讲学。"万紫千红"喻孔学的丰富多彩，诗人将圣人之道比作催发生机、点燃万物的春风。这其实是一首寓理趣于形象之中的哲理诗，表达了诗人于乱世中追求圣人之道的美好愿望。

最豪放名句

等闲识得东风面，万紫千红总是春。

观书有感（其一）

半亩方塘一鉴①开，天光云影共徘徊②。
问渠③那④得清如许？为有源头活水来。

注释

① 〔鉴〕镜子。
② 〔天光云影共徘徊〕这句是说天的光和云的影映在池水之中，不停地一起变动。
③ 〔渠〕它。
④ 〔那〕同"哪"。

简析

这是一首借景喻理的名诗。全诗以方塘作比，形象地表达了一种微妙难言的读书感受。池塘并不是一泓死水，而是常有活水注入，因此像明镜一样，清澈见底，映照着天光云影。这种情景，和一个人在读书中弄通问题、获得新知的情形颇为相似。诗中所表达的这种感受虽然仅就读书而言，却内涵丰富，可以做广泛的理解：人要心灵澄明，就得认真读书，时时补充新知识。因此，人们常用"源头活水"来比喻不断学习新知识才能达到新境界。

最豪放名句

问渠那得清如许？为有源头活水来。

观书有感（其二）

昨夜江边春水生，艨艟①巨舰一毛轻。
向来枉费②推移力，此日中流自在行。

注释

① 〔艨艟（méngchōng）〕古代战舰，这里指大船。

② 〔枉费〕白费。

简析

这也是一首借助形象说理的诗。它以泛舟为例，让读者去体会与学习有关的道理。诗中说往日舟大水浅，众人使劲推船，也是白费力气；而当春水猛涨，即使艨艟巨舰也如羽毛一般轻，自由自在地漂行在水流中。诗中突出春水的重要，意在强调艺术灵感的勃发，足以使得艺术创作流畅自如。也可以理解为创作艺术要基本功到家，方熟能生巧，驾驭自如。

最豪放名句

向来枉费推移力，此日中流自在行。

张孝祥（4首）

张孝祥（1132—1170），字安国，别号于湖居士，生于明州鄞县（今浙江宁波鄞州区），少年时迁居芜湖（今安徽芜湖市），南宋词人、书法家。绍兴二十四年（1154）状元及第，由于上书为岳飞辩冤，为权相秦桧所忌。秦桧死后授秘书省正字，又历任秘书郎、著作郎、集英殿修撰、中书舍人等职。其才思敏捷，风格与苏轼相近。南宋叶绍翁《四朝闻见录》里说他"尝慕东坡，每作为诗文，必问门人曰：'比东坡如何？'"，有《于湖居士文集》《于湖词》传世。

水调歌头·闻采石矶战胜①

雪洗虏尘静，风约楚云留②。何人为写悲壮③，吹角古城楼？湖海平生豪气，关塞如今风景，剪烛看吴钩。剩喜④然犀处⑤，骇浪与天浮。

忆当年，周与谢⑥，富春秋。小乔初嫁，香囊未解，勋业故优游。赤壁矶头落照，肥水桥边衰草，渺渺唤人愁。我欲乘风⑦去，击楫誓中流⑧。

注释

①〔采石矶战胜〕虞允文在采石矶水战，大败金兵。《宋史·高宗本纪》："绍兴三十一年（1161）十一月，虞允文督建康诸军以舟师拒金主（完颜）亮于东采石，战胜却之。"金主完颜亮也因此役失利而遭部下缢杀。采石矶，位于安徽马鞍山市西南五公里处的长江东岸，与南京燕子矶、岳阳城陵矶并称"长江三大名矶"。

②〔风约楚云留〕风和云却把作者阻留在了此地。词人此年遭弹劾回芜湖（古属楚地）赋闲。

③〔何人为写悲壮〕谁为这次的胜利谱写悲壮的颂歌呢？

④〔剩喜〕甚喜，非常喜。

⑤〔然犀处〕也就是消灭敌人的地方，这里指采石矶。"然"同"燃"，古人燃犀牛角以照妖魔。这两句描写采石矶战斗激烈，光照妖魔，要干净利落地把金兵全部消灭。

⑥〔周与谢〕周瑜和谢玄。周瑜，三国时东吴的周瑜，曾在赤壁之战中大败曹操，小乔是周瑜之妻。谢玄，东晋淝水之战打败符坚的大将之一，年少时爱戴紫色香囊。以下三句的意思是，当时周瑜刚娶小乔为妻，谢玄还是佩戴香囊的少年，他们很年轻就从容不迫地创建了不朽的功业。

⑦〔乘风〕南朝宋将领宗悫事，李白《行路难（其一）》："长风破浪会有时，直挂云帆济沧海。"

⑧〔击楫誓中流〕《晋书·祖逖传》："中流击楫而誓曰：'祖逖不能清中原而复济者，有如大江。'"祖逖，东晋初期的北伐将领，著名的"闻鸡起舞"就是他和好友刘琨的故事。

简析

宋高宗绍兴三十一年（1161）虞允文在采石矶大胜金兵，当时张孝祥正任抚州知州，捷报传来，他欣喜欲狂，当即写了这首词。

上片写前方胜利的消息使词人深受鼓舞，他摩拳擦掌、严阵以待，随时准备为恢复中原献身效力。下片回忆古代两位北抗强敌的英雄，进而表明自己要效法前人，做驱逐金兵，恢复中原的英雄。

本词主题博大，气魄宏伟，作者炽热的爱国主义情感洋溢于字里行间。全词格调激昂慷慨，悲壮宏伟，用典贴切自然，是思想性强、艺术水平高的名作。

最豪放名句

湖海平生豪气，关塞如今风景，剪烛看吴钩。/我欲乘风去，击楫誓中流。

六州歌头

长淮①望断，关塞莽然平②。征尘暗，霜风劲，悄边声③。黯销凝④。追想当年事⑤，殆天数⑥，非人力；洙泗上，弦歌地，亦膻腥⑦。隔水毡乡⑧，落日牛羊下⑨，区脱纵横⑩。看名王宵猎，骑火一川明⑪，笳鼓悲鸣，遣人惊。

念腰间箭，匣中剑，空埃蠹⑫，竟何成！时易失，心徒壮，岁将零。渺神京⑬。干羽方怀远⑭，静烽燧，且休兵。冠盖使，纷驰骛，若为情⑮！闻道中原遗老，常南望、翠葆霓旌⑯。使行人到此，忠愤气填膺，有泪如倾。

注释

① 〔长淮〕指淮河。绍兴十一年（1141）宋金和议，以淮河为分界线。

② 〔关塞莽然平〕草木茂盛，齐及关塞。谓边备松弛。莽然，草木茂盛的样子。

③ 〔征尘暗，霜风劲，悄边声〕暗示对敌人放弃抵抗。

④ 〔黯销凝〕感伤出神之状。

⑤ 〔当年事〕指靖康之变。

⑥ 〔殆天数〕似乎是上天注定的。这里有讽刺之意。

⑦ 〔洙泗上，弦歌地，亦膻腥〕意谓连孔子故乡的礼乐之邦亦陷于敌手。洙、泗，鲁国两条河的名字，流经曲阜。膻（shān），腥臊气。

⑧ 〔毡乡〕指金国。北方少数民族住在毡帐里，故称为毡乡。

⑨ 〔落日牛羊下〕《诗经·王风·君子于役》："日之夕矣，羊牛下来。"

⑩ 〔区（ōu）脱纵横〕土堡很多。区脱，匈奴语称边境屯戍或守望之处。

⑪ 〔看名王宵猎，骑火一川明〕写敌军威势。名王，此指敌方将帅。

⑫ 〔埃蠹（dù）〕尘掩虫蛀。埃，尘埃。蠹，蛀蚀。

⑬ 〔渺神京〕望京城渺茫。神京，指北宋都城汴京。

⑭ 〔干羽方怀远〕用文德以怀柔远人，谓朝廷正在向敌人求和。干羽，干盾和翟羽，都是舞蹈乐具。

⑮ 〔冠盖使，纷驰骛，若为情〕冠盖，冠服求和的使者。驰骛（wù），奔

走忙碌，往来不绝。若为情，何以为情，"怎么好意思"。

⑯〔翠葆霓旌〕指皇帝的仪仗。翠葆，以翠鸟羽毛为饰的车盖。霓旌，像虹霓似的彩色旌旗。

简析

这首词作于隆兴二年（1164）。采石战后，作者赴建康，拜见南宋主战重臣张浚，席上赋《六州歌头》词，慷慨激愤，张浚为之罢席。这首词概括了自绍兴和议、隆兴元年符离兵败后20余年间的社会状况，对南宋王朝不修边备、不用贤才，实行屈辱求和的政策，表示了极大的愤慨。

上片描写江淮区域宋金对峙的态势。大宋虽只剩半壁江山，却依然战备松弛，一片荒凉。隔水凝望沦陷区，金兵的哨所纵横，防备严密。尤以猎火照野，凄厉的笳鼓可闻，令人惊心动魄。下片抒写复国的壮志难酬，朝廷当政者苟安于和议现状，中原人民空盼光复，词情更加悲壮。自己空有杀敌的武器，只落得尘封虫蛀而无用武之地。作者举出中原人民向往故国，殷切盼望复国的事实，深刻地揭露偏安之局是多么违反人民意愿，多么使人感到气愤的事。正如陆游《秋夜将晓出篱门迎凉有感》一诗所写："遗民泪尽胡尘里，南望王师又一年！"任何一位爱国者都要为中原大地的长期不能收复而激起满腔忠愤，为中原人民的年年伤心失望而倾出热泪。

这首词，把宋金双方的对峙局面、朝廷与人民之间的尖锐矛盾加以鲜明对比，多层次、多角度地展示了那个时代的宏观历史画卷，强有力地表达出人民的心声。清陈廷焯说它"淋漓痛快，笔饱墨酣，读之令人起舞"。

最豪放名句

使行人到此，忠愤气填膺，有泪如倾。

念奴娇·过洞庭

洞庭青草①，近中秋、更无一点风色②。玉鉴③琼田三万顷，著我扁舟一叶。素月分辉，明河④共影，表里⑤俱澄澈。悠然心会，妙处难与君说。　　应念岭表⑥经年，孤光⑦自照，肝胆⑧皆冰雪。短发萧骚⑨襟袖冷，稳泛沧浪⑩空阔。尽挹⑪西江⑫，细斟北斗⑬，万象⑬为宾客。扣⑭舷独啸⑮，不知今夕何夕。

注释

① 〔青草〕古五湖之一，在今湖南岳阳市西南，和洞庭湖相连。湖中多青草，冬春水涸，青草弥望。

② 〔风色〕风势。

③ 〔玉鉴〕玉镜。此句把洞庭湖比作"玉鉴琼田"。

④ 〔明河〕天河。一作"银河"。

⑤ 〔表里〕里里外外。此处指天上月亮和银河的光辉映入湖中，上下一片澄明。

⑥ 〔岭表〕岭外，即五岭以南的两广地区，作者此前在广西做官。一作"岭海"。

⑦ 〔孤光〕指月光。

⑧ 〔肝胆〕一作"肝肺"。

⑨ 〔萧骚〕稀疏。一作"萧疏"。

⑩ 〔沧浪〕青苍色的水。一作"沧溟"。

⑪ 〔挹〕舀。一作"吸"。

⑫ 〔西江〕长江连通洞庭湖，中上游在洞庭以西，故称西江。

⑬ 〔万象〕万物。

⑭ 〔扣〕敲击。一作"叩"。

⑮ 〔啸〕撮口作声。一作"笑"。

简析

此词作于乾道二年（1166），作者被谗言落职，从广西经洞庭湖北归。这首词借洞庭夜月之景，抒发了作者的高洁忠贞和豪迈气概。

上片写景，景中寓情。先写洞庭湖青草湖月下的景色，突出写它的澄澈。湖上明月高悬，万里无云，水波不兴，湖水明净光洁，宛若美玉。在三万顷的湖面上，只有我的一叶扁舟，颇有自然造化全都供我所用的意味，有力地衬托出诗人的豪迈气概。下片着重抒情，意转激昂，写自己内心的澄澈。词人想起在岭南一年的生活，那是和洞庭湖同样的光明磊落。如今被免职了，不免带有几分萧条与冷落，但诗人的气概却丝毫不减，自己安稳地泛舟于浩淼的洞庭之上，心神没有一点动摇。"尽挹西江，细斟北斗，万象为宾客"是全词感情的高潮，设想自己做主人，请万象做宾客，纵情豪饮。最后，词人同大自然融为一体，忘记了一切。

这首词，通篇景中见情，笔势雄奇，境界空阔，表现了作者的洒脱胸襟和轩昂气宇，创造了独特意境，体现了天人合一的理念。

最豪放名句

孤光自照，肝胆皆冰雪。/尽挹西江，细斟北斗，万象为宾客。

浣溪沙·荆州约马举先登城楼观塞

霜日①明霄水蘸空，鸣鞘②声里绣旗红，澹烟衰草有无中。
万里中原烽火北，一尊浊酒戍楼③东，酒阑④挥泪向悲风。

注释

① 〔霜日〕秋天。

② 〔鸣鞘（shāo）〕响鞭。鞘，拴在鞭子头上的细皮条。

③ 〔戍楼〕军队驻守的城楼。

④ 〔阑〕将尽。

简析

乾道四年（1168）秋，张孝祥时任荆南湖北路安抚使，驻守荆州。秋高气爽，约友登高，感叹中原沦陷，遂写成这首《浣溪沙》。

上片写景，烘托边塞气氛和作者心情。时当秋日，天高气爽，晴空万里，远处水天相接。景是乐景，此处以"乐景"反衬"哀情"。诗人登临的是荆州城，荆州本是祖国内地的一座城池，而今却成边塞之地，时时有被胡虏侵略的危险，这本身就是让人痛心的事。更何况，极目远望，烟尘滚滚，金人的响鞭声声撕人心肺，作者心情就更加沉痛了。

下片抒情，表达对中原故国的怀念。眼前遍地烽火，而大好河山，万里中原，还在遥远的北方受金人的践踏。作者思念故土，思念中原父老，心情愁闷，只好借酒浇愁。可一樽浊酒怎能消除满腔悲愤呢？酒尽愁不尽，面对萧瑟秋风，作者禁不住泪流满面了。

全词写情真切，烘托巧妙，意境浑成。

最豪放名句

万里中原烽火北，一尊浊酒戍楼东。

张栻（1首）

张栻（1133—1180），字敬夫，后避皇帝祖讳改字钦夫，又字乐斋，号南轩，学者称南轩先生，汉州绵竹（今四川绵竹市）人，张浚之子，南宋初期学者、教育家。乾道元年（1165）主管岳麓书院教事，奠定了湖湘学派规模，成为一代学宗。淳熙七年（1180）迁右文殿修撰，提举武夷山冲祐观。与朱熹、吕祖谦齐名，时称"东南三贤"。谥宣，后世又称张宣公。后与李宽、韩愈、李士真、周敦颐、朱熹、黄干同祀石鼓书院七贤祠，世称"石鼓七贤"。

立春偶成

律回①岁晚冰霜少，春到人间草木知。
便觉眼前生意满，东风吹水绿参差②。

注释
①〔律回〕阳气回生。古人以音乐上的十二音律来比拟一年的十二个月，春夏六个月属阳，称为"律"，秋冬六个月归阴，称为"吕"。
②〔参差〕高低不齐。这里形容水面波纹起伏的样子。

简析
一二句写立春节气到来时的景象，后两句写诗人的悠然遐想。
诗人捕捉大地春回的景象，眼光敏锐，比喻形象，质朴清新，生机盎然。

最豪放名句
便觉眼前生意满，东风吹水绿参差。

辛弃疾（19首）

辛弃疾（1140—1207），字幼安，号稼轩，济南历城（今济南市历城区）人，南宋爱国词人，有"词中之龙"之称。与苏轼合称"苏辛"，与李清照并称"济南二安"。辛弃疾生于金国铁蹄蹂躏下的济南，21岁参加抗金义军，不久归宋，任江阴签判，后又任江西、湖北、湖南等地转运使、安抚使等职。42岁被弹劾落职，退居江西信州长达20年之久。64岁起相继被起用为浙东安抚使、镇江知府、枢密都承旨等职。他力主抗金，却不被重用，临死仍在高呼"杀敌！杀敌！"病逝后赠少师，谥号忠敏。辛弃疾命运多舛，壮志难酬，把满腔激情和对国家兴亡、民族命运的关切，全部寄寓于词作之中，风格沉雄豪迈，情绪激荡多变。辛词喜用典，意蕴丰厚。有《稼轩长短句》传世。

水龙吟·登建康①赏心亭

楚天千里清秋，水随天去秋无际。遥岑②远目，献愁供恨③，玉簪螺髻④。落日楼头，断鸿⑤声里，江南游子。把吴钩看了，栏杆拍遍⑥，无人会，登临意。

休说鲈鱼堪脍，尽西风，季鹰归未⑦？求田问舍，怕应羞见，刘郎才气⑧。可惜流年⑨，忧愁风雨⑩，树犹如此⑪！倩⑫何人唤取，红巾翠袖⑬，揾⑭英雄泪！

注释

①〔建康〕今南京。

②〔遥岑〕远山。

③〔献愁供恨〕（它们）仿佛都在传送忧怨仇恨。

④〔玉簪螺髻〕比喻高矮和形状各不相同的山岭。韩愈《送桂州严大夫同用南字》："江作青罗带，山如碧玉簪。"

⑤〔断鸿〕失群的孤雁。

⑥〔栏杆拍遍〕宋王辟之《渑水燕谈录》记载，刘孟节曾作诗说："读书误我四十年，几回醉把栏杆拍。"

⑦〔鲈鱼堪脍，尽西风，季鹰归未〕《世说新语·识鉴篇》："张季鹰……

在洛，见秋风起，因思吴中菰（gū）菜、莼（chún）羹、鲈鱼脍，曰：'人生贵得适意尔，何能羁宦数千里以要名爵？'遂命驾便归。"后来的文人将思念家乡称为莼鲈之思。季鹰，张翰（生卒年不详），字季鹰。西风，秋风。

⑧〔求田问舍，怕应羞见，刘郎才气〕《三国志·魏书·陈登传》记载，许汜在刘备、刘表面前说陈登粗野无礼，因为一次许汜见陈登，陈登没有招待客人的意思，他自己上大床睡卧，让客人睡下床。刘备说，陈登希望您能忧国忘家，有匡扶汉室之志，可是您只想到"求田问舍"，说的话没什么可以采用的，这就是陈元龙（陈登）不愿给您说话的原因。求田问舍，置地买房，代指许汜。刘郎，刘备。

⑨〔流年〕流逝的时光。

⑩〔忧愁风雨〕比喻飘摇的国势。苏轼《满庭芳》："思量。能几许，忧愁风雨，一半相妨。"

⑪〔树犹如此〕北周诗人庾信《枯树赋》："树犹如此，人何以堪！"《世说新语·言语》："桓公北征经金城，见前为琅邪时种柳，皆已十围，慨然曰：'木犹如此，人何以堪！'攀枝执条，泫（xuàn）然流泪。"

⑫〔倩（qìng）〕请托。

⑬〔红巾翠袖〕女子装饰，代指女子。

⑭〔揾（wèn）〕擦拭。

简析

此词约为乾道四年至六年（1168—1170）辛弃疾在建康任通判时所作。全词通过写景和联想抒写了作者恢复中原的抱负无法实现的感慨，深刻揭示了英雄志士有志难酬的苦闷心情，表现了词人诚挚无私的爱国情怀。

这是一曲感天动地的"英雄悲歌"。上片先写景，由水写到山，由无情之景写到有情之景。最后慨叹自己空有恢复中原的抱负，而南宋统治集团中没有人是他的知音。下片抒情，词人虽然思念故乡，但不会像张翰、许汜一样贪图安逸，忧惧的只是国事飘摇，时光流逝，北伐无期，恢复中原的夙愿不能实现了。

清代李佳《左庵词话》："辛稼轩词，慷慨豪放，一时无两，为词家别调。集中多寓意作，如……'把吴钩看了，栏杆拍遍，无人会，登临意。'"

最豪放名句

把吴钩看了，栏杆拍遍，无人会，登临意。

满江红·题冷泉亭①

直节堂堂②，看夹道、冠缨拱立③。渐翠谷、群仙东下，佩环声急④。闻道天峰⑤飞堕地，傍湖千丈开青壁。是当年、玉斧削方壶⑥，无人识。

山木润，琅玕⑦温。秋露下，琼珠⑧滴。向危亭⑨横跨，玉渊澄碧⑩。醉舞且摇鸾凤影，浩歌莫遣鱼龙泣⑪。恨此中、风物本吾家⑫，今为客。

注释

① 〔冷泉亭〕在西湖灵隐寺西南飞来峰下的深水潭中，为西湖名胜之一。

② 〔直节堂堂〕劲直挺拔貌，指树木。

③ 〔冠缨拱立〕（树木）像衣冠楚楚的士大夫拱手而立。

④ 〔佩环声急〕（泉声）如仙女佩环琤琮有声。

⑤ 〔天峰〕指飞来峰。

⑥ 〔方壶〕神话传说中的仙山。《列子·汤问》说渤海之东有五座仙山，"方壶"是其中的一座。

⑦ 〔琅玕（gān）〕青色美玉，此指绿竹。

⑧ 〔琼珠〕喻指露珠。

⑨ 〔危亭〕高亭，指冷泉亭。

⑩ 〔玉渊澄碧〕潭水深绿清澈。渊，深水潭，指冷泉。

⑪ 〔醉舞且摇鸾凤影，浩歌莫遣鱼龙泣〕我乘着酒兴起舞，身影如鸾凤在摇荡；我放声高歌，可莫让水底的鱼龙悲泣。

⑫ 〔风物本吾家〕指冷泉亭景色与其家乡济南风光极为相似。济南有著名的七十二泉，其中也有叫冷泉的；那里大明湖、趵突泉附近有许多著名亭子。

简析

辛弃疾在南归之后、隐居带湖之前，曾三度在临安做官，时间都很短。此词为当时所作。

词作运用拟人手法描写冷泉亭一带景物，树木、翠谷、清泉、飞来峰、绿竹、露珠、冷泉亭和冷泉泉水，似一路走来，带我们游览了杭州风景。结句抒情，陡然一转，这里风景与老家相似，却恨自己是"客人"。作者南归之后，不但夙愿难酬，而且故乡难回，触景怀旧，无限伤感。此"恨"不仅是关系个人思乡之"恨"，更是关系整个国家、民族命运之"恨"。

这首词笔法摇曳多变，想象大胆奇特，境界清奇灵幻，感情深沉浓郁，却又信笔而就，开阖自然。

最豪放名句

闻道天峰飞堕地，傍湖千丈开青壁。／醉舞且摇鸾凤影，浩歌莫遣鱼龙泣。

太常引·建康中秋夜为吕叔潜赋①

一轮秋影转金波②，飞镜又重磨。把酒问姮娥③：被白发、欺人奈何④？乘风好去，长空万里，直下看山河。斫去桂婆娑，人道是、清光更多⑤。

注释

① 〔吕叔潜〕名大虬，生平事迹不详，作者朋友。

② 〔金波〕指月光。《汉书》卷二十二《礼乐志》："月穆穆以金波。"

③ 〔姮（héng）娥〕嫦娥。

④ 〔被（pī）白发、欺人奈何〕白发欺人怎么办。唐代薛能《春日使府寓怀二首》："青春背我堂堂去，白发欺人故故生。"

⑤ 〔斫（zhuó）去桂婆娑，人道是、清光更多〕杜甫《一百五日夜对月》："斫却月中桂，清光应更多。"传说月中有吴刚天天砍伐桂树，砍后创口复合，永无休止。《酉阳杂俎》载："月桂高五百丈，下有一人常斫之，树创遂合，人姓吴，名刚，西河人，学仙有过，谪令伐树。"

简析

此词作于淳熙元年（1174）中秋夜，是饮酒赏月时的赠友之作。时辛弃疾任江东安抚司参议官，这时作者南归已整整十二年了。

上片对月抒怀，借用嫦娥的神话传说，表达抗金复国的政治理想和白发已生的残酷现实之间的矛盾，展示了英雄怀才不遇的无比激愤。下片表明志向，幻想自己乘风上天，直入月宫，砍去那遮住月光的桂树，强烈地表现了词人实现理想的坚强意志。词中的"桂婆娑"包括南宋朝廷内外的投降势力，也包括了金人的势力。

这首词名为赠友，实为赠己，形象含蓄，豪情满怀。

最豪放名句

乘风好去，长空万里，直下看山河。

菩萨蛮·书江西造口①壁

郁孤台②下清江③水，中间多少行人泪？西北望长安④，可怜无数山。
青山遮不住，毕竟东流去。江晚正愁余⑤，山深闻鹧鸪⑥。

注释

① 〔造口〕一名皂口，今江西万安县沙坪镇。
② 〔郁孤台〕今位于江西赣州西北部田螺岭顶。
③ 〔清江〕赣江与袁江合流处旧称清江。
④ 〔长安〕借指宋都汴京（今河南开封）。
⑤ 〔愁余〕使我发愁。
⑥ 〔鹧鸪〕鸟名。其叫声如"行不得也哥哥"，啼声凄苦。

简析

这首词写于淳熙三年（1176）。辛弃疾南归十余年，来到造口，俯瞰不舍昼夜流逝而去的江水，词人思绪也似这江水般波澜起伏。南宋罗大经《鹤林玉露·辛幼安词》云："其题江西造口壁词云云。盖南渡之初，虏人追隆祐太后，御舟至造口，不及而还，幼安因此起兴。"靖康二年（1127）金兵入汴掳徽宗、钦宗北去，隆祐以废后幸免，北宋灭亡之际，她垂帘听政，迎立康王（宋高宗赵构）。建炎三年（1129），西路金兵穷追隆祐至造口，东路金兵则渡江陷建康、临安。

上片写登台远望，想起往事后产生的种种情感，寓情于景，流淌着无限的惆怅，无限的感愤。下片写江水东流，高山难以阻挡，流露出抗金复国的决心和希望；深山中又传来鹧鸪鸣叫，声声悲鸣，吟唱出词人忧心忡忡的复杂心情。

这首词叙事、抒情含蓄而不直露，希望中有忧思，悲愤中有雄壮，笔势健举，含蕴丰厚。它以山水起兴，一扫传统《菩萨蛮》小令富艳轻靡之格，而出之以激越悲壮之音，令人耳目一新。梁启超《艺蘅馆词选》评此词说："《菩萨蛮》如此大声镗鞳（tāng tà），未曾有也。"

最豪放名句

青山遮不住，毕竟东流去。

满江红

汉水①东流，都洗尽，髭胡膏血②。人尽说，君家飞将③，旧时英烈。破敌金城雷过耳④，谈兵玉帐冰生颊⑤。想王郎，结发赋从戎⑥，传遗业。

腰间剑，聊弹铗⑦。尊中酒，堪为别。况故人新拥，汉坛旌节⑧。马革裹尸当自誓，蛾眉⑨伐性休重说。但从今，记取楚楼风⑩，庾台⑪月。

注释

①〔汉水〕今汉江，流经陕西、湖北，在武汉汉口汇入长江。

②〔髭（zī）胡膏血〕金兵的血迹。

③〔君家飞将〕指西汉名将李广。

④〔雷过耳〕极言声名大振。

⑤〔冰生颊〕言其谈兵论战明快爽利，辞锋逼人，如齿颊间喷射冰霜。苏轼《浣溪沙·有赠》："上殿云霄生羽翼，论兵齿颊带风霜。"

⑥〔想王郎，结发赋从戎〕想起东汉王粲20岁时为曹操赋《从军行》，事见《三国志·魏书·王粲传》。结发，古时男子20岁束发，表示成年。

⑦〔腰间剑，聊弹铗（jiá）〕《战国策·齐策四》记载，冯谖客孟尝君，初不被重用，多次弹剑而歌，得赏识后为孟尝君立下大功。

⑧〔汉坛旌（jīng）节〕借用刘邦筑坛拜韩信为大将事。《汉书·高帝纪》："于是汉王斋戒，设坛场，拜信为大将军。"

⑨〔蛾眉伐性〕女子修长而美丽的眉毛，代指美女。汉枚乘《七发》："皓齿蛾眉，命曰伐性之斧。"（妖娆的美女就像是砍伐性命的斧头一样。）

⑩〔楚楼风〕宋玉《风赋》中楚王语"快哉此风"。

⑪〔庾（yǔ）台〕一称南楼，在今湖北武昌市。东晋庾亮为荆州刺史时，曾偕部属登此楼赏月。

简析

这是一首送别词，作于淳熙四年（1177），辛弃疾由京西路转运判官改江陵知府兼湖北安抚使。从词意看，作者一位姓李的朋友要去汉中任职，作者写了这首词来勉励他在抗金复国斗争中建功立业。

上片，通过赞扬李姓朋友的家世及其才干，表达了对金国统治集团侵占中原，残害同胞的痛恨，抒发了抗金复国的愿望。用李广的典故切合李姓朋友的姓氏；用王粲的典故切合李姓朋友要去的汉中。两个典故分别从文、武两个方面来勉励朋友在抗金前线建功立业。下片转向送别，用了冯谖、马援的典故。前者感叹自己无缘上前线杀敌报国，只好效法冯谖弹剑作歌。后者鼓励友人积极进取，既然有上前线杀敌的机会，就要像马援那样战死疆场，马革裹尸，才不枉血性男儿来此世上走一遭。最后引用战国宋玉和东晋庾亮的典故劝诫友人：不要忘记咱们在楚楼、裴台吟风赏月的这段友谊。

全词激昂沉郁，愤懑与不平隐含在曲折之中。"马革裹尸当自誓"既是对朋友的勉励，也是辛弃疾自己的人生誓言。

最豪放名句

马革裹尸当自誓，蛾眉伐性休重说。

破阵子

为范南伯①寿。时南伯为张南轩②辟宰③泸溪④，南伯迟迟未行。因作此词以勉之。

掷地刘郎玉斗⑤，挂帆西子扁舟⑥。千古风流今在此，万里功名莫放休。君王三百州。

燕雀岂知鸿鹄⑦，貂蝉元出兜鍪⑧。却笑泸溪如斗大⑨，肯把牛刀⑩试手不。寿君双玉瓯⑪。

注释

①〔范南伯〕范如山，生卒年不详，字南伯，是辛弃疾的内兄。

②〔张南轩〕张栻（shì），时任荆湖北路转运副使。

③〔辟宰〕召为县令。宰，县令。

④〔泸溪〕今湖南湘西泸溪县。

⑤〔掷地刘郎玉斗〕《史记·项羽本纪》记载，鸿门宴上项羽犹豫不决错失杀刘邦良机，张良留谢，奉白璧一双给项羽，献玉斗一双给范增，"项王则受

璧，置之坐上。亚父受玉斗，置之地，拔剑撞而破之，曰：'唉！竖子不足与谋！夺项王天下者，必沛公也！吾属今为之虏矣！'"

⑥〔挂帆西子扁舟〕传说吴越时期越国大臣范蠡破吴后与西施泛舟五湖。

⑦〔燕雀岂知鸿鹄〕《史记·陈涉世家》："陈涉少时，尝与人佣耕，辍耕之垄上，怅恨久之，曰：'苟富贵，无相忘。'佣者笑而应曰：'若为佣耕，何富贵也？'陈涉太息曰：'嗟乎！燕雀安知鸿鹄之志哉！'"

⑧〔貂蝉元出兜鍪（móu）〕《南齐书·周盘龙传》载，周盘龙屡立战功，年老体衰，辞军职入朝供事，"世祖戏之曰：'卿著貂蝉，何如兜鍪？'盘龙曰：'此貂蝉从兜鍪中出耳。'"兜鍪，战盔。貂蝉，冠上的饰物。

⑨〔如斗大〕《南史·吕文显传》记载，宗悫担任豫州刺史时，在刑法政令上的一些决定，常因典签吴喜的反对而无法执行。悫大怒曰："宗悫年将六十，为国竭命，政得一州如斗大，不能复与典签共临！"

⑩〔牛刀〕比喻大材。《论语·阳货》："子之武城，闻弦歌之声。夫子莞尔而笑，曰：'割鸡焉用牛刀。'"

⑪〔玉瓯（ōu）〕玉制酒杯。

简析

这首词作于淳熙五年（1178），张栻征聘范如山做辰州泸溪县令，范如山嫌官小势微，不肯赴任。辛弃疾在范如山的寿宴上对他进行了劝导，既劝兄弟要放开身手，牛刀小试，努力作为，也表达自己立功万里，为国效力的英雄情怀。

上片以范增、范蠡比范如山，希望他成为二范那样的人物，不要轻抛建功立业的时机，要时时想到大宋的万里江山。下片，称赞了范的宏才大志，预言他定能有所成就，劝告他不要嫌泸溪县令职位低小，而应当以之作为大事业的起点。

这首词充分体现了辛弃疾以议论为词的特色。

最豪放名句

千古风流今在此，万里功名莫放休。君王三百州。

水调歌头·和马叔度游月波楼①

客子②久不到，好景为君留。西楼③著意吟赏，何必问更筹④。唤起一天明月，照我满怀冰雪，浩荡百川流。鲸饮未吞海⑤，剑气已横秋⑥。

野光⑦浮，天宇迥⑧，物华幽⑨。中州遗恨⑩，不知今夜几人愁。谁念英雄老矣，不道功名蕞尔⑪，决策⑫尚悠悠。此事费分说，来日且扶头⑬。

注释

① 〔和（hè）马叔度游月波楼〕和，以诗歌酬答。马叔度，稼轩友人，生平不详。月波楼，在黄州（今湖北黄冈）。

② 〔客子〕指友人。

③ 〔西楼〕指月波楼。

④ 〔更筹〕古时夜间计时工具，此指时间。

⑤ 〔鲸饮未吞海〕杜甫《饮中八仙歌》："饮如长鲸吸百川。"

⑥ 〔剑气已横秋〕腰间的宝剑已光闪闪照耀清秋。

⑦ 〔野光〕野外的月光。

⑧ 〔迥〕高远。

⑨ 〔物华幽〕景物幽静。物华，泛指美好景物。

⑩ 〔中州遗恨〕指金人入侵中原。

⑪ 〔蕞（zuì）尔〕微小。

⑫ 〔决策〕指北伐大计。

⑬ 〔扶头〕指饮酒。扶头酒，易醉之酒。

简析

淳熙五年（1178）秋天，词人在湖北转运副使任上，同好友马叔度游月波楼，和马词原韵写成此词。

上片即景抒情。前四句为情造文，描写有我之景，写作者沉醉于月下美景；中间三句写作者冰雪般纯洁的磊落情操和百川奔涌似的浩荡胸怀；后两句化用杜诗，表现了作者渴望建功立业的雄心壮志。下片叙事述怀。前三句承上启下，中间四句写如画美景勾起伤心国事，词人功业未就，愁思满怀。末二句写词人借酒浇愁，突出地表达了无可奈何的痛苦之重和愁思之深。

全篇情景交融，物我两忘，体现了词人忧国忧民的爱国情怀；感情沉痛，苍凉豪壮，表达了词人对朝廷投降政策的无限愤慨。

最豪放名句

唤起一天明月，照我满怀冰雪，浩荡百川流。

水龙吟·甲辰①岁寿韩南涧②尚书

渡江天马南来③，几人真是经纶手④？长安父老，新亭风景⑤，可怜依旧。夷甫⑥诸人，神州沉陆⑦，几曾回首！算平戎万里⑧，功名本是，真儒⑨事，公知否？

况有文章山斗⑩，对桐阴⑪、满庭清昼。当年堕地⑫，而今试看，风云奔走。绿野⑬风烟，平泉⑭林木，东山⑮歌酒。待他年，整顿乾坤事了，为先生寿。

注释

①〔甲辰〕淳熙十一年（1184）。

②〔韩南涧〕即韩元吉（1118—1187），号南涧，官至吏部尚书，力主抗金，晚年退居信州。

③〔渡江天马南来〕原指晋元帝偕四王南渡，建立东晋，因晋代皇帝姓司马，故云天马，时童谣云"五马浮渡江，一马化为龙"。此指南宋王朝的建立。

④〔经纶手〕能处理政事、治理国家的人。

⑤〔长安父老，新亭风景〕《晋书·桓温传》："温遂统步骑四万发江陵，水军自襄阳入均口，至南乡，步自淅川，以征关中……温进至霸上，（苻）健以五千人深沟自同，居人皆安堵复业，持牛酒迎温于路者十八九，耆老感泣曰：'不图今日复见官军！'"《世说新语·言语》："过江诸人，每至美日，辄相邀新亭，藉卉饮宴。周侯中坐而叹，曰：'风景不殊，正自有山河之异！'皆相视流泪。唯王丞相愀（qiǎo）然变色，曰：'当共勠力王室，克复神州。何至作楚囚相对？'"此指南宋人民对河山废异的感慨。

⑥〔夷甫〕西晋宰相王衍（256—311）的字。他专尚清谈，不论政事，终致亡国。

⑦〔沉陆〕也说陆沉，指中原沦陷。《晋书·桓温传》："（桓温）慨然曰'遂使神州陆沉，百年丘墟，王夷甫诸人不得不任其责！'"

⑧〔平戎万里〕指平定中原，统一国家。

⑨〔真儒〕指真正的爱国志士。

⑩〔山斗〕《新唐书·韩愈传》说韩的文章"学者仰之如泰山、北斗"。此句赞扬韩元吉的文章。

⑪〔桐阴〕北宋有两韩氏并盛，一为相州韩氏，一为颍川韩氏，韩元吉为颍川韩氏。颍川韩氏京师第门多植桐树，故世称"桐木韩家"，曾有《桐阴旧话》记其家世。

⑫〔堕地〕落地，指出生。杜甫《锦树行》："生男堕地要膂力，一生富贵倾邦国。"

⑬〔绿野〕唐宰相裴度退居洛阳，其别墅曰绿野堂。

⑭〔平泉〕唐宰相李德裕在洛阳的别墅名平泉庄。

⑮〔东山〕在今浙江省上虞区。这三句是预想韩元吉将来功成身退后的生活。

简析

淳熙七年（1180）韩元吉开始了晚年在上饶的闲居生活。韩元吉是政坛和文坛的老前辈，还是当时上饶文坛的盟主，辛弃疾对他很敬重，二人交往密切，唱和甚多。四年后，辛弃疾写了这首词为韩元吉祝寿。

上片纵论国势。北宋沦亡，中原父老盼望北伐；南渡的士大夫们，感叹山河变异"可怜依旧"。宋高宗、孝宗无所作为，朝廷中一些大臣清谈误国，不思恢复。有生之年能够平戎万里，收复失地，才是真正的人生功名呀！下片赞友祝寿。先称颂韩元吉文章泰斗，出身名门，也曾为国奔走操劳。接着把韩比成裴度、李德裕、谢安，预想他功成名就后的生活，激励友人坚持北伐之志，收复中原，完成祖国统一大业。

此词虽为祝寿而作，但因寿翁韩元吉也志在恢复，所以辛弃疾与之英雄相惜，痛感虽为"经纶手"却均遭闲置；同时把韩元吉比作历代名相，期望与之重整乾坤，再度建功立业。在这首词中，有急切报国的热情，也有报国无门的悲愤，构成了悲壮苍凉的风格。

最豪放名句

待他年，整顿乾坤事了，为先生寿。

破阵子·为陈同甫赋壮词以寄之①

醉里挑灯②看剑，梦回吹角连营③。八百里分麾下炙④，五十弦翻塞外声⑤，沙场秋点兵。

马作的卢⑥飞快，弓如霹雳弦惊。了却君王天下事⑦，赢得生前身后名。可怜白发生。

注释

①〔为陈同甫赋壮词以寄之〕作壮词寄给陈同甫。陈同甫，陈亮（1143—1194），字同甫。壮词，豪壮之词。

②〔挑灯〕古人燃油灯，挑灯芯使其更亮。

③〔吹角连营〕各个军营里接连不断地响起号角声。

④〔八百里分麾（huī）下炙〕把牛肉分赏给部下吃。八百里，牛名；八百里，指可日行八百里。《世说新语·汰侈》篇："王君夫有牛，名八百里驳（bó）。"驳指牛色黑白相间。苏轼《约公择饮是日大风》诗："要当啖（dàn）公八百里，豪气一洗儒生酸。"麾下，部下；麾，军中大旗。炙，烤，烤熟的肉。

⑤〔五十弦翻塞外声〕五十弦，原指瑟，泛指乐器。《史记·封禅书》："太帝使素女鼓五十弦瑟。"李商隐《锦瑟》："锦瑟无端五十弦，一弦一柱思华年。"翻，演奏。塞外声，指悲壮粗犷的战歌。

⑥〔的（dí）卢〕良马名。《相马经》："马白额入口齿者，名曰榆雁，一名的卢。"《三国志·蜀志·先主传》注引《魏晋世语》："（刘备）骑的卢渡襄阳城西檀溪水中，溺不得出，备急曰：'的卢，今日厄矣，可努力！'的卢乃一踊三丈，遂得过。"

⑦〔君王天下事〕统一国家的大业，此指恢复中原。

简析

陈亮是辛弃疾好友，因上书孝宗皇帝主张抗战，遭投降派打击。淳熙十五年（1188）他到上饶拜访辛弃疾，盘桓十日，二人互有唱和。

这首词通过对早年抗金部队豪壮的阵容以及自己沙场生涯的追忆，表达了作者杀敌报国、收复失地的理想，抒发了壮志难酬、英雄迟暮的悲愤心情；生动地描绘出一位披肝沥胆、忠贞不二、勇往直前的将军形象。

全词在结构上打破常规，前九句写梦境一气呵成，最后一句梦醒跌入现实，前九句写得酣畅淋漓，正为加重末五字的失望之情，这种艺术手法体现了辛词的豪放风格和独创精神。陈廷焯《云韶集》里说它："字字跳掷而出……沉雄悲壮，凌铄（lì）千古。"当代作家梁衡在《把栏杆拍遍》里说它："除了武圣岳飞的《满江红》可与之媲美外，在中国上下五千年的文人堆里，再难找出第二首这样有金戈之声的力作。"

最豪放名句

了却君王天下事，赢得生前身后名。

贺新郎·同父①见和再用韵答之

老大②那堪说。似而今、元龙臭味③，孟公瓜葛④。我病君来高歌饮，惊散楼头飞雪。笑富贵千钧如发⑤。硬语盘空⑥谁来听？记当时、只有西窗月。重进酒，换鸣瑟⑦。

事无两样人心别。问渠侬⑧：神州毕竟，几番离合？汗血盐车⑨无人顾，千里空收骏骨⑩。正目断关河⑪路绝。我最怜君中宵舞⑫，道男儿到死心如铁。看试手，补天裂⑬。

注释

①〔同父〕陈亮，字同甫，也称同父。

②〔老大〕年纪大。

③〔元龙臭味〕以三国陈登比陈亮，谓陈亮有陈登的志趣。陈登（163～201），字元龙，东汉末年将领，获封伏波将军，曾对不能忧国忘家的许汜不予理睬，得到刘备的赞许。事见《三国志·魏志·陈登传》。

④〔孟公瓜葛〕西汉末年京兆尹陈遵（生卒年不详），字孟公。《汉书·陈遵传》记载，他性格豪爽，非常好客，各地官员和四方豪杰都仰慕他的大名，经常去拜访他。陈遵大摆宴席，为了留住客人，他命令仆人把客人的车辖（插在车轮轴孔中的销钉，使轮子转动时不致脱落）拆下投到井里，客人只好留下来陪他喝酒。后以取辖投井比喻挽留客人极坚决。瓜葛，指关系、交情。

⑤〔千钧如发〕千钧像头发一样轻。钧，古代重量单位，约三十市斤。

⑥〔硬语盘空〕形容文章的气势雄伟，矫健有力。韩愈《荐士》诗："横空盘硬语，妥帖力排奡（ào）。"

⑦〔鸣瑟〕即瑟，古代弦乐器，像琴，代指音乐。

⑧〔渠侬〕对他人的称呼，指南宋当权者。渠，他；侬，你，均系吴方言。

⑨〔汗血盐车〕比喻人才被埋没。汗血，汗血宝马。《汉书·武帝纪》应劭注："大宛旧有天马种，蹋石汗血，汗从前肩髆出，如血，号一日千里。"盐车，《战国策·楚策四》："夫骥之齿至矣，服盐车而上太行，蹄申膝折，尾湛胕溃，漉汁洒地，白汗交流，中阪迁延，负辕不能上。"

⑩〔千里空收骏骨〕指燕昭王用千金购千里马骨以求贤的故事。事见《战国策·燕策一》。

⑪〔关河〕指边疆。

⑫〔中宵舞〕指祖逖闻鸡起舞事。《晋书·祖逖传》："（祖逖）与司空刘琨俱为司州主簿，情好绸缪，共被同寝，中夜闻荒鸡鸣，蹴琨觉曰：'此非恶声也。'因起舞。逖、琨并有英气，每语世事，或中宵起坐，相谓曰：'若四海鼎沸，豪杰并起，吾与足下当相避于中原耳。'"

⑬〔补天裂〕女娲氏补天。《史记·补三皇本纪》："诸侯有共工氏，与祝融战，不胜而怒，乃头触不周山崩，天柱折，地维绝，女娲乃炼五色石以补天。"

简析

这首词约作于淳熙十六年（1189）春天。前一年冬，陈亮访辛弃疾后别去，辛曾写《贺新郎》一首寄陈，陈和了一首《贺新郎·寄辛幼安和见怀韵》。辛收到陈的和词以后，再次回忆他们相会时的情景而写下了这首词，表现了他们深挚的战斗友谊，抒发了坚持抗战、志在统一的壮志豪情。

上片写友情，回忆鹅湖相会。前四句以陈登、陈遵比陈亮，写出作者与陈情投意合的深厚情谊。中三句写他们旷达的胸怀与不慕富贵荣华的高尚情操。后四句写他们彻夜畅谈国事，意兴难尽。下片论国事，回到严酷现实。前四句从抗战派与投降派的尖锐矛盾出发，提出了为什么祖国遭受分裂这一严重问题。中四句，通过千里马的遭遇，表明人才不得重用，批判了投降派坚持屈辱求和的行径。最后四句，表达争取祖国统一的决心，唱出了"男儿到死心如铁，看试手，补天裂"的时代最强音。

这首词把写景、抒情、用典、叙事结合在一起，具有浓厚的浪漫主义气息。

最豪放名句

我最怜君中宵舞，道男儿到死心如铁。看试手，补天裂。

贺新郎·用前韵送杜叔高①

细把君诗说。恍②余音、钧天③浩荡，洞庭胶葛④。千尺阴崖⑤尘不到，惟有层冰积雪⑥。乍一见、寒生毛发。自昔佳人多薄命⑦，对古来、一片伤心月。金屋⑧冷，夜调瑟。

去天尺五⑨君家别。看乘空、鱼龙惨淡，风云开合。起望衣冠⑩神州路，白日销残战骨。叹夷甫、诸人清绝。夜半狂歌悲风起，听铮铮、阵马檐间铁⑪。南共北，正分裂⑫。

注释

①〔杜叔高〕杜斿（yóu），字叔高，辛弃疾好友，生卒不详。辛有多篇词写给杜叔高，曾赞其"尊如海，人如玉，诗如锦，笔如神"。用前韵，作者前不久寄陈亮同调词韵。

②〔恍〕仿佛。

③〔钧天〕指天空。

④〔洞庭胶葛〕《庄子·天运》篇："黄帝张咸池之乐于洞庭之野……其声能短能长，能柔能刚，变化齐一，不主故常。"司马相如《上林赋》："张乐乎胶葛之寓(yǔ)。"此指诗歌音韵和谐美妙。

⑤〔阴崖〕朝北的山崖。

⑥〔层冰积雪〕《楚辞·九歌·湘君》："桂櫂（zhào）兮兰枻（yì），斫(zhuó) 冰兮积雪。"

⑦〔自昔佳人多薄命〕苏轼《薄命佳人》诗："自古佳人多命薄，闭门春尽杨花落。"

⑧〔金屋〕野史《汉武故事》记汉武帝金屋藏娇事："若得阿娇作妇，当作金屋贮之也。"娇，原指汉武帝刘彻的表姐陈氏（小名阿娇）。

⑨〔去天尺五〕城南的韦曲和杜曲，高得离天只有一尺五寸。这里称赞杜叔高。唐代韦、杜两家，世为望族，住长安城南的韦曲和杜曲。《辛氏三秦记》："城南韦杜，去天尺五。"杜甫《赠韦七赞善》诗："乡里衣冠不乏贤，杜陵韦

曲未央前。尔家最近魁三象，时论同归尺五天。"

⑩〔衣冠〕指士大夫。

⑪〔阵马檐间铁〕元人陈芬《芸窗私志》："（晋）元帝时临池观竹，竹既枯，后每思其响，夜不能寝，帝为作薄玉龙数十枚，以缕线悬于檐外，夜中因风相击，听之与竹无异。民间效之，不敢用龙，以什骏代，今之铁马，是其遗制。"檐间铁，屋檐下挂着的铁制风铃，称为"铁马"或"檐马"。

⑫〔南共北，正分裂〕指北宋、南宋被金兵分裂。

简析

淳熙十六年（1189）春，杜叔高到江西上饶探访辛弃疾，辛作此词送别。

上片，先评价友人之诗，言其音韵和谐美妙，意境清峻；"佳人"以下，赞美其高洁的品德，以及壮志难酬的痛苦。下片，先写叔高之怀才不遇而转及其家门昔盛今衰，接下来作者又对祖国分裂产生悲叹：曾经衣冠相继的中原路上，如今却是一片荒凉，遍地战骨渐渐销蚀。统治者大兴清谈之风，借以掩盖他们的无能和懦弱。但词人的爱国热情依旧高涨，仿佛又回到了杀敌的战场。借此希望友人着眼大局，挺身报国。

最豪放名句

夜半狂歌悲风起，听铮铮、阵马檐间铁。

水龙吟·过南剑双溪楼①

举头西北浮云②，倚天万里须长剑。人言此地，夜深长见，斗牛③光焰。我觉山高，潭空水冷，月明星淡。待燃犀④下看，凭栏却怕，风雷怒，鱼龙惨⑤。

峡束⑥苍江对起，过危楼，欲飞还敛⑦。元龙⑧老矣！不妨高卧，冰壶凉簟⑨。千古兴亡，百年悲笑⑩，一时登览。问何人又卸，片帆沙岸，系斜阳缆⑪？

注释

①〔南剑双溪楼〕南剑州，现福建南平延平区一带，因传说"干将莫邪"在此"双剑化龙"而得名剑州、剑津。后为与四川剑州区别，又名南剑州。双溪楼，在南剑州府城东。

②〔西北浮云〕西北的天空被浮云遮蔽，这里隐喻中原河山沦陷于金人

之手。

③〔斗牛〕星名，二十八宿的斗宿与牛宿。

④〔燃犀〕喻能明察事物，洞察奸邪。《晋书·温峤列传》记载："（温峤）至牛渚矶，水深不可测，世云其下多怪物，峤遂毁犀角而照之。须臾，见水族覆火，奇形异状，或乘马车著赤衣者。"

⑤〔鱼龙惨〕喻朝中阻遏抗战的小人狠毒。惨，狠毒。

⑥〔束〕夹峙。

⑦〔欲飞还敛〕形容水流奔涌直前，因受高山的阻挡而回旋激荡。

⑧〔元龙〕三国时魏国陈登（163—201），字元龙。元龙高卧指陈登慢待许汜事。

⑨〔冰壶凉簟（diàn）〕喝冷水，睡凉席，形容隐居自适的生活。

⑩〔百年悲笑〕指人生百年中的遭遇。

⑪〔问何人又卸，片帆沙岸，系斜阳缆〕是谁的航船沐浴着夕阳卸落白帆，在沙滩上抛锚系缆？

简析

辛弃疾在绍熙五年（1194）前曾任福建安抚使。此时他虽身处福建剑州的一个小小双溪楼上，心里盛的却是整个中国。

上片开篇远望西北，点染出国土沦丧、战云密布的时代特征；"倚天万里须长剑"提出解决问题的方法；下面紧扣双溪楼引出宝剑落水的传说；然后写爱国抗敌势力受到重重阻挠而不能重见天光，不能发挥其杀敌报国的应有作用。下片写因为爱国抗敌势力受到重重阻挠，甚至还冒着极大的危险，所以才产生消极退隐思想；结句照应开篇，以眼前所见的"卸帆系缆"的画面结束全篇。

这首词形象地说明，当时的中国大地，一面是"西北浮云""中原膏血"；而另一面却是"百年醻醉""卸帆系缆"，长此以往，南宋之灭亡，势在必然。这首词表面看来情绪似乎低沉，但隐藏在词句背后的是词人难忘国事的忧愤，读之有金石之音、风云之气，令人魄动魂惊。

最豪放名句

举头西北浮云，倚天万里须长剑。

贺新郎

邑①中园亭，仆②皆为赋此词。一日，独坐停云③，水声山色，竞来相娱。意溪山欲援例者④，遂作数语，庶几仿佛渊明思亲友之意云⑤。

甚矣吾衰矣⑥。怅平生、交游零落，只今余几！白发空垂三千丈⑦，一笑人间万事。问何物、能令公喜⑧？我见青山多妩媚，料青山见我应如是。情与貌，略相似。

一尊搔首东窗里⑨。想渊明《停云》诗就，此时风味。江左沉酣求名者⑩，岂识浊醪妙理⑪。回首叫、云飞风起⑫。不恨古人吾不见，恨古人不见吾狂耳⑬。知我者，二三子⑭。

注释

① 〔邑〕指江西上饶市铅（yán）山县，辛弃疾在此建有瓢泉别墅。

② 〔仆〕作者自称。

③ 〔停云〕指停云堂，在瓢泉别墅内，以陶渊明《停云》诗命名。

④ 〔意溪山欲援例者〕我想溪山想要依照旧例（指陶渊明隐居事）吧。

⑤ 〔庶几仿佛渊明思亲友之意云〕希望差不多和陶渊明《停云》诗"思亲友"之意相近。庶几，表示希望或推测。

⑥ 〔甚矣吾衰矣〕《论语·述而》："甚矣吾衰也！久矣吾不复梦见周公。"这是孔丘慨叹自己"道不行"的话，作者借此感叹自己的壮志难酬。

⑦ 〔白发空垂三千丈〕李白《秋浦歌》："白发三千丈，缘愁似个长。"

⑧ 〔能令公喜〕《世说新语·崇礼》记载，王珣和郗（chī）超都有特殊的才能，受到大司马桓温的器重和提拔；王珣担任主簿，郗超担任记室参军。郗超胡子很多，王珣身材矮小。当时荆州人给他们编了几句歌谣说："髯参军，短主簿，能令公喜，能令公怒。"（大胡子的参军，矮个子的主簿；能叫桓公欢喜，能叫桓公发怒）。

⑨ 〔一尊搔首东窗里〕陶渊明《停云》诗中有"搔首延伫""有酒有酒，闲饮东窗"的句子。

⑩ 〔江左沉酣求名者〕苏轼《和陶饮酒二十首》："江左风流人，醉中亦求名。渊明独清真，谈笑得此生。"江左，长江以东，即江东，东晋都建康，而建康所处的江南在古时被称为"江东"，后人多以之代指东晋。

⑪〔岂识浊醪（láo）妙理〕杜甫《晦日寻崔戢（jí）李封》"浊醪有妙理，庶用慰沉浮。"浊醪，浊酒。

⑫〔云飞风起〕刘邦《大风歌》："大风起兮云飞扬，威加海内兮归故乡。"

⑬〔不恨古人吾不见，恨古人不见吾狂耳〕《南史·张融传》："不恨我不见古人，所恨古人又不见我。"

⑭〔知我者，二三子〕《论语·述而》："二三子以我为隐乎？吾无隐乎尔！吾无行而不与二三子者，是丘也。"（诸位认为我有什么隐瞒的吗？我对你们没有什么隐瞒的。我没有什么行为不可以告诉你们的，这就是我孔丘。）

简析

此词约作于庆元四年（1198）左右。1196年，辛弃疾在上饶的居所带湖庄园失火，举家移居瓢泉，过着游山玩水、饮酒赋诗、闲云野鹤的村居生活。从词前小序可知，这首词是仿陶渊明《停云》"思亲友"之意而作，抒写了作者罢职闲居时的寂寞与苦闷的心情。

上片叙述词人面对青山产生的种种思绪，感慨岁月流逝、人生短暂而壮志难酬，将自己的情与青山相比，委婉地表达了自己宁愿落寞，决不与奸人同流合污的高洁之志。下片借饮酒抒怀，抒发清心淡泊的高尚节操和超凡脱俗的狂放个性，道尽了词人特立独行的超逸豪放，点明了词人胸中的慷慨激越。结句"二三子"再叹知音稀少，词人"思亲友"思的就是这"二三子"。

这首词几乎句句用典，却能熟练化用典故和前人词句，浑然天成，有千锤百炼之功。词人此时虽已暮年，但狂放不减半分。岳珂《桯（yíng）史·卷三》记载，辛弃疾每逢宴客，"必命侍姬歌其所作。特好歌《贺新郎》一词，自诵其警句曰：'我见青山多妩媚，料青山见我应如是。'又曰：'不恨古人吾不见，恨古人不见吾狂耳。'每至此，辄拊髀（fǔ bì）自笑，顾问坐客何如。"

最豪放名句

我见青山多妩媚，料青山见我应如是。/不恨古人吾不见，恨古人不见吾狂耳。

鹧鸪天

有客慨然谈功名①，因追念少年时事，戏作。

壮岁旌旗拥万夫②，锦襜突骑渡江初③。燕兵夜娖银胡䩮④，汉箭朝飞金仆姑⑤。

追往事，叹今吾，春风不染白髭须。却将万字平戎策⑥，换得东家种树书。

注释

① 〔慨然谈功名〕慷慨地谈起建立功名的事。

② 〔壮岁旌旗拥万夫〕指作者领导起义军抗金事，当时他正20岁出头。

③ 〔锦襜（chān）突骑渡江初〕指作者南归前统率部队和敌人战斗之事。锦襜突骑，穿锦绣短衣的快速骑兵。

④ 〔燕兵夜娖（chuò）银胡䩮（lù）〕金兵在夜晚枕着箭袋小心防备。燕兵，此处指金兵。娖，整理的意思。银胡䩮，银色或镶银的箭袋。一说娖为谨慎貌，胡䩮是一种用皮制成的测听器，军士枕着它，可以测听三十里内外的人马声响。

⑤ 〔汉箭朝飞金仆姑〕清晨宋军便万箭齐发，向金兵发起进攻。汉，代指宋。金仆姑，箭名。

⑥ 〔平戎策〕平定入侵者的策略。作者曾向朝廷提出《美芹十论》《九议》等抗金意见书，未得重视。

简析

此词约作于庆元六年（1200）。

上片回忆青年时代自己杀敌的壮举和抗敌的战斗，豪情壮志溢于笔端。下片感叹如今已霜染白发，英雄无用武之地，悲凉无奈隐于行间。当年策马奔腾，如今须发皆白，英雄敌不过岁月，更敌不过"闲置"，只能将"平戎策"换取邻家"种树书"。

这首词深刻地概括了一个抗金名将的悲惨遭遇，上片气势恢宏，下片悲凉如冰，清初彭孙遹（yù）《金粟词话》说它"激昂排宕，不可一世"。

最豪放名句

却将万字平戎策，换得东家种树书。

西江月·遣兴

醉里且贪欢笑，要愁那①得工夫。近来始觉古人书，信著全无是处②。
昨夜松边醉倒，问松我醉何如③。只疑松动要来扶，以手推松曰去④。

注释

① 〔那〕同"哪"。

② 〔近来始觉古人书，信著全无是处〕《孟子·尽心下》："尽信书，则不如无书。"

③ 〔我醉何如〕我醉成什么样子。

④ 〔以手推松曰去〕《汉书·龚胜传》："博士夏侯常见胜应禄不和，起至胜前谓曰：'宜如奏所言。'胜以手推常曰：'去！'"（博士夏侯常见龚胜与公孙禄之间的谈话意见不一，就起身走到龚胜跟前给他说："应当按照尚书奏章所言。"龚胜用手推夏侯常说："走开！"）

简析

此词约作于庆元年间（1195—1201）闲居瓢泉期间，委婉地表达了词人壮志难酬的愤懑之情。

上片先写词人借酒消愁，后写读书毫无用处，表达对现实不满的愤激之情。下片描写醉酒后的神态，有对话、有动作、有神情、有性格，生动形象。末句散文句法入词，是辛弃疾豪放诗风的特色之一。全词独具一格，趣味横生，读起来却让人既想笑又心酸。

夏承焘《唐宋词欣赏》里说这首词虽题为"遣兴"，"骨子里却透露出他那不满现实的思想感情和倔强的生活态度"。

最豪放名句

醉里且贪欢笑，要愁那得工夫。

浪淘沙·山寺夜半闻钟

身世酒杯中①，万事皆空。古来三五个英雄。雨打风吹何处是，汉殿秦宫②。

梦入少年丛，歌舞匆匆。老僧夜半误鸣钟。惊起西窗眠不得，卷地西风。

注释

① 〔身世酒杯中〕一生在酒杯中度过。

② 〔汉殿秦宫〕汉代和秦朝宫阙。

简析

辛弃疾的寂寞，在这首词里表达到了极致，通篇没有一个字眼描写寂寞，却通篇都是从骨子里散发出来的悲凉寂寞之意。上片写古往今来的英雄为时间的流逝而湮没，叹今无英雄，秦汉盛世难再。下片写少年梦被误鸣寺钟的山僧撞破，惊醒后难以入眠，只有卷地的西风呜咽陪伴。

整首词由此及彼，由近及远，由反而正，感情亦如江上的波涛大起大落，与词人沉郁雄放的风格相一致。陈廷焯《云韶集》："沉郁顿挫中，自觉眉飞争舞。笔力雄大，辟易千人。结数语，如闻霜钟，如听秋风，读者神色都变。"

最豪放名句

惊起西窗眠不得，卷地西风。

南乡子·登京口①北固亭②有怀

何处望神州？满眼风光北固楼。千古兴亡多少事？悠悠。不尽长江滚滚流。年少万兜鍪③，坐断东南④战未休。天下英雄谁敌手？曹刘⑤。生子当如孙仲谋⑥。

注释

① 〔京口〕今江苏省镇江市。

② 〔北固亭〕今镇江市北固山上。

③〔年少万兜鍪〕指孙权 19 岁继父兄之业统治江东指挥千军万马。兜鍪，这里代指士兵。

④〔坐断东南〕吴国在三国时地处东南方。坐断，占据，把住。

⑤〔曹刘〕指曹操与刘备。

⑥〔生子当如孙仲谋〕《吴历》载，曹操率领大军南下，见孙权的军队雄壮威武，喟然而叹："生子当如孙仲谋，刘景升儿子若豚犬耳。"仲谋，孙权（182—252）的字。刘景升，刘表（142—208），字景升，汉末群雄之一。

简析

这首词是辛弃疾在开禧元年（1205）在镇江做知府时写的。

上片，作者对景抒怀，凭吊千古兴亡，更加引起对沦陷区国土的怀念。下片，通过对三国时期孙权的赞扬和肯定，表现出词人收复中原、统一中国的强烈愿望。全词即景抒情，借古讽今，作者称赞孙权为天下英雄，无疑是对苟且偷安、毫无振作的南宋朝廷的鞭挞。

这首词三问三答，互相呼应，风格明快，气魄宏大，情调乐观昂扬，"生子当如孙仲谋"也因为这首词得到更广的传诵。

最豪放名句

天下英雄谁敌手？曹刘。生子当如孙仲谋。

永遇乐·京口北固亭怀古

千古江山，英雄无觅孙仲谋处。舞榭歌台，风流①总被雨打风吹去。斜阳草树，寻常巷陌，人道寄奴②曾住。想当年，金戈铁马③，气吞万里如虎。

元嘉草草④，封狼居胥⑤，赢得仓皇北顾。四十三年⑥，望中犹记，烽火扬州路⑦。可堪回首，佛狸祠⑧下，一片神鸦社鼓⑨。凭谁问：廉颇老矣，尚能饭否⑩？

注释

①〔风流〕遗风，流风余韵。

②〔寄奴〕南朝宋武帝刘裕（363~422），字德舆，小名寄奴，曾居京口（今江苏镇江），南北朝时期宋朝的建立者。

③〔金戈铁马〕指代精锐的部队。刘裕曾两次领兵北伐，收复洛阳、长安等地。

④〔元嘉草草〕南朝宋刘义隆好大喜功，仓促北伐，却反而让北魏拓跋焘抓住机会，以骑兵集团南下，兵抵长江北岸而返。元嘉是刘裕子刘义隆年号。草草，轻率。

⑤〔封狼居胥〕刘义隆本想像霍去病那样立功而还。汉武帝元狩四年（前119）霍去病远征匈奴，歼敌七万余，封狼居胥山而还。狼居胥山，在今蒙古境内。词中用"元嘉北伐"失利事，影射南宋"隆兴北伐"。

⑥〔四十三年〕作者于绍兴三十二年（1162）南归，到写该词时正好为四十三年。

⑦〔烽火扬州路〕当年扬州路上，到处是金兵南侵的战火烽烟。

⑧〔佛（bì）狸祠〕北魏太武帝拓跋焘小名佛狸。450年，他反击刘宋，两个月攻打到长江北岸，在长江北岸瓜步山建立行宫，即后来的佛狸祠。

⑨〔神鸦社鼓〕指在庙里吃祭品的乌鸦和祭祀时的鼓声。

⑩〔凭谁问：廉颇老矣，尚能饭否〕《史记·廉颇蔺相如列传》记载，廉颇被免职后，去了魏国大梁，赵王想再用他，派人去看他的身体情况。廉颇之仇郭开贿赂使者，使者看到廉颇，廉颇为之米饭一斗，肉十斤，被甲上马，以示尚可用。使者回来报告赵王说："廉颇将军虽老，尚善饭，然与臣坐，顷之三遗矢（同"屎"）矣。"赵王以为廉颇已老，遂不用。这里作者自比廉颇，谓尚可征战。

简析

此词写于开禧元年（1205）。作者是怀着深重的忧虑和一腔悲愤写这首词的。当时韩侂胄（tuō zhòu）执政，正积极筹划北伐，闲置已久的辛弃疾于前一年被起用为浙东安抚使。这年春初，又受命担任镇江知府。辛弃疾支持北伐抗金的决策，但是对韩侂胄的轻敌冒进感到忧心忡忡，他认为应当做好充分准备，绝不能草率从事，否则难免重蹈覆辙，使北伐再次遭到失败。辛弃疾的意见没有引起南宋当权者的重视，他登高眺望，怀古忆昔，感慨万千。

上片赞扬在京口建立霸业的孙权和率军北伐气吞胡虏的刘裕，表示要像他们一样金戈铁马为国立功。下片借讽刺刘义隆表明反对冒进误国的立场和态度；末句以老将廉颇自比，表达收复中原的坚定决心和报效国家的强烈愿望。

全词豪壮悲凉，义重情深，闪耀着爱国主义的思想光辉。词中用典贴切自然，紧扣题旨，增强了作品的说服力和意境美。近代梁启勋《词学》说："四十三年前，即稼轩奉表南归之年，于此渡江。追怀出入烽火之事迹，故能如此悲壮。"

最豪放名句

想当年，金戈铁马，气吞万里如虎。/凭谁问：廉颇老矣，尚能饭否？

木兰花慢

中秋饮酒将旦，客谓前人诗词有赋待月无送月者，因用《天问》体①赋。

可怜②今夕月，向何处，去悠悠？是别有人间，那边才见，光影东头③？是天外。空汗漫，但长风浩浩送中秋？飞镜无根谁系？姮娥不嫁谁留？

谓经海底问无由④，恍惚使人愁。怕万里长鲸，纵横触破，玉殿琼楼⑤。虾蟆故堪浴水，问云何玉兔解沉浮⑥？若道都齐无恙，云何渐渐如钩⑦？

注释

①〔《天问》体〕屈原《楚辞·天问》，文中向"天"提出了170多个问题。

②〔怜〕爱。

③〔光影东头〕月亮从东方升起。光影，指月亮。

④〔谓经海底问无由〕据人说月亮运行经过海底，又无法探明其究竟。

⑤〔怕万里长鲸，纵横触破，玉殿琼楼〕如果月亮果真是从海底经过，就怕海中的鲸鱼横冲直撞，把月中的玉殿琼楼撞坏。

⑥〔虾（há）蟆故堪浴水，问云何玉兔解沉浮〕蛤蟆本来就会游泳，月亮经过海底对它并无妨害，为什么玉兔也能在海中沉浮？传说月宫有金蟾、玉兔。虾蟆，即蛤蟆，蟾蜍的俗称。

⑦〔云何渐渐如钩〕为什么圆月会渐渐变得像钩一样弯？

简析

这是一首新颖别致、具有浪漫主义色彩的中秋词杰作。

作者别开生面就明月西沉而赋，并由此展开瑰丽奇特的想象，从广阔的太空，再到深幽的海底，深情地提出了一系列问题：悠悠月儿将运行到何处？天外是否另有人间？这里月落时，那里的月亮是否刚刚从东方升起？茫茫的宇宙空阔无边，是浩浩长风将那中秋的明月吹远？是谁用绳索系住明月在天上高悬？是谁留住了嫦娥不让她嫁到人间？月亮是从海底运行吗？为什么玉兔也能在海中沉浮？为什么圆月会渐渐变得像一只钩那样弯？

这首词创造性地采用问句形式，打破上下片换意的定格，就明月西沉后的去向接连提出了九个问题，表现出作者大胆创新、不拘一格的艺术气魄。

毛泽东非常喜欢这首词，曾同科学家周培源、经济学家于光远谈到这首词所包含的"地圆说"想法。除艺术欣赏外，毛泽东还十分赞扬词人的辩证思维。

最豪放名句

怕万里长鲸，纵横触破，玉殿琼楼。

陈亮（1首）

陈亮（1143—1194），原名汝能，字同甫，号龙川，婺州永康（今浙江金华永康市）人，南宋思想家、文学家。宋孝宗时上《中兴五论》，淳熙五年（1178）再上书论国事，反对和议，力主抗金，曾两次被诬入狱。绍熙四年（1193）状元及第，授签书建康府判官公事，未及至官而卒。宋理宗时，追谥"文毅"。陈亮词作风格豪迈，感情激越，与辛弃疾交好唱和。著有《龙川文集》《龙川词》。

念奴娇·登多景楼①

危楼还②望，叹此意、今古几人曾会。鬼设神施③，浑认作、天限南疆北界④。一水横陈，连岗三面⑤，做出争雄势。六朝何事，只成门户私计⑥。

因笑王谢诸人，登高怀远，也学英雄涕⑦。凭却长江管不到，河洛⑧腥膻⑨无际。正好长驱，不须反顾，寻取中流誓。小儿破贼⑩，势成宁问疆场。

注释

①〔多景楼〕在江苏镇江北固山上甘露寺内。

②〔还〕同"环"。

③〔鬼设神施〕谓北固山形势极其险要。

④〔浑认作、天限南疆北界〕竟当作天设的南疆北界。

⑤〔一水横陈，连岗三面〕镇江北面横贯着波涛汹涌的长江，东、西、南三面都连接着起伏的山岗。

⑥〔私计〕私利。

⑦〔王谢诸人，登高怀远，也学英雄涕〕《世说新语·言语》新亭对泣事。王谢，六朝望族琅琊王氏与陈郡谢氏之合称，东晋王导、谢安时至鼎盛。唐刘禹锡《乌衣巷》："旧时王谢堂前燕，飞入寻常百姓家。"此以东晋上层人士喻指今之掌权者。

⑧〔河洛〕黄河、洛河，泛指中原。

⑨〔腥膻（shān）〕又腥又膻的气味，代指金兵入侵。

⑩〔小儿破贼〕晋军在淝水之战中大败苻坚，捷报传来，谢安置书一旁，了无喜色，弈棋如故。客问之，谢安曰："小儿辈遂已破贼。"小儿辈指谢安的弟弟谢石、侄子谢玄。事见《晋书·谢安传》及《世说新语·雅量》。

简析

淳熙十五年（1188），陈亮为驳斥投降派所谓"江南不易保"的谬论，亲自到京口、建康等地观察地形，并准备依据实际调查结论，再向孝宗皇帝上书，提出一系列经营南方，进取中原，统一国土的具体方略。作者登临多景楼时触景生情，写下此词。

上片借批判东晋统治者偏安江左，谴责南宋统治者不图恢复中原。南宋朝廷颓靡，紧步六朝后尘。词人批判统治者划江自守的苟安政策，词锋锐利，入木三分。下片抨击空论清谈，真正的爱国者应当像祖逖那样，中流击楫，义无反顾。到那时，才能像谢安那样不动声色地获得胜利。

全词纵横议论，痛快淋漓。从艺术的含蕴、情味的深厚来说，陈词自然不如辛词，但这种大气磅礴、开拓万古心胸的强音，是足以振奋人心的。据说，毛泽东特别喜欢这首词，晚年在阅诵陈亮这首词时曾恸哭失声。

最豪放名句

正好长驱，不须反顾，寻取中流誓。

刘过（4首）

刘过（1154—1206），字改之，号龙洲道人，吉州太和（今江西泰和县）人，长于庐陵（今江西吉安），卒于江苏昆山。生平以功业自许，却四次应举不中，流落江湖间，布衣终身。曾为陆游、辛弃疾所赏，亦与陈亮、岳珂友善。词效辛弃疾，抒发抗金救国之志，与刘克庄、刘辰翁享有"辛派三刘"之誉，又与刘仙伦合称为"庐陵二布衣"。有《龙洲集》《龙洲词》《龙洲道人诗集》。

六州歌头·题岳鄂王庙

中兴诸将，谁是万人英①。身草莽②，人虽死，气填膺，尚如生。年少起河朔③，弓两石④，剑三尺⑤，定襄汉⑥，开虢洛⑦，洗洞庭⑧。北望帝京⑨，狡兔⑩依然在，良犬⑪先烹。过旧时营垒，荆鄂有遗民。忆故将军，泪如倾。

说当年事，知恨苦，不奉诏⑫，伪耶真？臣有罪，陛下圣，可鉴临⑬，一片心。万古分茅土⑭，终不到，旧奸臣。人世夜，白日照，忽开明。衮佩冕圭⑮百拜，九泉下、荣感君恩。看年年二月，满地野花春，卤簿⑯迎神。

注释

① 〔万人英〕万人之中的英豪。

② 〔身草莽〕岳飞家境贫寒，曾做过人家的庄客。

③ 〔年少起河朔〕岳飞年轻时就在中原黄河以北从军抗金。河朔，泛指黄河以北的地区。

④ 〔弓两石〕传岳飞臂力过人，能开两石之弓。古代以120斤为一石。

⑤ 〔剑三尺〕手提三尺宝剑。

⑥ 〔定襄汉〕岳飞平定襄阳、汉阳等六郡，为恢复中原打下基础。

⑦ 〔开虢洛〕绍兴十年（1140）岳飞郾城大捷，先后收复虢（guó）州（今河南灵宝）、洛京（今河南洛阳）、东虢（今河南荥阳）一带大片国土，乘胜进军朱仙镇，离汴京（今开封）只有45里。

⑧ 〔洗洞庭〕指岳飞镇压了以杨幺为首的聚集在洞庭湖的农民起义军。

⑨ 〔望帝京〕谓岳飞军队距汴京很近。帝京，即汴京。

⑩〔狡兔〕比喻朝中奸臣。司马迁《史记·越王勾践世家》："蜚（飞）鸟尽，良弓藏；狡兔死，走狗烹。"

⑪〔良犬〕喻指岳飞。

⑫〔不奉诏〕指秦桧等诬陷岳飞"受诏不救淮西罪"，赐死狱中。

⑬〔鉴临〕审查，监视。

⑭〔分茅土〕古代皇帝分封诸侯时，用茅草包社坛某方之土授受封者，以示其为某方王侯。

⑮〔衮（gǔn）佩冕圭〕衮，古代皇帝及上公的礼服。佩，贵族身上佩戴的玉器。冕，古代帝王、诸侯、卿大夫的礼帽，后专指皇冠。圭，贵族上朝手中所持的玉制礼器。

⑯〔卤簿〕本为帝王驾出时仪仗。汉以后，后妃、太子和大臣出行时皆有。此指每年三月在岳飞庙前的迎神赛会。

简析

嘉泰四年（1204），岳飞被追封为鄂王，同年，刘过西游汉沔（miǎn）（今武汉），途经岳飞庙，作此词凭吊岳飞。

词的上片概述岳飞生前的英雄业绩，抒写广大民众对威震敌胆的"故将军"的深切怀念，下片描叙岳飞蒙冤被害以及平反昭雪的情形，最后写百姓在鄂王庙前举行迎神赛会，祭奠英灵，寄托无限哀思。

全词将叙事、议论和抒情融于一体，感情浓烈，语言凝练，字里行间饱含着对英雄烈士的崇敬和对秦桧之流卖国贼的痛恨，在开禧北伐前夕起到了鼓舞士气的作用。

最豪放名句

年少起河朔，弓两石，剑三尺，定襄汉，开虢洛，洗洞庭。

西江月

堂上谋臣尊俎①，边头将士②干戈。天时地利与人和，"燕可伐欤③"曰："可"。

今日④楼台鼎鼐⑤，明年带砺⑥山河。大家⑦齐唱《大风歌》，不日四方⑧来贺。

注释

① 〔尊俎（zǔ）〕酒器，代指宴席。一作"帷幄"。

② 〔将士〕一作"猛将"。

③ 〔燕可伐欤（yú）〕可以讨伐燕国了吗？

④ 〔今日〕一作"此日"。

⑤ 〔鼎鼐（nài）〕炊器。古时把宰相治国比作鼎鼐调味，故以之代相位。

⑥ 〔明年带砺〕一作"他时剑履"。

⑦ 〔大家〕一作"都中"。

⑧ 〔不日四方〕一作"管领群臣"。

简析

嘉泰四年（1204）韩侂胄伐金失败。这次北伐本身意义不大，但在主和派长期把持朝政，抗战派军民长期受压制之后，还是起到了一些振奋人心的作用。刘过的这首词即是当年为祝贺韩侂胄生日而写的，词中表达了爱国军民企盼北伐胜利的心声。

上片写有利于北伐的大好形势，堂上有善谋的贤臣，边疆有能战的将士，天时、地利与人都对南宋王朝有利。下片说韩侂胄本人，先写今日治国，次写明年胜利。句中那胜券在握的豪情和壮志，给人增添信心和勇气。词作亲切明快，一气呵成。

最豪放名句

大家齐唱《大风歌》，不日四方来贺。

贺新郎

弹铗西来路。记匆匆、经行十日，几番风雨。梦里寻秋秋不见，秋在平芜①远树。雁信落、家山何处。万里西风吹客鬓，把菱花②、自笑人如许。留不住，少年去。

男儿事业无凭据。记当年、悲歌击楫，酒酣箕踞。腰下光芒三尺剑，时解挑灯夜语。谁更识、此时情绪。唤起杜陵③风月手④，写江东渭北相思句⑤。歌此恨，慰羁旅⑥。

注释

① 〔平芜〕草木丛生的平旷原野。

② 〔菱花〕镜子。古代铜镜映日则发光影如菱花，因名"菱花镜"。南北朝庾信《镜赋》："照日则壁上菱生。"

③ 〔杜陵〕指杜甫。杜甫号杜陵野老。

④ 〔风月手〕写诗的能手。

⑤ 〔写江东渭北相思句〕杜甫《春日怀李白》："渭北春天树，江东日暮云。"

⑥ 〔羁旅〕客居异乡。

简析

刘过屡试不第，浪迹江湖，南下东阳、天台、明州；北上无锡、姑苏、金陵；溯江西上采石、池州、九江、武昌、襄阳。这首《贺新郎》大约写于词人西游之时。

上片开头三句自比战国冯谖，写数日"西来"途中的情景；中四句承写在外地漂流，梦里也在思念家乡；后四句则直写漂泊生活的悲凉。下片抒发自己壮志难酬的怨恨。先追忆当年自己力主抗金北伐的豪情；接着自比祖逖、辛弃疾，雄心不减当年；结尾四句写无奈之下只有像杜甫那样写写诗，以安慰他这颗旅居异乡的游子之心。

全篇倾吐心声，用典明晓，清白如话。

最豪放名句

腰下光芒三尺剑，时解挑灯夜语。

沁园春·张路分秋阅①

万马不嘶，一声寒角，令行柳营②。见秋原如掌③，枪刀突出，星驰铁骑④，阵势纵横。人在油幢⑤，戎韬总制⑥，羽扇从容⑦裘带轻⑧。君知否，是山西将种⑨，曾系诗盟⑩。

龙蛇⑪纸上飞腾，看落笔四筵风雨惊。便尘沙出塞，封侯万里，印金如斗，未惬平生。拂拭腰间，吹毛剑⑫在，不斩楼兰⑬心不平。归来晚，听随军鼓吹，已带边声。

注释

①〔张路分秋阅〕张路分秋天阅兵。张路分，姓张，官居路分都监，生平不详。路分都监是宋代路级的军事长官。秋阅，古代军队时常在秋天进行演习，并有长官进行检阅。

②〔柳营〕《史记·绛侯周勃世家》记载，汉周亚夫治军谨严，驻军细柳，号细柳营，后因称严整的军营为"柳营"。王维《观猎》："忽过新丰市，还归细柳营。"

③〔秋原如掌〕谓地面平坦。

④〔星驰铁骑〕带甲的骑兵如流星般奔驰。

⑤〔油幢（zhuàng）〕金人帐篷。

⑥〔戎韬总制〕以兵法来指挥部队。戎韬，兵法。

⑦〔羽扇从容〕苏轼《念奴娇·赤壁怀古》："羽扇纶巾，谈笑间，樯橹灰飞烟灭。"

⑧〔裘带轻〕即轻裘缓带，穿着轻暖的毛皮衣服，束着宽松的衣带，形容从容闲适的风度。《晋书·羊祜传》记载，西晋羊祜出镇襄阳十年间，轻裘缓带，身不披甲，有儒将之风。

⑨〔山西将种（zhǒng）〕古人认为山西是出将才的地方。

⑩〔曾系诗盟〕曾参加过诗人集会。

⑪〔龙蛇〕喻书法精湛。

⑫〔吹毛剑〕指锋利的剑。宋代高僧圆悟克勤《碧岩录》卷十："则是快剑刃上吹毛试之，其毛自断，乃利剑，谓之吹毛也。"

⑬〔楼兰〕此指金统治者。

简析

作者看到爱国将领张路分"秋阅"的情景，有感而发，写下该词。

上片首三句从听觉上写演习开始前和开始时的况景，写出军容之整肃、军纪之严明。接下来从视觉上写演习开始后的情景，从不同侧面描绘演兵场上的壮观景象，表现将帅的指挥若定。末三句写张路分的文才诗情，突出其风流儒雅。下片首二句直承上片末句而来，写其诗情之饱满、文思之敏捷。接下来四句从反面着笔，否定了将帅意在封侯挂印。中间从正面落墨，肯定了其志在"还我河山"，壮声豪气冲纸而出。末三句写演习结束，仿佛已到了边疆，马上可以投入战斗。

此词描绘了一个能文善武的抗战派儒将形象，抒发了作者北伐抗金的强烈愿望和祖国统一的爱国激情。全词前后贯通，一气呵成，又极具画面感，是宋词中描写军事场面的优秀词作。

最豪放名句

拂拭腰间，吹毛剑在，不斩楼兰心不平。

卢钺（2首）

卢钺（yuè），号梅坡，生卒事迹不详，南宋诗人。与刘过友善，以两首雪梅诗留名千古。

雪梅二首

（一）

梅雪争春末肯降①，骚人搁笔费评章②。
梅须逊雪三分白，雪却输梅一段香。

（二）

有梅无雪不精神，有雪无诗俗了人。
日暮诗成天又雪，与梅并作十分春③。

注释

① 〔降（xiáng）〕服输。
② 〔骚人搁笔费评章〕诗人放下笔来评论雪与梅的高下。
③ 〔十分春〕全部的春天。

简析

这两首诗在说理中抒情，第一首诗主要写梅与雪的特点，第二首诗主要写梅与雪以及它们与诗之间的关系。诗人认为，只有梅、雪、诗三者结合在一起，才能组成最美丽的春色。只有梅花独放而无飞雪落梅，就显不出春光的韵味；有梅有雪而没有诗作，也会使人感到不雅。从这首诗中，我们可以看出诗人踏雪、赏梅、吟诗的痴迷和高雅的审美情趣。"梅须逊雪三分白，雪却输梅一段香"在赞赏梅、雪高洁傲岸的同时蕴含着"尺有所短，寸有所长"的道理，被人们广为传诵。

最豪放名句

梅须逊雪三分白，雪却输梅一段香。/日暮诗成天又雪，与梅并作十分春。

刘克庄（4首）

刘克庄（1187—1269），初名灼，字潜夫，号后村居士，莆田（今福建莆田市）人，南宋豪放派诗人、词人、诗论家。赐进士出身，初为靖安主簿，任建阳令时，因《落梅》诗遭谗废十载，游幕于江、浙、闽、广等地。后官至工部尚书，升兼侍读，授龙图阁学士。诗词反对妥协苟安，渴望收复中原。诗属江湖诗派，晚年趋向江西诗派。词深受辛弃疾影响，多豪放之作，有散文化、议论化倾向。胡适《白话文学史》说他"有悲壮的感情，高尚的见解，伟大的才气"。

贺新郎·送陈真州子华①

北望神州路。试平章②、这场公事③，怎生分付？记得太行山百万，曾入宗爷驾驭④。今把作、握蛇骑虎⑤。君去京东豪杰喜，想投戈、下拜真吾父⑥。谈笑里，定齐鲁。　　两河⑦萧瑟惟狐兔⑧。问当年、祖生⑨去后，有人来否？多少新亭挥泪客，谁梦中原块土⑩。算事业、须由人做。应笑书生心胆怯，向车中、闭置如新妇⑪。空目送，塞鸿去。

注释

① 〔陈真州子华〕陈靴（xuē）（1179—1261），字子华，知真州（今江苏

省仪征市）。

②〔平章〕议论，筹划。

③〔公事〕指对金作战的国家大事。

④〔曾入宗爷驾驭〕指靖康之变后在河北、山西等地结集的抗金义军，其中有不少归附东京留守宗泽。

⑤〔握蛇骑虎〕比喻处境极为险恶。《魏书·彭城王传》记载，北魏时期，魏高祖死于行宫，彭城王元勰等为防不测，密不发丧。灵柩行至鲁阳，才发丧。当时咸阳王元禧怀疑元勰有阴谋说："你这样做很危险。"元勰说："兄识高年长，故知有夷险；彦和握蛇骑虎，不觉艰难。"彦和是元勰的字。

⑥〔真吾父〕《新唐书·郭子仪传》记载郭子仪曾经率数十骑入回纥大营，回纥人都放下兵器下马跪拜，说："果吾父也。"宋代张用归顺岳飞时也曾说："飞果吾父也，敢不降？"父，长辈。

⑦〔两河〕指河北东路、西路，当时为金统治区。

⑧〔狐兔〕指敌人。

⑨〔祖生〕祖逖。这里借指南宋初年的抗金名将宗泽、岳飞等。

⑩〔块土〕国土。

⑪〔闲置如新妇〕《梁书·曹景宗传》："今来扬州作贵人，动转不得，路行开车慢，小人辄言不可。闭置车中，如三日新妇。遭此邑邑，使人无气。"

简析

宝庆二年（1226），刘克庄至建阳。他的朋友陈子华调知真州路过建阳，作者在送别之时，写了这首词，热切地期望他此去能为收复失地作出贡献，表达了作者渴望收复中原的愿望。

北宋末年，爱国将领宗泽招抚了被人视为"寇盗"的义军抗金，声威大震，军民喊他为宗爷爷。作者写这首词时，宗泽已逝，但在北方金人统治地区，仍有义军活动。其中比较活跃的有红袄军、黑旗军，可惜朝廷不信任他们，把义军看成是手上拿的蛇和胯下骑的虎。作者送行的友人陈子华，曾主张积极招抚中原地区的义军。所以作者送陈子华赴江北前线的真州时，要他认真地考虑这个关系国家安危存亡的重大问题。希望他到真州效法宗泽，使京东路（指今山东一带）的义军豪杰，欢欣鼓舞，谈笑之间，能够收复齐鲁北方失地。下片希望陈子华勇于作为，大胆去做，不要空谈误国，更不要缩手缩脚。

这首词粗犷豪放，雄浑悲壮，是刘克庄散文化、议论化词作的代表。

最豪放名句

君去京东豪杰喜，想投戈、下拜真吾父。谈笑里，定齐鲁。

贺新郎

实之三和有忧边之语①，走笔答之。

国脉微如缕②。问长缨、何时入手，缚将戎主③。未必人间无好汉，谁与宽些尺度④。试看取、当年韩五⑤。岂有谷城公付授⑥，也不干、曾遇骊山母⑦。谈笑起，两河路⑧。

少时棋枰曾联句⑨。叹而今、登楼揽镜，事机频误。闻说北风⑩吹面急，边上冲梯屡舞⑪。君莫道、投鞭⑫虚语。自古一贤能制难，有金汤⑬、便可无张许⑭？快投笔⑮，莫题柱⑯。

注释

①〔实之三和有忧边之语〕王实之的第三首和诗里有担忧边事的诗句。王实之，作者福建同乡好友，名迈，字实之，时人比之陈子昂、李太白，生平不详。刘曾赞其"方今人物第一"，二人唱和诗词多首。

②〔缕〕线，比喻细的东西。

③〔缚将戎主〕捆住敌人的首领。将，虚词。

④〔谁与宽些尺度〕谓不拘一格使用人才。

⑤〔韩五〕南宋初年的抗金名将韩世忠（1090—1151），他在兄弟中排行第五，年轻时有"泼韩五"的诨号，出身行伍。他没有名师传授，也未遇神仙指点，但是却能在谈笑之间大战两河，成为抗金名将。

⑥〔谷城公付授〕《史记·留侯世家第二十五》记载张良亡匿下邳（pī），遇黄石公，得《太公兵法》，遂隐忍勤学，静观时变，后来助汉高祖刘邦夺得天下。谷城公，即黄石公。付授，给予，传授。

⑦〔曾遇骊山母〕宋代陈元靓《岁时广记》卷二八引《集仙录》记载，唐代李筌好神仙之道，在嵩山，得黄帝《阴符经》，抄读数千遍，但不晓其义。在骊山下，遇一老母，为李筌说《阴符经》玄义。骊山母，骊山老母，又叫黎山老母，传说中的女仙，因居骊山而得名。传说齐宣王的妻子钟无艳（战国）、薛丁山的妻子樊梨花（唐代）、高君保的妻子刘金定（宋代）、杨门女将穆桂英

（宋代）等，都为骊山老母的门下弟子。

⑧〔两河路〕这里当指韩世忠在黄天荡（今南京东北）和大仪镇（今江苏扬州境内）两次打败金军之事。

⑨〔少时棋枰曾联句〕《全唐诗·卷七百九十一》韩愈、李正封《晚秋郾城夜会联句》："从军古云乐，谈笑青油幕。灯明夜观棋，月暗秋城枰。"韩、李当时均在裴度军营中。这里是说自己年轻时曾经在军中任职。

⑩〔北风〕暗指北来的蒙古兵。

⑪〔边上冲梯屡舞〕敌方进攻用的冲梯，屡次狂舞于边城。

⑫〔投鞭〕秦王苻坚企图征服南方的东晋王朝。他在全国大规模征兵，当有了80万大军时，他得意地说："东晋很快就会被我征服了。"可是，许多大臣都认为进攻东晋的时机还不成熟。大臣石越劝苻坚说："虽然我们现在兵多将广，但晋军有长江天险可守，我们未必能取胜。"苻坚傲慢地笑道："以吾之众旅，投鞭于江，足断其流！"苻坚不听劝告，进攻东晋，结果在淝水之战中被晋军彻底打败。事见《晋书·苻坚载记》。

⑬〔金汤〕指金属造的城，滚水形成的护城河，形容城池和阵地非常坚固。《汉书·蒯通传》："边城之地，必将婴城固守，皆为金城汤池，不可攻也。"汤，热水。

⑭〔张许〕指唐代张巡、许远，安史之乱时，他们坚守睢阳（今河南商丘睢阳），坚贞不屈，后人建有双忠庙。事见《新唐书》。

⑮〔投笔〕指从军。东汉班超初为官府抄写文书，后投笔从戎，建功立业。

⑯〔题柱〕喻指立志求取功名。传说司马相如经过成都升仙桥时，曾在桥上题字："不乘高车驷马，不过此桥。"杜甫《投赠哥舒开府翰二十韵》："壮节初题柱，生涯独转蓬。"

简析

这首词是作者和朋友王实之六首唱和词中的第四首。同作者其他豪放词作一样，字里行间洋溢着济世救国的激情和宏伟志向。

上片写国势危急，急需能"缚将戎主"的军事人才，希望统治者不拘一格发现和使用人才。下片写自己少年时的梦想，勉励朋友在国难当头之际，不要虚言妄语，要立即行动，投笔从戎。

此词为毛泽东所喜爱，《清平乐·六盘山》中"今日长缨在手，何时缚住苍龙"句即由此词"问长缨、何时入手，缚将戎主"化用而来。

最豪放名句

问长缨、何时入手，缚将戎主。

沁园春·梦孚若①

何处相逢，登宝钗楼②，访铜雀台。唤厨人斫③就，东溟④鲸脍⑤，圉人⑥呈罢，西极龙媒⑦。天下英雄，使君与操⑧，余子⑨谁堪共酒杯。车千乘⑩，载燕南赵北⑪，剑客奇才。

饮酣画鼓⑫如雷。谁信⑬被晨鸡轻唤回。叹年光过尽，功名未立，书生老去，机会方来。使李将军⑭，遇高皇帝⑮，万户侯⑯何足道哉？披衣起，但凄凉感旧，慷慨生哀。

注释

① 〔孚若〕方信儒（1177—1222），字孚若，福建莆田人，作者同乡兼好友。

② 〔宝钗楼〕汉武帝时建，故址在今陕西咸阳市。

③ 〔斫〕用刀斧砍。

④ 〔东溟（míng）〕东海。

⑤ 〔脍〕把鱼、肉切成薄片。

⑥ 〔圉（yǔ）人〕养马的官。

⑦ 〔西极龙媒〕西域骏马。西极，指西域，古时名马多来自西域。龙媒，骏马名。

⑧ 〔使君与操〕刘备和曹操。曹操曾经举荐刘备担任豫州牧，而使君是对州刺史或州牧的尊称，所以刘备就被称为"刘豫州"或"刘使君"。

⑨ 〔余子〕其余的人。

⑩ 〔乘（shèng）〕古时一车四马叫乘。

⑪ 〔燕（yān）南赵北〕指今河北山西一带。韩愈《送董邵南序》："燕赵古称多慷慨悲歌之士。"

⑫ 〔画鼓〕一作"鼻息"。画，鼓上的文饰。

⑬ 〔谁信〕谁想，谁料。

⑭ 〔李将军〕指西汉名将李广。

⑮〔高皇帝〕指汉高祖刘邦。

⑯〔万户侯〕《史记·李将军列传》载，李广曾与匈奴作战七十余次，以勇敢善战闻名天下。他虽有战功，却未得封侯。

简析

韩侂胄伐金失败后，方信孺曾奉命三次往返使金谈判，宁死不屈。仕途中屡遭降免，年仅四十六而卒。此词可能作于淳祐三年（1243），是方信孺死后的悼念之作。

词的上片描写梦境，用浪漫主义和夸张的手法，叙述梦中与故人畅游此时已落于金人之手的宝钗楼、铜雀台，又以刘备和曹操作比，希望结交天下英雄豪杰，和燕南赵北的剑侠奇才，共同收复北方的失地，表现出有我无敌的豪迈气概。下片转写梦醒后的悲凉心情，慨叹生不逢时，岁月虚度，功业未建。刘克庄一生经历了孝宗、光宗、宁宗、理宗、度宗五朝，仕途历尽波折，曾四次被罢官，如今老友已逝，国无良才，抚今思昔，不觉慷慨生哀。

这首词虚实结合，淋漓尽致地抒发了作者怀才不遇的愤懑之情，明代卓人月《古今词统》说它"气概雷击霆震"。

最豪放名句

天下英雄，使君与操，余子谁堪共酒杯。

一剪梅

余赴广东①，实之夜饯于风亭②。

束缊③宵行十里强，挑得诗囊④，抛了衣囊。天寒路滑马蹄僵，元是王郎，来送刘郎。

酒酣耳热说文章，惊倒邻墙，推倒胡床⑤。旁观拍手笑疏狂，疏又何妨，狂又何妨！

注释

①〔余赴广东〕时刘克庄到广东潮州去做通判。

②〔风亭〕亭子。

③〔束缊（yùn）〕捆扎乱麻为火把。

④〔诗囊〕装诗书的袋子。

⑤〔胡床〕坐具，即交椅，可以转缩，便于携带。

简析

这首词别具一格，描写了两位饱受压抑而又不甘屈服的狂士的离别，写于嘉熙三年（1239）冬。

上片写送行，王迈送别刘克庄，连夜启程，冒着寒风艰难赶路，表现出书生的豪迈。下片写饯别，二人酒酣耳热之际，谈诗论文，指点江山，语惊四座，表现出诗人的狂放。

全篇表达了词人傲视世俗的耿介个性，语极夸张，情极大胆，豪爽超迈，淋漓酣畅。

最豪放名句

旁观拍手笑疏狂，疏又何妨，狂又何妨！

赵秉文（1首）

赵秉文（1159—1232），字周臣，号闲闲居士，晚号闲闲老人，磁州滏（fǔ）阳（河北省邯郸市磁县）人，金代学者、书法家。金世宗大定二十五年（1185）进士，调安塞主簿。历平定州刺史，为政宽简。累拜礼部尚书。金哀宗即位，改翰林学士，兼修国史。历仕五朝，自奉如寒士，未尝一日废书。积官至资善大夫、上护军、天水郡侯。能诗文，诗歌多写自然景物，有太白遗风，著有《闲闲老人滏水文集》。

水调歌头

昔拟栩仙人王云鹤①赠予诗云："寄与闲闲傲浪仙，枉随诗酒堕凡缘。黄尘遮断来时路，不到蓬山五百年。"其后玉龟山人②云："子前身赤城子③也。"予因以诗寄之云："玉龟山下古仙真，许我天台一化身。拟折玉莲闻白鹤，他年沧海看扬尘。"吾友赵礼部庭玉④说，丹阳子⑤谓予再世苏子美⑥也。赤城子则吾岂敢，若子美则庶几焉。尚愧辞翰⑦微不及耳。因作此以寄意焉。

　　四明有狂客，呼我谪仙人⑧。俗缘千劫⑨不尽，回首落红尘。我欲骑鲸⑩归去，只恐神仙官府⑪，嫌我醉时真。笑拍群仙手，几度梦中身。

　　倚长松，聊拂石，坐看云。忽然黑霓落手⑫，醉舞紫毫⑬春。寄语沧浪流水，曾识闲闲居士，好为濯冠巾。却返天台⑭去，华发散麒麟⑮。

注释

①〔拟栩仙人王云鹤〕王云鹤，号拟栩仙人，生平事迹不详。

②〔玉龟山人〕作者朋友的号，生平事迹不详。

③〔赤城子〕传说中的仙人。

④〔赵礼部庭玉〕赵庭玉，任职礼部，生平事迹不详。

⑤〔丹阳子〕马钰（1123—1183），道教全真道道士，号丹阳子，世称马丹阳。

⑥〔苏子美〕苏舜钦（1008—1048），字子美，号沧浪翁，北宋文学家，为人豪放，不受约束。

⑦〔辞翰〕文章，著述。

⑧〔四明有狂客，呼我谪仙人〕唐朝自称四明狂客的贺知章曾称赞李白为"谪仙人"。

⑨〔千劫〕千世。"劫"为佛教用语，世界经历若干万年毁灭一次，称"一劫"。

⑩〔骑鲸〕传说李白死后骑鲸归去，李白也曾自称"海上骑鲸客"。

⑪〔神仙官府〕唐顾况集《王源诀》："下界功满方超上界，上界多官府，不如地仙快活。"意思是神仙也不自在，照样要受管束。

⑫〔黑霓落手〕指写字题诗墨如黑色云霓一般。作者擅长书法，尤工草体。

⑬〔紫毫〕笔的一种，用紫黑色的兽毛制成。

⑭〔天台〕山名，在今浙江天台州境内，是仙霞岭的余脉。

⑮〔华发散麒麟〕韩愈《杂诗》："翩然下大荒，被发骑麒麟。"麒麟，传说中的神兽。

简析

这是一首充溢着浪漫主义色彩的游仙词。

上片，作者自诩"谪仙人"谪落凡世。神仙也不自在，照样要受管束，所以倒不如谪去仙籍，反倒自在。下片，进一步发挥词人的丰富想象，潇散闲逸，醉酒当书，沧浪濯冠巾，天台骑麒麟，好不逍遥自在。

黄畬（shē）《历代词萃》说它："取李白《梦游天姥吟留别》诗境，写入慢调，气势腾踔壮阔，铸语瑰丽，浪漫色彩很浓。"

最豪放名句

我欲骑鲸归去，只恐神仙官府，嫌我醉时真。

元好问（5首）

元好问（1190—1257），字裕之，号遗山，世称遗山先生，太原秀容（今山西忻州）人，金末文学家、历史学家。自幼聪慧，有"神童"之誉。金宣宗兴定五年（1221）进士及第，正大元年（1224）又以宏词科登第后，授权国史院编修，官至知制诰。金朝灭亡后，元好问被囚数年，晚年回乡隐居不仕。他是宋金对峙时期北方文学的代表，被尊为"北方文雄""一代文宗"。擅作诗、文、词、曲，其中以诗作成就最高，慷慨悲凉；其词为金代一朝之冠，可与两宋名家媲美；其散曲虽传世不多，但当时影响很大，有倡导之功。著有《遗山集》等。

水龙吟

从商帅国器①猎于南阳，同仲泽②、鼎玉③赋此。

少年射虎名豪④，等闲赤羽千夫膳⑤。金铃锦领⑥，平原千骑，星流电转⑦。路断飞潜⑧，雾随腾沸，长围⑨高卷。看川空谷静，旌旗动色，得意似，平生战。

城月迢迢鼓角，夜如何，军中高宴，江淮草木，中原狐兔，先声自远。盖世韩彭⑩，可能只办，寻常鹰犬⑪。问元戎⑫早晚，鸣鞭径去，解天山箭。

注释

① 〔商帅国器〕完颜斜烈（？—1226），名鼎，字国器。曾任元帅，镇商州，故称商帅。

②〔仲泽〕王渥（？-1232），字仲泽，太原（今山西太原）人，金代文学家，工诗善赋，词亦闻名。

③〔鼎玉〕王铉，字鼎玉，生平事迹不详。

④〔射虎名豪〕西汉李将军李广，曾经见草中石而以为虎，拉箭猛射，箭头深没石中。这里指完颜斜烈。

⑤〔赤羽千夫膳〕指军队人数众多，阵容盛壮。杜甫《故武卫将军挽词》："赤羽千夫膳，黄河十月冰。"赤羽，旗帜。千夫膳，千人的膳食。

⑥〔金铃锦领〕指车骑之鲜艳。

⑦〔星流电转〕形容打猎车骑奔驰迅速。

⑧〔飞潜〕天上的飞禽和水里的游鱼。

⑨〔长围〕打猎合围以困鸟兽。

⑩〔韩彭〕韩信和彭越。两人都是西汉初武将，辅佐刘邦建国后，皆获罪被杀。

⑪〔鹰犬〕指为人所驱使利用。

⑫〔元戎〕主将；元帅。

简析

上片先用两个典故，反衬出猎主人的威猛。接着写围猎场面，千骑齐奔，风驰电掣，蔚为壮观。末句用"得意"二字，写出了商帅视战争为"等闲"的军人气概。下片写猎罢凯旋，摆酒庆贺，军威煊赫，令敌人闻风丧胆。但商帅绝非韩信、彭越之徒，而似唐代大将薛仁贵，将一举扫清边患。

这首词写出猎场面，场面豪阔，气势雄壮，不输苏轼《密州出猎》。

最豪放名句

问元戎早晚，鸣鞭径去，解天山箭。

水调歌头·赋三门津①

黄河九天上，人鬼②瞰重关。长风怒卷高浪，飞洒日光寒。峻似吕梁③千仞，壮似钱塘八月④，直下洗尘寰。万象入横溃，依旧一峰⑤闲。

仰危巢⑥，双鹄过，杳难攀。人间此险何用，万古秘神奸⑦。不用燃犀下照，未必伏飞⑧强射，有力障狂澜。唤取骑鲸客，挝鼓⑨过银山⑩。

注释

① 〔三门津〕渡口名，原在今河南省三门峡市东北黄河中。

② 〔人鬼〕指三峡中的北人门和南鬼门。

③ 〔吕梁〕《列子·黄帝》："孔子观于吕梁，悬水三十仞，流沫四十里，鼋鼍（yuán tuó）鱼鳖之所不能游也。"其地具体不详。

④ 〔钱塘八月〕钱塘潮八月水势最盛。

⑤ 〔一峰〕或指砥柱山，位于今河南三门峡陕州区黄河中间，有神门、鬼门、人门等三门。

⑥ 〔危巢〕悬崖高处的鸟巢。苏轼《后赤壁赋》："攀栖鹘之危巢。"

⑦ 〔秘神奸〕《左传·宣公三年》载，夏禹将百物形象铸于鼎上"使民知神奸"。词中神奸指种种善恶神奇之物。

⑧ 〔伏（cì）飞〕汉武官名，掌弋射鸟兽。苏轼《八月十五日看潮》诗："安得夫差水犀手，三千强弩射潮低。"

⑨ 〔挝（zhuā）鼓〕击鼓。

⑩ 〔银山〕指波涛。

简析

这首词描写三门津的雄奇壮丽，也寄托了词人在国家危难之秋，以力挽狂澜为己任的自豪和自信。

上片写景，先极言黄河水势之大，再言砥柱山势之稳。一动一静，相映成趣。下片议论，砥柱山人迹罕至，难以攀登，天地设险，人世间要这等险要之地也没有什么用处，自古以来，无非是为作怪的鬼神提供场所罢了；中流砥柱，也未必能挡住狂澜。

此词融写景、抒情、议论为一体，景物雄伟壮阔，感慨激愤难平。夏承焘等《金元明清词选》："词写三门之险，笔势奇横，罕有其匹。"

最豪放名句

万象入横溃，依旧一峰闲。/唤取骑鲸客，挝鼓过银山。

鹧鸪天

只近浮名^①不近情。且看不饮更何成。三杯渐觉纷华^②远，一斗都浇块磊^③平。

醒复醉，醉还醒。灵均^④憔悴可怜生。《离骚》读杀浑无味，好个诗家阮步兵^⑤！

注释

① 〔浮名〕虚名。

② 〔纷华〕纷扰的尘世浮华。

③ 〔块磊〕也叫块垒、块礨，泛指郁积之物，比喻胸中郁结的愁闷或气愤。

④ 〔灵均〕屈原，字灵均。

⑤ 〔阮步兵〕晋代阮籍，曾任步兵校尉。

简析

这是一首借酒浇愁、感慨激愤的小词，盖作于金灭亡前后。元好问作为金国孤臣，满腹悲愤，借酒浇愁。这首词抒国破家亡、人世沧桑的流离之悲，词中表示作者不愿步屈原后尘，而要效法阮步兵借酣饮以避乱世。词风慷慨悲壮，沉郁苍凉。

最豪放名句

《离骚》读杀浑无味，好个诗家阮步兵！

骤雨打新荷

绿叶阴浓，遍池亭水阁，偏趁凉多。海榴^①初绽，朵朵簇红罗^②。乳燕雏莺弄语，有高柳鸣蝉相和。骤雨过，似琼珠乱撒，打遍新荷。

人生百年有几，念良辰美景，休放虚过。穷通前定^③，何用苦张罗。命友邀宾玩赏，对芳樽，浅酌低歌。且酩酊^④，从教二轮^⑤，来往如梭。

注释

① 〔海榴〕即石榴。

② 〔红罗〕红色的轻软丝织品，此喻石榴花。

③ 〔穷通前定〕困厄与显达，命运的好坏由前生而定。

④ 〔酩酊（mǐng dǐng）〕大醉的样子。

⑤ 〔二轮〕太阳和月亮。

简析

这是一首曲子，曲牌即由"骤雨过，似琼珠乱撒，打遍新荷"得名，曲一作出，即得时人广为传唱。

此曲上片写景，绘写夏日园亭的自然景色，辞采鲜明，气氛热烈，清新俊雅，突出了园中盛夏的特征。下片抒怀，直写胸臆，感慨人生苦短和穷通有命，透露出作者对险恶官场的厌弃，得出了及时行乐的结论，沉郁苍凉又不失旷达。

此曲类词，宋元之交词、曲均称乐府，亦是词、曲过渡的一个明证。

最豪放名句

且酩酊，从教二轮，来往如梭。

论诗三十首（其五）

纵横诗笔见高情，何物能浇块垒①平？
老阮②不狂谁会得③，出门一笑大江横④。

注释

① 〔块垒〕比喻胸中郁结的愁闷或气愤。

② 〔老阮〕阮籍，魏晋名士，"竹林七贤"之一。

③ 〔会得〕识得，理会他。

④ 〔出门一笑大江横〕宋黄庭坚《王充道送水仙花五十枝》："坐对真成被花恼，出门一笑大江横。"

简析

这首诗评论了三国时期魏国诗人阮籍。阮籍所处时代正是魏晋易代之际，司马氏屠杀异己，形成恐怖的政治局面。阮籍本有济世之志，但不满司马氏的统治，姑以醉饮和故作旷达来逃避迫害，做出了不少惊世骇俗的事情，如"青白眼""大醉六十日"等，世人以为阮籍狂、痴。但诗人深知阮籍"不狂"，看到了阮籍心中的"块垒"，认识到了阮籍诗中的"高情"。他认为阮籍的诗笔纵横，如长江奔流，神与俱远，正是他高尚情怀、胸中不平之气的表现。此诗赞赏阮籍的故作狂放，肯定了他在黑暗统治下隐约曲折、兴寄深远的风格。

最豪放名句

老阮不狂谁会得，出门一笑大江横。

陈人杰（1首）

陈人杰（1218—1243），一名经国，字刚父，号龟峰，长乐（今福建福州）人，南宋词人。以才气自负，应举不第，漫游淮湘。是宋代词坛上最短命的词人，存词作31首，全用《沁园春》调。

沁园春·丁酉岁①感事

谁使神州，百年陆沉，青毡②未还？怅晨星残月，北州豪杰；西风斜日，东帝③江山。刘表坐谈④，深源⑤轻进，机会失之弹指间。伤心事，是年年冰合，在在风寒⑥。

说和说战都难，算未必江沱⑦堪宴安。叹封侯心在，鳣鲸⑧失水；平戎策就，虎豹当关。渠自无谋，事犹可做，更剔残灯抽剑看。麒麟阁⑨，岂中兴人物，不画儒冠？

注释

①〔丁酉岁〕宋理宗嘉熙元年（1237）。

②〔青毡（zhān）〕比喻中原故土。

③〔东帝〕战国齐王称东帝，这里比宋帝。

④〔刘表坐谈〕《三国志·魏志·郭嘉传》记载，刘备劝荆州牧刘表袭许昌，刘表不听，坐失良机。郭嘉说："表坐谈客耳！"

⑤〔深源〕东晋殷浩（303—356），字深源，善高谈阔论。曾轻率北伐，结

果大败。

⑥〔年年冰合，在在风寒〕以气候的寒冷比喻局势的艰危。辛弃疾《贺新郎·把酒长亭说》："怅清江，天寒不渡，水深冰合。"

⑦〔江沱（tuó）〕代指江南，沱是长江的支流。

⑧〔鳣（zhān）鲸〕指大鱼。鳣，鲟鳇鱼的古称。贾谊《吊屈原赋》："横江湖之鳣鲸兮，固将制于蝼蚁。"

⑨〔麒麟阁〕汉宣帝号中兴之主，曾命画霍光等十一位功臣之像于未央宫麒麟阁上。

简析

蒙古灭金后，又对宋大举兴兵，宋军屡屡败北，襄、汉、淮蜀间烽烟不断，危急日甚。宋理宗张皇失措，虽下诏罪己，却无法挽救国土沦丧的局势。作者写此词时年方二十，正是风华正茂、意气风发之时。作者以布衣出生之身，却自许封侯，而且视肉食者为粪土，激越飞扬，尽述胸中抱负，表现出一股救家国于危难之中的积极向上的奋斗精神。

上片写时局之危，北方有志之士寥寥无几，南宋的半壁江山岌岌可危。朝廷大臣因循守旧，懦怯无能，空谈鲁莽。下片写壮志难伸，自比辛弃疾，国难当头之际，空有报国之心不得施展。结尾说自己仍将等待时机，为国建功立业。

全词豪气纵横，慷慨激昂，意境深远，真切地刻画了一个胸怀远志，渴望力挽狂澜、收复江山的少年英雄形象，读之令人震撼。

最豪放名句

麒麟阁，岂中兴人物，不画儒冠？

白朴（1首）

白朴（1226—约1306），原名恒，字仁甫，后改名朴，字太素，号兰谷，祖籍隩（yù）州（今山西河曲），元代杂剧作家。生于汴梁（今河南开封），后徙居真定（今河北正定县），晚岁寓居金陵（今江苏南京），蒙古灭金后，终身未仕。与关汉卿、马致远、郑光祖并称为"元曲四大家"，代表作主要有《唐明皇秋夜梧桐雨》《裴少俊墙头马上》《董秀英花月东墙记》等。

【双调】沉醉东风·渔夫

黄芦①岸白蘋渡口，绿杨堤红蓼滩头。虽无刎颈交②，却有忘机友③。点秋江白鹭沙鸥。傲杀人间万户侯，不识字烟波钓叟④。

注释

①〔黄芦〕与下文的白蘋（pín）、红蓼（liǎo）均为水生植物。

②〔刎颈交〕《史记》卷八十一《廉颇蔺相如列传》记载，廉颇、蔺相如"卒相与欢，为刎颈之交"。后遂以"刎颈之交"谓友谊深挚。

③〔忘机友〕宁静淡泊、与世无争的朋友。

④〔烟波钓叟〕水上钓鱼的老翁。

简析

这支小令描写了渔夫在大自然里愉快生活的情趣，通过对他自由自在垂钓生活的描写，表现了作者寄情山水，不与达官贵人为伍，甘心淡泊宁静生活的情怀，也流露出对社会不平的愤慨。

此曲景色优美，境界阔大，给人以美的享受。

最豪放名句

傲杀人间万户侯，不识字烟波钓叟。

文天祥（5首）

文天祥（1236—1283），字履善，一字宋瑞，号文山，吉州庐陵（今江西吉安）人，南宋末年的爱国将领、诗人，与陆秀夫、张世杰并称为"宋末三杰"。宝祐四年（1256）状元，累迁至直学士院，不久因讽权相贾似道被罢官。德祐元年（1275）罄家财招兵五万入卫临安，兵败后任右丞相兼枢密使，赴元军议和被拘，押解北上途中逃归。拥立益王赵昰为帝，赴南剑州聚兵抗元。景炎二年（1277）败退广东，祥兴元年（1278）被俘，解至元大都（今北京），元世祖忽必烈亲自劝降，许以中书宰相之职。文天祥大义凛然，宁死不屈，英勇就义。著有《文山诗集》《指南录》《指南后录》《正气歌》等。

扬子江①

几日随风北海游，回从扬子大江头。
臣心一片磁针石②，不指南方不肯休。

注释

① 〔扬子江〕长江在南京一带称扬子江。
② 〔磁针石〕即指南针。

简析

德祐二年（1276）正月，文天祥入元营谈判被拘。临安沦陷，文天祥被押送北上途中乘隙逃脱，经真州抵南通。因长江中沙洲已为敌兵占领，便绕道北行，坐船历北海，然后经长江口南下，至福建募集将士，再度抗元。一路上写下了许多诗篇，总名为《指南录》，这首诗就是其中的一首，诗集名就是根据本诗末句命名的。

首二句纪行，叙述他自镇江逃脱，在海上漂流数日，回到长江口的艰险经历。末二句抒情，表现他不惧千难万险保卫南宋政权的决心。全诗语言浅近，比喻贴切，忠肝义胆，昭若日月。

最豪放名句

臣心一片磁针石，不指南方不肯休。

过零丁洋①

辛苦遭逢起一经②，干戈寥落四周星③。
山河破碎风飘絮④，身世浮沉雨打萍。
惶恐滩⑤头说惶恐，零丁洋里叹零丁。
人生自古谁无死？留取丹心⑥照汗青⑦。

注释

① 〔零丁洋〕伶仃洋，现在广东省珠江口外。

② 〔辛苦遭逢起一经〕早年由科举入仕历尽辛苦。起一经，因一部经书被起用。

③ 〔干戈寥落四周星〕坚持了四年抗元战争。干戈，古代两种兵器，指战争。寥落，荒凉冷落，一作"落落"，谓抗元之兵稀少。四周星，四周年，文天祥从 1275 年起兵抗元，到 1278 年被俘，一共四年。

④ 〔风飘絮〕风中柳絮，喻漂泊无依。

⑤ 〔惶恐滩〕在今江西省万安县，是赣江十八险滩之一。1277 年，文天祥在江西被元军打败，所率军队死伤惨重，妻子儿女也被元军俘虏。

⑥ 〔丹心〕红心，比喻忠心。

⑦ 〔汗青〕指史册。古时在竹简上记事，先以火烤青竹，使水分如汗渗出，便于书写，并免虫蛀。

简析

祥兴元年（1278），文天祥在广东海丰北五坡岭兵败被俘，次年被押过零丁洋时作此诗。后押至崖山，元将张弘范逼迫他写信招降抗元的张世杰、陆秀夫等人，文天祥不从，出此诗以明志。

首联自叙生平，思今忆昔，拈出个人"入世"和国家"勤王"两件大事。颔联还是从国家和个人两方面展开，国家危亡，状若飘絮，个人漂泊，犹似浮萍。颈联继续追述今昔不同的处境和心情，昔日惶恐滩边，诚惶诚恐；今天零丁洋上，孤独一人。尾联笔势一转，抒发理想，耿耿丹心，光耀史册。

据说张弘范看到文天祥这首诗，连称："好人，好诗！"这首诗的尾联更是激励和感召着古往今来无数志士仁人为正义事业英勇献身。

最豪放名句

人生自古谁无死？留取丹心照汗青。

金陵驿（其一）

草合离宫①转夕晖，孤云飘泊复何依？
山河风景元无异，城郭人民半已非。
满地芦花和我老，旧家燕子②傍谁飞？
从今别却江南路③，化作啼鹃带血④归。

注释

① 〔草合离宫〕草已长满旧时皇帝行宫。

② 〔旧家燕子〕刘禹锡《乌衣巷》："旧时王谢堂前燕，飞入寻常百姓家。"

③ 〔江南路〕宋至道三年（997）置，今江西、安徽长江以南大多数土地均属于江南路。此指长江以南。

④ 〔啼鹃带血〕传说杜鹃昼夜悲鸣，啼至血出乃止。常用以形容哀痛之极。

简析

这首诗是文天祥被押赴元大都经金陵时所作，组诗共两首。

首联写国家与个人的双重不幸，无限悲恨，无限怅惘。颔联揭露战乱给人民带来的深重灾难，反映出诗人心系天下、情关百姓的赤子情怀。颈联用满地芦花衬托自己的满头白发，流露出对百姓生活的深深担忧。尾联写诗人的亡国之痛和殉国之志，与"人生自古谁无死，留取丹心照汗青"异曲同工，旗帜鲜明地表达出诗人视死如归、以死报国的坚强决心。

最豪放名句

从今别却江南路，化作啼鹃带血归。

酹江月·和友驿中①言别

乾坤②能③大，算蛟龙元不是池中物④。风雨牢愁无著处，那更寒蛩⑤四壁。横槊题诗⑥，登楼作赋⑦，万事空中雪。江流如此，方来还有英杰。

堪笑一叶漂零，重来淮水，正凉风新发。镜里朱颜都变尽，只有丹心难灭。去去龙沙⑧，江山回首，一线青如发⑨。故人应念，杜鹃枝上残月。

注释

① 〔驿中〕驿站中。

② 〔乾坤〕指天地。

③ 〔能〕同"恁"，如许、这样。

④ 〔蛟龙元不是池中物〕《三国志·吴书·周瑜传》："恐蛟龙得云雨，终非池中物也。"

⑤ 〔寒蛩（qióng）〕深秋的蟋蟀。

⑥ 〔横槊题诗〕唐元稹《唐故检校工部员外郎杜君墓系铭》："曹氏父子鞍马间为文，往往横槊赋诗。"另苏东坡《前赤壁赋》写曹操："酾（shāi）酒临江，横槊赋诗，固一世之雄也。"

⑦ 〔登楼作赋〕东汉王粲有《登楼赋》抒发个人抱负。

⑧ 〔龙沙〕指北方沙漠。《后汉书·班超传赞》："定远慷慨，专功西遐。坦步葱雪，咫尺龙沙。"

⑨ 〔一线青如发〕苏轼《澄迈驿通潮阁》："杳杳天低鹘没处，青山一发是中原。"

简析

与文天祥一起被押北行的还有他的同乡好友邓剡（shàn）（1232—1303）。过金陵时，邓剡因病就医，文天祥继续被解北上。临别之时邓剡写了一首《酹江月·驿中言别》赠送，文天祥写此词酬答。二词均用苏轼《念奴娇·赤壁怀古》原韵。

上片起首四句以不凡的气势写出天地乾坤的辽阔，英雄豪杰决不会低头屈服，一旦时机成熟，就会像蛟龙出池，腾飞云间。后五句，笔锋一转，虽然曹操、王粲这样的人物都已逝去，但滚滚长江后浪推前浪的气势，使他相信肯定有英雄继起，完成复国大业。下片首三句写自己和邓剡身不由己，身陷囹圄（líng yǔ）的悲哀。接下来四句以自己矢志不渝、坚贞不屈的决心回答邓剡的赠词。收尾两句，更表达了词人的一腔忠愤：即使为国捐躯，也要化作杜鹃归来，生为民族奋斗，死后魂依故国，他把自己的赤子之心和满腔血泪都凝聚在这结句之中。

全词直抒胸臆，激昂慷慨，苍凉悲壮，充分表现出作者对南宋王朝的耿耿忠心以及高尚的民族气节。

最豪放名句

乾坤能大，算蛟龙元不是池中物。／镜里朱颜都变尽，只有丹心难灭。

正气歌

余囚北庭，坐一土室。室广八尺，深可四寻。单扉低小，白间短窄，污下而幽暗。当此夏日，诸气萃然：雨潦四集，浮动床几，时则为水气；涂泥半朝，蒸沤历澜，时则为土气；乍晴暴热，风道四塞，时则为日气；檐阴薪爨，助长炎虐，时则为火气；仓腐寄顿，陈陈逼人，时则为米气；骈肩杂沓，腥臊汗垢，时则为人气；或圊溷、或毁尸、或腐鼠，恶气杂出，时则为秽气。叠是数气，当之者鲜不为厉。而予以羸弱，俯仰其间，於兹二年矣，幸而无恙，是殆有养致然尔。然亦安知所养何哉？孟子曰："吾善养吾浩然之气。"彼气有七，吾气有一，以一敌七，吾何患焉！况浩然者，乃天地之正气也，作正气歌一首。①

天地有正气，杂然赋流形②。

下则为河岳，上则为日星。

於人曰浩然，沛乎塞苍冥③。

皇路当清夷，含和吐明庭④。

时穷节乃见，一一垂丹青。

在齐太史简，在晋董狐笔。

在秦张良椎，在汉苏武节。

为严将军头，为嵇侍中血。

为张睢阳齿，为颜常山舌。

或为辽东帽，清操厉冰雪。

或为出师表，鬼神泣壮烈。

或为渡江楫，慷慨吞胡羯。

或为击贼笏，逆竖头破裂⑤。

是气所磅礴，凛烈万古存。

当其贯日月，生死安足论。

地维赖以立，天柱赖以尊。

三纲实系命⑥，道义为之根。

嗟予遘阳九⑦，隶也实不力。

楚囚缨其冠，传车送穷北⑧。

鼎镬甘如饴⑨，求之不可得。

阴房阗鬼火⑩，春院閟天黑⑪。

牛骥同一皂，鸡栖凤凰食⑫。

一朝蒙雾露，分作沟中瘠⑬。

如此再寒暑，百沴自辟易⑭。

哀哉沮洳场⑮，为我安乐国。

岂有他缪巧，阴阳不能贼⑯。

顾此耿耿在⑰，仰视浮云白。

悠悠我心悲，苍天曷有极⑱。

哲人日已远，典刑在夙昔⑲。

风檐展书读⑳，古道照颜色。

注释

①〔诗序〕我被囚禁在北国的都城，住在一间土屋内。土屋有八尺宽，大约四丈深。有一道单扇门又低又小，一扇白木窗子又短又窄，地方又脏又矮，又湿又暗。碰到这夏天，各种气味都汇聚在一起：雨水从四面流进来，甚至漂起床、几，这时屋子里都是水气；屋里的污泥因很少照到阳光，蒸熏恶臭，这时屋子里都是土气；突然天晴暴热，四处的风道又被堵塞，这时屋子里都是日气；有人在屋檐下烧柴火做饭，助长了炎热的肆虐，这时屋子里都是火气；仓库里储藏了很多腐烂的粮食，阵阵霉味逼人，这时屋子里都是霉烂的米气；关在这里的人多，拥挤杂乱，到处散发着腥臊汗臭，这时屋子里都是人气；又是粪便，又是腐尸，又是死鼠，各种各样的恶臭一起散发，这时屋子里都是秽气。这么多的气味加在一起，成了瘟疫，很少有人不染病的。可是我以虚弱的身子在这样坏的环境中生活，到如今已经两年了，却没有什么病。这大概是因为我保有正气才会这样吧。然而怎么知道这正气是什么呢？孟子说："我善于培养我心中的浩然之气。"它有七种气，我有一种气，用我的一种气可以敌过那七种气，我担忧什么呢！况且博大刚正的，是天地之间的凛然正气。（因此）写成这首《正气歌》。北庭，指元大都（今北京）。扉，门。白间，窗户。萃，聚集。潦（lǎo），积水。朝，同"潮"。蒸沤历澜，热气蒸，积水沤，到处都杂乱不堪。薪爨（cuàn），烧柴做饭。仓腐寄顿，仓库里储存的米谷腐烂了。陈陈逼人，陈旧的粮食年年相加，霉烂的气味使人难以忍受。骈肩杂沓（tà），肩挨肩，拥挤杂乱的样子。腥臊，鱼肉发臭的气味，此指囚徒身上发出的酸臭气味。

圉溷（qīng hún），厕所。秽（huì），恶报。疠，病。殆，大概。有养，保有正气。患，担忧，害怕。

②〔杂然赋流形〕（正气）赋予万物而变化为各种形体。

③〔沛乎塞苍冥〕（正气）充塞天地之间。沛乎，旺盛的样子。苍冥，天地之间。

④〔皇路当清夷，含和吐明庭〕国运清明太平的时候，它呈现为祥和的气氛和开明的朝廷。皇路，国运，国家的局势。清夷，清平，太平。

⑤〔逆竖头破裂〕以上十六句分别写了崔杼弑君杀史官、董狐秉笔直书、张良椎击秦皇、苏武牧羊、严颜不降张飞、惠帝不洗嵇绍血、张巡固守睢阳、颜杲卿大骂安禄山、管宁安贫、诸葛亮出师表、祖逖中流击楫、段秀实笏击朱泚等忠臣故事。

⑥〔三纲实系命〕三纲即靠正气支撑着。汉班固《白虎通义·三纲六纪》："三纲者，何谓也？君臣、父子、夫妇也。"

⑦〔嗟予遘（gòu）阳九〕感叹我生逢国家危难之时。遘，遭逢，遇到。阳九，即百六阳九，古人用以指灾难年头，此指国势危亡。

⑧〔楚囚缨其冠，传车送穷北〕我心系宋朝，被囚车送到这北方。《左传·成公九年》载，春秋时被俘往晋国的楚国俘房钟仪戴着一种楚国帽子，晋侯问是什么人，旁边人回答说是"楚囚"。这里作者是说，自己被拘囚着，把从江南戴来的帽子的带系紧，表示虽为囚徒仍不忘宋朝。传车，官办交通站的车辆。穷北，极远的北方。

⑨〔鼎镬（huò）甘如饴〕身受鼎镬那样的酷刑，也感到像吃糖一样甜，表示不怕牺牲。鼎镬，大锅。古代一种酷刑，把人放在鼎镬里活活煮死。

⑩〔阴房阗（tián）鬼火〕囚室阴暗寂静，只有鬼火出没。杜甫《玉华宫》诗："阴房鬼火青。"阴房，见不到阳光的居处，此指囚房。阗，充满、填塞。

⑪〔春院閟（bì）天黑〕虽在春天里，院门关得紧紧的，照样是一片漆黑。杜甫《大云寺赞公房》诗："天黑閟春院。"閟，同"闭"，关闭。

⑫〔牛骥同一皂，鸡栖凤凰食〕牛和骏马同槽，鸡和凤凰共处，比喻贤愚不分。皂，马槽。

⑬〔分作沟中瘠〕料到自己一定成为沟中的枯骨。分，料，估量。沟中瘠，弃于沟中的枯骨。《说苑》："死则不免为沟中之瘠。"

⑭〔百沴自辟易〕各种致病的恶气都自行退避了。这是说没有生病。

⑮〔沮洳（rù）场〕低下阴湿的地方。

⑯〔岂有他缪（miù）巧，阴阳不能贼〕哪有什么妙法奇术，使得阴阳两

界都不能伤害自己？缪巧，智谋，机巧。贼，害。

⑰〔顾此耿耿在〕只因心中充满正气。耿耿，光明貌。

⑱〔苍天曷（hé）有极〕像苍天一样，哪有尽头。曷，何，哪。

⑲〔典刑在夙昔〕榜样，模范。夙昔，从前，过去。

⑳〔风檐展书读〕在临风的廊檐下展开史册阅读。

简析

文天祥被解至元大都后，元朝统治者对他威逼利诱，许以高位，软硬兼施，文天祥都誓死不屈，被囚三年，至元十九年十二月九日（1283 年 1 月 9 日）慷慨就义。这首诗是他死前一年在狱中所作。

诗的开头即点出浩然正气存乎天地之间，至时穷之际，必然会显示出来。随后连用十二个典故，都是历史上有名的忠臣，他们的所作所为凛然显示出浩然正气。接下来八句说明浩然正气贯日月，立天地，为三纲之命，道义之根。最后联系到自己的命运，自己虽然兵败被俘，处在极其恶劣的牢狱之中，但是由于自己一身正气，各种邪气和疾病都不能侵犯自己，因此能够坦然面对自己的命运。

全诗感情深沉，气壮山河，直抒胸臆，毫无雕饰，充分体现了作者崇高的民族气节和强烈的爱国主义精神。清康熙《古文评论》卷四十三："斯篇出于至性，慷慨凄恻。朕每于披读之际，不觉泪下数行，其忠君忧国之诚，洵足以弥宇宙而贯金石。"

最豪放名句

天地有正气，杂然赋流形。/时穷节乃见，一一垂丹青。

关汉卿（2 首）

关汉卿（约 1234—1300），字汉卿，号已斋、一斋、已斋叟，大都（今北京市）人，元杂剧奠基人，"元曲四大家"之一。以杂剧的成就最大，著有《窦娥冤》《单刀会》《单鞭夺槊》《西蜀梦》等；另有散套多首，被誉为"曲圣"。

【南吕】一枝花（节选）

（尾）我是个蒸不烂、煮不熟、捶不匾、炒不爆响当当一粒铜豌豆，恁子弟每谁教你钻入他锄不断、斫不下、解不开、顿不脱慢腾腾千层锦套头①。我玩的是梁园②月，饮的是东京③酒，赏的是洛阳花④，攀的是章台⑤柳。我也会围棋、会蹴踘⑥、会打围⑦、会插科⑧、会歌舞、会吹弹、会咽作⑨、会吟诗、会双陆⑩。你便是落了我牙、歪了我嘴、瘸了我腿、折了我手，天赐与我这几般儿歹症候，尚兀自⑪不肯休。

注释

① 〔锦套头〕锦绳结成的套头，比喻圈套、陷阱。

② 〔梁园〕又名"梁苑"，汉代梁孝王游玩的园子，在今河南开封府附近。后泛指名胜游玩之所。

③ 〔东京〕汉代以洛阳为东京，宋代以汴州为东京，辽时改南京（今辽阳）为东京。此处和上下文地名均非实指。

④ 〔洛阳花〕指牡丹。

⑤ 〔章台〕汉长安街名。

⑥ 〔蹴踘（cù jū）〕古代的一种足球运动。也叫蹴鞠。

⑦ 〔打围〕打猎。

⑧ 〔插科〕戏曲演员在表演中穿插的引人发笑的动作，也称"插科打诨"。

⑨ 〔咽作〕一种杂戏。

⑩ 〔双陆（liù）〕又名"双六"，古代一种赌博的游戏。

⑪ 〔尚兀自〕仍然还。

简析

这是关汉卿套曲《【南吕】一枝花·不伏老》的尾曲，用本色、诙谐的语言，大胆、夸张的笔调，描写了作者的浪漫生活，倾诉了一泻无余的感情，显示了狂放不羁的性格，表明了坚决不与统治阶级合作的决心。

曲作发挥了散曲形式的特点，气韵深沉，语势狂放，历来为人传诵，被视为关汉卿散曲的代表作，"铜豌豆"的比喻也成为刚强不屈者的代名词。

最豪放名句

我是个蒸不烂、煮不熟、捶不匾、炒不爆响当当一粒铜豌豆。

【南吕】四块玉·闲适

适意行，安心坐，渴时饮饥时餐醉时歌，困来时就向莎茵①卧。日月长，天地阔，闲快活！

旧酒投②，新醅泼③，老瓦盆边笑呵呵，共山僧野叟闲吟和。他出一对鸡，我出一个鹅，闲快活！

意马收，心猿锁④，跳出红尘恶风波，槐阴午梦⑤谁惊破？离了利名场，钻入安乐窝，闲快活！

南亩耕⑥，东山卧⑦，世态人情经历多，闲将往事思量过。贤的是他，愚的是我，争甚么？

注释

①〔莎（suō）茵〕指草坪。

②〔投〕本作"酘（dòu）"，指再酿之酒。

③〔新醅（pēi）泼〕醅指未滤过的酒；泼即"酦（pō）"，指酿酒，新醅泼是说新酒也酿出来了。

④〔意马收，心猿锁〕人的名利心好像奔腾的马、烦躁的猿，必须拴住、锁着才能静得下来。"意马""心猿"是来自佛教经典中的典故。

⑤〔槐阴午梦〕即南柯梦。

⑥〔南亩耕〕耕田。《诗经·豳风·七月》："同我妇子，馈彼南亩，田畯至喜。"

⑦〔东山卧〕东晋谢安"东山高卧"。谢安曾隐居在东山，后入朝为相，后来人们常用"东山高卧"形容那些高洁之士的隐居生活。

简析

这组小令创作于元代初期。当时道教盛行，一些知识分子在诗歌中流露出看破红尘、参透荣辱的意识，只想退出那"车尘马足，蚁穴蜂衙"的官场，走到那"闲中自有闲中乐，天地一壶宽又阔"的世界里去。关汉卿这一组小令就是这种意识的代表。

第一首曲子概括写出闲适生活的情景，反映了作者的心境比天地更空旷。第二首曲子描写诗人与朋友诗酒欢宴的惬意场面，充溢着闲适和舒畅的气氛。第三首曲子反映了作者看破红尘、放下名利，希望在归隐中安享晚年的内心呼唤。第四首曲子倾诉了自己为何愿意过闲适的隐居生活的苦衷，可看作是这组小令的总结。曲末一声"争什么"突出了与世无争的思想。

这组小令表现出作者傲岸的气骨和倔强的个性，也反映出作者对黑暗官场的不满情绪。全曲语言朴实自然，毫无雕琢痕迹，形象鲜明生动，传神感人。

最豪放名句

渴时饮饥时餐醉时歌，困来时就向莎茵卧。日月长，天地阔，闲快活！

郑思肖（1首）

郑思肖（1241—1318），字忆翁，表示不忘故国；原名之因，宋亡后改名思肖，因肖是宋朝国姓赵（趙）的组成部分；号所南，日常坐卧，要向南背北。亦自称菊山后人、景定诗人、三外野人、三外老夫等，连江（今福建福州连江县）人，宋末诗人、画家。曾以太学上舍生应博学鸿词试。元军南侵时，向朝廷献抵御之策，未被采纳。后隐居在苏州一个寺庙里，郁郁而终。郑思肖擅长作墨兰，皆不画根土，寓意南宋失去国土根基。有诗集《心史》《郑所南先生文集》《所南翁一百二十图诗集》等。

寒菊①

花开不并②百花丛，独立疏篱趣未穷。
宁可枝头抱香死，何曾③吹落北风中。

注释

①〔寒菊〕一作"画菊"。

②〔不并〕不合、不靠在一起。

③〔何曾〕哪曾，不曾。

简析

这首诗写于南宋灭亡之后。

此诗以寒菊象征忠于故国，决不向新朝俯首的凛然气节。诗中句句扣紧寒菊的自然特性来写，妙在这些自然特性又处处关合、暗示出诗人的情怀。"抱香"，喻指自己高洁的民族情操，"北风"，暗示北方来的蒙古统治者。

全诗壮烈激昂，气节感人，忠心不渝，掷地有声。

最豪放名句

宁可枝头抱香死，何曾吹落北风中。

张养浩（1首）

张养浩（1270—1329），字希孟，号云庄，又称齐东野人，济南（今山东济南）人，元代政治家、文学家。少有才学，被荐为东平学正。历仕礼部、御史台掾属、太子文学、监察御史、官翰林侍读、右司都事、礼部侍郎、礼部尚书、中书省参知政事等。一生经历了世祖、成宗、武宗、英宗、泰定帝和文宗数朝。后辞官归隐，朝廷七聘不出。天历二年（1329），关中大旱，出任陕西行台中丞。是年，积劳成疾，逝于任上。至顺二年（1331），追赠摅诚宣惠功臣、荣禄大夫、陕西等处行中书省平章政事、柱国，追封滨国公，谥礼部侍郎、礼部尚书、中书省参知政事，尊为张文忠公。元代名臣之一，与清河元明善、汶上曹元用并称为"三俊"。

【双调】折桂令

一轮飞镜谁磨？照彻乾坤，印透山河。玉露泠泠①，洗秋空银汉②无波，比常夜清光更多，尽无碍桂影婆娑③。老子高歌，为问嫦娥，良夜恹恹④，不醉如何？

注释

① 〔泠泠（líng líng）〕形容清凉。

② 〔银汉〕天河。

③ 〔婆娑（suō）〕盘旋舞动的样子。

④ 〔恹恹（yān）〕精神不振的样子。

简析

这首小令描写中秋明月。作者着力描绘了中秋之夜月光的空灵澄澈，创造出清幽宁静的意境与氛围。借月抒情，最后以对嫦娥发问的形式，抒发了中秋之夜意欲一醉方休的情致。

四川师范大学赵义山说："此曲风格乐天放旷，与诗词中月下饮酒多写愁怨或相思迥异，正元曲本色也。"

最豪放名句

一轮飞镜谁磨？照彻乾坤，印透山河。

范梈（1首）

范梈（pēng）（1272—1330），字亨父，一字德机，人称文白先生，清江（今江西宜春樟树）人，元代诗人，与虞集、杨载、揭傒斯齐被誉为"元诗四大家"。历官翰清江林院编修、海南海北道廉访司照磨、福建闽海道知事等职，有政绩。其诗好为古体，风格清健淳朴，用力精深，著有《范德机诗集》。

王氏能远楼①

游莫羡天池鹏②，归莫问辽东鹤③。
人生万事须自为，跬步④江山即寥廓。
请君得酒勿少留，为我痛酌王家能远之高楼。
醉捧勾吴匣中剑⑤，斫断千秋万古愁⑥。

沧溟朝旭射燕甸⑦，桑枝正搭虚窗面⑧。

昆仑池上碧桃花⑨，舞尽东风千万片。

千万片，落谁家？愿倾海水溢流霞⑩。

寄谢尊⑪前望乡客，底须惆怅惜天涯⑫。

注释

①〔王氏能远楼〕楼名，意指可极目远眺之楼，在元大都（今北京市）郊外。王氏其人不详。

②〔天池鹏〕《庄子·逍遥游》："南冥者，天池也。《齐谐》者，志怪者也。《谐》之言曰：'鹏之徙于南冥也，水击三千里，抟扶摇而上者九万里，去以六月息者也。'"

③〔辽东鹤〕传说辽东人丁令威离家学仙得道，千年后化为鹤飞回辽东。事见东晋陶潜《搜神后记》。

④〔跬（kuǐ）步〕古称一举足（一脚向前迈出后着地）的距离为跬，两举足的距离为步。这里作动词，举步、迈步。

⑤〔勾吴匣中剑〕春秋时吴国善造剑，后人常借吴剑来称宝剑。勾吴，即吴国，越王勾践。

⑥〔斫（zhuó）断千秋万古愁〕此句反用李白《宣州谢朓楼饯别校书叔云》"抽刀断水水更流，举杯销愁愁更愁"意。斫，用刀斧砍。

⑦〔沧溟朝旭射燕甸〕大海朝阳照射着燕地的郊野。燕，元大都（今北京市）属古燕国。

⑧〔桑枝正搭虚窗面〕阳光照射着能远楼的窗子。桑，古代神话中海外的大桑树，据说是太阳出来的地方。

⑨〔昆仑池上碧桃花〕传说神仙西王母居住在昆仑山，上有瑶池，种有三千六百株桃树，三千年一开花，三千年一结果。昆仑池，传说西王母所居宫阙，"左带瑶池，右环翠水"。见《太平广记》卷五十六引《集仙录》。

⑩〔流霞〕仙人所饮，"每饮一杯，数月不饥"（见《论衡·道虚》），后多喻美酒。李白《九日》："携壶酌流霞，搴菊泛寒荣。"

⑪〔尊〕同"樽"，酒杯。

⑫〔底须惆怅惜天涯〕何必为远离家乡浪迹天涯而惆怅、悲哀呢！底须，何须。惜，哀伤。

简析

范梈于元成宗大德十一年（1307）初到京城，时三十六岁，以卖卜为业。某日，范梈与友人同饮于王家能远楼，作诗抒发忧愤。此诗立意高远，气势酣畅，一气呵成，表达了诗人睥睨人寰的高情逸志。

前四句即现胸怀和志趣，强调万事自为，给人以突兀雄奇之感。次四句收笔眼前，写痛饮能远楼，销去万古愁。后八句先写能远楼被旭日照耀之景，接着将诗意荡漾开去，思绪升腾，神游天外。最后又回归筵席，酒醉今朝，寄语思乡远客，不必愁肠百结、惆怅无涯。

诗歌境界开阔，意象纷呈。时间上，上溯千年，下迄当今；空间上，上天入地，仙界人间。全诗气脉贯注，流光溢彩，句法参差，腾挪变化，造成大起大落、大开大合的气魄，把一腔情逸挥洒得淋漓尽致。揭傒斯评其诗："如秋空行云，晴雷卷雨，纵横变化，出入无联。又如空山道者，辟谷学仙，瘦骨嶙嶒，神气自若。又如豪鹰掠野，独鹤叫群，四顾无人，一碧万里。"（《范先生诗序》）。上海古典文学学会理事刘明浩说："本诗痛感人生变幻，世事无常。气宇超迈，意象飞翔，近乎李白、苏轼诗的豪放风格。"

最豪放名句

人生万事须自为，踉步江山即寥廓。/醉捧勾吴匣中剑，斫断千秋万古愁。

周德清（1首）

周德清（1277—1365），字日湛，号挺斋，瑞州高安（今江西宜春高安市）人，元代文学家、音韵学家。工乐府，善音律，终身不仕。著有音韵学名著《中原音韵》。

【正宫】塞鸿秋·浔阳①即景

长江万里白如练，淮山②数点青如淀③。江帆几片疾如箭，山泉千尺飞如电。晚云都变露，新月初学扇，塞鸿④一字来如线。

注释

① 〔浔（xún）阳〕今江西九江。

② 〔淮山〕在安徽省境内，这里泛指远山。

③ 〔淀〕同"靛（diàn）"，即靛青，一种青蓝色染料。

④ 〔塞鸿〕边地的鸿雁。

简析

这首写景小令，用喻巧妙，勾画了一幅生动传神的长江动态秋景图。作品描绘浔阳一带景色，一连铺排了江、山、帆、泉、云、月、雁七种景物，有面有点，有线有片，有青有白，有静有动，远近高下，相得益彰，可谓片言罗千里，风景美如画。

最豪放名句

江帆几片疾如箭，山泉千尺飞如电。

王冕（1首）

王冕（1287—1359），字元章，号煮石山农，亦号食中翁、梅花屋主等，浙江绍兴诸暨人，元朝画家、诗人。出身贫寒，自学成才。性格孤傲，鄙视权贵，诗作多同情人民苦难，谴责豪门权贵，轻视功名利禄，描写田园隐逸生活。一生钟爱梅花，种梅、咏梅、画梅。有《竹斋集》。

墨梅①

吾家②洗砚池③头树，朵朵花开淡墨痕。
不要人夸颜色好，只留清气满乾坤。

注释

① 〔墨梅〕用墨画的梅花。

②〔吾家〕我的本家。晋代书法家王羲之晚年迁居于绍兴金庭，与王冕同姓、同乡。吾，一作"我"。

③〔洗砚池〕宋代曾巩《墨池记》记载，王羲之"临池学书，池水尽黑"。

简析

此诗约作于至正九年至十年（1349—1350）期间，王冕在长途漫游以后回到了绍兴，在会稽九里山买地造屋，名为梅花屋，自号梅花屋主。此诗另一版本作"吾家洗砚池头树，个个花开淡墨痕。不要人夸好颜色，只流清气满乾坤"。

一二句描写墨梅，三四句盛赞墨梅，借墨梅的高风亮节，寄寓清高正直之气，表现了作者不向世俗迎合的高洁操守。全诗构思精巧、淡中有味，直中有曲，极富清新高雅之气。

最豪放名句

不要人夸颜色好，只留清气满乾坤。

宋方壶（1首）

宋方壶，生卒年不详，名子正，号方壶，华亭（今上海市松江区）人。曾筑室于华亭莺湖，名之曰"方壶"（古仙山名），遂以为号。约生活在元末明初。

【中吕】山坡羊·道情

青山相待，白云相爱，梦不到紫罗袍共黄金带①。一茅斋，野花开。管甚谁家兴废谁成败，陋巷箪瓢②亦乐哉。贫，气不改；达，志不改。

注释

①〔紫罗袍共黄金带〕代指高官厚禄，荣华富贵。

②〔陋巷箪瓢〕《论语·雍也》："一箪食，一瓢饮，在陋巷，人不堪其忧，

回也不改其乐。"

简析

宋方壶曾客居钱塘，来往湖山之间，多年过着隐居生活。

此曲表现出作者对悠然自得的田间生活的满足感，表现出一片浩然之气，达到了"贫贱不能移""富贵不能淫"的境界。语言朴实真挚，风格旷达超迈，襟怀开阔，气度不凡。

最豪放名句

贫，气不改；达，志不改。

唐珙（1首）

唐珙（gǒng），字温如，元末明初诗人，会稽山阴（今浙江绍兴）人。生平事迹不详。

题龙阳县青草湖①

西风吹老洞庭波，一夜湘君②白发多。
醉后不知天在水③，满船清梦压星河。

注释

①〔题龙阳县青草湖〕一题作"过洞庭"。龙阳县，即今湖南汉寿。青草湖，位于洞庭湖的东南部，与洞庭湖相连相通，诗中当成了"洞庭湖"。

②〔湘君〕尧的女儿，舜的妃子，死后化为湘水女神。

③〔天在水〕天上的银河映在水中。

简析

这是一首超然物外的纪游诗。

一二句悲秋，写秋风飒飒而起，广袤无垠的洞庭湖水，泛起层层波浪，萧瑟之秋景，竟使美丽的湘君一夜间愁成满头银发。三四句记梦，诗人酒醉之后，渐渐地进入了梦乡。他仿佛觉得自己不是在洞庭湖中泊舟，而是在银河之上荡桨，船舷周围见到的是一片星光灿烂的世界。

这首诗写景叙梦，清新奇丽而又含蓄丰富，笔调轻灵，超尘拔俗，充满浪漫主义色彩。

最豪放名句

醉后不知天在水，满船清梦压星河。

朱元璋（1首）

朱元璋（1328—1398），字国瑞，原名重（chóng）八，又名兴宗，后改为元璋，安徽明光（今安徽滁州明光市）人，生于濠州钟离（今安徽凤阳），明朝开国皇帝。在位期间励精图治，史称"洪武之治"。庙号太祖。

愤题和尚诘问

杀尽江南百万兵，腰间宝剑血犹腥。
山僧不识英雄主，只顾哓哓①问姓名。

注释

①〔哓（xiāo）哓〕嚷叫的声音。

简析

此诗作于朱元璋和陈友谅龙湾之战后，他独自游历紫金山，在山中寺院留宿。主持看其相貌凶恶，煞气甚重，便欲教化，次日朱元璋在寺院墙壁上赋诗一首，大笑而去。

诗歌前两句先声夺人，写出自己的英雄业绩；后两句叙事，道出题诗原因。诗歌字里行间流露出作者的王者霸气，以及扫平宇内、一统天下的志向。

朱元璋领兵打仗前读书识字不多，其诗作多为民间流传，也许并非其本人所作。还有一首打油诗也颇富气势，为人传诵："鸡叫一声撅一撅，鸡叫两声撅两撅。三声唤出扶桑日，扫退残星与晓月。"

最豪放名句

杀尽江南百万兵，腰间宝剑血犹腥。

阿鲁威（1 首）

阿鲁威，生卒年不详，字叔重，号东泉，蒙古族人。曾任南剑太守、经筵官、参知政事。能诗，尤擅散曲，今有几十支散曲传世。

【双调】蟾宫曲·怀古

鸱夷①后那个清闲？谁爱雨笠烟蓑，七里严湍②。除却巢由③，更无人到，颍水箕山。叹落日孤鸿往还④，笑桃源洞口⑤谁关？试问刘郎⑥，几度花开，几度花残？　问人间谁是英雄？有酾酒⑦临江，横槊曹公。紫盖黄旗⑧，多应借得，赤壁东风。更惊起南阳卧龙⑨，便成名八阵图⑩中。鼎足三分，一分西蜀，一分江东。

注释

①〔鸱夷〕指范蠡（前 536—前 448）。范蠡辅佐越王勾践，雪了会稽之耻后，变名易姓，乃携西施泛舟游于五湖之上。到了齐，叫作"鸱夷子皮"；到了陶，又叫作"陶朱公"。事见《史记·越王勾践世家》。

②〔七里严湍（tuān）〕指东汉严子陵隐居不仕，在七里滩钓鱼过活的事。事见《后汉书·逸民列传》。

③〔巢由〕巢父和许由。巢父，尧时隐士，以树为巢而寝其上，故时人号曰巢父。许由（又名繇），尧把天下让给他，他认为玷污了他的耳朵，于是到颍水之滨去洗耳。并遁居于颍水之阳，箕山之下，终身不出。二人事均见皇甫谧《高士传》。

④〔叹落日孤鸿往还〕苏轼《卜算子》："谁见幽人独往来，缥缈孤鸿影。"

孤鸿，这里指隐居高士。

⑤〔桃源洞口〕指陶渊明《桃花源记》事。

⑥〔刘郎〕指刘晨。相传东汉永平年间，他与阮肇同入天台山采药，遇二女子，邀至家，留居半载，还乡时，子孙已历七世。事见《幽明录》及《太平广记》。

⑦〔釃（shī）酒〕斟酒。

⑧〔紫盖黄旗〕指云气，形状如紫伞黄旗，古人认为这是王者之气的象征。此处指孙权。

⑨〔南阳卧龙〕指诸葛亮（181—234）。诸葛亮曾隐居南阳卧龙岗，时人称之为卧龙先生。

⑩〔八阵图〕指诸葛亮所作八卦阵。语出杜甫《八阵图》："功盖三分国，名成八阵图。"

简析

阿鲁威《蟾宫曲》有数支，这是其中一支，是吊古咏史之作。

上叠，回忆和揶揄了历史上几位著名的隐士，感叹真正的隐士少之又少。下叠，缅怀和赞颂了三国时期三位杰出人物曹操、周瑜、诸葛亮。诗人以大开大合之笔，再现了三国人物的历史风采，歌颂了他们的丰功伟业，含蓄地表达了自己追慕古贤、大展经纶之宏愿。

全曲凝练紧凑，雄健高昂，笔力不凡，大有苏轼《念奴娇·赤壁怀古》、辛弃疾《南乡子·何处望神州》之遗风。

最豪放名句

问人间谁是英雄？有釃酒临江，横槊曹公。

唐寅（1首）

唐寅（1470—1524），字伯虎，后改字子畏，号六如居士、桃花庵主、鲁国唐生、逃禅仙吏等，苏州吴县（今苏州）人，明代画家、书法家、诗人。28岁时中南直隶乡试第一，次年入京会试，因科举案受牵连入狱、被贬，从此游荡江湖，终成一代画家。画与沈周、文徵明、仇英并称"吴门四家"，又称"明四家"。诗文与祝允明、文徵明、徐祯卿并称"吴中四才子"。

桃花庵歌

桃花坞①里桃花庵，桃花庵下桃花仙。

桃花仙人种桃树，又摘桃花卖酒钱。

酒醒只在花前坐，酒醉还来花下眠。

半醒半醉日复日，花落花开年复年。

但愿老死花酒间，不愿鞠躬车马前。

车尘马足富者事，酒盏花枝隐士缘②。

若将富贵比贫贱，一在平地一在天。

若将贫贱比车马，他得驱驰我得闲。

别人笑我太疯癫③，我笑他人看不穿。

不见五陵豪杰墓④，无花无酒锄作田。

注释

①〔桃花坞（wù）〕位于苏州金阊门外，唐寅于此筑室，名桃花庵。

②〔车尘马足富者事，酒盏花枝隐士缘〕一作"车尘马足富者趣，酒盏花枝贫者缘"。

③〔太疯癫〕也作"忒风颠"或"忒风骚"。

④〔五陵豪杰墓〕指豪门贵族的坟墓。五陵，汉朝的长陵、安陵、阳陵、茂陵、平陵五座皇陵，皇陵周围还环绕着富家豪族和外戚陵墓。

简析

此诗写于弘治十八年（1505），唐寅科场遭诬6年之后。诗歌表达了诗人乐于归隐、淡泊功名、追求闲适生活的态度。

诗歌前四句是叙事，说自己是隐居于桃花坞的桃花仙人。次四句描述了诗人与花为邻、以酒为友的生活。中间四句点出自己的生活愿望：不愿低三下四追随富贵之门，宁愿老死花间。接下来四句比较富贵和贫穷的优缺点，揭示贫与富的辩证关系。最后四句表明自己愤世嫉俗、甘居清贫的志向。

广西大学李寅生说："唐寅此诗真切平易，不拘成法，大量采用口语，意境清新，对人生、社会常常怀着傲岸不平之气，深受后世高洁之士的喜爱。"

最豪放名句

别人笑我太疯癫，我笑他人看不穿。

于谦（2首）

于谦（1398—1457），字廷益，号节庵，杭州府钱塘（今浙江杭州上城区）人，明朝名臣，民族英雄。永乐十九年（1421）登进士第，宣德元年（1426）随明宣宗平定朱高煦之乱，升江西巡按，后以兵部右侍郎巡抚河南、山西等地。明英宗时遭权臣诬陷下狱，不久复任。土木之变后，升任兵部尚书。明代宗时抵御瓦剌（là）大军。天顺元年（1457）英宗复辟，含冤遇害。弘治二年（1489）追谥"肃愍（mǐn）"，明神宗时改谥"忠肃"。与岳飞、张煌言并称"西湖三杰"，《明史》称赞其"忠心义烈，与日月争光"。有《于忠肃集》传世。

石灰吟

千锤万凿①出深山，烈火焚烧若等闲。
粉骨碎身②浑③不怕④，要留清白在人间。

注释

① 〔千锤万凿〕一作"千锤万击"。
② 〔粉骨碎身〕一作"粉身碎骨"。
③ 〔浑〕一作"全"。
④ 〔怕〕一作"惜"。

简析

据说于谦写此诗时才12岁。

此诗托物言志，借物喻人，表现了诗人高洁的品格和崇高的理想，是其一生光明磊落的写照。语言质朴自然，不事雕琢，尤其是作者那积极进取的人生态度和大无畏的凛然正气，更给人以启迪和激励。

最豪放名句

粉骨碎身浑不怕，要留清白在人间。

咏煤炭

凿开混沌①得乌金，藏蓄阳和②意最深。
爇火③燃回春浩浩，洪炉照破夜沉沉。
鼎彝④元赖生成力，铁石犹存死后心⑤。
但愿苍生俱饱暖，不辞辛苦出山林。

注释

① 〔混沌（dùn）〕古代指世界未开辟前的原始状态。《三五历记》："未有天地之时，混沌如鸡子，盘古生其中，万八千岁，天地开辟，阳清为天，阴浊为地。"

② 〔阳和〕阳光和暖。《史记·秦始皇本纪》："时在中春，阳和方起。"

③ 〔爇（jué）火〕小火，火把。《庄子·逍遥游》："日月出矣，而爇火不熄。其于光也，不亦难乎？"

④ 〔鼎彝（yí）〕原是古代的饮食用具，后专指帝王宗庙祭器，引申为国家、朝廷。

⑤ 〔铁石犹存死后心〕当铁石化为煤炭的时候，它仍有为人造福之本心。古人认为煤炭是铁石久埋地下变成的。

简析

有学者认为此诗是作者踏上仕途之始创作的。

此诗借煤炭的燃烧来表达作者心怀天下、甘愿为国为民出力献身的高风亮节，是诗人托物言志之作。首二句写煤炭所蕴藏的能量，亦即人的才智；中四句写煤炭对人类的贡献，亦即作者立身处世的宗旨；末二句写煤炭的志向，亦即作者的抱负。作者忧国爱民，他的一生确实也体现了煤炭的这些美德。郭沫若创作《炉中煤》也从此诗得到了灵感。

全诗八句，句句比喻，语语双关，运笔自如，情感深沉，意蕴浑然。

最豪放名句

但愿苍生俱饱暖，不辞辛苦出山林。

杨慎（1首）

杨慎（1488—1559），字用修，初号月溪、升庵，又号逸史氏、博南山人、洞天真逸、滇南戍史、金马碧鸡老兵等，四川新都（今四川成都新都区）人，明朝文学家，"明代三才子"之首。正德六年（1511）状元及第，官翰林院修撰，参与编修《武宗实录》。嘉靖三年（1524），因"大礼议"受廷杖，谪戍于云南永昌卫，并终老于此。明穆宗时追赠光禄寺少卿，明熹宗时追谥"文宪"，世称"杨文宪"。杨慎在滇南三十年，博览群书，能文、词及散曲。其诗沉酣六朝，揽采晚唐，造诣深厚。著作达四百余种，后人辑为《升庵集》。

临江仙

滚滚长江东逝水，浪花淘尽英雄。是非成败转头空。青山依旧在，几度夕阳红。

白发渔樵①江渚上，惯看秋月春风②。一壶浊酒喜相逢。古今多少事，都付笑谈中③。

注释

①〔渔樵〕指隐居不问世事的人。

②〔秋月春风〕指良辰美景，也指美好的岁月。白居易《琵琶行》："今年欢笑复明年，秋月春风等闲度。"

③〔都付笑谈中〕也作"尽付笑谈中"。

简析

作为小说《三国演义》的开篇词，又作为电视连续剧《三国演义》的片头曲，这首咏史词已经脍炙人口到无须注释的地步，不熟悉明史的人也记住了杨慎这个名字。此词为作者在云南生活时所作，是《廿一史弹词》第三段《说秦汉》的开场词。

上片通过历史现象咏叹宇宙永恒，江水不息，青山常在，而一代代英雄人物却无一不是转瞬即逝。下片写词人高洁的情操，旷达的胸怀。把历代兴亡作为谈资笑料以助酒兴，表现了词人鄙夷世俗、淡泊洒脱的情怀。青山不老，看尽世态炎凉；佐酒笑语，释去心头重负。

全词慷慨悲壮，感慨遥深，豪放中有含蓄，高亢中有深沉，读来只觉荡气回肠，回味无穷。

最豪放名句

青山依旧在，几度夕阳红。/古今多少事，都付笑谈中。

朱厚熜（1首）

朱厚熜（cōng）（1507—1567），明世宗，明朝第十一位皇帝，以藩王之身继位，正德十六年（1521）至嘉靖四十五年（1566）在位，年号嘉靖。在位早期革除弊政，英明苛察，开创了嘉靖中兴的局面。后期崇信道教、宠信严嵩等人，导致朝政腐败。

送毛伯温①

大将南征②胆气豪，腰横秋水③雁翎刀④。
风吹鼍鼓⑤山河动，电闪旌旗日月高。
天上麒麟⑥原有种，穴中蝼蚁⑦岂能逃。
太平待诏归来日，朕与先生解战袍。

注释

①〔毛伯温（1482—1545）〕字汝厉，号东塘，江西吉水（今江西吉水县）人，明武宗正德年间进士，官至兵部尚书。

②〔南征〕毛伯温于嘉靖十九年（1540）远征安南（今越南）。

③〔秋水〕形容刀剑如秋水般明亮闪光。

④〔雁翎（líng）刀〕形状如大雁羽毛般的刀，盛行于明朝时期。

⑤〔鼍（tuó）鼓〕用鳄鱼皮做成的战鼓。

⑥〔麒麟〕一种传说中的神兽，这里称赞毛伯温的杰出才干。

⑦〔蝼（lóu）蚁〕蝼蛄和蚂蚁，这里比喻安南叛军。

简析

嘉靖年间，南征将士在安南乱军中发现其私造《大诰》，有不轨之心，世宗甚怒，遂命仇（qiú）鸾、毛伯温率军讨之。世宗亲送大将出征，赠诗鼓舞士气。

首联写主将的装束，颔联写军威如虹，颈联用麒麟和蝼蚁的比喻写出必胜的信心，尾联写出了对主将的勉励和期望。

这首诗洒脱豪爽，显示了皇帝的礼贤下士之风。

最豪放名句

大将南征胆气豪，腰横秋水雁翎刀。

戚继光（1首）

戚继光（1528—1588），字元敬，号南塘，晚号孟诸，卒谥武毅，山东蓬莱（今山东烟台蓬莱区）人，军事家、民族英雄，明朝抗倭名将。

韬钤①深处

小筑暂高枕，忧时旧有盟②。
呼樽③来揖客，挥麈坐谈兵④。
云护牙签满⑤，星含宝剑横⑥。
封侯非我意⑦，但愿海波平。

注释

①〔韬钤〕代指营帐。古代兵书有《六韬》和《玉钤》，合称"韬钤"。

② 〔小筑暂高枕，忧时旧有盟〕言长居私第而不能高枕无忧。小筑，偏僻而小的宅院，此指将帐。杜甫《畏人》诗："畏人或小筑，褊性合幽栖。"

③ 〔呼樽〕置酒。

④ 〔挥麈（zhǔ）坐谈兵〕坐而从容谈论兵法将略。挥麈，谓清谈、座谈，古人闲谈时，常挥麈以助兴。麈，麈尾的省称，类似羽扇，魏晋清谈家经常用之拂秽清暑。

⑤ 〔牙签满〕谓藏书多。牙签，即书签，代指书籍。孔尚任《桃花扇》："堂名二酉，万卷牙签求售。"

⑥ 〔星含宝剑横〕谓帐壁悬挂宝剑。《吴越春秋》："伍子胥过江，解其剑与渔父曰：此剑中有七星北斗，其值千金。"

⑦ 〔封侯非我意〕反用班超投笔从戎事。

简析

这首诗是戚继光任登州卫指挥佥事时所作，写在一本兵书的空白处。当时戚继光的生活十分平静，但是，他不甘心这种碌碌无为的生活，渴望做出一番事业，为边疆的安宁奉献一生。适有老朋友来访，便于帷幄深处，饮酒谈兵，推心置腹。自谓学书、学剑，献身边防，不为功名利禄，唯愿海疆和平。"封侯非我意，但愿海波平"表明戚继光保卫海防、拯救百姓于水火，而并非追求个人功名的崇高品质。

全诗格调高旷，慷慨激昂，笔力壮健。

最豪放名句

封侯非我意，但愿海波平。

施闰章（1首）

施闰章（1619—1683），尚白，一字屺（qǐ）云，号愚山、媲萝居士、蠖（huò）斋、矩斋，后人也称施侍读、施佛子，江南宣城（今安徽宣城宣州区）人，清初政治家、文学家。清顺治六年（1649）进士，授刑部主事。康熙十八年（1679）举博学鸿词科，授翰林院侍讲，纂修明史。诗与宋琬齐名，有"南施北宋"之誉，称"宣城体"。

钱塘观潮

海色雨中开，涛飞江上台。
声驱千骑疾，气卷万山来。
绝岸①愁倾覆，轻舟故溯洄②。
鸱夷③有遗恨，终古使人哀。

注释

① 〔绝岸〕陡岸。

② 〔溯洄（sù huí）〕逆流而上。

③ 〔鸱夷（chī yí）〕《史记·伍子胥列传》记载，吴国忠臣伍子胥死谏吴王，"吴王闻之大怒，乃取子胥尸盛以鸱夷革，浮之江中"。后人传说，伍子胥尸体投江之日，天也被激怒了，江潮特别汹涌，也有说怒潮是伍子胥的忠魂所化。鸱夷，革囊，这里借指伍子胥。

简析

康熙七年（1668 年）秋，诗人曾赴杭州一带旅游。观潮以在浙江海宁所见最为壮观，故钱塘潮一名"海宁潮"，此诗所写即海宁之所见。

此诗写诗人雨中观潮所见所感。首联，写雨中观潮，波浪滔天。颔联，以千万匹骏马飞驰而来，比喻江潮震天动地的涛声。颈联，写潮涌之声势和弄潮儿的气魄。尾联，发诗人观潮之感慨。

上海古籍出版社李梦生在《元明清诗三百首》中评曰："钱塘江为天下奇观，历代文人歌咏不绝，本诗不算其中的上乘之作，但能在明星灿烂的咏钱塘江的诗篇中露露脸，实为难得。且施闰章诗风一向以温厚清婉著称，本诗却能挑战自我，高唱雄浑之音，勇气可嘉。"

最豪放名句

声驱千骑疾，气卷万山来。

张煌言（1首）

张煌言（1620—1664），字玄著，号苍水，浙江鄞县（今浙江宁波鄞州区）人，南明儒将、诗人，抗清英雄，"西湖三杰"之一。崇祯时举人，官至南明兵部尚书。顺治二年（1645）南京失守后，与钱肃乐等起兵抗清，坚持抗清斗争近二十年。康熙三年（1664），解散义军，是年被俘，后于杭州遇害。乾隆四十一年（1776）追谥忠烈，入祀忠义祠。其诗文多是在战斗生涯里写成，质朴悲壮，表现出作者忧国忧民的爱国热情，有《张苍水集》行世。

甲辰①八月辞故里（其二）

国亡家破欲何之？西子湖头有我师。
日月②双悬于氏③墓，乾坤半壁岳家④祠。
惭将赤手分三席⑤，拟为丹心借一枝⑥。
他日素车⑦东浙⑧路，怒涛岂必属鸱夷？

注释

① 〔甲辰〕清康熙三年（1664）。
② 〔日月〕双关，亦指"明"。
③ 〔于氏〕指于谦。
④ 〔岳家〕指岳飞。
⑤ 〔分三席〕指和岳飞、于谦一样英勇就义。
⑥ 〔借一枝〕即借一枝栖，李义府《咏鸟》："上林无限树，不借一枝栖。"
⑦ 〔素车〕素车白马，指送丧的行列。这里是说自己牺牲。
⑧ 〔东浙〕浙江在我国东部。

简析

这是张煌言两首绝命诗的第二首。清康熙三年七月，张煌言在其隐居处南田悬岙（ào）岛（今浙江象山县南）被俘，押至其家乡鄞县，八月初解往杭州。临行前，其慷慨写下此诗。面对死亡，英雄没有对生的留恋，也不见半点悲戚，充塞全诗的是强烈的国家民族意识，以及身虽死而志不移的豪壮情怀。

首联点题，述及辞故里、向杭州之行，且表明欲效民族英雄于谦、岳飞，魂归西湖。颔联、颈联承此而展开，既表达对于、岳二人的敬仰之情，又为自己能够为国家民族利益献身而感到自豪。尾联为全诗情感发展的高潮，慷慨悲壮之气震撼人心。

最豪放名句

他日素车东浙路，怒涛岂必属鸱夷？

吴伟业（1首）

吴伟业（1609—1672），字骏公，号梅村，别署鹿樵生、灌隐主人、大云道人等，汉族，江苏太仓人。明末清初诗人，与钱谦益、龚鼎孳（zī）并称"江左三大家"。明崇祯四年（1631）进士，曾任翰林院编修、左庶子等职。清顺治十年（1653）被迫应召北上，次年被授予秘书院侍讲，后升国子监祭酒。顺治十三年底，母丧乞假南归后不复出仕。开创"娄东诗派"，后人称之为"梅村体"。

沁园春·观潮①

八月②奔涛，千尺崔嵬③，恚然④欲惊。似灵妃⑤顾笑，神鱼进舞⑥；冯夷击鼓⑦，白马来迎⑧。伍相⑨鸱夷，钱王羽箭⑩，怒气强于十万兵。峥嵘⑪甚，讶⑫雪山中断，银汉⑬西倾。

孤舟铁笛⑭风清，待万里乘槎问客星⑮。叹鲸鲵未翦⑯，戈船满岸；蟾蜍⑰正吐，歌管倾城。狎浪儿童⑱，横江士女，笑指渔翁一叶轻。谁知道，是观潮枚叟⑲，论水庄生⑳。

注释

①〔观潮〕观浙江杭州钱塘江之潮。

②〔八月〕钱塘潮八月十六至十八日最盛。南宋周密《观潮》："浙江之

潮，天下之伟观也。自既望以至十八日为最盛。"

③〔崔嵬（cuī wéi）〕有石头的土山，这里谓高大貌。

④〔咠（xū，又读huā）然〕拟声词，形容高呼声。

⑤〔灵妃〕泛指仙女。灵妃，即宓（fú）妃，又叫洛神，先秦神话中黄河之神河伯的妻子，司掌洛河。曹植有《洛神赋》。

⑥〔神鱼进舞〕《水经注》载："汉宣帝幸万岁官，东济大河，而神鱼舞水。"

⑦〔冯夷击鼓〕曹植《洛神赋》："冯夷击鼓，女娲清歌。"冯夷，即河伯，古代神话中的黄河水神，也作"冰夷"，泛指水神。

⑧〔白马来迎〕形容潮水。汉代枚乘《七发》："其少进也，浩浩皑皑，如素车白马帷盖之张。"

⑨〔伍相〕指伍子胥。

⑩〔钱王羽箭〕《十国春秋·武肃王世家》记载，五代时吴越王钱镠（liú）曾筑捍海塘，因怒潮汹涌，版筑不成。乃造箭三千，命水军架强弩五百以射潮，迫使潮头趋向西陵，遂奠基以成塘。

⑪〔峥嵘（zhēng róng）〕高峻。

⑫〔讶〕惊异。

⑬〔银汉〕银河。

⑭〔铁笛〕多指隐者或道士所用乐器。

⑮〔万里乘槎（chá）问客星〕张华《博物志》载：过去有一种说法，天河与海通。近世有人住在海中陆地，见年年八月有浮槎去来。有一次，此人带了很多粮食乘槎而去，行到一个地方，那里有城郭、房屋，远看宫中有很多织女。只见一个男子在牵牛饮水，此人问牵牛人这里是什么地方，牵牛人答："君还至蜀郡，访严君平，则知之。"后来此人到蜀郡，问严君平，严君平说："某年月日，有客星犯牵牛宿。"计算年月，正是此人到天河的时间。槎，竹木筏子。

⑯〔鲸鲵（ní）未翦（jiǎn）〕鲸和鲵，都是水族中的凶猛动物。翦，同"剪"，剪除。

⑰〔蟾蜍〕代指月亮。

⑱〔狎（xiá）浪儿童〕即弄潮儿。儿童，少年。

⑲〔观潮枚叟〕枚乘在《七发》中，有广陵观潮的描述。这里是作者自指。

⑳〔论水庄生〕庄生，即庄子。《庄子·秋水篇》中，有论水的文字。这

里是作者自指。

简析

此词约作于顺治十四年（1657）仲秋，是词人奔母丧南归的第二年。这首词描绘了钱塘江潮的壮观景象，并抒发了故国之思，表现了他对时局的忧患意识和兴亡之感。

上片写江潮胜景，比喻、用典、想象状其豪壮，有缓有急，有色有声，千姿百态，纵横跌宕。下片感慨时事，潮落之后词人想象自己横笛乘舟，驰骋太空，忽又跌落现实，恶人未除，战船满岸，可叹人们早已忘记了切肤之痛，开始歌舞升平。最后以枚乘和庄子自喻，剖露心迹，在新潮与故国交替之时，词人内心充满痛苦与焦虑，亡国之恨虽隐难平。

全词描景状物，雄浑壮伟，纵横捭阖，洒脱不羁，其豪放雄壮之势颇有东坡遗风。

最豪放名句

伍相鸱夷，钱王羽箭，怒气强于十万兵。

顾炎武（1首）

顾炎武（1613—1682），本名绛，别名继坤、圭年，字忠清、宁人，亦自署蒋山佣；南都败后，改名炎武，又称亭林先生，南直隶苏州府昆山（今江苏昆山）人，思想家、经学家和音韵学家，与黄宗羲、王夫之并称为明末清初"三大儒"。他一生辗转，行万里路，读万卷书，成为清初继往开来的一代宗师，被誉为清学"开山始祖"。诗多伤时感事之作。有《日知录》等著作多部。

精卫①

万事有不平，尔何空自苦；
长将一寸身，衔不到终古②？
我愿平东海，身沉心不改；

大海无平期，我心无绝时。

呜呼！君不见，西山衔木众鸟多，鹊来燕去自成窠③。

注释

①〔精卫〕《山海经·北山经》记载，炎帝最小的女儿女娃溺水而亡，化作精卫鸟，到西山衔木石以填东海。

②〔终古〕永远。

③〔窠（kē）〕鸟巢。

简析

此首五言古诗作于永历三年（1649）左右。作者以精卫自喻，借精卫鸟填海的精神，坚定地表示了自己舍身报国，不向清王朝屈服的决心。

前四句是对精卫鸟的发问，代表了社会上许多人对少数抗清复明志士的心态。接下来四句是精卫鸟的回答，既是对精卫精神的讴歌，又是作者心灵的直接宣泄。诗歌末尾用鹊、燕讽刺当时托名遗民，而实为自己利禄打算的人，表达了作者对他们的失望与厌弃。

此诗采用对话的形式行文运笔，语言简洁明快，质朴自然，尽弃雕饰。无论是诗中所弘扬的正义之气，还是诗歌所达到的艺术造诣，都能够强烈地感染读者。

最豪放名句

我愿平东海，身沉心不改；大海无平期，我心无绝时。

陈维崧（2首）

陈维崧（1625—1682），字其年，号迦陵，江苏宜兴人。明末清初词坛第一人，"阳羡词派"领袖，与吴兆骞、彭师度同被吴伟业誉为"江左三凤"，与吴绮、章藻功称"骈体三家"。幼时便有文名，17岁童子试第一。明亡后，科举不第，寓居商丘。康熙十八年（1679），举博学鸿词科，授官翰林院检讨，三年后病卒。

南乡子·邢州①道上做

秋色冷并刀②，一派酸风③卷怒涛。并马三河年少客④，粗豪，皂栎林中醉射雕⑤。

酒忆荆高⑥，燕赵悲歌事未消。忆昨车声寒易水⑦，今朝，慷慨还过豫让桥⑧。

注释

①〔邢州〕今河北邢台。

②〔并（bīng）刀〕古并州（山西北部）一带出产的刀具，以锋利著称。

③〔酸风〕北风，寒风。

④〔三河年少客〕指好气任侠之辈。三河，河东、河内、河南。

⑤〔皂栎（lì）林中醉射雕〕疑用杜甫《壮游》句：“呼鹰皂栎林，逐兽云雪冈。”皂，黑色。栎，树名。

⑥〔荆高〕荆轲和高渐离。

⑦〔易水〕燕太子丹于易水送别荆轲事。

⑧〔豫让桥〕豫让隐身伏击赵襄子之地，今已不存。《史记·刺客列传》记载，晋国豫让，跻身智伯门下后受到尊崇。智伯伐赵襄子没有成功，被赵襄子战败身亡。豫让改名换姓，在邢邑（今河北邢台市邢台县）多次行刺赵襄子未遂后被捉，临死恳求赵襄子把衣服脱下让其刺穿以遂心愿。赵襄子答应了他的要求，豫让拔剑连刺赵襄子衣服三次后自杀。豫让是比荆轲刺秦还要早若干年的“赵燕慷慨悲歌之士”的代表人物。

简析

康熙七年（1668）作者行至易水和豫让桥，写下此词。

上片写道中所见，以赞赏的笔调刻画了这一幅并州少年深秋醉射图。下片抒怀古之情，借荆轲、豫让壮志未酬的惋惜，抒发壮怀激烈的雄心。

全词慷慨豪气，力透纸背。陈廷焯《词则·放歌集》：“骨力雄劲，不着议论，自令读者怦怦心动。”

最豪放名句

并马三河年少客，粗豪，皂栎林中醉射雕。

醉落魄·咏鹰

寒山几堵①，风低削碎中原路。秋空一碧无今古，醉袒②貂裘，略记寻呼③处。

男儿身手和谁赌④，老来猛气还轩举⑤。人间多少闲狐兔⑥，月黑沙黄，此际偏思汝⑦。

注释

① 〔堵〕量词，座。

② 〔袒（tǎn）〕裸露。

③ 〔寻呼〕指猎人呼鹰寻猎。

④ 〔赌〕争输赢。

⑤ 〔轩举〕高扬飞举。

⑥ 〔闲狐兔〕比喻小人，奸佞之徒。

⑦ 〔汝〕你，这里指鹰。

简析

此词作于康熙十八年（1679）左右。

上片咏物抒怀，刻画了苍鹰高傲、威武的形象，又由鹰及人，写早年呼鹰寻猎、雄劲健举的行为。下片抒情言志，表达"老骥伏枥，志在千里"的决心，立志要像雄鹰搏击狐兔一样，去惩奸除弊。

全词慷慨悲壮，抒发了作者怀才不遇、壮志难酬的忧愤。

最豪放名句

男儿身手和谁赌，老来猛气还轩举。

夏完淳（2首）

夏完淳（1631—1647），乳名端哥，别名复，字存古，号小隐，又号灵首，松江府华亭县（今上海市松江区）人，南明诗人、民族英雄。自幼聪明，"五岁知五经，七岁能诗文"，有神童之誉，14岁随父夏允彝抗清。其父殉难后，他和陈子龙继续抗清，兵败被俘，不屈而死，年仅16岁。

即事三首（其一）

复楚情何极，亡秦①气未平。

雄风清角劲，落日大旗明。

缟素②酬家国，戈船③决死生。

胡笳④千古恨，一片月临城。

注释

①〔亡秦〕与上句"复楚"借用《史记·项羽本纪》"楚虽三户，亡秦必楚"语意，表"复明亡清"之志。

②〔缟（gǎo）素〕指白色的孝服。

③〔戈船〕战船。

④〔胡笳〕我国古代北方少数民族乐器。这里代指清军。

简析

这组诗写于清顺治二年（1645），诗人参加吴易抗清义军，当时南京已陷入敌手，作者之父夏允彝和其师陈子龙已先后兵败殉国。作者怀着无限愤慨之情，写下了这组诗。这是组诗的第一首。

首联表达出作者誓灭敌人，恢复明朝的强烈爱国情感。颔联由情入景，描写义军庄严、雄壮的军威。颈联写雪耻复国而生死决战的惨烈情怀。尾联以胡笳与月色来渲染义军战斗的艰苦和作者的悲凉心情。诗作首联直抒抗敌复国之志，颔、尾联描写雄豪悲壮之景，复国之志和家国之恨糅合在一起，浩然充塞于天地之间。

最豪放名句

缟素酬家国，戈船决死生。

别云间①

三年羁旅客②，今日又南冠③。
无限山河泪，谁言天地宽！
已知泉路④近，欲别故乡难。
毅魄⑤归来日，灵旗⑥空际看。

注释

①〔云间〕上海松江区古称云间，是作者家乡。顺治四年（1647）他在这里被捕。

②〔三年羁旅客〕作者自1645年参加抗清斗争，出入于太湖及其周围地区，至1647年被捕，共三年。羁旅，长久寄居他乡。

③〔南冠（guān）〕本指楚国囚犯，后泛称囚犯或战俘。典出《左传·成公九年》。

④〔泉路〕死路。古人把人死后所往之处叫"黄泉""九泉"。《左传·隐公元年》："不及黄泉，无相见也。"

⑤〔毅魄〕坚强不屈的魂魄。屈原《九歌·国殇》："身既死兮神以灵，魂魄毅兮为鬼雄。"

⑥〔灵旗〕又叫招魂幡，古代招引亡魂的旗子。

简析

这是少年英雄的就义诗，表达的不是对生命苦短的感慨，而是对山河沦丧的极度悲愤，对家乡亲人的无限依恋和抗清斗争的坚定信念。

首联叙事，回顾艰苦卓绝的抗清斗争和被捕的辛酸沉痛。颔联抒写壮志难酬的满腔悲愤，发出"谁言天地宽"的质问与诘责。颈联袒露对故乡、亲人的依恋不舍之情。尾联表明誓死不屈、坚决复明的决心，生前未能完成的大业，死后归来的魂魄将继续进行抗清斗争。诗作以落地有声的铮铮誓言作结，鲜明地昭示出诗人坚贞不屈的战斗精神和精忠报国的赤子情怀。

最豪放名句

毅魄归来日，灵旗空际看。

郑燮（2首）

郑燮（xiè）（1693—1765），字克柔，号板桥，又号理庵，江苏兴化（今江苏泰州兴化市）人，清代书画家、文学家，"扬州八怪"之一。乾隆元年（1736）进士，官山东范县、潍县知县，有政声。乾隆十八年（1753）去官后客居扬州，以卖画为生。他一生只画兰、竹、石，自称"四时不谢之兰，百节长青之竹，万古不败之石，千秋不变之人"，诗、书、画均旷世独立，世称"三绝"。著有《板桥全集》。

竹石

咬定青山不放松，立根原在破岩①中。
千磨万击还坚劲，任尔②东西南北风。

注释

① 〔破岩〕裂开的山岩，即岩石的缝隙。
② 〔尔〕你。

简析

这首诗是一首题画诗，题于作者的《竹石图》上。这首诗赞美了岩竹的坚韧顽强，隐喻了作者藐视俗见的刚劲风骨。

前两句写竹的生长环境和顽强意志，后两句写竹的坚韧无畏和从容自信。语言简洁明快，读之铮铮有力。

最豪放名句

千磨万击还坚劲，任尔东西南北风。

潍县署中画竹呈年伯包大中丞括①

衙斋②卧听萧萧竹，疑是民间疾苦声。
些小③吾曹④州县吏，一枝一叶总关情。

注释

① 〔潍县署中画竹呈年伯包大中丞括〕在潍县官署中画竹呈送年伯包括中丞。潍县，今山东潍坊。署，官署。年伯，古称同榜考取的人为同年，称"同年"的父辈为年伯，清代士人之间对叔伯长辈也称年伯。包大中丞括，包括时任山东布政使，署理巡抚清代将巡抚称为中丞，"大"是敬称。包括，字银河，钱塘（今浙江杭州市）人，康熙四十五年（1706）进士。一题作"墨竹图题诗"。

② 〔衙斋〕官衙中供官员居住和休息之所。

③ 〔些小〕微小，这里指官职卑微。

④ 〔吾曹〕我们。

简析

这是一首题画诗，写于乾隆十一年（1746）至十二年（1747）间。作者时任山东潍县知县，画《风竹图》呈送山东巡抚包括，该诗即是题写在这幅画上的。

第一、二句点明诗人身份与周边环境，紧扣画中风吹疏竹的主题。第三、四句直陈自己虽官职卑微，但只要有关民众疾苦，无论事情大小，都会放在心上。

全诗语言质朴，托物言志，寄寓诗人对百姓真挚而执着的人道主义情怀，表达了对民众的忧虑关切之情。他在任期间为官清廉，勤政爱民，重视农桑，体恤百姓，深得百姓拥戴。后因擅自开仓赈济，被诬告罢官。去潍之时，百姓遮道挽留，家家画像以祀，于潍城海岛寺为他建立生祠。

最豪放名句

些小吾曹州县吏，一枝一叶总关情。

袁枚（1首）

袁枚（1716—1798），字子才，号简斋，晚年自号仓山居士、随园主人、随园老人，钱塘（今浙江杭州）人，清朝诗人、散文家、文学评论家。乾隆四年（1739年）进士，乾隆七年（1742）外调江苏，先后于溧水、江宁、江浦、沭阳任县令七年，为官颇有政声。乾隆十四年（1749），辞官隐居于南京小仓山随园，世称"随园先生"。为文倡导"性灵说"，与赵翼、蒋士铨合称为"乾嘉三大家"（或"江右三大家"），又与赵翼、张问陶并称"性灵派三大家"，为"清代骈文八大家"之一。文笔与大学士纪昀齐名，时称"南袁北纪"。主要传世的著作有《小仓山房文集》《随园诗话》等。

苔（其一）

白日不到处，青春恰自来。
苔花如米小，也①学牡丹开。

注释
① 〔也〕一作"亦"。

简析
这首小诗因为央视的《经典咏流传》节目最近被广为传唱。

苔藓多生于阴暗潮湿之处，可它也有自己的生命本能和生活意向，并不会因为环境恶劣而丧失生发的勇气，诗人能看到这一点并歌而颂之。

苔花如"米"小，诗也如"米"小，这首小诗却给那些平凡生活的人们注入无限的勇气，勉励他们也要努力活出自己的精彩。

最豪放名句
苔花如米小，也学牡丹开。

赵翼（1首）

赵翼（1727—1814），字云崧，一字耘崧，号瓯北，又号裘萼，晚号三半老人，江苏阳湖（今江苏常州）人，清代文学家、史学家、诗人。乾隆二十六年（1761）进士，官至贵西兵备道，后辞官，主讲于安定书院。论诗主"独创"，反摹拟，是"性灵派三大家"之一。长于史学，考据精赅，所著《廿二史札记》与王鸣盛《十七史商榷（què）》、钱大昕（xīn）《二十二史考异》合称"清代三大史学名著"。有《瓯北集》。

论诗（其二）

李杜①诗篇万口传，至今已觉不新鲜。
江山代有才人②出，各领风骚③数百年。

注释

①〔李杜〕李白、杜甫。

②〔才人〕有才能的人。

③〔风骚〕《诗经·国风》和《楚辞·离骚》的并称。它们同被视为中国诗歌发展的源流，对后世中国文学影响深远，后代用来泛称文学。在文坛居于领袖地位，或在某方面领先，叫"领风骚"。

简析

这组诗共五首，借议论表达了对诗歌创作的一些观点，是诗人为批驳当时社会上流行的"诗必称古""厚古薄今"的观点而创作的。此诗反映了作者诗歌创作贵在创新的主张。

前两句指出即使是李白、杜甫这样伟大的诗人，他们的诗篇也有历史局限性。后两句希望诗歌写作要有时代精神和个性特点，大胆创新，反对沿袭守旧。后人常常用这句诗来称颂人才辈出。

最豪放名句

江山代有才人出，各领风骚数百年。

张维屏（1首）

张维屏（1780—1859），字子树，号南山，因癖爱松，又号松心子，晚年也自署珠海老渔、唱霞渔者，广东番禺（pān yú）人，清代官员、爱国诗人。道光二年（1822）进士，后与林则徐、黄爵滋、龚自珍等在北京结"宣南诗社"。因厌倦官场黑暗，于道光十六年（1836）辞官归里，隐居"听松园"。

新雷

造物①无言却有情，每于寒尽觉春生。
千红万紫安排著②，只待新雷第一声。

注释

①〔造物〕指天，古人认为天创造万物。一作"造化"。
②〔著〕妥当，明显。同"着"。

简析

这首诗于道光四年（1824）初春在松滋（今湖北荆州松滋市）任上作。当时，清政权腐败黑暗，已臻至绝境；而西方的鸦片贸易，又在不断增加。作者目睹这内外交困的局势，既满怀焦急不安，又渴望着国家新局面的到来。

大自然虽然不言，但却是有感情的。这不，冬寒尚未退尽，春天已经悄悄地来临了。百花园里万紫千红的花朵都已准备就绪，只待春雷一声，就会竞相开放。诗作通过对大自然的赞颂和对美好春天与充满生命力的新雷的呼唤，表达了诗人对春天即将到来的喜悦之情，抒发了诗人期盼新社会和新生活的迫切愿望。

这首诗借物抒怀，移情于物，清新隽永，细腻深切，富有哲理。

最豪放名句

千红万紫安排著，只待新雷第一声。

林则徐（1首）

林则徐（1785—1850），字元抚，又字少穆、石麟，晚号俟村老人、俟村退叟、七十二峰退叟、瓶泉居士、栎社散人等，福建侯官县（今福建福州市）人，清朝政治家、思想家。官至一品，曾任湖广总督、陕甘总督和云贵总督，两次受命钦差大臣。因严禁鸦片和虎门销烟，有"民族英雄"之誉。林则徐对西方文化、科技和贸易持开放态度，晚清思想家魏源将林则徐及幕僚翻译的文书合编为《海国图志》，对晚清的洋务运动乃至日本的明治维新都具有启发作用。

赴戍①登程口占②示家人（其二）

力微任重久神疲，再竭衰庸定不支。
苟利国家生死以③，岂因祸福避趋之！
谪居正是君恩厚，养拙刚于戍卒宜。
戏与山妻谈故事，试吟断送老头皮④。

注释

①〔赴戍〕去边疆。

②〔口占〕即兴作诗，口头述说。

③〔苟利国家生死以〕郑国大夫子产改革军赋，受到时人的诽谤，子产曰："何害！苟利社稷，死生以之。"事见《左传·昭公四年》。

④〔戏与山妻谈故事，试吟断送老头皮〕作者自注，宋真宗闻隐者杨朴能诗，召对问："此来有人作诗送卿否？"对曰：臣妻有一首，云"更休落魄耽杯酒，且莫猖狂爱咏诗。今日捉将官里去，这回断送老头皮"。上大笑，放还山。东坡赴诏狱，妻子送出门皆哭。坡顾谓曰："子独不能如杨处士妻作一首诗送我乎？"妻子失笑，坡乃出。山妻，对自己妻子的谦称。

简析

林则徐禁烟有功，却遭投降派诬陷，被道光帝革职，发配伊犁，在西安与家人分别时写下组诗两首，表达了作者愿为国献身、不计得失的崇高精神。

首联正话反说，说自己以微薄的力量为国担当重任，早已感到疲惫；如果继续下去，无论衰弱的体质还是平庸的才干必定无法胜任。颔联是全诗的思想精华之所在，只要有利于国家，哪怕是死，我也要去做；哪能因为害怕灾祸而逃避呢？此联已成为百余年来广为传颂的名句。颈联看似心平气和，实则万丈波澜，到边疆做一个多干体力活、少动脑子的戍卒，对我正好是养拙之道。尾联巧妙用典，既含蓄表达被贬的牢骚，也显示了诗人旷达的胸襟。

诗作淳厚雍容，平和大度，颇合大臣之体。

最豪放名句

苟利国家生死以，岂因祸福避趋之！

龚自珍（2首）

龚自珍（1792—1841），字璱（sè）人，号定庵，晚年又号羽琌（líng）山民，杭州府仁和（今浙江杭州余杭区）人，清代思想家、诗人、文学家和改良主义的先驱者。曾任内阁中书、宗人府主事和礼部主事等官职。主张革除弊政，抵制外国侵略，曾全力支持林则徐禁除鸦片。道光十九年（1839）辞官，次年卒于江苏丹阳云阳书院。他的诗文揭露清统治者的腐朽，洋溢着爱国热情，被柳亚子誉为"三百年来第一流"。著有《定庵文集》。

己亥①杂诗（其五）

浩荡离愁②白日斜，吟鞭③东指即天涯④。
落红⑤不是无情物，化作春泥更护花。

注释

① 〔己亥〕道光十九年（1839）。

② 〔浩荡离愁〕状离愁之深。

③ 〔吟鞭〕诗人的马鞭。

④ 〔天涯〕指家乡离京都遥远。

⑤〔落红〕落花。

简析

这组诗共 315 首。龚自珍 48 岁辞官，由北京南返杭州，后又北上接取家属，往返途中他看着祖国的大好河山，目睹生活在苦难中的人民，思绪万千，即兴写下了一首又一首诗。这是其中的第五首。

前两句抒情叙事，在无限感慨中表现出豪放洒脱的气概。寓居京城多年，往事如烟，离别是忧伤的；桎梏多年，终逃官场，离别又是愉快的。后两句以落花为喻，表明自己的心志：虽然脱离官场，依然会关心国家前途命运。"化作春泥更护花"，诗人是这样说的，也是这样做的，他回乡创办丹阳书院，为国培育英才。可惜诗人两年后去世，令人叹惋。

全诗移情于物，形象贴切，构思巧妙，寓意深刻。

最豪放名句

落红不是无情物，化作春泥更护花。

己亥杂诗（其一二五）

九州生气①恃②风雷，万马齐喑③究④可哀。
我劝天公重抖擞⑤，不拘一格降⑥人才。

注释

① 〔生气〕指活力，生命力，生机。

② 〔恃（shì）〕依靠。

③ 〔喑（yīn）〕缄默，不作声。

④ 〔究〕到底；究竟。

⑤ 〔抖擞〕振作。

⑥ 〔降〕降生，降临。

简析

这首诗以祈祷天神的口吻，呼唤着风雷般的变革，以打破清王朝束缚思想、扼杀人才以致"万马齐喑"的局面，表达了作者解放人才，变革社会，振兴国家的愿望。

前两句巧用比喻，表明只有依靠一场急风惊雷，才能打破为时已久的一片死气沉沉的局面，换来社会的勃勃生机。后两句寄语天公，渴望当政者能够不拘一格、广纳人才，从而创造一个崭新的世界。

诗人用奇特的想象表现热烈的希望，既揭露矛盾、批判现实，更憧憬未来、充满理想。它呼唤变革，呼唤未来，振聋发聩（kuì），气势不凡。

最豪放名句

我劝天公重抖擞，不拘一格降人才。

石达开（1首）

石达开（1831—1863），小名亚达，绰号石敢当，广西贵县（今广西贵港港北区）客家人，祖籍广东，太平天国主要将领之一，军事家，民族英雄。他16岁受访出山，19岁统率千军万马，20岁获封翼王，32岁英勇就义于成都，是太平天国最具传奇色彩的人物之一。他一生轰轰烈烈，体恤百姓民生，军民尊为"义王"，被认为是"中国历代农民起义中最完美的形象"。

入川题壁

大盗亦有道①，诗书所不屑。
黄金若粪土，肝胆硬如铁。
策马渡悬崖，弯弓射胡月②。
人头作酒杯，饮尽仇雠③血。

注释

①〔大盗亦有道〕《庄子·胠箧（qū qiè）》记载，盗跖（zhí）对他的门徒说，盗有五道："忘意室中之藏，圣也；入先，勇也；出后，义也；知可否，知也；分均，仁也。"盗跖，春秋时鲁国大盗，柳下惠之弟。
②〔胡月〕代指清统治者。

③〔仇雠（chóu）〕仇人。

简析

此诗是石达开转战川、黔、滇三省进入四川的时候所写。这时作者的处境已十分困难，但从诗中可以看出他依然不减当年的英雄气概，他所念念不忘的仍是消灭清朝民族敌人。

这首诗直抒胸臆，胆气豪壮，似脱口而出，读之令敌胆寒。

最豪放名句

黄金若粪土，肝胆硬如铁。

文廷式（1首）

文廷式（1856—1904），字道希、芸阁，号纯常子、罗霄山人等，江西萍乡（今江西萍乡安源区）人，生于广东潮州，中国近代爱国诗人、词家、学者。光绪十六年（1890）榜眼。甲午战争时期主张反和，并致力于维新变法。1898年戊戌政变失败后出走日本，1900年夏回国，终逝于江西萍乡。

浪淘沙·赤壁怀古

高唱大江东①，惊起鱼龙。何人横槊太匆匆？未锁二乔铜雀上②，那算英雄！

杯酒酹长空，我尚飘蓬③。披襟聊快大王风④。长剑几时天外倚⑤？直上崆峒⑥。

注释

①〔大江东〕指苏轼《念奴娇·赤壁怀古》。

②〔未锁二乔铜雀上〕杜牧《赤壁》："东风不与周郎便，铜雀春深锁二乔。"

③〔飘蓬〕比喻漂泊无定。

④〔大王风〕典见宋玉《风赋》，这里指帝王雄风。

⑤〔长剑几时天外倚〕辛弃疾《水龙吟·过南剑双溪楼》："举头西北浮云，倚天万里须长剑。"倚天剑是三国时曹操佩剑，与青釭（gāng）剑并称绝世双剑，均为曹操所有。

⑥〔崆峒（kōng tóng）〕崆峒山，位于甘肃省平凉市。《庄子·在宥（yòu）》记载，轩辕黄帝曾亲自登临崆峒山，向智者广成子请教治国之道。

简析

文廷式生活于闭关锁国的晚清，国家民族多灾多难，积贫积弱，令诗人忧心如焚。

这首词上片怀古人，高唱着苏轼"大江东去"，想起了曹操横槊赋诗，未能取得赤壁之战的胜利，算不上英雄。下篇写自己，虽身处漂泊之中，但治国经世之志不移，希望终有一天得"倚天长剑"，获安邦定国之策。

这首词用典巧妙，引用无痕，胆气豪壮，发语警策，读之可以感受到词人的拳拳救国之心。

最豪放名句

长剑几时天外倚？直上崆峒。

谭嗣同（2首）

谭嗣同（1865—1898），字复生，号壮飞，湖南浏阳人，政治家、思想家、维新派人士。所著《仁学》是维新派的第一部哲学著作。早年曾在家乡湖南倡办时务学堂、南学会等，主办《湘报》，又倡导开矿山、修铁路，宣传变法维新，推行新政。光绪二十四年（1898）参加领导戊戌变法，失败后被杀，为"戊戌六君子"之一。

潼关①

终古②高云簇③此城，秋风吹散马蹄声。
河④流大野犹嫌束⑤，山入潼关不解平⑥。

注释

①〔潼关〕关名，故址在今陕西潼关县北。关城依秦岭，临淮河，为古代军事要冲。

②〔终古〕久远。

③〔簇〕簇拥。

④〔河〕黄河。

⑤〔束〕拘束，约束。

⑥〔山入潼关不解平〕秦岭山脉西入潼关以后再也不知道什么是平坦。山，指秦岭。

简析

作者写这首诗时才18岁，当时他随父赴甘肃，途经陕西潼关，被北方特有的壮阔风景所震撼，欣然下笔，遂有此诗。

这首诗首句写高云簇拥古城，不言高而高度自见。次句写清脆的马蹄声被猎猎秋风吹散，突出此地的空旷、辽远。第三句笔锋一转写黄河奔驰原野，末句写秦岭进入潼关之势。"簇""嫌""解"等语赋予景物情感，让自然山水成为"有我之境"，读来能使人强烈感受到诗人渴望冲破罗网，勇往直前，追求个性解放的少年意气。

这首诗情景交融，寄寓着诗人要求摆脱束缚，追求自由的理想。

最豪放名句

河流大野犹嫌束，山入潼关不解平。

狱中题壁

望门投止思张俭①，忍死须臾待杜根②。
我自横刀③向天笑，去留肝胆两昆仑④。

注释

①〔望门投止思张俭〕张俭（115—198）是东汉末年高平人，因弹劾宦官侯览，被反证"结党"，被迫逃亡，在逃亡中凡接纳其投宿的人家，均不畏牵连，乐于接待。事见《后汉书·张俭传》。

②〔杜根〕，东汉末年定陵人。汉安帝时邓太后摄政、宦官专权，杜根上书要求太后还政，太后大怒，命人以袋装之而摔死。行刑者慕杜根为人，不用力，欲待其出宫而释之。太后疑，派人查之，见杜根眼中生蛆，乃信其死，终得以脱。事见《后汉书·杜根传》。

③〔横刀〕屠刀，意谓就义。

④〔去留肝胆两昆仑〕去留，指生死。一说指康有为和自己。昆仑，昆仑山，这里指坚定不移。

简析

光绪二十四年（1898），六月戊戌变法，九月中旬变法失败，慈禧太后囚禁光绪帝，并大肆捕杀维新党人。康有为、梁启超避往海外。许多人劝谭嗣同尽快离开，但他却说"不有行者，无以图将来；不有死者，无以召后来"，决心留下来营救光绪帝。几位日本友人力请他东渡日本，他说："各国变法，无不以流血而成，今日中国未闻有因变法而流血者，此国之所以不昌也。有之，请自嗣同始。"9月21日，他与杨深秀、刘光第、康广仁、杨锐、林旭等五人同时被捕。这首诗是他在狱中所作。

这首诗表达了对避祸出亡的变法领袖的褒扬祝福，对阻挠变法的顽固势力的憎恶蔑视，同时也抒发了诗人愿为自己的理想而献身的壮烈情怀。前两句祈愿梁、康等新法领导者能得到大家的支持，后两句表达他视死如归的决心。

全诗气势宏大，笔走风雷，雄健逼人。

最豪放名句

我自横刀向天笑，去留肝胆两昆仑。

徐锡麟 （1 首）

徐锡麟 （1873—1907），字伯荪，号光汉子，浙江绍兴山阴人，近代革命烈士。1901 年任绍兴府学堂教师，后升副监督。1903 年应乡试，名列副榜，同年赴日本，积极营救章炳麟。回国后在绍兴创设书局，宣传反清革命。1904 年在上海加入光复会。1905 年在绍兴创立体育会，后又创立大通学堂，同年冬赴日本，欲学习军事未遂。1906 年归国，赴安徽任武备学堂副总办、安徽巡警学堂会办。1907 年 7 月 6 日，徐锡麟在安庆刺杀安徽巡抚恩铭，失败被捕，次日慷慨就义。

出塞

军歌应唱大刀环①，誓灭胡奴出玉关②。
只解沙场为国死，何须马革裹尸还。

注释

① 〔环〕同"还"。
② 〔玉关〕玉门关。

简析

此诗写于 1906 年，作者从日本回国，曾北上游历，在吉林、辽宁一带察看形势。

前两句先声夺人，出征的战士应高唱着战歌，挥举大刀，要一直把清朝统治者杀到关外。后两句用典再深一步，作为一名战士，想到的只是为国捐躯，根本不去考虑身后事。为国捐躯，死得其所，又何必用"马革裹尸还"呢？

这首诗抒发了作者义无反顾的革命激情和牺牲精神，充满了英雄主义气概，把一腔报效祖国、战死疆场的热忱发挥得淋漓尽致。在写下这首诗一年以后，作者在安庆起义，失败被捕，清政府要他写口供，他挥笔直书："尔等杀我好了，将我心剖了，两手两足断了，全身碎了，均可，不可冤杀学生。"尔后，慷慨就义。

最豪放名句

只解沙场为国死，何须马革裹尸还。

秋瑾（4首）

秋瑾（1875—1907），女，字卿，号竞雄，别署鉴湖女侠，祖籍浙江山阴（今浙江绍兴市），生于福建云霄。是我国近代杰出的民主革命家、妇女解放运动的先驱。早年留学日本，并加入同盟会，创办《白话报》，提倡男女平权。1905年，从日本回国后宣传革命，在上海组织锐进学社，创办《中国女报》。1907年，组织光复会，与徐锡麟分头准备皖、浙两省起义，后在安庆举义失败，就义于绍兴轩亭口。

满江红·小住京华①

小住京华，早又是，中秋佳节。为篱下，黄花开遍，秋容如拭②。四面歌残终破楚③，八年风味徒思浙④。苦将侬⑤，强派作蛾眉，殊未屑⑥！

身不得，男儿列。心却比，男儿烈！算平生肝胆，因人常热⑦。俗子胸襟谁识我？英雄末路当磨折。莽红尘，何处觅知音？青衫湿⑧！

注释

① 〔京华〕这里指北京。

② 〔秋容如拭〕秋色明净，就像刚刚擦洗过一般。

③ 〔四面歌残终破楚〕列强逼近，中国前途危殆。《史记·项羽本纪》："夜闻汉军四面皆楚歌，项王乃大惊。"

④ 〔八年风味徒思浙〕八年来空想着故乡浙江的风味。八年，作者于光绪二十二年（1896）在湖南结婚，到作词时恰好八年。

⑤ 〔苦将侬〕苦苦地让我。

⑥ 〔殊未屑〕仍然不放在心上。

⑦ 〔因人常热〕为别人而屡屡激动。

⑧〔青衫湿〕失意伤心。白居易《琵琶行》："座中泣下谁最多？江州司马青衫湿。"

简析

这是秋瑾在 1903 年中秋节的抒怀之作，值八国联军入侵后不久，她目睹民族危机的深重和清政府的腐败，决心献身救国事业，丈夫却无心国事。中秋节，秋瑾与丈夫发生冲突，寓居北京阜成门外泰顺客栈。写此词后不久，作者便东渡日本留学。

上片主要表达了作者初离家庭时的矛盾心情，表明对贵妇人的生活并不留恋。下片写词人虽有凌云壮志，但知音难觅，不觉泪湿衣襟。整首词蕴含了词人强烈的爱国主义情怀。

最豪放名句

身不得，男儿列。心却比，男儿烈！

鹧鸪天

祖国沉沦感不尽，闲来海外觅知音。金瓯已缺①总须补，为国牺牲敢惜身？嗟险阻，叹飘零。关山万里②作雄行③。休言女子非英物④，夜夜龙泉壁上鸣。

注释

①〔金瓯（ōu）已缺〕指国土被列强瓜分。《南史·朱异传》："我国家犹若金瓯，无一伤缺。"金瓯，金的盆盂，比喻疆土之完固，亦用于指国土。

②〔关山万里〕指赴日留学。《木兰诗》："万里赴戎机，关山度若飞。"

③〔作雄行〕指女扮男装。

④〔英物〕杰出的人物。

简析

该词为赴日不久的作品，创作时间约为 1904 年。

上片写词人赴日的背景，点出了国内的政治局势，为国家危亡呼唤英豪。下片写词人换上男儿行装，寻求救国真理，表达了以身许国的决心。

全词慷慨激昂，锋芒锐利，跌宕起伏，风骨遒劲，充分体现了一代女杰的不凡人格风采。

最豪放名句

休言女子非英物，夜夜龙泉壁上鸣。

黄海舟中日人索句①并见日俄战争地图②

万里乘云去复来③，只身东海挟春雷④。
忍看图画移颜色⑤，肯使⑥江山付劫灰。
浊酒不销忧国泪，救时应仗出群才⑦。
拼将十万头颅血，须把乾坤力挽回！

注释

①〔日人索句〕日本友人讨取诗句。

②〔日俄战争地图〕光绪三十年（1904），日、俄帝国主义争夺中国东北，在中国领土上开战。沙俄战败，与日本签订《朴次茅斯和约》，重新瓜分中国东北。

③〔去复来〕往返来去。指往返于祖国与日本之间。

④〔挟春雷〕形容胸怀革命理想，为使祖国获得新生而奔走。

⑤〔移颜色〕即指中国的领土变成日本的领土。

⑥〔肯使〕"岂肯使"的省略。

⑦〔出群才〕出类拔萃的人才。

简析

这首诗约作于1905年6月，作者第二次去日本的途中。一说作于此年12月归国途中。

首联大气磅礴，写自己胸怀壮志，寻找救国救民的革命真理。颔联照应题目，点出观图之事，从而引发对日俄横行东北的极大愤恨。颈联两句充分表现诗人的忧国之情，并由忧国而思济世，渴望救国的志士能出现。最后两句表示诗人不惜牺牲生命，誓用鲜血拯救祖国于水深火热之中。

诗歌语言浅近，脱口而出，又字重千钧，力能扛鼎，诗中豪情喷薄而出，丝毫不见女儿之态，正谓巾帼不让须眉。秋瑾用自己的生命和热血，实践了自己的铮铮誓言！

最豪放名句

拼将十万头颅血，须把乾坤力挽回！

对酒

不惜千金买宝刀①，貂裘换酒②也堪豪。
一腔热血勤珍重，洒去犹能化碧涛③。

注释

① 〔千金买宝刀〕杜甫《后出塞》："千金买马鞍，百金装刀头。"

② 〔貂裘换酒〕李白《将进酒》："五花马，千金裘，呼儿将出换美酒。"

③ 〔碧涛〕血的波涛。《庄子·外物》："苌（cháng）弘死于蜀，藏其血，三年而化为碧。"苌弘（约前565—前492），周朝大夫，曾为孔子之师。他忠诚周室，遭奸臣陷害，自杀于蜀，当时的人把他的血用石匣藏起来，三年后化为碧玉。

简析

这首诗作于1905年。诗人从日本回国后，曾在上海她的挚友吴芝瑛女士家中，拿出新购的一把倭刀给朋友看，几人喝完酒后，诗人便拔刀起舞唱歌，吴女士命女儿用风琴伴奏，声音悲壮动人。

全诗句句铿锵有力，字字掷地有声，借对酒所感抒发革命豪情，表达了诗人决心为革命奉献一切的豪情壮志，充分表现了诗人的英雄气概。

最豪放名句

一腔热血勤珍重，洒去犹能化碧涛。

鲁迅（2首）

鲁迅（1881—1936），原名周树人，字豫才，笔名鲁迅，浙江绍兴人，现代文学家、思想家、革命家，新文化运动的领导人。1902 年公费赴日本留学，1906 年弃医从文，1909 年归国，先后任中学教员、教育部科员，1920 年任北京大学、北京高等师范学校教授，1926 年起辗转厦门、广州各地，1927 年 9 月赴上海。鲁迅的作品包括杂文、短篇小说、评论、散文、翻译作品，对于五四运动以后的中国文化与中国文学产生了深刻的影响。毛泽东评价他是"中国文化革命的主将"，被国人称为"民族魂"。

自题小像

灵台①无计逃神矢②，风雨如磐③暗故园。
寄意寒星荃不察④，我以我血荐轩辕⑤。

注释

①〔灵台〕指心。

②〔神矢〕希腊神话中的爱神之箭。

③〔磐〕扁而厚的大石。

④〔荃（quán）不察〕语出屈原《离骚》："荃不察余之衷情兮。"荃，香草名，古时比喻国君，这里借喻祖国人民。不察，不理解。

⑤〔轩辕〕即黄帝，是古代传说中的民族部落酋长，五帝之首。这里代指祖国。

简析

这首诗写于 1903 年前后。

1903 年，他在《浙江潮》上发表了《斯巴达之魂》，歌颂斯巴达人以生命和鲜血抗击侵略者，借以抨击清朝统治者的丧权辱国，唤醒中国人民起来斗争。此后，他毅然剪掉象征封建传统和种族压迫的辫子，并拍了一张照片留念。他在照片背面题写了这首诗送予好友许寿裳，以表达自己为国捐躯、矢志不渝的决心。

现代作家茅盾说："他的《自题小像》就表示了把生命献给祖国的决心。"

最豪放名句

寄意寒星荃不察，我以我血荐轩辕。

自嘲

运交华盖①欲何求，未敢翻身已碰头。
破帽遮颜过闹市，漏船载酒②泛中流。
横眉冷对千夫指，俯首甘为孺子牛③。
躲进小楼成一统④，管他冬夏与春秋。

注释

①〔华盖〕是干支的一种特殊组合方式，在八字中，若日支为寅、午或戌，则在八字中再见地支戌（日支本身的戌字除外），则此字就称为华盖。华盖，主不顺利，命运多舛，有磨难。

②〔漏船载酒〕用《晋书·毕卓传》中的典故："得酒满数百斛（hú）……浮酒船中，便足了一生矣。"

③〔孺子牛〕齐景公非常疼爱庶子荼，有一次齐景公口衔绳子，让荼牵着走。儿子跌倒，把齐景公的牙齿拉断了。齐景公临死前遗命立荼为国君。景公死后，陈僖子要立公子阳生。齐景公的大臣鲍牧对陈僖子说："汝忘君之为孺子牛而折其齿乎？而背之也！"见《左传·哀公六年》。

④〔一统〕一个人的统治。

简析

鲁迅在上海，遭受国民党统治者的种种威胁和迫害，封闭书店，通缉作家，将左翼作家逮捕、拘禁，甚至秘密处以死刑，处境十分险恶。1932 年 10 月 12 日，郁达夫夫妇宴请鲁迅时，他书此诗赠予一同赴席的柳亚子夫妇，自谓打油诗。

首联写当时的险恶处境，颔联写坚持斗争的行动，颈联写强烈的爱和憎，尾联写他战斗到底的决心。鲁迅从自己深受迫害，四处碰壁中迸发出愤懑之情，有力地揭露和抨击了当时国民党的血腥统治，形象地展现了作者的硬骨头性格和勇敢坚毅的战斗精神。"横眉冷对千夫指，俯首甘为孺子牛"成为鲁迅精神的最好写照。

整个诗篇诙谐见于形，严肃寓于中，体现了鲁迅诗歌的独特风格。

最豪放名句

横眉冷对千夫指，俯首甘为孺子牛。

徐志摩（1首）

徐志摩（1897—1931），原名章垿，字槱（yǒu）森，留学美国时改名志摩。曾用过南湖、诗哲、海谷等笔名，浙江嘉兴海宁硖石人，现代诗人、散文家，新月派代表诗人。先后就读于上海沪江大学、天津北洋大学和北京大学。1918年赴美国克拉克大学学习。同年，转入纽约的哥伦比亚大学。1921年赴英国剑桥大学留学，奠定其浪漫主义诗风。1923年成立新月社，1924年任北京大学教授，1926年任光华大学、大夏大学和南京大学教授。1930年再度任北京大学教授，兼北京女子师范大学教授。1931年11月19日因飞机失事罹难。代表作品有《再别康桥》《翡冷翠的一夜》等。

北方的冬天是冬天

北方的冬天是冬天，
满眼黄沙漠漠的地与天：
赤膊的树枝，硬搅着北风先——
一队队敢死的健儿，傲立在战阵前！
不留半片残青，没有一丝粘恋，
只拼着精光的筋骨；凝敛着生命的精液，
耐，耐三冬的霜鞭与雪拳与风剑，
直耐到春阳征服了消杀与枯寂与凶惨，
直耐到春阳打开了生命的牢监，放出一瓣的树头鲜！

直耐到忍耐的奋斗功效见，健儿克敌回家酣笑颜！
北方的冬天是冬天！
满眼黄沙茫茫的地与天；
田里一只困顿的黄牛，
西天边画出几线的悲鸣雁。

1923 年

简析

此诗作于 1923 年 1 月 22 日，发表于 1923 年 1 月 28 日《努力周报》第 39 期，1923 年 6 月 1 日又刊于《时事新报·学灯》。

徐志摩的这首诗前四行和最后四行相对吟唱，描绘的是我国北方冬天的景致：相对静态的赤膊的树，与略带动感的困顿的牛和悲鸣的雁。然而诗的中间六行是全诗的精神所在：无畏霜鞭、雪拳、风剑，三个"直耐到"体现了不屈不挠、顽强抗争的精神，刚柔并济，鼓舞士气。

最豪放名句

直耐到忍耐的奋斗功效见，健儿克敌回家酣笑颜！

吉鸿昌（1首）

吉鸿昌（1895—1934），原名吉恒立，字世五，河南周口扶沟县人，祖籍陕西韩城，抗日英雄，爱国将领。1913 年入冯玉祥部，骁勇善战，从士兵递升至军长。1932 年加入中国共产党。因积极抗日，1934 年 11 月 9 日，被国民党复兴社特务逮捕。11 月 24 日吉鸿昌被杀害于北平陆军监狱，时年 39 岁。

就义诗

恨不抗日死，留作今日羞。
国破尚如此，我何惜此头！

简析

面对"立时枪决"的命令，吉鸿昌从容不迫走向刑场。他用树枝作笔，以大地为纸，写下了这首浩然正气的《就义诗》。

这首诗大义凛然，表现了一位热血抗日将军视死如归的英雄气概，其悲壮之势，豪迈之情，撼人心魄，直逼云霄。

最豪放名句

国破尚如此，我何惜此头！

闻一多（4首）

闻一多（1899—1946），字友三，原名闻家骅，湖北黄冈浠水县人，诗人、学者、民主战士，中国民主同盟早期领导人，新月派代表诗人。1912年考入清华大学留美预备学校，1925年在美国留学期间创作《七子之歌》，后任清华大学中文系教授。抗日战争爆发后，随校徙于长沙、昆明。在西南联大任教期间，积极投身于反对独裁的民主运动。在悼念李公朴的大会上，发表了《最后一次讲演》。1946年7月15日在云南昆明被国民党特务暗杀。著有诗集《红烛》《死水》。

七子之歌·澳门

你可知妈港不是我的真名姓？
我离开你的襁褓①太久了，母亲！
但是他们掳去的是我的肉体，
你依然保管我内心的灵魂。
那三百年来梦寐不忘的生母啊！
请叫儿的乳名，
叫我一声"澳门"！
母亲！我要回来，母亲！

注释

①〔襁褓（qiǎng bǎo）〕背负婴儿用的宽带和包裹婴儿的被子。

简析

《七子之歌》是闻一多于1925年3月在美国留学期间创作的组诗作品，共七首，分别是澳门、香港、台湾、威海卫、广州湾、九龙岛、旅顺和大连。诗人从《诗经·邶风·凯风》中"有子七人，母氏劳苦"获得灵感，借七子比喻被侵略者强占的七个地方，强烈要求回到母亲的怀抱。其中，《七子之歌·澳门》被大型电视纪录片《澳门岁月》改编选作主题曲。由于该纪录片的影响力，1999年12月20日又被选作澳门回归的主题曲。

诗歌抒发诗人"孤苦之告，眷怀祖国之衷忱"的情思，来唤醒民众，勿忘国耻，收复失地，振兴中华。这正如诗人自己所说过的那样："我是一座没有爆发的火山，希望炸开那禁锢他的地壳，好放射出光与热来。"

最豪放名句

你可知妈港不是我的真名姓？我离开你的襁褓太久了，母亲！

发现

我来了，我喊一声，迸着血泪，
"这不是我的中华，不对，不对！"
我来了，因为我听见你叫我；
鞭着时间的罡风①，擎一把火，
我来了，不知道是一场空喜。
我会见的是噩梦，哪里是你？
那是恐怖，是噩梦挂着悬崖，
那不是你，那不是我的心爱！
我追问青天，逼迫八面的风，
我问，拳头擂着大地的赤胸，
总问不出消息；我哭着叫你，
呕出一颗心来，——在我心里！

注释

① 〔罡（gāng）风〕强劲的风。

简析

1925 年 6 月 1 日，当诗人满怀报国之情回到上海后，看到的却是"五卅惨案"后流在地上的鲜血和帝国主义列强对中国人民的欺凌，看到的是军阀混战、哀鸿遍野的情景。当现实打破了他的梦想，使他坠入可怕的深渊的时候，诗人内心悲愤的情感便化作了《发现》这篇至痛至爱的诗篇。

《发现》形象地记录了闻一多一颗充满血与泪的赤子之心在极度幻灭时的高强度心理过程，这是一次大爱与大恨、大希望与大绝望强行扭结在一起的心灵体验。该诗直抒胸臆，直截了当地表现了诗人对当时军阀混战下的残破祖国的失望与愤懑，以及在这种深广的忧愤中升腾的对祖国执着和忠贞的爱。

诗歌评论家叶橹说："如果说《洗衣歌》是悲愤于受种族歧视之苦，那么这首《发现》则典型地表现了诗人源于深深的失望而产生的痛彻肺腑的悲愤。"

最豪放名句

我追问青天，逼迫八面的风，
我问，拳头擂着大地的赤胸，
总问不出消息；我哭着叫你，
呕出一颗心来，——在我心里！

祈祷

请告诉我谁是中国人，
启示我，如何把记忆抱紧；
请告诉我这民族的伟大，
轻轻地告诉我，不要喧哗！

请告诉我谁是中国人，
谁的心里有尧舜的心，
谁的血是荆轲聂政①的血，

谁是神农黄帝的遗孽②。

告诉我那智慧来得离奇，
说是河马③献来的馈礼；
还告诉我这歌声的节奏，
原是九苞凤凰④的传授。

请告诉我戈壁的沉默，
和五岳的庄严？又告诉我
泰山的石溜⑤还滴着忍耐，
大江黄河又流着和谐？

再告诉我，那一滴清泪
是孔子吊唁死麟⑥的伤悲？
那狂笑也得告诉我才好，——
庄周，淳于髡⑦，东方朔⑧的笑。

请告诉我谁是中国人，
启示我，如何把记忆抱紧；
请告诉我这民族的伟大，
轻轻地告诉我，不要喧哗！

注释

① 〔聂政〕战国时侠客，春秋战国四大刺客之一。严仲子对其有知遇之恩，为给严仲子报仇，他独自一人仗剑入韩都阳翟，以白虹贯日之势，刺杀侠累于阶上，继而格杀侠累侍卫数十人。因怕连累与自己面貌相似的姐姐，遂以剑自毁面目，剖腹自杀。事见《史记·刺客列传》。

② 〔遗孽〕后代；后裔。

③ 〔河马〕"河出马图说"是我国古代汉字三大起源的传说之一。《易经·系辞上》说："河出图，洛出书，圣人则之。"《尚书·顾命》里西汉经学家孔安国解释："伏羲氏王（wàng）天下，龙马出河，遂则其文，以画八卦，谓之河图。"古人一致认为，黄河出图，天降龙马，伏羲画卦，开启了中华文明。

④ 〔九苞凤凰〕古代传说，神鸟凤凰的特征有六像、九苞。明代孙毅

(gǔ)《论语摘衰圣》:"凤有六像、九苞。六像者:一曰头像天,二曰目像日,三曰背像月,四曰翼像风,五曰足像地,六曰尾像纬。九苞者:一曰口包命,二曰心合度,三曰耳听达,四曰舌诎伸,五曰彩色光,六曰冠矩州,七曰距锐钩,八曰音激扬,九曰腹文户。"唐代李峤《凤》诗:"有鸟居丹穴,其名曰凤凰。九苞应灵瑞,五色成文章。"

⑤〔溜(liù)〕屋檐的流水,这里指山上的流水。《汉书·枚乘传》:"泰山之溜穿石。"

⑥〔孔子吊唁死麟〕相传春秋时期,鲁国猎获了一只麒麟,孔子听说以后非常伤心,他认为麒麟是神灵之物,在太平盛世才会出现,而现在正逢乱世,出非其时,所以他怀着一种非常沉痛和绝望的心情,把这件事记录下来,就终止了《春秋》的写作。这就是"绝笔于获麟"。杜甫《寄李十二白二十韵》:"几年遭鵩(fú)鸟,独泣向麒麟。"

⑦〔淳于髡(kūn)(约前386—前310)〕,战国时期齐国的政治家和思想家,以博学多才、善于辩论著称。

⑧〔东方朔(约前161—约前93)〕西汉时期文学家,言辞敏捷,滑稽多智。

简析

全诗表现了闻一多在呼唤民族文化复兴之际的沉痛现实感受,热情地歌颂了民族辉煌的历史与人文精神,表现了诗人在迷惘悲观中执着追求、苦苦寻觅的探索精神。

"请告诉我谁是中国人?"谁是中国人,这还难回答吗,是你,是我,是当时的"四万万同胞"。但是,闻一多偏偏要这样追问,可见,他心中的"中国人"是能够称得上黄帝后裔的俊杰。"中国人"就是如痴如醉地热爱民族文化,捍卫中华传统的人。

最豪放名句

请告诉我谁是中国人,

启示我,如何把记忆抱紧;

请告诉我这民族的伟大,

轻轻地告诉我,不要喧哗!

一句话

有一句话说出就是祸，
有一句话能点得着火。
别看五千年没有说破，
你猜得透火山的缄默？
说不定是突然着了魔，
突然青天里一个霹雳
爆一声：
"咱们的中国！"

这话叫我今天怎样说？
你不信铁树开花也可，
那么有一句话你听着：
等火山忍不住了缄默；
不要发抖，伸舌头，顿脚，
等到青天里一个霹雳
爆一声：
"咱们的中国！"

简析

这首诗写于 1925 年或 1926 年，它和《发现》《祈祷》等可以看作一组诗，是他回国后爱国主义情感的结晶。

诗人用愤怒的笔调揭露当时中国黑暗的社会现实，通过多方呼唤"咱们的中国"这句话，表达对理想中国的追求和赞颂，表现了诗人对民众力量充满信心和诗人深厚的爱国主义思想。

全诗章节和谐，节奏强烈。诗人提倡"新格律诗"，主张"节的匀称和句的匀齐"的"诗之建筑美"，这首诗贯彻了诗人的艺术主张。语言平易自然，基本上都是从口语中提炼出来的，非常富有表现力。

最豪放名句

有一句话说出就是祸，

有一句话能点得着火。

戴望舒（1首）

戴望舒（1905—1950），字朝安，浙江杭县（今杭州）人，现代诗人，因其创作的《雨巷》被广泛传诵而被称为"雨巷诗人"。早年就读于上海大学、复旦大学，1922年与张天翼、施蛰存等成立"兰社"，1923年考入上海大学文学系，1932年赴法国留学，1936年与卞之琳、冯至等创办了《新诗》月刊，1941年年底因宣传革命，被日本人逮捕入狱。后辗转上海、香港，病逝于北平。诗集有《望舒草》《望舒诗稿》《灾难的岁月》等。

我用残损的手掌

我用残损的手掌
摸索这广大的土地：
这一角已变成灰烬，
那一角只是血和泥；
这一片湖该是我的家乡，
（春天，堤上繁花如锦幛，
嫩柳枝折断有奇异的芬芳，）
我触到荇藻和水的微凉；
这长白山的雪峰冷到彻骨，
这黄河的水夹泥沙在指间滑出；
江南的水田，你当年新生的禾草
是那么细，那么软……现在只有蓬蒿；
岭南的荔枝花寂寞地憔悴，
尽那边，我蘸着南海没有渔船的苦水……
无形的手掌掠过无限的江山，
手指沾了血和灰，手掌沾了阴暗，
只有那辽远的一角①依然完整，

温暖，明朗，坚固而蓬勃生春。
在那上面，我用残损的手掌轻抚，
像恋人的柔发，婴孩手中乳。
我把全部的力量运在手掌
贴在上面，寄与爱和一切希望，
因为只有那里是太阳，是春，
将驱逐阴暗，带来苏生，
因为只有那里我们不像牲口一样活，
蝼蚁一样死……
那里，永恒的中国！

注释

① 〔那辽远的一角〕指解放区，也就是共产党领导的地方。

简析

1942 年春，戴望舒时任香港《星岛日报》的副刊编务，因在报纸上编发宣传抗战的诗歌被日寇逮捕入狱，受尽种种酷刑。1942 年 5 月被保释出狱的时候，身体已被折磨得异常虚弱。《我用残损的手掌》即写于他出狱不久的日子里。这首诗，是诗人在侵略者的铁蹄下献给祖国母亲的歌。

诗歌前半部分，诗人的思绪在祖国大地上驰骋，所到之处，留下的都是国土被侵略者践踏的印象，表现诗人对祖国命运的深切关注。后半部分，诗人的手掌抚摸到解放区的一角，情绪不再低沉，变得明朗、积极，他没有亲身经历过解放区的生活，但感情上无比向往，在这块温暖明朗的土地上找到了安慰。这首诗前后对比手法的运用，使作者的感情倾向更加鲜明，表现出他对解放区的深情向往，对祖国光明未来的热切盼望。

最豪放名句

因为只有那里我们不像牲口一样活，
蝼蚁一样死……
那里，永恒的中国！

主要参考文献

［1］何晓颜. 豪放诗三百首［M］. 上海：上海交通大学出版社，2011.

［2］周汝昌，等. 唐宋词鉴赏辞典［M］. 上海：上海辞书出版社，1988.

［3］萧涤非，等. 唐诗鉴赏辞典［M］. 上海：上海辞书出版社，1983.

［4］朱东润. 中国历代文学作品选［M］. 上海：上海古籍出版社，1979.

［5］王强，左汉林. 唐诗选注汇评［M］. 成都：四川出版集团巴蜀书社，2008.

［6］王国维. 人间词话［M］. 南京：古吴轩出版社，2012.

［7］彭定求，等. 全唐诗［M］. 上海：上海古籍出版社，1986.

［8］周勋初. 唐诗纵横谈［M］. 北京：北京出版社，2016.

［9］浦江清. 中国古典诗歌讲稿［M］. 北京：北京出版社，2016.

［10］顾随. 苏辛词说［M］. 北京：北京出版社，2016.

［11］叶嘉莹. 名篇词例选说［M］. 北京：北京出版社，2016.

［12］于海娣，等. 唐诗鉴赏大全集［M］. 北京：中国华侨出版社，2010.

［13］陈伯海. 唐诗汇评［M］. 杭州：浙江教育出版社，1995.

［14］白本松，华锋. 中国古代文学作品选精编［M］. 郑州：河南大学出版社，1995.

［15］人民教育出版社. 九年义务教育初中语文教科书［M］. 北京：人民教育出版社，2021.

［16］萧涤非. 杜甫诗选注［M］. 北京：人民文学出版社，1998.

［17］宋厚泽. 唐诗三百首精读故事［M］. 长春：吉林人民出版社，2003.

［18］上官紫微. 谈笑洗尽古今愁：一生最爱的豪放词［M］. 北京：石油工业出版社，2014.

［19］刑志华，沈睿. 辛弃疾的那些词［M］. 上海：华东师范大学出版社，2008.

［20］上海辞书出版社文学鉴赏辞典编纂中心. 生当作人杰：历代励志诗鉴赏［M］. 上海：上海辞书出版社，2009.

［21］钱熙彦．元诗选补遗［M］．北京：中华书局，2002.

［22］汉秋，李永祜．元曲精品［M］．北京：北京燕山出版社，1992.

［23］蒋星煜，等．元曲鉴赏辞典［M］．上海：上海辞书出版社，1990.

［24］上海辞书出版社文学鉴赏辞典编纂中心．元明清诗三百首鉴赏辞典［M］．上海：上海辞书出版社，2012.

［25］明月生．精美诗歌［M］．北京：中国华侨出版社，2014.

［26］上海辞书出版社文学鉴赏辞典编纂中心．新诗三百首鉴赏辞典［M］．上海：上海辞书出版社，2008.

［27］杨三成，张翠萍．大学语文［M］．北京：新华出版社，2006.